마력의 태동

히가시노 게이고 소설

양윤옥 옮김

라플라스의 탄생

Laplace's movement

현대문학

차례

제1장

저 바람에 맞서서 날아올라

1

역삼각형의 등에 군살이라고는 전혀 없고, 그 대신 멋진 근육이 완만한 곡선을 그리고 있다. 이 모습을 볼 때마다 나유타는 항상 비행기 날개가 떠오르곤 한다. 이 등 근육이 파워뿐만 아니라 혹시 양력揚力까지 만들어내는 거 아닌가, 라고 착각하게 되는 것이다.

상대는 침대에 엎드린 자세로 누워 있었다. 나유타는 그 등줄기에서 허리에 걸친 부분을 두 손으로 가볍게 눌러보았다. 곧바로 위화감이 느껴졌다.

"어때?" 등의 주인인 사카야 유키히로가 그에게 물었다.

"왼편에 염증이 있어요."

"역시 그렇군."

나유타는 허리에서 양쪽 허벅지까지 손바닥으로 훑어 내렸다.

"전체적으로 왼쪽이 경직됐어요. 평소에 오른쪽 무릎을 잘 안 쓰게 되지 않나요?"

사카야가 한숨을 내쉬는 바람에 등이 살짝 들먹였다.

"그랬던 것 같아. 지난번 체력 테스트 때도 트레이너가 그런 얘기를 하더라고. 오른쪽 근육의 힘이 떨어졌다고. 무의식중에 힘을 주지 않으려고 한다는 거야. 경기 때뿐만 아니라 일상생활에서도. 나름대로 조심하려고는 했는데."

사카야가 오른쪽 무릎을 다친 것은 5년 전쯤이라고 했다. 수술하지 않은 채 살살 달래가면서 오늘까지 뛰어왔다는 얘기다.

"무의식이라는 게 아무래도 조절하기가 힘들죠."

"정말 그렇다니까. 하지만 뭐, 어쩔 수 없지. 이미 만신창이의 고물이야. 이런 몸으로 젊은 친구들과 경쟁하겠다는 게 애초에 무리한 얘기지."

사카야의 입버릇이 다시 시작되었다. 이런 말을 꺼낼 때마다 나유타가 하는 대응은 정해져 있다.

"무슨 말씀이세요? 그런 소리를 하면서도 다시 다음 시합에서는 시상대를 노리잖아요. 게다가 한가운데를."

평소 같으면 "그야 그렇지"라는 넉살 좋은 말이 돌아올 터였다. 하지만 오늘은 달랐다. 엎드린 자세 그대로 침묵에 잠겨 있었다.

왜 그러느냐고 굳이 캐묻지 않았다. 운동선수의 심리는 복잡하다.

"자, 그럼 시작할 테니까 왼편이 아래로 가게 돌아누워주세요."

사카야가 몸을 돌리는 사이에 옆에 둔 가방을 열었다. 거기에 장사 도구가 다 들어 있다. 수십여 개의 침이다. 구도 나유타는 침구사鍼灸師다.

잠깐 부탁 좀 하자면서 사카야의 전화가 걸려 온 것은 어젯밤의 일이었다. 그때부터 약간 눈치가 이상하다고 느꼈다. 목소리에 평소의 도도한 기세가 없었던 것이다. 몸 상태가 상당히 안 좋은 모양이라고 내심 걱정하며 나왔는데 진찰해본 바로는 그 정도는 아니었다. 아마 컨디션이 영 회복되지 않기 때문이겠지만, 원인은 꼭 몸 상태만은 아니라는 것인가.

살갗을 소독하고 신중하게 차례차례 침을 놓았다. 일반인의 경우에는 환부에 닿으면 침에 엉기는 듯한 저항감이 온다. 하지만 톱클래스 프로 선수의 질 좋은 근육이라면 그런 게 거의 없다. 아무 저항도 없이 침이 쑤욱 들어간다. 하지만 그것이 곧 이상이 없다는 뜻은 아니다. 근육 속 깊숙이 그들 스스로만 자각할 수 있는 미세한 환부가 존재한다. 거기까지 침을 꽂아 넣었을 때, 마침내 희미한 위화감이 손끝에 전해져 온다.

사카야는 이따금 작게 신음했다. 침 끝이 신경을 자극하는 것이다. 나유타가 사카야에게 침을 놓기 시작한 지도 벌써 3년째다. 그의 급소가 어디인지는 이미 훤히 알고 있다.

꼼꼼하게 시술하느라 한 시간 가까이 걸렸다. 왼손 엄지 아래쪽에 마지막 침을 놓았다.

"고마워. 갑작스레 여기까지 오라고 해서 미안해." 옷을 입으면서 사카야가 인사를 건넸다.

"천만에요. 언제든지 불러주세요."

"이걸로 조금쯤은 빠릿빠릿함이 돌아오면 좋을 텐데." 사카야가 고개를 갸우뚱하며 말했다. "어차피 모래에 물 붓기 같은 일인지도 모르겠다."

나유타는 도구를 정리하던 손을 멈췄다. "웬일로 마음 약한 소리를 하세요?"

"문제를 현실적으로 바라보게 된 것뿐이야."

"현실적이라니……."

그때 노크 소리가 났다. 도어 스토퍼를 끼워뒀기 때문에 문은 자유롭게 여닫을 수 있었다. 네에, 라고 사카야가 대답했다.

문을 열고 들어선 사람은 쓰쓰이 도시유키였다. 여전히 골프로 그을려 각진 얼굴이 까무잡잡했다. 폴로셔츠 위에 다운재킷을 걸치고 있었다.

"끝났어?" 그가 나유타에게 물었다. 침 시술에 대한 얘기는 사카야에게서 들은 모양이었다.

"방금 끝난 참이에요."

"느낌이 좀 어때?"

"글쎄요……." 나유타는 사카야 쪽을 보며 잠시 머뭇거렸다.

"괜찮아, 말해." 사카야가 쓴웃음을 지었다. "나도 듣고 싶으니까."

나유타는 고개를 끄덕이고 한 호흡 뜸을 들였다가 입을 열었다.

"근육에 상당한 피로가 쌓였어요. 이건 단기적인 게 아니라 장기간에 걸쳐 쌓인 겁니다."

"근속 피로勤續疲勞라는 거네." 사카야가 입을 삐뚜름하게 틀었다.

"하지만 아직 젊으시잖아요. 경기에 지장은 없을 거예요."

"그렇다면야 좋겠지만."

"왜 그래? 명의께서 인정해주셨는데 기운을 좀 내야지." 쓰쓰이가 짐짓 얼굴을 찌푸리며 격려에 나섰다. "자, 가자고. 준비는 다 됐어."

"솔직히 말하면 지금은 별로 보고 싶지 않은데." 사카야는 그리 내키지 않는 표정이었다.

"피해서 뭘 어쩌려고? 자기 자신을 알지 못하고서는 승부에서 이길 수 없어."

사카야는 머리를 긁적이며 굵은 숨을 토해낸 뒤에야 몸을 일으켰다. "네네, 알겠습니다."

"뭔데요?" 나유타가 쓰쓰이를 보았다.

"지난번 경기의 해석 결과가 나왔어. 구도 씨도 괜찮으면 함께 갈래?"

"가도 돼요?"

"시간이 되면, 이라는 얘기지만."

"그러시다면 기꺼이."

나유타는 등산용 재킷을 걸쳤다.

셋이서 방을 나와 엘리베이터로 향했다. 복도 창문 너머로 바깥을 내다보니 싸락눈이 희끗희끗 흩날렸다. 3월에 접어들었는데도 이곳은 아직 겨울이 남아 있다.

"다음 경기 때는 날씨가 어떻게 될까요?" 나유타가 물었다.

"글쎄 어떨지……." 걸음을 옮기면서 고개를 갸웃거린 것은 쓰쓰이였다. "일기예보는 맑음으로 나왔어. 기온도 좀 올라갈 모양이야."

"남풍인가?" 사카야가 혀를 찼다. "그 점프대 등 뒤쪽에서 부는 바람은 정말 힘들어. 아무래도 승산이 없겠네."

호텔을 나와 주차장까지 걸었다. 도로 옆에는 쳐낸 눈이 높직이 쌓여 있었다. 바람이 살짝 스치기만 해도 귀가 얼얼했다.

쓰쓰이의 차량은 원 박스형 밴이었다. 조수석에 사카야를 태우고 천천히 출발했다. 그 뒤를 나유타는 소형 RV로 따라갔다. 사륜구동이라 눈길에서도 안정적이다.

향하는 곳은 쓰쓰이의 직장인 호쿠료 대학이다. 그는 그곳에서 유체공학을 연구하고 있다. 정식 직함은 조교수다.

쓰쓰이의 차를 따라 5분쯤 달렸을 때, 도로 오른편으로 거대한 슬로프가 보였다. 라지힐 스키 점프대다. 다음 토요일과 일요일, 사카야는 저 점프대에 도전하게 된다.

사카야가 날아올랐을 때만 딱 좋은 바람이 불어주면 좋을 텐데, 라고 나유타는 생각했다.

2

입구 문에는 〈유체공학 연구실〉이라고 적힌 팻말이 붙어 있었다.

"별로 깔끔한 곳은 아니지만 어디든 편한 데로 앉아." 그렇게 말하며 쓰쓰이는 다운재킷을 벗어 옆의 의자에 내려놓았다.

아닌 게 아니라 그리 정리가 잘되었다고 하기는 어려웠다. 화이트보드가 있고, 널찍한 작업대가 있고, 캐비닛이 있고, 그런 것들 사이를 누비듯이 다양한 기기가 놓였다. 혹시 화재라도 난다면 도망칠 때 상당히 거치적거릴 것 같다.

쓰쓰이가 어디선가 노트북을 가져와 작업대에 내려놓았다. 사카야가 그 앞에 앉는 것을 보고 나유타도 옆에 자리를 잡았다.

쓰쓰이는 노트북을 켜고 키보드를 두드렸다. 이윽고 떠오른 영상은 점프대의 도약점이었다. 독일어로는 '칸테'라고 한다.

"우선 작년 경기 영상부터 보자. 사카야가 비교적 호조를 보였을 때야."

쓰쓰이가 키보드에 손가락을 올리려는 순간, 전화가 울리기 시작했다. 연구실의 고정 전화였다.

잠깐 실례, 라면서 쓰쓰이는 작업대를 벗어나 사무 책상 위의 전화를 들었다.

"여보세요. ……네, 쓰쓰이입니다. ……손님? 누구지? ……여자? 예에. ……아니, 그런 예정은 없었는데요. 뭔가 착오가 있는 것 같은데. ……예." 쓰쓰이는 수화기의 송화구를 손으로 가리고 의아한 표정의 얼굴을 나유타와 사카야 쪽으로 향했다. "수위실에서 온 전화야. 나를 만나고 싶다고 어떤 젊은 여자가 찾아온 모양이야."

"여자? 무슨 일이야, 수상한데?" 사카야가 빙글거렸다. "어디 주점에서 외상값이라도 받으러 온 거 아냐?"

"그런 거 없어. —아, 예에." 쓰쓰이는 다시 전화 통화로 돌아갔다. "……아버님과 아는 사이? 이름이 어떻게 되지요? 우하라? 아, 그렇구나, 알겠습니다. ……예에, 들여보내셔도 됩니다. 제 연구실로 직접 찾아오라고 해주세요. 네, 부탁드립니다." 쓰쓰이가 수화기를 내려놓았다.

"아는 분의 따님?"

사카야의 질문에 쓰쓰이는 고개를 끄덕였다. 그의 말에 의하면 가이메이 대학 의학부의 우하라 교수라는 인물이라고 한다.

"아는 사이라기보다 작년에 딱 한 번 만났던 분이야. 오키나와에서 국제과학서밋이라는 행사를 할 때."

아, 하고 나유타는 기억을 더듬어냈다.

"나도 들은 적이 있어요. 전 세계 다양한 분야의 과학자들이 모였지요?"

쓰쓰이는 어깨를 으쓱 쳐들었다.

"그런 식으로 말하면 무슨 대단한 국제회의인 것처럼 들리지만, 실제로는 일본의 과학 수준이 높다는 것을 세계에 홍보해보자는 대회였어. 그러니 나 정도밖에 안 되는 연구자까지 초대했지. 하지만 우하라 박사님은 달라. 그야말로 일본을 대표하는 뇌 외과의이자 천재 뇌 과학자야."

"그런 훌륭한 분의 따님이 무슨 볼일로?"

쓰쓰이는 코 옆을 긁적였다. "아마 토네이도 때문일 거야."

"토네이도?"

"7년 전에 홋카이도에서 엄청난 토네이도가 발생해서 큰 피해가 났었어. 그때 나도 조사단으로 참가했거든. 유체공학의 시점에서 피해 상황을 분석하는 게 내 역할이었어. 이래 봬도 내 본업이 그쪽이니까. 그 얘기를 무심코 우하라 박사님에게 했더니 갑자기 표정이 확 바뀌더라고. 사정을 들어보니 부인이 그 토네이도에 휩쓸려 사망했다는 거야."

사카야의 눈이 휘둥그레졌다. "저런, 딱하게도……."

"그때는 그냥 그걸로 끝났는데, 며칠 전에 우하라 박사님에게서 연락이 왔어. 딸이 당신의 연구에 관심이 있는 것 같으니 한번 만나서 설명해줄 수 없겠느냐는 거였어. 그래서 언제든지 괜찮다고 대충 대답해뒀는데 설마 정말로 찾아올 줄은 몰랐네."

당황한 표정으로 쓰쓰이가 고개를 갸웃거렸을 때, 노크하는 소리가 들렸다. 들어오세요, 라고 쓰쓰이가 큰 소리로 응했다.

천천히 문이 열리고 후드 달린 방한복으로 몸을 감싼 소녀가 나타났다. 고등학생 정도일까. 얼굴이 작고, 그래서인지 끝이 살짝 치켜 올라간 눈이 인상적이었다. 니트 모자 아래로 긴 머리가 내려와 있었다.

그녀는 모자를 벗고 안녕하세요, 라고 인사했다. 그리고 쓰쓰이를 향해 "갑작스럽게 찾아와서 죄송합니다"라고 말했다.

"그건 괜찮지만, 아, 그러니까, 우하라 박사님의 따님이시라고?"

"네, 우하라 마도카라고 합니다."

그녀는 머리를 숙이고 재킷 호주머니에서 네모난 종이를 꺼냈다. 쓰쓰이가 그것을 받아 들었다. 나유타도 고개를 길게 빼고 들여다보았다. 아무래도 손으로 직접 쓴 명함인 것 같다. '우하라 마도카'라고 적힌 이름이 보였다.

받기만 해서는 미안하다고 생각했는지 쓰쓰이도 책상 서랍에서 명함을 꺼내 와 그녀에게 건넸다.

"국제과학서밋에서 아빠를 만나셨다고 하던데요." 마도카는 쓰쓰이의 명함을 보면서 말했다.

"응, 만났었지. 방금도 그 이야기를 하고 있었어."

사카야가 부스스 자리에서 일어섰다. "교수님, 이 여학생이 중요한 애기가 있는 것 같으니까 나는 그만 갈게."

"아니, 시합 때까지 다시 만날 시간이 없어. 아무래도 오늘 꼭 영상을 점검했으면 좋겠는데." 그렇게 말하고 쓰쓰이는 마도카에게로 얼굴을 향했다. "미안하지만 잠깐 기다려줄 수 있을까? 저쪽에 앉아 있으면 돼. 의자, 거기 있지?"

"네, 죄송해요. 제가 일을 방해한 것 같네요."

"아, 그런 걱정은 할 거 없어." 손을 내두른 것은 사카야였다. "쓰쓰이 교수님에게 스키 점프는 일이 아니라 취미거든."

"그건 맞는 말이네." 쓰쓰이가 쓴웃음을 지으며 작업대로 돌아왔다. "어디까지 얘기했더라. 아, 그렇지, 이건 작년에 호조를 보였을 때의 영상이야. 잠깐 이것 좀 봐."

노트북 키보드를 누르자 영상이 움직였다. 왼편에서 크라우칭 자세*를 취한 스키 점퍼가 나타나는가 싶더니 힘차게 도약점을 박차고 날아오르면서 곧바로 화면에서 사라졌다.

"다음에는 지난번 경기 때의 영상을 보자."

쓰쓰이는 익숙한 손놀림으로 터치패드 위에 손가락을 그었다. 그러자 조금 전과는 다른 동영상이 재생되었다. 역시 점프대의 도약점을 촬영한 것이지만 주위의 풍경은 다르다.

조금 전과 마찬가지로 왼편에서 점퍼가 나타나 도약점을 박차고 몸을 날렸다. 양쪽 다 점퍼는 사카야인 것 같았지만, 나유타는 그 자

* Croutching. 출발 시 활주 속도를 높이기 위해 잔뜩 웅크리는 자세.

세에 어떤 차이가 있는지 전혀 구별할 수 없었다.

"어떻게 생각해?" 쓰쓰이가 사카야에게 물었다.

사카야는 심각한 표정으로 잠시 입을 꾹 다문 뒤, "첫 번째와 두 번째 영상을 다시 한 번씩 볼 수 있을까?"라고 말했다.

쓰쓰이가 노트북을 터치했다. 화면에 두 개의 동영상이 순서대로 재생되었다.

사카야는 팔짱을 끼고 나지막한 신음 소리를 올렸다. 그 옆얼굴만으로는 그가 자신의 자세의 차이를 깨달았는지 어떤지는 알 수 없었다.

"상체의 돌입이 빠르네."

침묵을 깬 것은 뜻밖의 인물이었다.

너무도 뜻밖이어서 나유타는 그 목소리가 어디서 날아온 것인지, 그리고 무슨 말을 한 것인지, 언뜻 알아듣지 못했다. 다른 두 사람도 마찬가지였는지 서로 얼굴을 마주 본 뒤에야 마도카 쪽으로 시선을 던졌다. 그녀는 겸연쩍은 듯 고개를 숙였다.

"방금 뭐라고 했지?" 사카야가 물었다.

마도카는 얼굴을 들고 후우 숨을 토해냈다. "상체의 돌입이 빠르다, 라고……."

사카야는 어허헛, 하는 묘한 웃음소리를 냈다.

"들었어, 교수님? 평범한 여학생에게까지 다 들켜버렸어. 이거, 점점 더 큰일이네. 역시 이제 슬슬 물러날 때라는 얘기야."

쓰쓰이는 대꾸할 말을 찾기가 힘든 기색이었다. 그것을 보고 나유타는 사카야 씨, 라고 말을 건넸다.

"무슨 뜻입니까, 저 여학생이 말한 것이……."

"딱 맞힌 거야." 사카야는 맥 빠진 어조로 말했다. "상체의 돌입이 빠르다……. 정확히 짚어낸 말이야. 내가 그렇게 말하려고 했는데 저 여학생이 먼저 알려줬어. 아마추어의 눈에도 뻔히 보일 정도면 더 이상 어떻게 해볼 도리가 없어."

"아니, 그래도……." 나유타는 노트북 화면을 보며 고개를 가로저었다. "나는 전혀 몰랐는데요? 호조를 보였을 때의 자세와 이번 경기의 자세가 어떻게 다른지." 그렇게 말하고 마도카 쪽을 돌아보았다. "저기, 넌 정말로 그 차이를 알아봤어? 그냥 어림짐작으로 해본 소리 아니야? 솔직하게 대답해봐."

그녀는 살짝 미간을 찌푸리며 망설이는 기색을 보이다가 입을 열었다.

"그냥 직감적으로 생각난 걸 말했을 뿐이에요."

"그런 걸 어림짐작이라고 하는 거야. 어때요, 들었죠, 사카야 씨? 이론적으로 알고 한 말이 아니에요."

"미안해요. 이제 아무 말 안 할게요." 마도카는 토라진 듯 얼굴을 쏙 돌려버렸다.

"네가 사과할 일이 아니야." 사카야가 그녀에게 말하고 이어서 나유타에게로 시선을 옮겼다. "아마추어의 직감이라는 게 의외로 함부로 볼 수 없는 거야. 쓸데없는 이론 따위는 전혀 알지 못하기 때문에 더더욱 정곡을 찌르는 법이거든. 그런 점에서 구도 씨는 점프를 수없이 지켜봤고 이론도 어느 정도 알고 있지. 그래서 오히려 가장 중요한 부분을 깨닫지 못하는 경우가 있어."

그리고 사카야는 "그렇지?"라고 쓰쓰이에게 동의를 청했다.

"그런 것까지 알고 있다면 여학생에게 자세의 결점을 지적당한 정도로 비관에 빠질 일은 아니지. 결점이 확실하다는 건 아직 길을 찾아볼 가능성이 있다는 뜻이야. 교정해나가면 되니까."

쓰쓰이가 노트북을 터치하자 발을 구를 때의 동작을 세세하게 분해한 이미지가 두 종류로 나뉘어 위아래로 나란히 표시되었다. 나아가 그다음 터치에는 사카야의 모습을 촬영한 사진이 동체와 팔다리를 모두 직선으로 표현한 스틱피겨로 바뀌었다.

쓰쓰이는 스틱피겨를 하나하나 설명하고 다른 선수의 데이터도 보여주면서 현재 자세의 결점을 상세히 짚어나갔다. 나유타도 옆에서 메모를 해가며 귀담아들었다. 이윽고 '상체의 돌입이 빠르다'라는 마도카의 말이 정확한 지적이었다는 것을 이해할 수 있었다.

한바탕 설명을 다 듣고 사카야는 진한 한숨을 내쉬었다.

"똑같이 뛴다고 뛰었는데 감각이 미묘하게 어긋나고 있어. 한번 잃어버린 감각을 되찾는다는 건 간단한 일이 아니야."

"이미지 트레이닝을 확실히 받아두는 게 좋아."

"뭐, 어떻든 해봐야지." 사카야가 자리에서 일어섰다. 손목시계를 들여다보더니 옆에 벗어둔 방한 코트를 집어 들었다. "미팅이 있어서 합숙소에 들어가야겠어."

"내가 태워다드릴게요." 나유타는 말했다.

"괜찮아, 버스 있어. 자, 그럼 교수님, 또 봅시다."

"응, 내일 연습, 보러 갈게."

사카야는 대답 없이 한 손을 슬쩍 들어 보이더니 마도카를 향해 끄덕 인사를 건네고 연구실을 나갔다.

쓰쓰이가 심각한 얼굴로 팔짱을 꼈다. "조짐이 영 좋지 않아. 마음이 떠난 것 같아."

"평소의 사카야 씨답지 않더라고요. 아무리 컨디션이 안 좋아도 시합이 다가오면 기세 좋게 말했었는데."

"허세라도 부리다 보면 점점 기운이 나서 컨디션도 좋아지는 게 지금까지의 패턴이었는데 이제는 그럴 여유도 없어진 것 같아. 이대로 가면 이번 시즌도 우승을 못 하고 끝나버려. 벌써 3년 넘게 우승을 못 했잖아. 아마 상당히 초조할 거야."

나유타는 노트북 화면으로 시선을 던졌다. "이 해석 결과가 도움이 되면 좋겠네요."

"그러게 말이야." 쓰쓰이가 혼잣말처럼 중얼거렸을 때, 등 뒤에서 "어려울걸요?"라는 목소리가 나유타의 귀에 날아들었다. 다시금 마도카가 던진 말이었다.

나유타는 그녀를 돌아보며 미간을 좁혔다. "왜?" 저도 모르게 목소리가 날카로워졌다.

"균형이 무너졌잖아요."

"균형?"

"몸의 좌우 균형. 그게 잘못되어서 구르는 타이밍이 늦어졌어요. 본인도 그걸 무의식중에 예상하고 정확히 맞추려다 보니까 저절로 상체가 튀어나가죠." 마도카는 노트북을 가리켰다. "그래서는 제대로 바람을 탈 수 없어요."

"뭐야, 꽤 그럴싸하게 얘기하네? 하지만 교수님이 해주신 말을 그

대로 따라 한 것뿐이잖아."

"아니, 나는 몸의 균형에 대해서는 말하지 않았어." 쓰쓰이는 마도카를 보았다. "어째서 그렇게 생각했지?"

"어째서……? 그냥 그 사람의 걸음걸이를 보고 느꼈어요." 마도카는 다시 말을 이었다. "아마 오른쪽 다리가 원인일 거예요. 무릎인가? 전에 다쳤던 거 아니에요?"

나유타는 눈이 둥그레졌다. "그걸 걸음걸이로 알아봤다고?"

그녀는 고개를 끄덕이는 대신 천천히 눈을 깜빡였다.

"설마, 그거야말로 어림짐작으로 해본 말이지?"

"뭐, 굳이 믿지 않아도 돼요. 나하고는 관계도 없는 일이고. 그보다……." 그녀는 쓰쓰이 쪽을 향했다. "일은 아직 안 끝났어요?"

"아, 아냐." 쓰쓰이는 한 손으로 노트북 키보드를 두드렸다. "내가 해야 할 일은 끝났어. 아, 구도 씨는 어때? 뭔가 물어보고 싶은 건 없어?"

아뇨, 라고 나유타는 재킷을 손에 들고 의자에서 일어섰다.

"저는 이만 실례할게요. 교수님은 내일 연습 보러 갈 거죠? 나도 가볼까."

"도쿄에 돌아가지 않아도 돼?"

"괜찮아요. 일요일까지 못 갈지도 모른다고 말해뒀으니까."

"그래? 그렇다면 내일 꼭 와줘."

"그렇게 할게요. 자, 그럼 내일 뵙겠습니다."

"응, 점프대 밑에서 만나자고."

나유타는 재킷을 입고 문으로 향했다. 흘끗 마도카를 쳐다봤지만 그녀는 모른 척 돌아앉아 있었다.

실례합니다, 라고 쓰쓰이에게 인사하고 연구실을 나왔다.

3

나유타는 이 지역을 찾아올 때마다 대개는 같은 숙소에 묵는다. 스키장과는 거리가 좀 있지만 음식이 맛있고 요금이 저렴한 것으로 인기 있는 호텔이다.

다음 날 아침은 7시 반에 일어났다. 조식 장소는 1층 레스토랑이다. 입구에서 조식권을 건네고 안으로 들어갔다. 긴 테이블에 줄줄이 차려낸 요리를 자신의 기호에 따라 선택하는 뷔페식이다. 아직 스키 시즌 중이지만 손님은 그리 많지 않았다. 10여 명 정도일까.

된장국 코너에 서서 공기에 담고 있는데 옆에 다른 손님이 다가왔다. 나유타는 된장국이 든 공기를 쟁반에 얹은 뒤 국자를 옆 사람에게 내밀었다. 하지만 그 직후에 엇 하는 소리를 흘렸다.

놀란 것은 그쪽도 마찬가지인 모양이다. 국자를 받으려던 손을 멈추고 눈이 둥그레진 채 동작 정지 상태였다.

우하라 마도카였다. 딱 맞는 파카를 입어서 길쭉한 몸매가 한층 더 가늘게 보였다.

"너도 이 호텔에서 잤어?"

"쓰쓰이 교수님이 추천해주셨어요. 호텔비도 적당하고 예약도 간편할 거라면서."

“같이 온 사람은?”

“없어요. 나 혼자.” 마도카는 공기에 된장국을 담기 시작했다. 곁에 놓인 그녀의 쟁반을 보니 달걀프라이와 베이컨, 샐러드 등이 얹혀 있었다.

“그럼 우리, 같이 먹을까? 나도 혼자야.”

그녀는 나유타를 올려다보고 슬쩍 고개를 끄덕였다.

바로 옆 테이블이 비어 있어서 둘이 마주 앉았다. 마도카는 잘 먹겠습니다, 라고 손을 맞대고 젓가락을 들었다.

“아직 자기소개를 안 했군. 나는 구도 나유타라고 해. 명함은 나중에 줄게.”

마도카는 젓가락을 든 채 고개를 들었다. “나유타?”

“이름이 좀 이상하지? 일단 한자도 있는 이름이지만, 그냥 가타카나로 외우면 돼. 명함에도 그렇게 인쇄했으니까.”

마도카는 잠시 생각하는 몸짓을 보이더니 “아승기 다음의?”라고 물어 왔다.

“어?”

“억조경해 자양구간 정재극 항하사 아승기 나유타 불가사의 무량대수.” 줄줄줄 막힘없이 말하고는 “아승기와 불가사의 사이의 그 나유타 아니에요?”라고 물었다.

나유타는 눈만 깜빡거리며 그녀의 얼굴을 마주 보았다. “그걸 다 외우고 있어?”

“그냥 머릿속에 입력된 것뿐인데? 아무튼, 그거 맞죠?”

“응, 딱 맞혔어. 바로 그 나유타야.”

"역시." 빙긋이 웃더니 마도카는 샐러드의 방울토마토를 입에 쏙 넣었다.

나유타는 가벼운 충격을 받았다. 그녀가 주문처럼 외운 것은 모두 다 큰 수數의 단위다. '억조경해'는 말할 것도 없이 '億兆京垓'이고, '항하사 아승기 불가사의 무량대수'는 한자로 '恒河沙 阿僧祇 不可思議 無量大數'라고 쓴다. 그리고 '나유타'는 '那由多'다.

"그거, 본명?" 마도카가 다시 물었다.

"물론이지."

"누가 지어줬어요?"

"어머니가."

"흠, 좋은 이름이네요."

"드문 이름이지만, 나쁘지는 않지? 10의 60제곱이나 되잖아."

"72제곱이라는 설도 있죠."

그런 것까지 알고 있나 하고 내심 놀라면서 나유타는 말했다. "어쨌거나 엄청 큰 숫자야. 기대의 표현이라고 생각하기로 했어."

마도카는 고양이를 떠올리게 하는 눈으로 지그시 나유타를 바라본 뒤에 "뭐, 그런 거라면 좋겠죠"라면서 다시 젓가락을 놀리기 시작했다.

"너는 뭐라고 부르면 될까? 분명 우하라 마도카라고 했었지?"

"어떻게 부르든 상관없어요."

"그냥 마도카라고 해도 될까?"

"좋으실 대로."

"그럼 그걸로 하자. 당장 써먹는 것 같지만, 마도카, 몇 가지 질문 좀 해도 될까?"

"괜찮은데, 대답할 수 있을지 없을지는 모르겠어요."

"응, 그래도 좋아. 우선 첫 번째 질문. 어떻게 사카야 씨의 오른쪽 무릎에 오래전의 부상이 있다는 걸 알았지?"

마도카가 쓰윽 이쪽을 노려보았다. "어제는 어림짐작으로 던진 말이라고 하더니?"

나유타는 얼굴을 찌푸렸다.

"그렇게 몰아붙인 건 사과할게. 하지만 그럴 리가 없다고 생각해서 이렇게 다시 물어보는 거야. 마도카의 말대로 사카야 씨는 몇 년 전에 오른쪽 무릎을 다쳤어. 그게 완치되지 않은 것도 사실이야. 좀 알려줄래? 어떻게 그걸 알아봤어?"

"어떻게 알아봤느냐, 그건 대답하기가 어렵네요. 그냥 아니까 안다고 할 수밖에 없어요. 달걀프라이의 한가운데가 노란색인 것과 똑같은 일이라서."

"마도카는 사람 몸을 척 보기만 해도 어디를 다쳤는지 알아?"

"네, 알 때도 있어요. 근데 알지 못하는 때도 많아요." 그녀는 젓가락 끝으로 공중에 가위표를 그렸다. "설명하기가 너무 번거로우니까 그 질문은 이제 끝."

"아, 잠깐, 잠깐."

"자꾸 식사를 방해하면 다른 자리로 옮길 거예요."

나유타는 한숨을 내쉬고, 생선구이에 젓가락을 내밀었다.

"알았어. 질문을 바꿔보자. 넌 어디에서 왔어?"

"도쿄. 아, 도쿄의 어디냐는 둥의 자세한 것까지는 묻지 말아주세

요."

"쓰쓰이 교수님에게 볼일이 있는 모양이던데, 그건 해결됐어?"

"해결되지 못했으니까 지금 이곳에 있죠. 오늘 한 번 더 교수님을 만날 예정이에요."

"오늘? 너도 들었겠지만, 교수님은 오늘 점프 연습을 보러 갈 거야."

"맞아요. 그래서 연습 끝나는 대로 교수님이 여기로 데리러 오시기로 했어요. 문제는 그때까지 어떻게 시간을 때우느냐는 거."

"스키장이 바로 옆에 있잖아. 스키나 스노보드를 즐기는 건 어때?"

"둘 다 안 해요."

그녀가 고개를 가로저었을 때, 한 남자 종업원이 곁을 지나갔다. 그는 겹겹이 쌓아 올린 유리잔을 나르고 있었다. 위태롭게 보였지만 익숙한 일인 모양이었다. 하지만 그렇게 생각한 직후, 뜻밖의 사고가 일어났다. 어디선가 달려온 남자아이가 종업원의 무릎에 턱 부딪힌 것이다. 그는 순간적으로 균형을 유지하려고 했지만 이미 때늦은 일이었다. 쌓아 올린 잔이 피사의 사탑처럼 기울어지는 것이 나유타의 눈에 들어왔다.

다음 순간, 유리잔은 바닥에 내동댕이쳐졌다. 요란한 소리와 함께 산산조각 난 파편이 주위에 흩어졌다.

다른 종업원이 빗자루를 들고 달려와 유리잔을 떨어뜨린 종업원과 함께 주위 손님들에게 사과해가면서 청소를 시작했다. 맨발로 바닥을 딛지 말아주세요, 라고 몇 번이나 당부하고 있었다.

그들은 나유타 일행이 있는 곳에도 다가와 바닥을 점검했다. 아무것도 없다고 생각했는지 지나가려고 했다. 그때였다.

"이 사람 뒤쪽." 마도카가 말했다.

빗자루를 든 종업원이 뒤돌아섰다.

"이 사람의 오른발 뒤쪽에 유리 조각 두 개가 있어요." 마도카가 왼손으로 나유타를 가리키고 오른손으로는 젓가락을 놀리면서 말했다.

종업원이 나유타의 뒤쪽으로 돌아갔다. 진짜네, 라고 말하면서 비로 쓸어냈다. 쓰레받기에 작은 유리 조각이 들어가는 것을 나유타도 보았다.

마도카는 아무 일도 없었다는 듯이 식사를 계속하고 있었다. 대체 이 소녀의 정체는 뭔가, 하고 나유타는 지그시 바라보았다. 보통 평범한 여학생은 아니다. 그것만은 확실했다.

"나 밥 먹는 거, 이상해요?" 마도카가 젓가락을 놀리던 손을 멈추고 물었다.

"아니, 별로. 왜?"

"아까부터 빤히 쳐다보고 있잖아요."

아, 하고 나유타는 고개를 가로저었다.

"미안. 내가 잠깐 멍하고 있었네. 그보다 제안을 하나 하겠는데, 점프 연습 견학에 마도카도 같이 가볼래?"

"점프?"

"응. 본 적 있어?"

"없어요."

"그렇다면 함께, 어때? 스키 점프, 진짜 상쾌해. 사람이 맨몸으로 하늘을 날아오르거든. 한 번쯤은 봐둘 가치가 있어."

마도카는 미간을 좁히며 뭔가 생각에 잠긴 표정이었다.

그건, 이라고 그녀는 말했다. "날아오르는 게 아니라 떨어지는 건데?"

찍소리도 못 한다, 라는 건 바로 이런 경우를 두고 하는 말일 것이다. 그야말로 딱 맞는 말이었기 때문에 나유타는 대꾸할 말이 없었다.

"어쨌거나 멋있잖아." 모르는 척하며 다시 말해보았다. "거리로 치면 100미터 넘게 떨어지는 거야. 어떤 의미에서는 날아오르는 것보다 더 대단하지."

아, 하고 무표정인 채로 마도카는 중얼거렸다. "그럴지도."

"그렇지? 마도카도 보고 싶지? 같이 가자, 어차피 할 일도 없잖아. 마도카가 가면 쓰쓰이 교수님이 여기까지 데리러 오시지 않아도 되고."

마도카는 고개를 끄덕였다. "좋아요. 그렇게까지 추천하신다면 함께 가드리죠. 차는 있어요?"

물론이지, 라고 나유타는 엄지를 번쩍 들었다.

4

"에이, 차가 좀 더 클 줄 알았는데." 조수석에서 마도카가 투덜거렸다.

"평소에 나 혼자 타고 다니니까 조수석의 승차감까지 신경 쓰지는 않아." 대답을 하면서 나유타는 핸들을 잡았다.

"시나가와 번호판인 거 보니까 도쿄에서 왔네요? 여기까지 차 몰고 오느라 힘들었겠다."

"좀 더 먼 곳까지 출장을 나가는 일도 있어. 일단 고객이 전국에 있으니까."

"고객?"

"침 맞는 환자들."

"침이라뇨?"

"침 치료를 말하는 거야. 나, 침구사야. 사카야 씨도 내 고객 중의 한 명이야."

"침……. 그런 건 할아버지들이나 하는 건 줄 알았는데?"

나유타는 가볍게 웃음이 터졌다.

"어떤 침구사라도 반드시 젊은 시절이 있는 거야. 하지만 마도카의 그 지적은 어떤 의미에서는 정확해. 전국에 고객이 있다고 했지만 다들 원래는 내 스승님의 환자야. 근데 스승님이 여든이 넘어서 점점 거동이 힘드시게 됐어. 그래서 제자인 내가 대신 출장을 다니게 됐지."

"아, 그렇구나……." 마도카는 별로 관심이 없어 보였다.

나유타가 그녀를 점프 연습의 견학에 청한 것에는 딱히 특별한 이유는 없었다. 굳이 말하자면 조금 더 그녀에 대해 알고 싶었다. 사카야가 부진에 빠진 원인을 한눈에 간파해낸 것, 오래전의 무릎 부상을 알아본 것, 그리고 바닥에 흩어진 유리 조각의 행방을 알아낸 것, 그 모든 것이 단순한 우연이라고는 생각되지 않았다. 함께 있다보면 그 수수께끼가 조금이라도 풀리지 않을까, 라고 생각한 것이다.

저 앞쪽으로 거대한 점프대가 보이기 시작했다. 오늘은 날씨가 맑아서 구름은 거의 없다. 새파란 하늘을 배경으로 우뚝 솟은 점프대의 모습은 하얀 요새를 연상하게 했다.

주차장에는 왜건이며 RV 차량이 줄줄이 서 있었다. 다음 시합에 출전할 선수와 그 관계자들의 차량일 것이다. 팀 이름이 옆구리에 적힌 차도 있었다.

항상 입고 다니는 등산복에 숄더백을 비스듬히 메고 나유타는 차에서 내려 걸어갔다. 마도카도 뒤따라왔다. 그녀는 니트 모자를 쓰고 있었다.

벌써 연습이 시작되어서 선수들이 차례차례 내려왔다. 아래쪽에서 보면 출발 지점은 보이지만 구르는 모습은 보이지 않기 때문에 도약점에서 갑작스럽게 날아오른 것 같은 느낌이 든다. 그 박력 있는 모습에 압도되었는지 마도카는 위를 올려다본 채로 말이 없었다.

랜딩 반*을 가까이에서 볼 수 있는 관객석 앞쪽에 쓰쓰이와 사카야의 모습이 있었다. 쓰쓰이는 어제와 똑같은 다운재킷을 걸쳤지만 사카야는 파란 스키 점프복 차림이다. 두 사람은 나란히 앉아 뭔가 이야기를 하고 있었다.

나유타와 마도카가 다가가자 쓰쓰이가 알아보고 한 손을 번쩍 들었다. 마도카와 동행한다는 것은 미리 전화로 알렸다.

* landing bahn. 점프를 하여 착지하는 경사면.

안녕하세요, 라고 나유타는 두 사람에게 인사하고, "몸 상태는 좀 어때요?" 하고 사카야에게 물었다.

사카야는 허리를 좌우로 틀어보더니 고개를 끄덕였다. "덕분에 약간 좋아진 것 같아. 역시 신의 손의 수제자야."

"과찬의 말씀을."

"이제 남은 건 내 기술 문제뿐이야. 이것만은 어떤 명의라도 고쳐줄 수 없어."

"그런 말씀 마시고, 힘껏 뛰어주세요."

"뭐, 할 만큼은 해봐야지."

사카야는 품에 안고 있던 헬멧을 쓰고 곁에 세워둔 스키판을 어깨에 떠메더니 걸음을 옮겼다. 그 뒷모습에서는 별로 패기가 느껴지지 않았다.

"어떻게든 예전의 기세를 회복해주면 좋겠는데." 쓰쓰이가 중얼거렸다.

"어제 본 그 자세의 결점만 교정할 수 있으면 되는 거잖아요?"

"그건 그렇지만 말은 쉬우나 실행은 어렵다, 라는 얘기야. 뭔가 계기가 필요할지도 모르겠어."

"계기라면, 어떤?"

"어떤 것이든 좋아. 어쩌다 요행수로 대형 점프라도 한번 뛰게 되면 진짜 좋지. 점퍼들은 아주 사소한 일로 요령을 다시 떠올리는 법이거든."

"요행수……."

하지만, 이라고 옆에서 마도카가 말했다. "기대해볼 만하기도 해

요."

"왜?" 나유타가 물었다.

그녀는 리프트 승차장으로 향하는 사카야를 가리켰다.

"몸의 좌우 균형이 개선됐어요. 어제보다 훨씬 좋아요. 침술 효과인가? 그런 거라면 나유타 씨는 역시 훌륭해요."

직설적인 칭찬에 나유타는 도리어 당황했다. "거, 고맙네……." 그것밖에 할 말이 생각나지 않았다.

"저 리프트는 누구나 탈 수 있어요? 아니면 선수만 타는 거?"

"아니, 돈을 내면 탈 수 있을걸?"

"그래요?" 마도카가 걸음을 옮겼다. 리프트를 탈 생각인 모양이다.

"뭔가 신비한 소녀야." 쓰쓰이가 불쑥 말했다.

"교수님도 그렇게 느끼셨어요?"

"응, 그래. 무슨 생각을 하는지 도무지 종잡을 수가 없어. 그러면서 이쪽의 생각은 훤히 꿰뚫어 보는 것 같은 느낌이라니까. 이런 말은 실례가 되겠지만, 솔직히 말해서……." 한 호흡 뜸을 들인 뒤에 쓰쓰이는 말을 이었다. "어쩐지 으스스한 느낌이야."

"저 여학생, 어저께 여기까지 찾아온 일을 해결하지 못했다고 하던데요."

"토네이도에 관한 조사 결과를 보여달라고 하는데, 그게 벌써 7년 전 일이라서 내 기억이 애매하지 뭐야. 자료와 사진을 확인하고 머릿속을 정리한 뒤에 다시 이야기하자, 라고 마무리하고 어제는 그냥 돌아갔어."

"그랬군요."

"토네이도에 마도카도 함께 휩쓸렸던 모양이야."

"엇, 그러면 어머니가 돌아가실 때……?"

"곁에 함께 있었다더라고. 숨을 거두는 것을 바로 눈앞에서 봤다는 거야."

쓰쓰이의 설명에 나유타는 대꾸할 말을 잃은 채 리프트 쪽을 응시했다. 리프트에 앉은 마도카가 방금 그야말로 최상부에 도착하려 하고 있었다.

5

30분쯤 지나 마도카가 내려왔다. 쓰쓰이는 도약점 옆의 코치석에 가 있었다.

"어땠어?" 나유타는 그녀에게 물었다.

"다양한 선수들이 있던데요. 날아오르는 방식이 제각기 달라서 재미있었어요."

서슴없이 말하는 것을 듣고 나유타는 다시금 놀랐다. 스키 점퍼의 자세에 제각기 개성이 있다는 것은 사실이지만, 아마추어의 눈에는 그게 하나하나 구분되지 않는 것이다. 하지만 이미 나유타는 그녀가 대충 어림짐작으로 던지는 말이라고는 생각하지 않게 되었다.

"사카야 씨의 점프는 봤어?"

"봤어요. 나쁘지는 않은데, 우승은 어려울 듯."

"왜?"

"더 잘 뛰는 선수가 몇 명이나 있던데요, 뭘. 내가 본 것만도 세 명은 됐어요." 마도카는 손가락 세 개를 꼽으며 말했다. "특히 사카야 선수 다음다음에 뛴 사람은 완전히 급이 달랐어요. 우승 후보인가?"

나유타는 혀를 내두르지 않을 수 없었다. 그녀의 예상은 정확했다. 실제로 현시점에서 사카야의 실력은 4위나 5위 정도다.

"어떻게 하면 우승할 수 있을까?"

글쎄요, 라고 마도카는 어깨를 으쓱 쳐들었다. "좀 더 정확한 자세로 날아오르면, 이라는 말밖에는 할 수가 없네요. 좀 더 합리적으로, 좀 더 멀리까지 날아갈 수 있는 자세로. 하지만 그게 안 되니까 본인도 괴로운 거잖아요."

시건방진 데다가 너무 단순한 말투였지만, 왜 그런지 불쾌하게 들리지는 않았다. 쓰쓰이가 말했던 '어쩐지 으스스하다'라는 표현이 생각났다.

마도카의 시선이 나유타의 뒤쪽에 가 있었다. 덩달아 뒤를 돌아보니 사카야가 서른 살 전후로 보이는 여자와 이야기하는 참이었다. 여자 옆에는 남자애가 있었다. 아직 초등학교에도 들어가지 않은 어린아이 같았다.

사카야는 온화한 표정으로 남자아이의 머리를 쓰다듬더니 스키를 떠메고 걷기 시작했다. 리프트 승차장으로 향하는 모양이다. 여자와 남자아이도 함께 걸어왔다. 이윽고 나유타 일행 앞까지 다가왔다.

"소개할게, 내 아내 교코. 그리고 이 녀석은 슈타. 외동이 아들이야." 이어서 아내 쪽을 돌아보며 "내가 여러 번 얘기했던 침구사 구도 나유타 씨"라고 설명했다.

"처음 뵙겠습니다." 나유타는 머리를 숙였다.

"남편에게 항상 큰 도움을 주신다고 들었어요. 이번에도 멀리 도쿄에서 여기까지 와주시고, 정말 고맙습니다." 부인은 동그란 얼굴에 얌전한 인상의 여자였다.

나유타는 남자아이에게도 인사를 건넸다. 아이는 엄마의 다리에 매달린 채 안녕하세요, 라고 작은 소리로 응했다.

그럼 이따가 보자, 라면서 사카야는 다시 리프트 승차장으로 향했다.

"제가 듣기로는 홋카이도 오타루에서 사신다고 했던 것 같은데, 여기까지 일부러 응원하러 오셨어요?" 나유타는 부인에게 물었다.

예에, 라고 그녀는 작은 소리로 대답했다. "실은 직접 와본 것은 정말 오랜만이에요. 홋카이도에서 경기할 때도 안 갔거든요."

"엇, 그래요?"

"결혼 전이나 결혼 초에는 빠짐없이 따라다녔는데 이 아이가 생기면서부터 움직이기가 힘들어져서요. 게다가 애 아빠가 항상 오지 말라고 신신당부를 하더라고요."

"사카야 씨가? 왜 그랬지?"

부인은 거북스러운 듯 고개를 떨군 뒤, 쓸쓸한 웃음을 보였다.

"분명하게 얘기한 건 아니지만, 아마 우승할 자신이 없었기 때문인가 봐요. 좋지 않은 성적으로 끝나는 모습을 우리에게 보여주고 싶지 않았겠죠."

나유타는 남자아이를 내려다보았다. "아드님은 지금 몇 살이에요?"

"바로 얼마 전에 네 살이 됐어요."

"그러면 혹시 아드님은 사카야 씨의 점프를……."

"네, 본 적이 없어요. 그뿐만 아니라 슈타는 아빠가 스키 점퍼라는 것 자체를 몰라요. 그 사람이 집에서는 전혀 얘기를 안 하니까. 아빠가 피자 가게에서 일하는 줄 알고 있죠."

"피자 가게? 왜요?"

"한 번인가, 그이가 집에 점프 헬멧을 들고 온 적이 있어요. 그걸 보고 아빠는 피자 가게에서 일하냐고 묻더라고요. 배달 피자 점원들이 헬멧을 쓰고 다니잖아요. 그 말을 듣고 그이가, 그래, 나는 하늘을 나는 피자 가게 아저씨야, 라고 대답하는 바람에 그 말을 곧이곧대로 믿어버렸지 뭐예요."

그런 어처구니없는 소리를, 이라고 생각했지만 사카야의 심정도 모르는 바는 아니었다. 벌써 몇 년째 한 번도 우승한 적이 없으니 당당히 가슴을 내밀고 아빠는 스키 점퍼라는 말을 하지 못한 채 자기도 모르게 자학적이 되었던 것이리라.

"그래도 이번에는 응원하러 오셨군요."

네, 라고 부인은 대답했다.

"그이는 오지 말라고 했어요. 하지만 내가 밀어붙였죠. 설령 우승을 못 하더라도 이 아이에게 꼭 한 번 보여주고 싶었어요. 아빠가 목숨 걸고 스포츠에 도전하는데 그걸 마지막까지 아들에게 보여주지 않다니, 엄마로서 도저히 받아들일 수 없는 일이라는 생각에……."

"마지막까지?"

"이번 토요일과 일요일, 두 경기만 끝나면 은퇴한다고 그이가 말했어요. 이미 코치에게는 그런 뜻을 전한 모양이에요. 일요일의 라지힐 경기가 끝나면 정식으로 발표할 거라네요."

"그랬군요……." 나유타는 허리를 숙여 얼굴 높이를 아이에게 맞추고 점프대를 가리켰다. "슈타, 아빠 대단하지? 저런 높은 곳에서 뛰어내리는 거야."

하지만 아이는 당황스러운 얼굴이었다. 부인이 쓴웃음을 지었다.

"아직 실감이 안 나는 모양이에요. 어떤 선수가 아빠인지도 모르는 것 같아요."

처음 와본 것이라면 그럴 만도 했다. 아래쪽에서는 출발 게이트에서 있는 선수가 콩알만 하게 보일 뿐이다. 애초에 어린아이가 이 경기의 의미를 어디까지 이해하는지도 미심쩍었다.

"어떻게든 좋은 성적이 나왔으면 좋겠네요."

"네, 시상대에 오를 만한 성적이 나온다면 슈타에게도 큰 자랑거리가 될 텐데……."

부인의 말을 듣고, 사카야의 기색이 평소와 달랐던 것도 이해가 되었다. 그는 결코 기합이 빠진 것도 아니고 스키 점프에서 마음이 떠난 것도 아니다. 그 반대다. 그는 어떻게든 우승해야 한다고 각오를 다진 것이다. 어린 아들에게 아빠가 유명한 스키 점프 선수였다는 추억을 남겨주고 싶어서 막바지까지 자신을 몰아붙이고 있었던 것이다.

"괜찮아요, 사카야 씨라면 반드시 해낼 거예요. 저는 그렇게 믿고 있습니다."

"그러면 정말 좋겠죠?" 부인은 손목시계에 시선을 떨구었다. "볼일이 좀 있어서 저는 이만 실례할게요."

"내일은 저도 관전하러 올 거예요. 함께 응원하겠습니다."

"고마워요."

어린 아들의 손을 잡고 멀어져가는 부인의 뒷모습을 눈으로 배웅하고 있는데 마도카가 불쑥 곁에 다가와서 "그런 무책임한 말을 잘도 하시네"라고 말했다. "반드시 해낼 거라느니, 믿는다느니."

"그럼 뭐라고 말해? 사실은 시상대에 오를 가능성은 거의 없습니다, 라고 말했어야 좋았겠어?"

"아무 말도 안 하면 되잖아요. 그 부인도 별로 기대를 안 하는 것 같던데."

"그럴지도 모르지만, 그래도……."

마도카가 점프대를 올려다보았다. 덩달아 시선을 올려보니 한 선수가 막 출발하는 참이었다. 자세와 체형을 보고 사카야라는 것을 알았다. 항상 그렇듯이 도약점 직전에 잠깐 모습이 사라졌다. 그리고 한순간 뒤에 허공을 향해 날아올랐다. 그 직후였다.

"116미터." 마도카가 냉랭한 목소리로 말했다.

사카야의 자세는 정확했다. 하지만 역시 힘이 부족하다. 착지한 지점은 정확히 마도카가 예언한 거리만큼의 위치였다. 이 점프대는 K점*이 120미터다. 최소한 그것을 넘지 않고서는 우승은 넘볼 수도 없다.

* Kritisch Point. 임계점 또는 기준점을 뜻하는 독일어. K점을 기준으로 비행 거리를 그보다 초과하면 거리에 따라 가산점이 붙고, 반대로 미달할 경우 감점 처리 된다.

사카야가 스키를 타고 내려왔다. 나유타가 손을 흔들자 엄지를 번쩍 세우며 응해주었다. 고글을 쓰고 있어서 표정은 잘 알 수 없었다. 하지만 자신의 점프에 만족하지 않았다는 것은 온몸에서 풍기는 분위기만 봐도 명백했다.

6

저녁에 나유타가 호텔방에서 노트북을 들여다보고 있는데 노크 소리가 들렸다. 찾아올 만한 사람이 짐작되지 않아서 "누구세요?"라고 물어보았다.

"나예요"라고 무뚝뚝하게 대답하는 목소리가 귀에 익었다.

나유타는 잠금장치를 풀고 문을 열었다. 배낭과 방한복을 품에 안은 마도카가 부루퉁한 얼굴로 서 있었다.

"도쿄로 돌아간다고 하지 않았어?"

"그럴 예정이었는데……." 마도카는 별다른 양해도 없이 안으로 쑥 들어왔다. 두 개의 침대 중 한쪽에 털썩 앉더니 짐을 내려놓았다. "쓰쓰이 교수님 사무실에서 얘기를 하다 보니까 내가 여기에 좀 더 있어야겠더라고요."

점프 연습의 견학을 마친 뒤, 마도카는 쓰쓰이의 차에 탔다. 대학교로 가서 얘기를 나눈 뒤에 그길로 도쿄로 돌아간다고 얘기했었다.

나유타는 다른 쪽 침대에 앉았다.

"이쪽에 계속 머물러야 할 이유가 생겼다는 거야?"

네, 라고 그녀는 고개를 끄덕였다. "나유타 씨하고 똑같이."

"나하고? 그건 또 무슨 얘기지?"

"사카야 선수가 마음에 걸렸어요. 어떻게 좀 해볼 수 없을까 하고."

"마도카가 쓰쓰이 교수님을 찾아온 건 스키 점프와는 전혀 관계없는 일이었잖아."

"관계는 없죠. 나는 7년 전 토네이도에 대해 조사 중이에요. 오늘은 쓰쓰이 교수님 덕분에 귀한 데이터를 많이 얻었죠. 근데 그 뒤에 교수님과 잡담을 하던 중에 스키 점프에 대한 얘기를 이것저것 하다 보니까 사카야 선수가 이길 희망도 있다는 생각이 들던데요?"

"어떻게?"

마도카는 침대 위에 책상다리를 틀고 앉아 팔짱을 꼈다.

"문제는 날씨예요. 특히 바람의 방향이죠. 알고 있겠지만, 맞바람을 받으면, 즉 역풍이 불 때는 비거리가 길어져요."

"응, 그건 스키 점프의 상식이지."

"똑같은 조건이라면 어떤 선수나 동일한 혜택을 받는 거니까 불공평한 건 없어요. 하지만 실제로는 그렇지 않죠. 바람의 세기나 방향이라는 게 시시각각 변하니까."

"그 바람에 금메달이 확실하다고 예상했던 선수가 우승을 놓치는 일도 많아. 다만 예전에 비해 약간은 그런 점을 고려해서 요즘에 새로운 규칙이 생겼어."

"쓰쓰이 교수님한테서 그 얘기도 들었어요. 윈드 팩터라는 거."

"응, 그렇지."

유리한 역풍을 받았을 때는 득점이 마이너스가 되고, 순풍을 받았을 때는 거꾸로 플러스 점수를 준다, 라는 규칙이다.

"근데 그 규칙으로 바람에 의한 행운과 불운이 없어졌어요?"

"약간은 없어졌겠지. 하지만 완전하다고 하기는 어려워. 바람의 방향이나 강도는 장소에 따라 제각각 다르거든. 점프대 몇 군데에서 측정해 평균치를 내는데 그게 꼭 엄밀하다고는 할 수 없어. 중요한 것은 점퍼가 날아가는 공간에서 바람이 어떻게 부느냐에 달려 있으니까."

"게다가 쓰쓰이 교수님의 말에 따르면, 비거리만의 문제가 아니라던데요. 멀리까지 날아간다는 것은 그것만으로도 비행시간이 길어져 선수의 마음에도 여유가 생겨나고, 그래서 착지 태세에 들어가기도 쉬워진대요."

"그렇지."

"게다가 착지에서의 충격도 무시할 수 없다던데요? 착지 때 역풍이 불어주면 낙하산처럼 두둥실 가볍게 내려설 수 있다. 반대로 순풍이면 뒤에서 미는 힘 때문에 내동댕이쳐지듯 착지하게 된다. 그러면 넘어지지 않으려고 온몸으로 버티느라 착지자세 같은 건 신경 쓸 겨를도 없다……."

나유타는 마도카의 얼굴을 찬찬히 바라보았다.

"쓰쓰이 교수님과 꽤 깊은 내용까지 얘기한 모양이네. 완전히 평론가 같잖아."

마도카의 얼굴에서 표정이 스윽 사라졌다. "놀릴 거라면 이제 그만할래요."

"아, 미안, 미안." 나유타는 즉시 사과했다. "윈드 팩터로는 바람에 의한 행운과 불운을 모두 다 커버하지 못한다는 얘기는 잘 알겠어. 나도 동감이야. 자, 그래서?"

"쓰쓰이 교수님은 유감스럽게도 현재 사카야 선수의 기술로는 순풍에서 비거리를 더 늘릴 수 없고 비형점*도 따기 어려워서 윈드 팩터로 몇 점쯤 얻는다고 해도 우승은 어려울 거라고 했어요. 만일 우승할 희망이 있다고 한다면 역풍을 받을 때라는 얘기예요."

"게다가 그 역풍이 사카야 씨가 내려올 때만 불어주고 다른 선수 때는 그런 바람이 불지 않아야 해. 그런 기막힌 행운의 상황은 굳이 마도카가 얘기할 것도 없이 나도 원하고 있어. 진심으로 기도하고 있다고 해도 좋겠지." 나유타는 다리를 꼬아 앉으며 긴 한숨을 내쉬었다.

그러자 마도카가 지그시 이쪽을 바라보았다. "왜?" 하고 나유타가 물었다.

"가능성이 있어요."

"응?"

"내일이라면 그런 기막힌 행운이 일어날 가능성이 충분히 있다고요."

나유타는 고개를 갸우뚱했다. "무슨 말이야?"

"내일 경기는 오전 11시에 시작해요. 그 시간대의 날씨는 맑음. 횡풍은 거의 없어서 예정대로 경기가 치러질 거예요. 역풍은 좀 있지

* 飛型點. 스키 점프에서 활강, 도약, 공중, 착지 등의 자세에 주어지는 점수.

만, 1차 시기 경기가 진행되는 동안은 안정적이라서 각자 순서에 따른 불공평한 일이 생길 수준은 아니에요. 그러니까 사카야 선수에게는 어떻게든 자신의 실력으로 비거리를 늘리라고 할 수밖에 없겠죠. 문제는 2차 시기 경기예요. 중간부터 조금씩 남쪽에서 부는 바람이 강해질 거예요. 그 점프대에서 보자면 순풍이라는 얘기죠."

"아, 잠깐, 잠깐." 나유타는 마도카의 말을 제지하기 위해 손을 내밀었다.

하지만 그녀는 말을 멈추지 않았다.

"영향은 서서히 나타날 거예요. 경기는 1차 시기에서의 순위가 낮은 선수부터 뛰게 되니까 성적이 좋았던 선수일수록 순풍의 영향을 받아 속도를 잃게 되겠죠. 하지만 순풍만 부는 게 아니에요. 상공의 공기는 점차 점프대를 중심으로 크게 소용돌이무늬를 그리듯이 돌기 시작하죠. 그러니까 1차 시기 순위 경쟁에서 반드시 8위 안에는 들어야 돼요. 문제는 출발 타이밍인데……."

"아, 잠깐 기다리라니까." 나유타는 두 손을 앞으로 내밀었다. "대체 지금 무슨 얘기를 하는 거야?"

"당연히 내일 경기 얘기죠."

"그거야 알지만 순풍이 어떻다느니 공기가 소용돌이무늬를 그린다느니, 그게 무슨 말이지? 쓰쓰이 교수님이 그런 말까지 하셨어?"

마도카는 고개를 저었다. "교수님은 그런 말은 안 했어요."

"그럼 방금 그 얘기는 뭔데?"

그건, 이라고 말하려다가 마도카는 입을 꾹 다물었다. 그리고 잠시 망설이는 듯한 얼굴을 보이더니 포기한 듯 한숨을 내쉬었다. "나유타 씨는 그런 쪽은 문외한이죠? 미안, 그냥 잊어버려요."

"응? 왜 그래, 끝까지 설명해봐."

"소용없어요. 설명해도 이해를 못 할 텐데. 백문이 불여일견이라는 말이 있잖아요. 내일 직접 나유타 씨 눈으로 확인하는 게 빨라요. 아무튼 내가 하고 싶은 말은 사카야 선수가 우승할 가능성이 충분히 있다는 거예요. 다만……." 마도카는 자신의 가슴팍을 가리켰다. "내가 그 자리에 꼭 있어야 해요. 그래서 도쿄로 돌아가지 않고 다시 이 호텔로 돌아왔죠."

진지한 얼굴로 말하는 마도카를 보고 나유타는 머릿속이 혼란스러웠다. 무슨 생각인지, 진의를 알 수 없었다.

자, 그러니까, 라고 그녀는 말을 이었다. "오늘 밤은 여기서 잘래요."

엇, 하고 나유타는 눈이 둥그레졌다.

"괜찮죠? 원래 트윈룸이라 침대도 하나 남잖아요. 호텔 쪽에는 내가 말할게요."

"자, 잠깐. 나야 괜찮지만 네가 오히려 싫을 텐데. 남자랑 같은 방을 쓰다니."

마도카는 치켜 올라간 눈을 나유타에게로 향했다. 그 시선에는 뭔가를 관찰하는 듯한 빛이 깃들어 있었다. 이윽고 그녀는 고개를 저었다. "아뇨, 전혀. 난 괜찮아요."

"그렇다면 나도 뭐, 괜찮지만……."

"아, 잘됐다." 마도카는 침대 위에서 양말을 벗기 시작했다.

7

마도카가 말한 대로 토요일은 아침부터 쾌청한 날씨였다. 아침 식사를 마친 나유타는 조수석에 그녀를 태우고 점프 대회장으로 차를 몰았다.

주차장에는 어제와는 비교도 안 될 만큼 수많은 차량들이 서 있었다. 대형버스도 눈에 띄었다. 스키 점프 국내 대회라고 해봐야 도쿄에서는 화젯거리도 되지 않지만, 시합이 개최되는 이 지역에서는 나름대로 주목을 받는 모양이다.

차에서 내리자마자 쓰쓰이에게 전화를 해보았다. 그는 지금 사카야 일행과 함께 있다고 했다.

"이따 만나자. 그 소녀……, 우하라 마도카하고 같이 있지?"

"그렇다니까요. 어젯밤에 갑자기 내 방으로 쳐들어왔어요."

쓰쓰이는 흐흥 하고 코를 울리며 웃었다.

"연구실에서도 가장 중요한 토네이도 얘기는 대충대충 넘기고, 스키 점프며 사카야 씨 얘기만 물어봤어. 상당히 관심이 있는 모양이야. 자기도 경기를 지켜볼 거라고 하더라고. 자기가 가면 사카야 선수가 우승할지도 모른다는 말까지 했어."

아무래도 쓰쓰이에게도 그 기묘한 이야기를 한 모양이다.

"마도카에게 말 좀 전해줘. 그 건은 미리 얘기해뒀다, 라고."

"그 건이라뇨?"

"마도카에게 물어보면 알아."

전화를 마친 뒤, 나유타는 쓰쓰이의 말을 마도카에게 전했다. 잘

됐네요, 라고 그녀는 만족스러운 듯 고개를 끄덕였다. "코치석에 올라가고 싶다고 부탁했거든요."

"코치석에?"

나유타는 놀랐다. 코치석이란 선수에게 출발 신호를 보내는 코치들이 머무는 곳으로, 도약점 옆에 설치되어 있다. 당연히 아무나 들어갈 수 있는 곳이 아니다.

"쓰쓰이 교수님이 스키 점프 연구를 위해 출입 승인 ID카드를 발급받았다더라고요. 그 카드를 나도 잠깐 쓰게 해달라고 부탁했어요. 교수님의 조수라는 명목으로."

"코치석 같은 데 들어가서 뭘 어떻게 할 생각인데?"

"그야 뻔하죠." 마도카는 자신의 스마트폰을 꺼냈다. 하지만 시각을 확인할 목적이었던 모양이다. "서둘러야겠어요, 이제 슬슬 1차 시기 경기 시작해요."

경기장 안으로 들어가보니 관객석은 의외로 빈자리가 많았다. 텅 비었다고 해도 무방할 정도였다. 이곳이 만석이 될 때는 주차장이 지금과는 비교도 안 될 만큼 붐비겠구나, 라고 새삼 생각했다.

나유타는 되도록 위쪽의 관객석으로 가고 싶었지만 마도카는 가장 아래쪽이 좋다고 말했다. 브레이킹 존이라고 불리는, 착지를 마친 선수가 멈추기 위한 공간 바로 옆이다.

"여기서는 가장 중요한 점프 순간이 너무 멀어서 잘 안 보이는데?"

"됐어요, 1차 시기는. 그보다 더 중요한 일이 있어요." 마도카는 핑크색 니트 모자를 다시 깊숙이 고쳐 썼다.

잠시 뒤 경기가 시작되었다. 아나운서가 이름과 소속을 알려준 선수가 아득히 저 위쪽에서 미끄러져 내려오는 모습은 언제 봐도 박력이 느껴진다. 설령 실패한 점프라도 100미터 가까이는 날아가는 것이다. 도저히 인간이 해내는 일이라고는 생각되지 않을 정도다.

브레이킹 존에서 정지한 선수는 곧바로 스키판을 부츠에서 떼어내 어깨에 떠메고 리프트 승차장으로 향한다. 2차 시기 경기에 임하기 위해서다. 그 참에 나유타와 마도카가 앉아 있는 앞쪽을 지나가게 된다.

문득 돌아보니 몇 자리 건너편에 사카야의 아내가 앉아 있었다. 이름은 교코라고 소개했었지만 어떤 한자를 쓰는지는 알지 못한다. 슈타라는 어린 아들의 손을 잡고 불안한 얼굴로 점프대를 올려다보고 있었다.

이윽고 그녀 쪽에서도 나유타를 알아본 모양이다. 표정을 누그러뜨리고 인사를 건네 왔다. 나유타도 고개 숙여 응했다.

그리고 마침내 사카야의 이름이 방송되었다. 출발 게이트에 파란 스키복을 입은 사카야가 나타났다. 나유타는 교코를 보았다. 그녀는 아들의 손을 잡지 않은 다른 손을 자신의 가슴에 얹고 있었다.

사카야가 출발했다. 어프로치*를 고속으로 미끄러져 내려왔다. 몇 초 뒤, 도약점에서 공중으로 날아올랐다. 그 순간, "좋았어!"라고 마도카가 말을 내뱉었다. "120미터!"

스키판을 V자형으로 크게 벌린 자세로 날아오른 사카야는 랜딩 반에서의 착지도 멋지게 성공했다. 그대로 브레이킹 존까지 달려왔다.

* 출발선에서 도약점까지의 거리를 이르는, 점프대의 활주로.

스키판을 떼고 사카야는 불안과 기대감이 섞인 얼굴로 전광판을 올려다보았다. 나유타도 시선을 집중했다. 이윽고 그곳에 표시된 거리는 마도카가 말했던 것과 정확히 일치했다. 비형점도 나쁘지 않다. 현재까지는 톱이다. 박수가 울려 퍼졌다.

사카야는 스키판을 어깨에 메고 비어 있는 왼손을 부르쥐면서 나유타 일행 쪽으로 다가왔다. 그의 아내와 아들이 그에게로 뛰어갔다.

"정말 잘했어." 교코의 목소리가 통통 튀었다.

"뭐, 그럭저럭." 사카야는 겸연쩍은 기색이었다.

"슈타, 아빠가 엄청나게 날아올랐어. 다음 경기도 열심히 해달라고 말해야지."

어린 아들은 여전히 상황을 이해하지 못한 기색이었지만 그래도 "아빠, 파이팅"이라고 더듬더듬 말했다.

사카야는 아들의 머리를 쓰다듬은 뒤, 리프트 승차장을 향해 걸음을 옮겼다. 나유타가 "나이스 점프!"라고 찬사를 건네자 웃는 얼굴로 고개를 끄덕였다.

"사카야 씨, 잠깐만요!" 마도카가 자리에서 일어나 뛰어갔다. 사카야를 따라잡더니 그와 나란히 걸으면서 뭔가 열심히 말을 건네고 있었다.

나유타도 급히 그 뒤를 쫓아갔다. 믿어야 해요, 라는 마도카의 말이 귀에 들어왔다. 사카야는 난처한 듯 고개를 갸웃거리고 있었다.

"무슨 얘기야?" 나유타가 뒤에서 그녀에게 물었다.

사카야가 발을 멈추고 돌아보며 쓴웃음을 지었다.

"이 여학생이 이상한 소리를 하는데? 우승하고 싶으면 자기 신호에 따라서 뛰라는 거야."

"뭐? 제정신이야?"

마도카는 나유타 쪽은 쳐다보려고도 하지 않고 핑크색 니트 모자를 벗었다.

"나는 코치석에 있을게요. 이 모자를 흔들면 그 즉시 출발하세요. 1초도 늦으면 안 돼요."

"허 참, 선수는 코치의 신호에 따라서 출발하는 거야."

사카야의 말에 마도카는 답답한 듯 고개를 가로저었다. 긴 머리가 출렁였다.

"코치에게 기대서는 안 된다니까요. 방금 좋은 점프를 한 건 바람이 좋았기 때문이에요. 안정적인 역풍이었잖아요. 하지만 2차 시기는 그렇지 않아요. 이제 곧…… 앞으로 15분쯤 뒤에는, 바람의 방향이 달라져요. 사카야 씨가 제일 싫어하는 순풍이 불 거라고요."

사카야의 얼굴에서 웃음기가 사라졌다. "불길한 예언을 하는구나."

"예언이 아니라 이미 정해진 일이라니까요. 제발 나를 믿어요. 우승하고 싶지 않아요?"

"내가 우승하기를 바란다면 얌전히 관전해주는 게 좋아. 구도 씨, 이 여학생 좀 부탁해."

가자, 라고 나유타는 마도카의 팔을 잡았다.

"놔요. 방해하지 말고!" 그녀는 손을 뿌리치려고 했다. 하지만 나유타는 놓지 않았다. 그러자 빠른 걸음으로 멀어져가는 사카야의 등을 향해 그녀는 소리쳤다. "나를 믿어요. 반드시 사카야 씨에게 최고의 바람을 선물할 거예요. 내 신호를 잘 보라고요!"

사카야는 뒤돌아보는 일 없이 리프트 승차장으로 성큼성큼 걸어갔다.

8

1차 시기에서 사카야의 순위는 7위였다. 조건이 좋았기 때문인지 그보다 높은 기록을 낸 선수가 여섯 명이나 나온 것이다. 하지만 근소한 차이여서 충분히 역전을 노릴 수 있는 순위였다.

2차 시기 경기를 시작하기 전에 나유타와 마도카는 코치석 아래에서 쓰쓰이를 만났다. 그는 고맙게도 나유타 몫의 ID카드도 미리 만들어 건네주었다.

나유타는 마도카가 사카야에게 반강제로 들이댄 제안을 쓰쓰이에게 이야기했다.

"네가 바람을 읽어낸다고?" 쓰쓰이가 마도카에게 물었다. "시시각각 변하는 바람의 방향을?"

"간단히 말하자면 그런 얘기예요. 아마도 믿지 않으시겠지만."

나유타는 도약점 옆에 붙은 풍향계를 보았다. 그것은 순풍을 가리키고 있었다. 마도카가 예고한 그대로였다. 나유타는 그녀의 예고가 매번 정확했다는 것을 쓰쓰이에게 설명했다.

"일기도를 참고로 한 건가?" 쓰쓰이가 마도카를 보며 물었다.

그녀는 고개를 저었다. "일기도로 알아내는 건 아주 대략적인 사실뿐이에요."

"그럼 무엇을 근거로 바람의 방향을 알아냈지?"

마도카는 두 팔을 펼치고 주위를 둘러보았다.

"다양한 것. 기온, 지형, 나무들의 흔들림, 연기의 흐름, 구름의 움직임, 태양의 위치, 눈에 들어오는 것, 들리는 것, 피부로 느껴지는 것, 그런 모든 것을 근거로 알아내요."

쓰쓰이는 나유타 쪽으로 시선을 던졌다. 믿어지느냐, 라고 묻는 표정이었다. 나유타는 고개를 갸우뚱할 수밖에 없었다. 하지만 마도카가 엉터리로 지어낸 말을 하는 것처럼은 생각되지 않았다.

"아무튼 나를 코치석으로 데려가면 다 알게 돼요."

쓰쓰이는 뭔가 석연치 않은 기색을 보이면서도 고개를 끄덕였다. "일단 가보기로 할까."

코치석에는 방한복을 입은 사람들이 여러 명 있었다. 그들은 나유타와 마도카를 보고 일순 의아한 표정을 지었지만, 두 사람이 ID카드를 목에 걸었고 곁에 쓰쓰이가 함께 있는 것을 보고는 연구 조수쯤 되는 모양이라고 생각한 것 같았다. 정작 장본인인 쓰쓰이는 삼각대로 고정해둔 고속 촬영 카메라를 들여다보고 있었다. 선수들의 도약 모습을 찍는 것이다.

테스트 점퍼가 몇 차례 시험 도약을 한 뒤, 2차 시기가 시작되었다. 1차 시기에서의 순위가 낮은 선수부터 경기에 임한다.

맨 처음 선수, 즉 1차 시기에서 최하위였던 선수가 출발했다. 크라우칭 자세로 미끄러져 내려와 도약점에서 발을 구르며 날아올랐다. 이렇게 바로 코앞에서 보는 것은 나유타도 처음이다. 엄청난 박력이 느껴졌다.

선수가 공중에서 비행자세에 들어간 순간, 마도카가 "타이밍이 늦어"라고 중얼거렸다. "100미터도 안 나올걸."

허공으로 도약한 선수는 빠른 속도로 랜딩 반을 향해 낙하해갔다. 착지점은 코치석에서는 보이지 않았다.

잠시 뒤 전광판에 거리와 비형점이 표시되었다. 거리는 97미터였다.

비디오카메라로 현장을 찍던 쓰쓰이가 뒤를 돌아보았다. 놀란 얼굴을 하고 있었다. 마도카의 중얼거림을 다 들은 모양이었다.

그다음 선수가 미끄러져 내려왔다. 도약점에서 날아올라 나유타 일행의 시야에서 사라졌다. 마도카가 말했다. "이것도 실패. 조금 전 선수보다 짧아."

그 말 그대로였다. 전광판에 표시된 거리는 95미터였다.

"어떻게 알았어?" 나유타가 작은 소리로 물었다.

"그냥 저절로 알아요." 마도카는 태연히 말했다. "비행체의 행방은 물체의 형상, 도약 속도, 각도, 풍향으로 거의 정해지니까."

그 뒤에도 선수가 도약할 때마다 마도카는 미리 비거리를 말해주었다. 그 수치는 거의 적중했다. 3미터 이상 틀린 경우는 없었다.

이윽고 그녀가 "바람이 바뀌었네"라고 중얼거렸다. "단순한 순풍이 아냐. 돌기 시작했어."

나유타는 풍향계로 시선을 던졌다. 그랬더니 정말로 흔들흔들 움직이고 있었다.

풍향의 변화를 코치들도 눈치채기 시작한 모양이었다. 선수에게 출발 신호를 내리는 타이밍을 고심한다는 것이 손에 잡힐 듯 느껴졌다. 계속 순풍이 분다면 어쩔 수 없다고 포기하겠지만 그렇지 않을 때가 있다면 최대한 좋은 조건에서 뛰게 하고 싶은 것은 당연하다.

점프대 옆에는 신호기가 붙어 있어서 그것이 빨간색인 동안에는 출발할 수 없다. 하지만 파란불이 들어온 순간부터는 정해진 제한 시간 내에 출발하지 않으면 실격이다. 오늘 경기에서의 제한 시간은 15초다.

한 선수가 출발했다. 시속 약 90킬로미터의 속도로 미끄러져 내려왔다. 도약점에서 공중으로 날아오른 순간, 그 몸이 흔들렸다. 역풍을 받는다는 것을 나유타도 알아볼 수 있었다. 어엇, 하고 코치들이 소리를 높였다. "잘 뛰었어!"라고 누군가 외쳤다.

하지만 마도카는 차가운 어조로 말했다. "그렇게 많이 안 나올걸? 착지 때 기록이 떨어져."

거리가 발표되었다. 115미터였다. 마도카의 말대로 그리 대단한 기록은 아니었다.

"아래쪽은 순풍이었던 모양이야." 그런 목소리가 코치진 쪽에서 들려왔다. "오늘은 가늠하기가 참 어렵다"라고 누군가가 응했다.

쓰쓰이가 마도카를 돌아보았다.

"랜딩 반은 여기서는 보이지도 않아. 너는 보이지 않는 곳의 바람 방향도 알 수 있어?"

그녀는 고개를 끄덕였다. "어제 리프트를 타고 올라가서 지형을 전부 머릿속에 입력했으니까요."

쓰쓰이는 코를 벌름거렸다. 할 말을 잃은 것처럼 보였다.

다시 또 한 사람, 선수가 출발했다. 바람은 별로 없는 것처럼 나유타에게는 느껴졌다. 하지만 마도카는 "굿 타이밍!"이라고 말했다. "이건 꽤 나갈 것 같아."

선수는 도약점에서 힘차게 도움닫기를 했다. 됐어, 라고 마도카가 중얼거렸다. "K점은 넘을 거야."

그녀의 말이 맞았다는 것은 바로 그다음 순간에 밝혀졌다. 지금까지 반응이 시원찮던 관객석에서 큰 환성과 박수 소리가 터진 것이다.

이윽고 발표된 비거리는 121미터. 2차 시기 경기의 최고 기록이었다. 이 선수는 당연히 톱에 올랐다.

"아래쪽에서는 역풍이 불었나?"

나유타의 물음에 마도카는 고개를 끄덕였다. "최고의 역풍이었어요."

하지만 전광판을 본 바로는 윈드 팩터는 그다지 감점이 되지 않았다. 역풍은 착지점 근처에서만 일어난 현상인 것이다.

"교수님, 어떻게 생각하세요?" 나유타가 물었다.

쓰쓰이는 미간에 주름을 잡고 슬쩍 고개를 저었다. "진짜 믿어지질 않네."

"하지만 마도카가 하는 말이 모두 적중했어요."

"그건 그렇지만……." 쓰쓰이는 고뇌라는 말이 적합할 듯한 표정을 보였다. 바로 눈앞에서 지켜본 상황이 과학자로서 받아들일 수 있는 범위를 뛰어넘은 것인지도 모른다.

"사카야 씨의 코치에게 마도카가 말하는 타이밍에 신호를 보내라고 부탁해주시면 안 될까요?"

"그건 무리한 얘기지. 머리가 돈 거 아니냐고 할 텐데."

"그래도……."

그때 옆에서 마도카가 니트 모자를 벗었다. 흠칫 놀라서 나유타는 출발 게이트를 올려다보았다. 사카야가 막 게이트에 나오려 하고 있었다.

"이제 곧 착지점에 좋은 바람이 올 거예요. 서둘러야 해." 마도카가 초조한 기색으로 말했다.

나유타는 앞쪽을 보았다. 코치석 끝에서 사카야의 코치가 한 손으로 깃발을 들고 있었다. 그것을 휘둘러 내리는 것이 출발 신호다.

신호기가 파란색으로 바뀌었다. 그 순간, 마도카는 니트 모자를 든 오른손을 크게 휘둘렀다. 그 모습은 분명 사카야 쪽에서도 보일 터였다.

"출발해요!" 마도카가 외쳤다. "빨리! 놓치겠어!"

하지만 사카야는 출발하지 않았다. 코치가 깃발을 내리지 않았기 때문이다. 코치는 아직 좋은 바람이 오지 않았다고 판단한 것이리라.

마도카의 팔이 툭 떨어졌다. "틀렸어. 이미 늦었어……."

그 직후, 코치의 깃발이 내려갔다. "앗, 저런 바보!" 마도카가 내뱉었다. "최악이잖아."

활주해 내려온 사카야가 도약점에서 공중으로 날아올랐다. 타이밍도 자세도 나쁘지 않은 것처럼 보였다.

하지만 관객석에서는 조금 전의 선수가 대형 점프에 성공했을 때 같은 환성이 터지지 않았다. 마도카는 부루퉁해져서 이번에는 비거리에 관한 예측도 하지 않았다.

다음 순간, 관객들의 술렁거림이 들려왔다. 멋진 점프였기 때문이 아니라는 것은 그 심상치 않은 술렁거림으로 충분히 짐작할 수 있었다.

잠시 뒤 "넘어졌어!"라고 누군가 부르짖었다.

사카야의 코치가 얼굴빛이 확 변한 채 스마트폰에 대고 뭔가 급하게 말하기 시작했다. 쓰쓰이가 그쪽으로 달려갔다.

"사카야 선수, 넘어진 모양이네요." 마도카가 말했다. "다치지 않았으면 좋겠는데."

"그렇게 악조건이었던 거야?"

마도카는 한숨을 내쉬었다. "강한 횡풍이에요."

"아이쿠……." 대답할 말을 찾을 수가 없었다.

쓰쓰이가 돌아왔다.

"균형을 잃은 채 착지하는 바람에 넘어진 모양이야. 다치지는 않은 것 같아."

다행이다, 라고 중얼거리며 나유타는 전광판을 올려다보았다. 사카야는 최하위로 떨어져 있었다.

9

파란 스키복 차림의 사카야가 미끄러져 내려오기 시작했다. 촬영 방향은 나유타 일행이 지켜보던 곳과는 반대쪽이다. 게다가 높은 위치에서 찍은 것이라서 어프로치, 도움닫기, 비행, 착지까지 일련의 동작으로 확인할 수 있었다.

사카야가 도움닫기를 했다. 비행자세도 나쁘지 않았다. 하지만 비거리는 길지 않았다. 속도를 잃고 자꾸자꾸 떨어졌다. 게다가 착지 직전에 자세가 오른쪽으로 크게 기울었다. 가까스로 착지했지만, 엉거주춤한 양발 랜딩이었다. 게다가 중심이 명백히 어긋나 있었다. 그 자세 그대로 랜딩 반을 타고 내려갔지만 무리한 하중을 미처 견디지 못했는지 스키판이 부츠에서 떨어졌다. 당연히 넘어질 수밖에 없다.

쓰쓰이가 동영상을 정지시켰다. "정말로 횡풍을 받았어."

"마도카가 예측했던 대로예요." 나유타는 말했다.

"이렇게 강한 횡풍은 그 후에도 그 전에도 사카야 한 사람뿐이야. 정확히 그때에만 들이친 돌풍이라는 얘기야. 마도카는 어떻게 그것을 미리 알았을까……."

"그러니까 읽어냈던 거 아닐까요, 바람의 행방을?"

"설마."

"하지만 그렇게 생각하지 않고서는 설명이 안 되잖아요."

쓰쓰이는 끄응 신음 소리를 내며 팔짱을 꼈다. 인정하고 싶지 않은 모양이다.

항상 하던 대로 호쿠료 대학 연구실에 와 있었다. 노트북으로 재생해 본 것은 이번 대회 주최 측에서 기록용으로 촬영한 영상이다. 쓰쓰이가 복사해달라고 부탁한 것이라고 했다.

마도카는 없었다. 함께 가자고 권해봤지만 "그런 영상은 들여다봤자 아무 의미도 없어요"라면서 혼자 호텔로 가버렸다.

"사카야 씨의 코치에게 교수님이 사정을 얘기해주시면 안 될까요?"

"뭐라고 얘기하나. 믿어줄 리가 없잖아, 나 역시 반신반의인데."

"반신반의라는 건 반절쯤은 믿어볼 마음이 있다는 것이군요?"

쓰쓰이는 입가를 삐뚜름하게 하고 목덜미를 쓱쓱 비볐다.

"단순한 우연이나 요행 수준이 아니라는 것은 알겠어. 뭔가 특수한 능력이 있는 것 같아. 하지만 그걸로 내가 남들을 설득할 수 있을 만큼은 아직 안 됐다고나 할까……."

"과학적 근거가 부족하다는 말씀입니까?"

"과학이라……. 실은 마도카의 말이 전혀 비과학적인 것은 아니야. 주위의 상황을 종합해 바람의 방향을 예측한다는 것은 번듯한 과학이지. 문제는 그것을 한 인간의 머리로 종합하고 해석할 수 있느냐는 거야." 쓰쓰이는 생각에 잠긴 듯 몸을 숙였다. "코치를 설득하기는 어렵지만 사카야를 설득하는 거라면 어떻게든 될지도 모르겠는데……."

"그건 무슨 말씀이신지."

"오늘 일을 이야기해주고 내일 경기 때는 코치의 신호가 아니라 마도카의 신호를 보고 출발하라고 설득하는 방법이 있잖아. 물론 그건 코치에게는 비밀로 해야겠지."

"아, 그렇군요."

"사카야 본인이 어떤 대답을 하느냐에 달렸어."

"그거, 한번 해보도록 하죠. 부탁드립니다." 나유타는 머리를 숙였다. "저는 어떻게든 사카야 씨가 우승했으면 좋겠어요."

"우승을 바라는 건 나도 마찬가지야. 문제는 사카야에게 어떻게 설명하느냐는 것이지." 쓰쓰이는 떨떠름한 표정을 보이며 자신의 스마트폰을 집어 들었다. 손끝으로 터치해 귀에 댔다. 하지만 잠시 뒤에 고개를 저으며 스마트폰을 내렸다. "틀렸어. 연결이 안 돼. 아까 넘어지면서 다치지는 않았지만 혹시나 해서 병원에서 검사를 받는 중일 거야. 나중에 다시 연락해보자고."

"어떻게든 사카야 씨를 설득해주셨으면 좋겠어요."

쓰쓰이는 떨떠름한 표정이면서도 고개를 끄덕였다.

"그러는 수밖에 없겠지. 어차피 지금 이대로라면 사카야는 우승할 전망이 없어. 그렇다면 신에게 빌어보든 매달려보든 뭐든 해보는 수밖에 없어."

"신에게 매달리는 것보다는 더 희망이 있을 거예요." 나유타는 자리에서 일어나 등산복을 걸쳐 입었다. "저는 호텔에 돌아가 마도카와 얘기해볼게요. 자기 의견을 무시했다고 좀 토라진 눈치였어요. 내일은 도와주지 않겠다고 할지도 모르겠어요."

"그건 안 되지. 잘 부탁해." 그렇게 말하고 쓰쓰이는 거북스러운 듯 머리를 긁적였다. "허 참, 내가 이런 부탁을 하는 것도 이상하군. 반신반의라고 했으면서."

"그건 저도 마찬가지예요. 솔직히 말해서 저도 아직 30퍼센트쯤은 의심하고 있으니까요."

그럼 잘 부탁드립니다, 라고 말하고 나유타는 연구실을 나왔다.

호텔로 돌아와 방문을 연 순간, 흠칫 놀랐다. 마도카가 망측한 모습으로 침대에 앉아 있었기 때문이다. 티셔츠는 입었지만 아래는 팬티 한 장이었다. 게다가 양반다리를 하고 있었다.

나유타는 얼른 외면했다. "어휴, 앉음새가 그게 뭐야!"

"너무 더워서 그래요. 목욕을 좀 오래 했나 봐. 여기 목욕탕, 진짜 상쾌하던데요?"

"몰라, 몰라, 나는 가본 적도 없어. 그보다 얼른 바지 입어. 눈을 어디다 둬야 할지 난처하잖아."

"난처해할 거 없어요. 난 아무렇지도 않으니까."

"내가 아무렇지도 않지를 않아."

"에이, 귀찮게." 잠시 부스럭부스럭 움직이는 소리가 들렸다. "이제 됐어요."

나유타가 돌아보니 마도카는 허리에 목욕 수건을 두르고 있었다.

"옷을 안 입었잖아."

"목욕도 끝냈는데 또다시 바지를 주워 입고 싶지 않다니까요."

"뭔가 다른 거 없어? 파자마라든가 추리닝이라든가."

"없어요. 갈아입을 옷이 티셔츠랑 속옷뿐이라서." 마도카는 태연히 스마트폰을 터치해가면서 대답했다.

나유타는 한숨을 내쉬고 자신의 침대에 털썩 주저앉았다. "너한테 부탁할 게 있어. 내일, 다시 한번 사카야 씨를 위해 바람을 읽어줄 수 있을까?"

마도카는 얼굴을 들었다. "물론 그럴 생각이에요. 그래서 지금 그 준비를 하는 중." 그러더니 스마트폰의 화면을 나유타 쪽으로 내보였다. 그곳에는 일기도가 표시되어 있었다.

아무래도 자신의 의견을 무시한 사카야에게 짜증이 난 건 아닌 모양이다.

"내일은 바람이 어떨까?"

마도카는 후우 한숨을 토해냈다. "한마디로, 몹시 어려워요. 오늘보다 훨씬 더."

"오늘보다? 그거, 큰일이네."

"하지만 거꾸로 말하면, 예상 밖의 성적도 가능하다는 뜻이에요. 단, 그 바보가 내 말을 따라준다면 그렇다는 얘기죠."

바보라는 건 사카야를 가리키는 말인 모양이다.

나유타는 쓰쓰이가 나서서 사카야를 설득할 거라고 알려주었다.

"그걸로 순순히 말을 들어주면 좋겠지만……. 근데 만일 내 지시대로 따라준다고 해도 문제는 2차 시기예요."

"2차 시기? 무슨 문제가 있는데?"

마도카는 잠시 생각에 잠기더니 이윽고 결단을 내린 듯 고개를 저었다. "아무것도 아니에요."

"사람 궁금하게 왜 그래? 2차 시기가 대체 무슨 문제인데?"

"궁금하게 하려는 게 아니에요. 그냥 내일이면 다 알아요. 그보다 배고파. 저녁 먹으러 가요." 마도카는 힘차게 침대에서 내려섰다. 그 바람에 목욕 수건이 풀어져 나유타는 다시금 급하게 시선을 돌려야

했다.

10

일요일은 날씨가 확 달라져서 하늘에 회색 구름이 잔뜩 드리웠다. 그러면서도 묘하게 기온이 높았다. 바람이 들이쳐도 추위가 거의 느껴지지 않았다.

어제와 마찬가지로 점프대 주차장에 도착하자마자 나유타는 쓰쓰이에게 전화를 걸었다. 곧바로 연결이 되었지만 "지금 내 쪽에서도 전화하려던 참이야"라고 말하는 쓰쓰이의 목소리는 침울하게 가라앉아 있었다.

"무슨 일 있었어요? 사카야 씨를 설득하는 일이 잘 안 됐다든가?"

"그거 말인데, 어제는 사카야 씨하고 결국 통화를 못 했어. 아무래도 일부러 전원을 꺼둔 모양이야. 혼자 조용히 생각할 일이 있다나 어쨌다나."

"생각할 일이라니……."

쓰쓰이의 한숨 소리가 전해져 왔다.

"오늘 시합에 대해서 고민이 많겠지. 아까 직접 만났는데, 기권하겠다는 말까지 하더라고. 어제 2차 시기 점프 때 자신의 한계를 분명하게 깨달았다, 더 이상 추한 꼴을 보이고 싶지 않다, 그러더라고."

"기권? 그건 안 되죠, 마지막 시합인데."

나유타의 말에 사정을 짐작했는지 옆에서 듣고 있던 마도카가 눈을 치켜떴다.

"지금 코치들이 설득하는 중이야. 근데 어려울지도 모르겠어. 이미 결심한 것 같아."

"교수님은 지금 어디 계세요?"

"선수 대기실 앞이야."

"알겠습니다." 나유타는 전화를 끊고 마도카를 보았다. "사카야 씨가 경기를 포기할 생각인 모양이야."

"바보!" 마도카는 혀를 찼다. "역시나 바보였네. 어디 있대요?"

"선수 대기실이래. 만나러 가려고?"

물론이죠, 라면서 그녀는 빠른 걸음으로 나갔다.

리프트 승차장 옆의 작은 건물이 선수용 대기실이다. 탈의실과 준비체조실, 왁스룸 등이 갖춰져 있다.

나유타와 마도카가 도착했을 때, 그 입구 앞에서 쓰쓰이와 사카야가 마주 서 있었다. 사카야는 추리닝 차림이고 스키 점프복은 입고 있지 않았다.

사카야가 나유타를 알아보고 쓴웃음을 띠었다. "구도 씨까지 나를 설득하러 왔어?"

"경기에 참가하셔야지요, 사카야 씨." 나유타가 말했다. "이게 마지막이잖아요. 파이팅하는 모습을 보여주세요."

사카야는 얼굴 앞에서 손을 내둘렀다.

"보여줄 수만 있다면 나도 보여주고 싶지. 하지만 이제는 힘들어. 어제 2차 시기에서 나 자신에게 완전히 실망했어."

마도카가 한 걸음 앞으로 나섰다.

"어제 사카야 씨가 넘어진 건 내 말을 듣지 않았기 때문이에요. 내 지시만 따라준다면 오늘은 우승할 수 있어요."

"또 그 얘기야? 너, 꽤 집요하구나."

"쓰쓰이 교수님에게 물어보세요. 나, 거짓말 안 해요."

사카야는 미심쩍은 얼굴로 쓰쓰이를 돌아보았다.

쓰쓰이가 고개를 끄덕였다. "바람에 대한 감이 예리한 건 사실이야."

"믿어지지 않는데요? 게다가……." 사카야는 추리닝 호주머니에 손을 넣었다. "이제 바람이 어떻든 나와는 관계없어요. 어차피 안 뛸 거니까." 그러더니 이쪽에 등을 돌리고 걸음을 뗐다.

잠깐만, 이라고 마도카가 뒤를 쫓아갔다. 사카야 앞으로 돌아가 가로막았다.

"아들에게 보여줘야죠, 멋지게 날아오르는 모습을. 여기까지 응원하러 왔잖아요."

"기권한다고 아까 전화로 얘기했어."

"그럼 다시 전화하세요, 역시 뛰어야겠다고."

사카야는 머리를 내저으며 어이없다는 듯 양팔을 펼쳐 보이더니 말없이 다시 걸음을 옮기려고 했다. 하지만 마도카가 다시 그 앞을 가로막았다.

"어지간히 좀 해." 사카야가 화난 목소리를 냈다. "대체 왜 이래?"

"피자 가게 아저씨로, 그냥 괜찮아요?"

마도카의 말에 사카야의 몸이 일순 흠칫하는 것 같았다. "뭐라고?"

"슈타가 아빠는 피자 배달하는 사람이라고 생각해도 괜찮으냐고 물었어요. 스키 점퍼잖아요. 그렇다면 점프하는 모습을 보여줘야죠!"

사카야의 어깨가 크게 들먹였다. 나유타 쪽에서는 등밖에 보이지 않았지만 낭패한 모습이라는 것은 명백했다.

"피자 배달……. 그래도 어쩔 수 없어."

"사카야 씨는 그래도 괜찮겠지만, 아이에게는 좋지 않아요!" 마도카가 부르짖듯이 말했다. "아이에게는 아빠가 어떤 일을 하느냐는 건 아주 중요해요. 어쩌면 사카야 씨는 자신의 젊은 시절 영상이나 보여주면서 이게 아빠가 한 일이었다고 얘기해주면 그걸로 괜찮다고 생각할지도 모르지만, 아마 그렇게는 안 될걸요? 실제로 본 것이 아니면 아이는 그저 섭섭할 뿐이죠. 그런 간단한 걸 왜 모르죠? 아니면 어제의 점프 실수를 슈타의 유일한 추억으로 남겨주겠다는 건가요?"

"……오늘 경기에 나가봤자 꼴사나운 점프만 보여줄 뿐이야."

"글쎄 그렇게 만들지 않겠다고 하잖아요. 진짜 말귀도 못 알아듣네." 마도카는 사카야의 얼굴을 가리켰다. "빨리 옷 갈아입어요. 날아오를 준비나 하세요, 내가 바람을 읽어줄 테니까. 바람에 지배당하는 게 아니라 스스로 바람을 지배하는 거예요."

사카야는 기가 눌린 듯 주춤 뒤로 물러섰다. 잠시 침묵한 뒤에 나유타와 쓰쓰이 쪽을 돌아보더니 다시 마도카에게로 시선을 돌렸다.

"그래, 알았어. 그렇게까지 말한다면 뛰어주지. 어디, 네 신호대로 한번 해보자."

"약속했죠? 약속 안 지키면 이길 가망은 없어요."

"그래, 약속할게, 약속해." 내뱉듯이 말하고 사카야는 발길을 돌렸다. 쓰쓰이와 나유타에게 "이렇게 되면 내가 오기로라도 뛰어야겠어"라면서 큰 걸음으로 성큼성큼 건물 안으로 들어갔다. 그 눈에는 요즘 들어 거의 보이지 않던 날카로운 기백이 서려 있었다.

나유타와 쓰쓰이는 서로 마주 본 뒤에 마도카를 돌아보며 말했다. "잘했어, 잘했어."

"뭘요?" 그녀는 시큰둥한 얼굴이었다.

"사카야 씨를 잘 설득해줬다는 얘기야."

"저런 바보 아저씨는 어찌 되건 상관없어요. 문제는 슈타라고요. 자, 가요." 마도카는 걸음을 옮기기 시작했다. 코치석으로 갈 생각인 모양이다.

그 뒷모습을 가만히 바라보며 나유타는 조금 전 그녀가 내뱉은 말을 되새겨보았다. 바람에 지배당하는 게 아니라 스스로 바람을 지배하는 것이다…….

왜 그런지 마도카의 어머니가 토네이도로 인해 목숨을 잃었다, 라는 얘기가 생각났다.

11

예정 시각보다 약 30분 늦게 경기가 시작되었다. 시간이 지연된 것은 강한 횡풍이 들이쳤기 때문이다. 일단 중지하는 것도 검토한 모양이었다. 일이 그렇게 되었다면 마도카가 애써 설득한 것도 헛수고로 끝나버릴 참이었다.

바람이 약해지면서 경기는 시작되었지만, 선수들에게 좋은 환경이라고 하기는 어려웠다. 어제보다 더 바람의 방향이 휙휙 바뀌는 것이다. 마도카가 말한 대로였다. 당연히 선수들의 기록에도 불규칙한 결과가 눈에 띄었다. 좋은 바람을 받아 비거리가 늘어난 선수와 불행히도 바람의 혜택을 받지 못한 선수와의 득점 차이는 윈드 팩터로 정확히 메워질 수 있는 게 아니었다.

시시각각 사카야의 차례가 다가왔다. 나유타는 안절부절못하고 있었다. 과연 그가 몸을 날릴 때 좋은 바람이 불어줄까.

"방금 들은 얘기인데, 사카야 선수가 기권할 생각이었대." 바로 옆에서 한 남자가 작은 소리로 말했다. 어딘가 다른 팀의 코치인 듯했다.

"나도 그 얘기 들었어. 그길로 은퇴할 생각이었던 모양이야. 하긴 어제 그 점프를 보면 기권도 적절한 판단이라고 할 수 있지." 다른 한쪽의 남자가 대답하고 있었다.

"작년에 미련 없이 그만뒀으면 좋았을 텐데 말이야. 이번 시즌에는 우승은커녕 예선 탈락인 경우도 많았잖아. 그걸 지켜보자니 내가 다 괴롭더라고."

"그래도 본인은 여전히 만회할 수 있다고 생각하는 경우가 많지. 그 정도 베테랑이 되면 주위에서 아무 말도 못 하잖아. 그래서 물러나야 할 때를 깜빡 놓친다니까. 그나저나 왜 기권을 취소한 거야?"

"그건 아마 이런 거겠지. 마지막 추억 쌓기. 어떻게든 꽃길을 장식하고 떠나려는 거 아니겠어? 현재 실력으로 보면 그것도 어렵겠지만."

나유타는 한마디 해주고 싶었지만 입술을 깨물며 꾹 참았다. 마도카를 돌아보니 그녀의 귀에도 방금 그 대화가 들렸을 텐데 전혀 개의치 않는 기색으로 주위를 둘러보고 하늘도 올려다보고 있었다.

그리고 마침내 사카야가 달릴 차례가 다가왔다. 마도카가 니트 모자를 벗었다.

풍향계는 순풍을 가리키고 있었다. 하지만 그것이 약해진 직후, 신호가 파란색으로 바뀌었다. 코치는 아차 싶었는지 급하게 깃발을 내렸다.

하지만 사카야는 출발하지 않았다. 게이트에서 자세를 취한 채 멈춰 있었다.

"저 친구, 대체 뭐 하고 있어!" 코치가 소리쳤다. "빨리 출발해, 다시 바람이 바뀐단 말이야!" 사카야에게 들릴 리도 없는데 고함을 질렀다.

나유타는 초조해서 반쯤 정신이 나갈 정도였다. 마도카는 여전히 모자만 움켜쥐고 있다. 신호가 파란색이 되고 10초가 지나려 하고 있었다.

큰일이다, 라고 생각한 순간, 마도카가 니트 모자를 든 손을 크게 내저었다. 그게 보였는지 사카야가 즉각 출발했다. 맹렬히 미끄러져 내려오는 자세는 평소 그대로였지만 어제까지와는 다른 살기 같은 아우라에 감싸여 있었다.

도약점에서 바닥을 박차고 날아오른 순간의 자세에는 맹수가 사냥감을 덮치는 듯한 위압감이 있었다.

"됐어, 완벽해!" 바로 옆에서 마도카가 중얼거렸다.

잠시 뒤 관객들의 대환성이 울려 퍼졌다. 결과가 나오기를 기다릴 것도 없었다. 대형 점프에 성공한 게 틀림없었다.

방송으로 발표된 거리는 132.5미터였다. 오늘뿐만이 아니라 어제부터의 기록에서도 어느 누구도 넘볼 수 없는 최장 거리다.

사카야의 코치는 어안이 벙벙한 듯 고개를 갸웃거리면서도 기쁜 표정으로 손뼉을 치고 있었다. 다른 팀 코치들도 놀람과 찬사의 말을 거듭 토해냈다. 그중에는 조금 전까지 숙덕거리던 두 사람도 끼어 있었다. 그들 역시 노장 스타 선수의 활약을 학수고대했던 것이다.

쓰쓰이가 옆으로 다가왔다. "이제 반신반의 아니야. 확신했어. 마도카의 능력은 진짜야."

"동감입니다."

둘이 나눈 대화가 귀에 들어갔는지 마도카가 뒤를 돌아보았다.

"좋아하기는 아직 일러요. 문제는 2차 시기니까."

"2차 시기……. 어제도 그 얘기를 했었지? 대체 무슨 문제야?"

마도카는 고개를 저었다. "아무 문제도 없어요."

"문제가 없다고? 그렇다면 왜……."

"아무 문제도 없는 게 문제예요. 일단 내려가요. 사카야 씨의 부인을 찾아야 해요."

"부인을? 왜?"

"이유는 나중에 얘기한다니까요." 나유타의 팔을 잡아끌었다.

긴 계단을 내려가 브레이킹 존 옆을 향해 걸어가자 반대편에서 사카야가 다가왔다. 지금 다시 리프트를 타려는 것이다. 그 얼굴 표정은 만족스럽고 자신감이 넘치는 것처럼 보였다.

"사카야 씨, 나이스 점프!"

나유타의 격려에 사카야는 한 손을 번쩍 들었다.

"행운의 여신 덕분이야." 그는 멈춰 서서 마도카를 지그시 보았다. "고맙다. 정말 좋은 역풍을 받았어. 어떻게 바람을 그만큼 정확하게 읽어낼 수 있지?"

"그런 건 사카야 씨가 생각할 필요 없어요. 잊지 말아야 할 것은 비거리가 잘 나온 게 바람 덕분만은 아니라는 거예요. 어제의 사카야 씨라면 분명 그렇게까지는 날 수 없었어요."

그녀의 말에 사카야는 뭔가 짐작되는 게 있는 표정이었다.

"그래, 뭔가 꽉 막혀 있던 것이 뻥 뚫린 것 같아."

"사카야 씨라면 날아오를 수 있어요." 마도카가 말했다. "2차 시기도 기대할게요."

"알았어, 열심히 해볼게."

"부인과 아드님은 만났어요?" 나유타가 물었다.

"브레이킹 존 옆에 있어. 방금 전까지 얘기하다가 온 참이야."

"슈타는 방금 그 점프를……."

"응, 본 모양이야. 대단하다고 칭찬해주던데?" 사카야가 겸연쩍은 얼굴로 말했다.

"승부는 2차 시기에서 갈릴 거예요." 마도카가 말했다. "시상대에 선 모습을 꼭 보여주세요. 괜찮아요, 내 신호에 따라 출발하면 틀림없이 우승이에요."

"그래, 좋아!" 사카야는 주먹을 부르쥐고 리프트 승차장으로 향했다.

나유타는 마도카와 함께 브레이킹 존 옆까지 내려갔다. 그러자 사카야가 말했던 대로 그의 아내와 아들의 모습이 있었다. 표정이 환한 것은 사카야의 대형 점프를 눈앞에서 봤기 때문이리라.

옆으로 다가가, 안녕하세요, 라고 인사했다. "사카야 씨가 진짜 해냈죠?"

"네, 고마워요. 오늘은 2차 때도 잘될 거라고 하던데……." 부인이 조심스럽게 말했다.

"잘할 겁니다, 오늘 같은 컨디션이라면."

"글쎄요, 어떨지……." 기대감이 없지는 않겠지만, 마음속으로는 체념할 준비도 한 것처럼 보였다. 어제 그 일이 있었기 때문일 것이다.

아주머니, 라고 마도카가 한 걸음 앞으로 나섰다. "부탁이 있어요."

부인은 놀란 듯 주춤 뒤로 물러섰다. "부탁이라니, 나한테?"

"네, 사카야 선수에게 힘을 좀 실어주셨으면 좋겠어요."

마도카의 말에 부인은 어리둥절한 기색을 보였다.

12

2차 시기 경기가 시작되었다.

점프대를 올려다보는 나유타의 가슴은 불안으로 가득했다. 과연 사카야가 무사히 날아오를까. 1차 시기에 1위의 성적을 거두었기 때문에 가장 마지막에 출전하게 된다. 2위와의 차이가 그리 크지 않아서 조금이라도 실수가 있으면 역전을 당할지도 모른다.

한 사람 또 한 사람, 선수들이 날아올랐다. 1차 때의 순위가 낮은 선수부터 뛰는 것이라서 보통은 서서히 비거리가 긴 선수가 나올 터였다. 하지만 이번 경기는 순위가 상위로 올라가도 기록이 그다지 높아지지 않았다.

바람의 조건이 좋지 않았기 때문이다. 오히려 시간이 흐를수록 기록은 나빠지고 있었다.

남은 선수가 다섯 명이 되었다. 1차 시기에서 5위를 한 선수가 뛰었다. 그 직후에 "이건 패스"라고 마도카가 옆에서 중얼거렸다. 결과는 100미터 남짓. 실수한 점프였다. 결국 이 시점에서의 1위에도 오르지 못했다.

하지만 1차 시기에서 4위였던 선수는 달랐다. 악조건 속에 K점 가까이까지 거리를 늘렸다. 이 시점에서의 톱이었다.

그리고 1차 시기 3위 선수도 그에 못지않았다. 앞에 뛴 선수와 거의 같은 지점까지 날아가 착지했다. 비형점도 높아서 톱을 다투었다.

일이 점점 어려워져간다고 나유타는 생각했다. 현시점에서 1위와 2위는 상당한 고득점이다. 이것을 상회하기 위해서는 사카야도 K점, 즉 120미터까지는 날아야 한다.

최악의 경우, 3위 안에라도 들었으면 좋겠다, 라고 나유타는 생각했다. 그러면 어찌 됐든 시상대에는 오를 수 있다.

하지만 다음에 뛴 선수가 그 희망을 일거에 날려버렸다. 다시금 K점을 넘어선 것이다. 당연히 톱의 기록이다.

"역시 상위 선수들은 다르다." 나유타는 말했다. "악조건 속에서도 어떻게든 해내고 있어."

마도카는 대답 없이 점프대만 올려다보고 있었다. 그 얼굴 표정이 심각했다.

나유타는 기도하는 마음으로 출발 게이트를 응시했다. 마지막 한 사람인 사카야가 대기하고 있었다. 그 표정은 물론 보이지 않는다. 하지만 승리에 대한 강한 욕구와 실수에 대한 두려움이 가슴속에 교차하리라는 것은 쉽게 상상할 수 있었다.

신호가 파란색으로 바뀌었다. 핑크색 니트 모자는 과연 어느 순간에 휘두를 것인가. 나유타는 마른침을 삼키며 지켜보았다.

잠시 뒤 사카야가 출발했다. 물론 니트 모자를 휘둘렀기 때문일 것이다. 나유타는 눈을 감아버리고 싶었다. 그러나 이 순간을 놓쳐서는 안 된다. 반대로 눈을 크게 뜨고 시선을 집중했다.

도약점에서 사카야가 날아올랐다. 스키판이 V자로 벌어졌다. 좋았어, 라는 마도카의 힘찬 목소리가 나유타의 귀에 와 닿았다.

깨끗한 공중 자세를 유지한 채 사카야는 랜딩 반으로 날았다. 그 비행 곡선의 크기는 앞서 뛰어오른 선수들에게 지지 않는 것이었다. 착지에서는 텔레마크 자세*도 멋지게 마무리했다. 관객석에서 엄청

* 착지 시 충격을 최소화하기 위해 몸을 곧추세우고 양팔을 벌린 채 한쪽 무릎을 굽히는 자세.

난 환성이 터졌다. K점을 훌쩍 뛰어넘었다는 것은 나유타가 선 위치에서 바라봐도 명백했다.

브레이킹 존으로 향하면서 사카야는 두 손을 들어 승리 포즈를 취하고 있었다. 미끄러져 내려오는 그의 입가에는 기쁨이 가득했다. 승리를 확신한 것이리라.

정지한 그는 스키판을 떼어내고 전광판을 홀린 듯 바라보았다. 이윽고 그곳에 결과가 표시되었다. 비거리는 123미터, 합계 점수는 틀림없는 1위였다.

사카야는 그 자리에서 펄쩍펄쩍 뛰었다. 동시에 여러 명의 선수들이 그에게로 달려갔다. 그 속에는 톱을 다툰 젊은 선수들의 모습도 있었다. 그들 역시 노장 스타 선수가 화려하게 부활해주기를 진심으로 바라고 기대했던 것이다.

"해냈어!" 나유타는 마도카를 보았다.

네, 라고 그녀는 고개를 끄덕였다. "난 아무것도 안 했지만."

"역시 부인의 사랑의 힘 덕분인가?"

글쎄요, 라고 마도카는 고개를 갸우뚱하고 코치석을 올려다보았다.

나유타 일행은 브레이킹 존 옆에 있었다. 두 사람 대신 코치석에서 있는 것은 사카야의 아내와 아들이었다. 그들에게 나유타 일행의 ID카드를 쥐여준 것이다.

2차 시기 경기가 시작되기 전, 마도카는 사카야의 아내에게 자신의 니트 모자를 내밀며 말했다.

"신호가 파란색이 되면 아주머니가 좋다고 생각하는 때에 이걸

힘차게 내려주세요."

의아한 얼굴을 보이는 부인에게 마도카는 이렇게 덧붙였다.

"안타깝지만 사카야 선수가 달릴 때 좋은 바람은 오지 않아요. 계속해서 순풍이죠. 그러니 어떤 타이밍에 뛰더라도 조건은 똑같아요. 그러니까 아주머니가 직접 남편이 뛸 때를 정해주세요."

"하지만 내가 어떻게……."

"괜찮아요. 아주머니가 남편이 뛰기를 원하는 순간에 힘차게 모자를 흔들면 돼요. 후회가 없도록. 이게 마지막 점프가 될지도 모르니까요."

부인은 니트 모자를 받아 든 뒤, 마도카를 빤히 마주 보다가 천천히 고개를 끄덕였다. 그 얼굴에서는 단단한 각오가 보였다.

출발 게이트에서 코치석은 멀리 떨어져 있다. 사카야는 신호를 보낸 사람이 아내인 줄은 상상도 못 했을 것이다. 바람을 읽어낼 줄 아는 신비한 소녀의 힘을 믿고 뛰었을 게 틀림없다. 하지만 동시에 그는 자신의 힘 또한 믿었다. 사력을 다해 뛰면 아직은 지지 않는다, 라고.

옆에서는 마도카가 스마트폰으로 누군가와 통화를 하고 있었다. 어디선가 전화가 걸려 온 모양이다.

"알았어요. 금방 돌아갈 거예요. 잠깐 한눈을 좀 팔았죠. ……기리미야 씨와는 관계없는 일이에요. 그럼 이만 끊을게요." 전화를 끊은 뒤, 마도카는 혀를 찼다.

"어디에서 온 전화야?"

"도쿄. 진짜 잔소리도 많다니까. 자, 그럼 난 이만 가봐야겠어요.

여러분께 인사 전해주세요."

걸음을 옮기는 마도카를 잠깐만, 이라고 나유타는 불러 세웠다.

"또 만날 수 있을까?"

글쎄요, 라고 그녀는 고개를 갸우뚱했다. "그런 바람이 불어주면 만날 수 있을지도."

"바람이라니……."

가볍게 손을 들어 보이더니 다시 마도카는 걷기 시작했다. 뒤를 돌아볼 기미는 없었다.

나유타는 브레이킹 존으로 시선을 돌렸다. 멋진 부활을 성취한 노장 스타 선수를 띠동갑쯤은 될 만큼 어려 보이는 선수들이 우르르 몰려들어 헹가래를 치고 있었다.

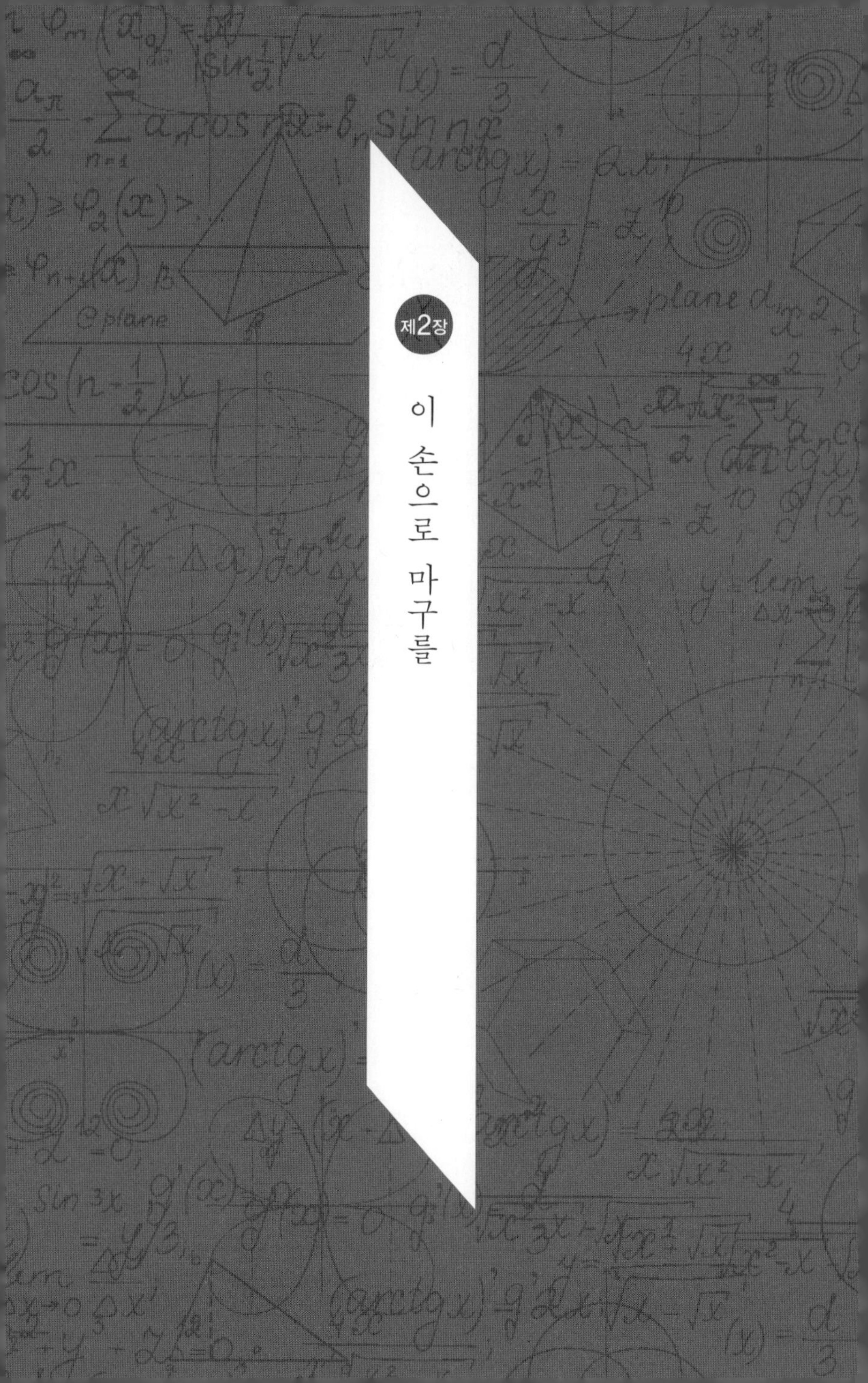

제2장

이 손으로 마구를

1

철제 출입문을 여는 것과 동시에 따악, 하는 마른 소리가 울렸다.

구도 나유타는 시선을 앞쪽으로 향했다. 실내 연습장 한구석에서 트레이닝복을 입은 두 남자가 캐치볼을 하고 있었다. 그들 외에 다른 사람은 없다.

안쪽에 있는 키 큰 남자, 이시구로 다쓰야가 나유타를 알아보고 한 손을 번쩍 들었다. 그것을 보고 앞쪽에 있던 남자가 돌아보았다. 특제 캐처 미트를 손에 끼고 있는 그는 미우라 가쓰오. 이시구로와는 대조적으로 약간 통통한 체형이다.

아하, 하면서 미우라가 이쪽으로 웃음을 건넸다. "수고가 많으시네."

"네, 수고하셨습니다." 나유타도 머리를 숙였다.

이시구로가 글러브를 벗으며 다가왔다. "지난번에는 고마웠어."

"몸 상태는 좀 어때요?"

"응, 덕분에 쾌조야." 이시구로는 오른쪽 어깨를 가볍게 돌렸다. "견갑골의 움직임이 상당히 부드러워졌어."

"다행입니다."

나유타가 이시구로의 몸에 침을 놓은 것은 일주일 전이다. 오키나와에서의 캠프를 마치고 도쿄로 돌아온 직후였다. 본격적인 트레이닝을 한 달여 동안 지속하고 이제 슬슬 피로가 쌓였을 때쯤에 해준 시술이다. 아니나 다를까 몸 여기저기가 딱딱하게 뭉쳐 있었다.

나유타는 시계를 보았다. 약속한 오후 5시까지는 아직 시간이 좀 남았다.

"오늘은 엉뚱한 부탁을 드려서 죄송합니다." 나유타는 두 사람에게 사과했다.

이시구로는 쓴웃음을 지으며 손을 저었다. "아냐, 그 전에도 비슷한 부탁이 많았어. 텔레비전 방송국에서도 들어오고."

"NHK 교육방송에서 한 번, 예능 프로그램에서 두 번." 옆에서 미우라가 덧붙였다.

"하지만 다 거절했지요?"

"응, 귀찮아서." 이시구로가 입가를 삐뚜름하게 틀었다. "애초에 나는 텔레비전이라는 게 영 마음에 안 들어. 사전 준비니 뭐니 이래저래 복잡하잖아. 그게 싫더라고. 게다가 적에게 자진해서 정보를 내주는 짓은 하고 싶지 않아."

"적에게?"

"그 방송을 다른 구단의 투수들도 볼 수 있잖아. 그걸 계기로 타개책을 찾아낼 우려가 전혀 없다고는 할 수 없지. 그렇잖아?"

나유타는 고개를 끄덕였다. "네, 전혀 있을 수 없는 일이라고 단언할 수는 없지요."

"그렇지? 나한테는 사활이 걸린 문제야."

"맞습니다. 그래서 이번 영상은 비공개로 하기로, 약속합니다."

"그 얘기 듣고 이번 일을 받아들이기로 했어. 더구나 다른 사람도 아니고 구도 씨가 부탁한 일이잖아. 어지간한 사정이 아닌 한 거절할 수 없지."

"미안하고, 고맙습니다."

"그렇게 미안해할 필요 없어." 옆에서 미우라가 말했다. "이 친구가 구도 씨의 마법의 침에 얼마나 큰 도움을 받았는데. 이번 시즌에도 자주 있을 것 같아, 등판 전날에 갑작스럽게 호출해서 어깨 통증을 풀어달라고 할 일이."

"응, 그럴 거야. 그러니 이런 기회에 얼른 부탁을 들어드려야지." 이시구로가 빙글빙글 웃으며 말했다.

"내 그럴 줄 알았어. 아무튼 그러니까 구도 씨는 미안해할 거 하나도 없어. 마음껏 써먹어도 돼."

"아휴, 써먹다니요, 무슨 그런 말씀을. 근데 제가 들은 얘기로는 공을 그렇게 많이 던지지는 않아도 될 것 같아요."

"누구라고 했더라. 아, 대학 교수님이라고 했지?" 이시구로가 물었다.

"쓰쓰이 교수님이에요. 호쿠료 대학 유체공학 연구실의 쓰쓰이 도시유키 조교수."

나유타의 대답에 미우라는 몸을 살짝 뒤로 젖혔다. "이런 일이 아니면 우리는 평생 만나볼 일도 없는 분이잖아?"

"쓰쓰이 교수님은 스포츠 분야와 관련이 깊은 분이에요. 이를테면 겨울철에는 주로 스키 캠프를 따라다니며 연구를 하시죠."

와아, 라고 두 사람은 허를 찔린 듯한 표정을 보였다.

뒤쪽에서 문이 열렸다가 닫히는 소리가 들렸다. 나유타가 돌아보니 네모난 얼굴이 가무잡잡하게 그을린 쓰쓰이 도시유키가 막 들어서는 참이었다. 양손에 큼직한 가방을 들고 있었다.

인사 대신 한 손을 번쩍 올리려다가 나유타는 움직임을 멈췄다. 쓰쓰이의 뒤를 따라 한 여자가 들어오는 게 보였기 때문이다. 여성 조수를 데려온다는 얘기는 사전 메일을 통해 알고 있었지만, 누구인지는 적혀 있지 않았었다.

나유타가 잘 아는 인물이었다. 얼굴이 작고 턱이 뾰족하고 약간 치켜 올라간 눈이 인상적이다. 한 달 전쯤에 쓰쓰이의 연구실에서 만난 소녀다. 이름은 우하라 마도카라고 했다. 처음 만나자마자 함께 지켜본 스키 점프 대회에서 그녀가 신비한 능력을 발휘한 것을 나유타는 지금도 선명하게 기억하고 있다.

"왜 마도카를 여기까지 데려오셨어요?" 나유타는 쓰쓰이에게 작은 소리로 물었다.

"자세한 건 나중에 얘기하지. 우선 이시구로 투수 쪽에 소개부터 해줘."

"알겠습니다."

나유타는 고개를 끄덕이고, 이시구로와 미우라에게 쓰쓰이를 소개했다. 마도카에 대해서는 어떻게 설명해야 좋을지 몰라 머뭇거리고 있는데 그녀 스스로 "조수 우하라 마도카입니다"라고 이름을 밝혔다. 대학생이라기에는 명백히 너무 어렸지만 이시구로와 미우라는 아무 말도 하지 않았다. 여자의 나이는 짐작하기 어렵다고 생각했는지도 모른다.

"이번에 무리한 부탁을 드려서 죄송합니다." 쓰쓰이가 이시구로에게 말했다.

"구도 씨 얘기로는 그냥 공 몇 개만 던지면 된다고 들었습니다만."

"네, 그렇게 해주시면 됩니다. 잘 부탁드립니다. 기기를 세팅할 테니까 우선 공 던질 준비를 해주시겠어요?"

"자, 그럼 가볍게 던져볼까?" 이시구로는 다시 글러브를 끼고 미우라에게 말을 건넸다. "좋지"라고 미우라가 답했다.

이 실내 연습장은 마운드며 타석이 설치되어서 웬만한 타격 연습도 가능할 만큼 넓다. 이시구로는 천천히 마운드로 향했다.

쓰쓰이는 가방에서 카메라와 삼각대, 다양한 계측 기기를 꺼냈다. 마도카도 옆에서 거들고 있었다. 아무래도 명목뿐인 조수는 아닌 모양이다.

"어떻게 된 거예요?" 나유타는 쓰쓰이에게 물었다. "왜 마도카가 여기에?"

"그 토네이도 사고에 관한 일로 마도카가 다시 우리 연구실에 찾아왔어. 그때 오늘 일에 대해 얘기했더니 자기도 꼭 보고 싶다고 하더라고. 그 이유가 재미있어서 일부러 데려왔어."

"어떤 이유인데요?"

나유타가 묻자 쓰쓰이는 빙긋이 웃으며 마도카 쪽을 보았다. "네가 직접 얘기해주는 게 좋겠지?"

마도카는 카메라 삼각대를 세우던 손을 멈추는 일도 없이 "난류에 흥미가 있어서"라고 말했다.

"난류?"

"난은 어지러울 난, 류는 흐름, 즉 바람을 가리키는 거야." 쓰쓰이가 옆에서 설명해주었다. "난류亂流. 유체역학 용어야."

"왜 그런 것에……."

"재미있잖아. 그래서 데려온 거야. 또다시 뭔가 신기한 일이 일어날 것 같기도 하고 말이지." 쓰쓰이가 의미심장하게 말한 것은 지난번 스키 점프 때의 일이 머릿속에 있었기 때문일 것이다.

나유타는 마도카를 보았다. 자신에 대해서는 신경을 꺼달라는 듯이 묵묵히 작업을 계속하고 있었다.

쓰쓰이가 우와, 하는 탄성을 흘렸다. 그의 시선은 이시구로와 미우라를 향하고 있었다.

나유타도 그쪽으로 시선을 돌렸다. 이시구로가 투구 동작에 들어간 참이었다. 별로 크지 않은 모션으로 던져진 공이 완만한 커브를 그리며 미우라의 미트에 빨려 들어갔다. 그것은 얼핏 보기에는 단순한 느린 공으로밖에는 생각되지 않았다.

2

이시구로 다쓰야가 프로야구 드래프트 회의에서 지명을 받은 것은 지금부터 7년 전의 일이다. 드래프트 5위의 지명이었다. 당시 이시구로는 기타간토北関東 소재의 클럽 팀 투수로 공을 던지고 있었다. 거의 무명의 존재였지만 지명을 받았을 때는 잠깐 화제가 되기도 했다. 다만 유감스럽게도 그 이유는 실력과는 관계가 없었다. 서른이라는 나이에 스포트라이트가 쏟아진 것이다.

구속球速은 그리 빠르지 않지만 컨트롤이 뛰어나고 변화구가 다채로웠다. 실전에 투입 가능한 구원투수를 원하던 구단의 방침과 맞아떨어졌다. 7～8년만 뛰어주면 감지덕지, 라는 판단에 따른 지명일 터였다.

하지만 그 계획은 어긋났다. 2군을 상대하는 것이라면 막을 수 있지만 1군에서는 통하지 않았다. 이시구로에 의하면 "입단 2년 차에 벌써 설 자리가 없어졌다"라고 한다. 하긴 본인은 별반 기가 죽는 일도 없었다. "처음부터 잘 해낼 자신이 없었어. 프로의 세계를 들여다보고 앞으로의 인생에 도움이 되도록 하자는 정도의 기분으로 입단"했기 때문이다.

그런 참에 한 가지 특별한 재능을 발견해준 것이 미우라였다. 미우라는 1군의 예비 포수였지만 부상으로 2군에 내려와 있었다. 두 사람은 나이가 엇비슷해서 함께 연습하는 일도 많았다.

미우라를 상대로 투구 연습을 할 때, 이시구로는 작은 장난을 쳤다. 아마추어 시절에 배워둔 변화구를 던져본 것이다. 프로에 들어온 뒤로 이 기묘한 변화구는 본격적으로 던져본 적이 없었다.

미우라는 그 공을 받지 못했다. 뭔가 이상하다는 얼굴로 고개만 갸웃거렸다. 그래서 다시 한 개 던져보았다. 그랬더니 미우라는 이번에도 또 받지 못했다.

곧바로 뛰어와서 "뭐야, 방금 그 공은?"이라고 물었다.

미안, 하고 이시구로는 사과했다.

"잠깐 장난 좀 쳤어. 다음에는 제대로 던질게."

"어떤 장난이었는데? 뭘 던졌어?" 미우라는 진지한 표정으로 캐물었다.

어쩔 수 없이 이시구로는 공을 쥐는 방법을 보여주었다. 손가락을 구부려 공을 단단히 잡고 거의 회전을 주지 않으면서 던진다. 이른바 너클볼이다. 아마추어 시절, 선배에게서 던지는 방법을 배웠던 것이다.

"몇 개 더 던져봐." 그렇게 말하고 미우라는 자기 자리로 돌아갔다.

이시구로는 연달아 너클볼을 던졌다. 그중 몇 개를 미우라는 뒤로 놓쳤다. 그러자 그는 투수 코치를 불러다 자신의 뒤쪽에 세웠다.

의아해하던 코치의 얼굴 표정이 달라졌다.

그날이 운명의 분기점이었다. 당장 다음 날에는 1군 감독이며 피칭 코치 앞에서 이 공을 던져야 했다.

그 뒤로 이시구로는 너클볼을 철저히 연습하라는 지시를 받았다. 다른 변화구는 던지지 않아도 좋으니 너클볼로만 스트라이크를 잡으라는 것이었다.

너클볼은 지극히 특수한 변화구다. 궤도가 불규칙해서 어디로 갈지 그 행방은 공을 던진 본인도 알지 못한다. 투수에게 요구되는 것은 스트라이크존에 넣는 것뿐이다. 그런데 그게 그리 쉽지 않다. 컨트롤을 우선하면 변화가 부족해지는 것이다. 그런 이유로 과거에 많은 투수들이 너클볼러가 되는 것을 단념했다.

하지만 원래 소질이 있었는지 이시구로는 얼마 지나지 않아 높은 확률로 너클볼을 스트라이크존에 넣을 수 있었다. 그렇게 되자 수뇌진으로서는 당연히 실전에서도 써먹을 수 있는지 확인하고 싶어졌다.

일단 2군 경기에서 던져보기로 했다. 포수는 미우라가 맡았다. 그것은 일본 프로야구계로서는 획기적인 사건이었다. 이시구로가 던진 모든 공이 너클볼이었던 것이다. 짧은 이닝이었지만 그는 이 공으로 완벽하게 방어에 성공했다.

몇 경기쯤 던진 뒤, 이시구로의 1군 승격이 결정되었다. 그런데 문제가 있었다. 그의 너클볼을 받아줄 수 있는 포수가 1군에는 없는 것이다. 그리하여 미우라도 함께 올라가게 되었다.

그 무렵부터 벌써 일부 팬들의 주목을 받기 시작했고, 스포츠 미디어에서도 다뤄주었다. 홍보 문구는 '일본 최초의 풀타임 너클볼러 탄생'이었다.

하지만 이시구로 본인은 시큰둥했다. 1군 승격에 마음이 들뜨는 일도 없었다.

페넌트레이스*는 종반에 접어들었고 팀은 우승 경쟁에서 이미 탈락했다. 관객 동원 수도 점점 줄어드는 추세다. 구단으로서는 이쯤에서 관객을 다시 불러들일 만한 화제가 필요했을 것이라고 냉정하게 분석했다. 즉 자신은 '동물원의 판다' 같은 존재인 것이다.

미우라는 그래도 상관없지 않으냐고 말했다.

"판다든 뭐든 좋아. 그 판다에게도 이빨이 있다는 걸 보여주자고."

친구의 말을 듣고 어떤 상황에서도 긍정적 사고가 가능한 사람이 있구나, 라고 이시구로는 감탄했다고 한다.

구단의 노림수가 무엇이었는지, 그 진상은 명확하지 않다. 당시의 감독이 정말로 일본 최초의 너클볼러를 굳게 신뢰했는지 어떤지, 미심쩍은 구석도 있다. 당초에 이시구로와 미우라에게 주어진 역할은 승패와는 관계없는 장면뿐이었기 때문이다.

그런데 점점 상황이 달라져갔다. 이시구로의 너클볼을 거의 대부분의 타자가 받아치지 못했다. 안타가 나오는 경우도 빗맞은 땅볼이 어쩌다 야수 사이를 빠져나간 것일 뿐, 방망이의 중심이 공을 맞히는 일은 좀체 없었다.

시즌이 끝나기 직전, 이시구로와 미우라는 기회를 잡았다. 선발 출전 지시가 떨어진 것이다. 결과는 5안타 완봉승이라는 멋진 것이었다.

그해 연말, 이시구로와 미우라는 구단 사무실에서 재계약을 마쳤다. 물론 두 사람 다 연봉 증액에 만족하고 사인을 했다.

* pennant race. 프로야구에서 리그전을 통해 우승 팀을 가리는 장기 레이스 경기 방식. 일본 프로야구에서는 매년 3월 말에서 4월 초에 정규 리그전이 개막해 9월 말에서 10월 초까지 이어진다.

3

계측 기기를 조정하는 쓰쓰이의 눈빛은 진지함 그 자체였다. 취미 삼아 촬영하는 게 아니라는 것은 그 표정만 봐도 명백히 드러났다.

이시구로가 나유타의 고객이라는 것을 알고 쓰쓰이 교수가 그의 너클볼을 촬영하게 해달라는 부탁을 해 온 것은 작년 말이었다. 쓰쓰이는 스포츠와 유체역학의 관계를 평생의 연구 과제 중 하나로 삼고 있었다. 그에 의하면 너클볼은 수수께끼의 보고寶庫라고 했다. 어떻게든 도움을 주고 싶어서 나유타는 이시구로에게 쓰쓰이의 부탁을 전했고, 마침내 오늘, 촬영이 실현된 것이다.

풀타임 너클볼러로 화려하게 부활한 이시구로는 5년여 만에 야구계에서 독자적인 지위를 구축했다. 너클볼은 그 자신의 컨디션뿐만 아니라 그날그날의 기상 조건 등에도 적지 않은 영향을 받기 때문에 언제라도 무적무패일 수는 없다. 간단히 받아치는 경우도 있었다. 그래도 이시구로가 쌓아 올린 승리 기록은 50승을 넘어섰다. 탈삼진 타이틀을 획득한 적도 있었다.

재작년 봄, 나유타는 그런 특별한 능력을 가진 투수를 만났다. 팔십 대에 접어든 침구 스승님에게서 오키나와에 다녀오라는 지시를 받은 것이다. 그곳에서 고객으로 기다리던 사람이 이시구로였다. 팀 캠프에 참가 중이었다. 처음에는 나유타가 너무 젊은 것을 보고 불안하게 생각하는 눈치였지만 막상 침을 놓기 시작하자 이시구로는 곧바로 경계심을 풀었다. 스승님과 손놀림이 똑같다는 말을 듣고 나유타는 한결 마음이 놓였다.

그 이후로 이시구로가 부르면 어디든 달려갔다. 자신을 필요로 해준다는 것이 무엇보다 흐뭇했다.

쓰쓰이가 미우라의 등을 향해 "준비 다 됐어요. 언제든지 시작해도 좋아요"라고 말을 건넸다. 모든 계측 기기의 세팅이 끝난 모양이다.

미우라는 이시구로를 향해 살짝 팔을 들어 신호를 보내더니 쓰쓰이를 보며 말했다. "실은 우리 쪽에서도 한 가지 부탁할 게 있습니다."

"네, 뭔데요?" 쓰쓰이가 물었다.

"또 한 명, 이 자리에 부를 사람이 있어요. 근처에서 기다리라고 했는데 지금 호출해도 될까요?"

"그건 괜찮지만, 누구예요?"

"수상한 사람은 아니고요, 우리 팀 선수예요. 자, 그럼 연락할게요." 미우라는 근처 의자에 놓아둔 가방에서 스마트폰을 꺼내 어딘가로 전화를 걸기 시작했다.

마도카가 모니터를 조정하고 있어서 나유타는 그쪽으로 다가갔다. 화면에 나온 것은 이시구로가 던진 공을 포수 쪽에서 바라본 영상이었다. 몸풀기로 공을 던지는 동안 시험 삼아 촬영한 모양이다. 초고속 카메라로 촬영한 것이라서 보통 속도로 재생해도 슬로모션이 된다. 공이 단순한 궤적을 그리는 게 아니라는 것이 일목요연하게 보였다.

와아, 굉장하다, 라고 나유타는 중얼거렸다. "그야말로 마구魔球야. 어디로 갈지 전혀 예측이 안 되잖아."

그러자 마도카가 차가운 눈빛을 던졌다. "그 표현은 정확하지 않아요."

"그럼 어떻게 말해야 하는데?"

"정확히 말하면……." 그녀는 단어를 찾는지 잠시 틈을 둔 뒤에 말을 이었다. "예측이 늦는다고 해야죠. 아, 나유타 씨의 경우는 예측을 못 한다고 하는 게 맞으려나? 예측 방법을 모를 테니까."

"마도카는 그걸 알고 있다는 얘기야?"

"단순한 물리현상이니까요. 예측하지 못할 물리현상 같은 건 없어요."

무슨 뜻이냐고 나유타가 물어보려고 했을 때, 문이 열리는 소리가 났다. 입구를 돌아보니 몸집이 큰 남자가 들어서는 참이었다.

이시구로, 미우라와 같은 팀에서 포수로 뛰고 있는 산토였다. 대학을 졸업하고 몇 년 전에 드래프트로 입단했다. 대형 포수라고 스포츠 뉴스에서 떠들어댔지만 아직 그 싹이 트지는 않았다.

나유타는 흠칫했다. 산토 선수와 너클볼에 관련한 한 가지 기억이 떠올랐기 때문이다.

바람막이 점퍼 차림의 산토는 옆으로 다가오더니 안녕하십니까, 라고 누구에게랄 것도 없이 인사를 건넸다. 미우라는 굳이 그를 정식으로 소개할 마음은 없는지 쓰쓰이를 보면서 "그럼 시작할까요?" 라고 말했다.

부탁합니다, 라면서 쓰쓰이가 모니터 앞에 앉았다. 마도카가 그 뒤에 가서 서길래 나유타도 옆에 나란히 섰다.

미우라가 캐처 미트를 들고 포구 자세를 취했다. 이시구로가 천천히 팔을 높이 휘둘러 평소의 폼으로 첫 공을 던졌다. 옆에서 보기에는 별다를 것 없는 반속구半速球로 보인다. 구속은 100킬로미터 전후라고 알려져 있다.

그런데 포수나 타자 쪽에서는 전혀 그렇게 보이지 않는다. 오른쪽 왼쪽으로 전혀 예상치 못한 변화를 보이는 것이다. 극히 미세한 움직임이지만 지름이 7센티미터 남짓한 공으로서는 그걸로 충분하다.

대단하네, 라고 쓰쓰이가 모니터를 보며 중얼거렸다. "이건 타자가 도저히 받아칠 수 없어."

이시구로가 10구째를 던진 참에 쓰쓰이가 "수고하셨습니다"라고 말을 건넸다. 촬영은 10구 정도로 하자는 게 사전 약속이었다.

"고마워요. 덕분에 귀중한 영상을 촬영했습니다." 쓰쓰이가 배터리* 두 사람에게 감사 인사를 했다.

미우라가 포수석에서 일어나 잠깐만 기다려달라고 양해를 구한 뒤에 이시구로 쪽으로 뛰어갔다. 둘이서 뭔가 이야기를 나누고 다시 돌아와 이번에는 산토를 불렀다. 미우라가 무슨 말을 했는지는 모르겠지만 산토는 뭔가 영 내키지 않는 얼굴이었다.

"뭐 하는 거지?" 쓰쓰이가 나유타의 귓가에 대고 물었다.

"글쎄요……."

미우라가 산토의 어깨를 툭툭 쳐준 뒤에 나유타 일행에게로 다가왔다.

"실은 또 한 가지 부탁이 있습니다." 쓰쓰이에게 말했다.

* 야구에서 짝을 이루어 경기하는 투수와 포수.

"무슨 부탁인지……."

"그리 어려운 건 아니에요. 이시구로가 공 대여섯 개를 더 던질 테니까 그것도 촬영해주셨으면 합니다."

"그야 당연히 할 수 있죠. 우리로서는 데이터가 많으면 많을수록 좋으니까요."

"다만 이번에는 산토가 포수를 맡을 거예요. 그래도 괜찮지요?"

"아, 산토 선수로……." 쓰쓰이는 당혹스러운 표정을 보였지만 곧바로 고개를 끄덕였다. "예, 그럽시다."

"죄송합니다. 즉각 준비하도록 할게요." 미우라는 산토에게로 돌아갔다.

산토는 바람막이 점퍼를 벗었다. 안에는 트레이닝복을 입고 있었다. 포수를 맡아달라는 말을 미리 들었는지도 모른다. 미우라가 건네준 미트를 끼고 이시구로에게 꾸벅 인사를 건넨 뒤에 포구 위치에 자세를 잡고 앉았다.

미우라가 이시구로를 향해 손을 번쩍 들었다.

이시구로가 모션에 들어갔다. 포수가 바뀌어도 그의 폼은 변함이 없었다. 던져진 공의 속도도 지금까지와 거의 똑같았다. 궤도는 부채꼴의 완만한 곡선을 그려냈다.

그 공이 산토가 대고 있는 미트에 들어가는 모습을 나유타는 예상했다. 지금까지 미우라가 당연한 일처럼 받아냈기 때문이다. 그런데 결과는 달랐다. 공은 산토의 미트에 안착하지 못한 채 둔탁한 소리를 내며 미트 가장자리를 맞히고 크게 옆으로 튀었다.

죄송합니다, 라고 작은 목소리로 웅얼거리고 산토는 공을 주우러

갔다.

나유타는 쓰쓰이와 마주 보았다. 쓰쓰이는 슬쩍 고개를 갸웃거렸다.

이시구로의 표정은 달라지지 않았다. 아무 일도 없었던 것처럼 발치의 흙을 평평하게 고르고 있었다.

하지만 미우라는 편치 않은 기색이었다. 산토에게 뭔가 귀엣말을 했다. 어드바이스를 해주는 것 같았다.

이시구로가 2구째를 던졌다.

그러나 이번에도 산토는 받아내지 못했다. 공은 미트를 살짝 벗어나 산토의 몸을 때렸다. 산토가 혀를 차는 소리가 들렸지만 아픔 때문만은 아닌 것 같았다.

어색한 침묵 속에 이시구로는 나머지 세 개의 공을 던졌다. 하나는 원 바운드 해서 산토의 뒤쪽으로 굴러갔다. 그다음 공은 다시 산토의 몸에 맞았다. 산토가 공을 받아낸 것은 마지막 한 개뿐이었다. 그것도 어쩌다 미트 끝에 간신히 걸렸다, 라는 식이었다.

"수고했어. 이제 그만해도 돼." 미우라가 산토에게 말을 건네고 쓰쓰이 쪽을 돌아보았다. "고맙습니다."

"아뇨, 천만에요." 쓰쓰이는 손을 내젓고, 마도카를 향해 "카메라와 계측 기기를 정리해줘"라고 지시했다. 그녀는 고개를 끄덕이고는 작업에 들어갔다.

산토는 미트를 미우라에게 돌려주면서 죄송합니다, 라고 머리를 숙였다.

"아냐, 신경 쓰지 마. 차츰 나아질 거야."

산토는 대답하지 않고 가만히 고개를 저은 뒤, 나유타 일행을 향해 목례를 건네고 출구를 향해 걸음을 옮겼다. 몹시 풀이 죽었다는 것은 그 등판으로도 알 수 있었다.

이시구로가 다가와 "이 정도면 되겠습니까?"라고 쓰쓰이에게 물었다.

"예, 충분합니다. 고마워요. 해석 결과가 나오면 연락드리죠."

쓰쓰이의 대답에 이시구로는 손을 가로저었다.

"그건 됐어요. 과학적인 것은 어찌 되든 상관없으니까." 그렇게 말하고 나유타 쪽을 향했다. "자, 그럼 구도 씨, 다음에 또 보자."

"수고하셨습니다."

이시구로는 의자에 놓아둔 가방을 어깨에 메고 걸음을 옮겼다. 그 뒷모습을 눈으로 배웅하더니 이윽고 미우라는 쓰쓰이를 돌아보며 입을 열었다.

"교수님, 잠깐 시간 좀 내주시겠어요? 상의할 일이 있는데."

"저한테 말입니까?" 쓰쓰이가 당황한 듯이 물었다.

"예, 갑작스럽게 죄송합니다만."

쓰쓰이는 나유타의 얼굴을 흘끗 돌아본 뒤 "응, 괜찮아요"라고 미우라에게 답했다.

실내 연습장 옆에 휴게실이 있었다. 나유타와 쓰쓰이는 테이블을 끼고 미우라와 마주 앉았다. 마도카는 따로 옆 테이블에 자리를 잡았다.

"상의할 일은, 다름이 아니라 산토에 대한 거예요." 미우라가 심각한 말투로 입을 열었다.

"나중에 왔던 그 젊은 선수?"

"네, 그렇습니다. 실은 그 친구를 내 후임자로 앉힐 생각이에요."

"후임자? 미우라 씨는 어떻게 하시려고?"

미우라는 허헛 하고 잠깐 웃음을 보였다. "여기서만 하는 얘기지만, 나는 이제 그만 한계예요. 더 이상 할 수 없을 것 같아요."

나유타는 놀랐다. 처음 듣는 얘기였다. "어디 몸이 안 좋아요?"

"그야 뭐, 여기저기 다 아프지."

무릎, 이라고 옆에서 마도카가 말했다. "양쪽 무릎이 안 좋아요. 특히 왼쪽 무릎."

미우라가 의아하다는 눈빛으로 그녀를 돌아보았다.

"그걸 어떻게 알았어? 어디에도 발표한 적이 없는데? 아가씨는 의대 쪽?"

"그건 아니지만 움직임을 보면 알아요." 무뚝뚝하게 대답한 뒤, 마도카는 오른손을 슬쩍 흔들었다. "미안해요. 괜한 말을 했네요."

나유타는 지난달의 그 일이 생각났다. 마도카는 스키 점프 선수의 오래된 부상도 한눈에 알아본 것이다.

미우라는 뭔가 석연치 않은 기색이었지만, 다시 나유타 쪽으로 얼굴을 돌렸다.

"저 아가씨 말대로 왼쪽 무릎이 최악이야. 이제는 수술을 해도 소용이 없다더라고. 실은 이번 시즌 끝날 때까지만 버텨줘도 다행일 정도야. 근데 그것도 좀 어려울 것 같아."

"그렇게 안 좋다니……."

미우라에게 침 시술을 해준 적은 없지만 나이가 나이인 만큼 망가진 곳이 많을 거라고 짐작은 했었다. 하지만 그렇게까지 심각한 줄은 알지 못했다.

"이미 각오는 했어요." 미우라가 쓰쓰이에게로 시선을 옮겼다. "하지만 은퇴하기 위해서는 반드시 해결해야 할 문제가 있습니다."

"이시구로 투수의 너클볼을 누가 받아주느냐는 문제?"

"그렇습니다." 미우라가 턱을 끄덕였다. "그 친구의 너클볼은 정말 대단해요. 어떤 타자도 받아치지 못하는 게 당연합니다. 일단 공에 배트를 갖다 대기도 힘들어요. 그 덕분에 나처럼 별 볼 일 없는 사람도 구단에서 여태까지 기용해줬죠. 이시구로의 전속 포수로. 그래서 내 무릎이 망가진 것도 계속 비밀로 해야 했어요. 그런 거, 알려봤자 라이벌 구단에서 쌍수를 들고 좋아하는 것 말고는 아무것도 없잖습니까. 하지만 방금 말했다시피 그것도 이제는 한계에 달했어요."

"그래서 후임자를 키울 필요가 있다는 얘기군요."

"예, 그렇죠. 물론 내 몸 상태에 대해서는 감독과 코치도 잘 아니까 작년부터 후임자를 물색하는 작업은 시작했어요. 여러 명의 포수들 중에서 선발한 게 산토였습니다. 작년 시즌에 이시구로의 최종 등판 때 산토에게 포수 마스크를 넘겨줬어요. 그게 산토의 1군 데뷔전이기도 했습니다."

"그 경기에 관해서라면 나도 알아요." 나유타가 말했다. "인터넷에서 한동안 화제가 됐으니까. 미우라 씨가 아닌 다른 선수가 포수를 맡았다는 뉴스에 저도 뭔가 마음에 걸렸었는데……."

"그러면 결과가 어떻게 나왔는지도 알겠네."

예에, 라고 나유타는 고개를 떨구었다.

"첫 출발은 그래도 괜찮았어. 이시구로가 컨디션이 좋은 것도 있어서 1회와 2회, 모두 삼자범퇴로 막아냈지. 산토는 빈틈없이 너클볼을 받아내는 것처럼 보였어."

그런데, 라고 미우라는 표정이 어두워진 채 말을 이어갔다.

"처음으로 주자가 출루한 뒤부터 상황이 묘하게 흘러가더라고. 일단 주자가 나가면 이시구로는 도루를 막기 위해 퀵모션으로 던지게 되는데, 그 즉시 산토가 패스트볼*을 연발하는 거야. 결국에는 노히트로 점수를 내주는 꼴이 됐지. 보다 못한 감독이 다시 나로 교체했어."

"그거, 인터넷에 동영상으로도 올라왔죠?" 나유타가 물었다. "1이닝에 패스트볼이 네 번이었던가요?"

"다섯 번이야." 미우라가 손바닥을 펼쳐 보였다.

"퀵모션으로 던지면 공을 잡기가 어려워요?" 쓰쓰이가 물었다.

미우라는 고개를 저었다.

"꼭 그렇지는 않아요. 퀵으로 던졌어도 연습 때는 산토가 공을 받아냈거든요. 근데 갑작스럽게 상태가 이상해져서……. 첫 낙구로 패닉에 빠졌던 모양이에요. 하지만 그게 그 경기만으로 끝났다면 문제가 없죠. 심각한 것은 그날 이후로 산토가 이시구로의 너클볼을 전혀 받지 못하게 된 거예요. 조금 전 상황을 보고 이미 아셨겠지만."

"아닌 게 아니라 공을 받아낼 기미가 없더군요. 이런 말은 실례지만."

* passed ball. 야구에서 포수가 공을 놓치는 일.

"맞는 말씀이에요. 완전히 자신감을 잃었어요. 이른바 '포구 입스' 라는 병에 걸려버린 모양이에요."

"포구 입스?" 나유타는 눈을 둥그렇게 떴다. "그런 병도 있어요?"

입스라는 것은 골프 용어다. 대수롭지 않은 거리의 배팅에도 몸이 마음먹은 대로 움직이지 않는 운동장애를 말한다.

"응, 그런 게 있더라니까. 야구에서는 투수나 야수가 공을 제대로 던지지 못하는 입스가 유명하지만, 드물게 포구를 못 하는 경우도 있어. 별것도 아닌 땅볼도 못 잡고, 높이 뜬 공까지 놓쳐버리는 거야. 내가 보기에는 산토가 완전히 그 증상이야." 미우라는 쓰쓰이에게로 시선을 돌렸다. "아주 난감한 게 이 증상은 웬만해서는 자연스럽게 낫는 일이 없어요. 내버려두면 마냥 악화되기만 하죠. 실은 요즘 산토가 다른 투수의 공까지 점점 못 받고 있어요."

"설마."

"아니, 사실입니다."

흠, 하고 쓰쓰이는 신음 소리를 내며 팔짱을 꼈다. "그래서 제게 상의하려는 건?"

"교수님은 이시구로의 너클볼을 과학적으로 분석해보려는 거잖습니까. 그 참에, 라는 건 말이 좀 이상하지만, 산토가 왜 공을 못 받는지 그것도 좀 밝혀주실 수 있을까요? 물론 원인은 정신적인 것이겠지만, 그것 때문에 캐치 동작이 어떤 식으로 잘못되는지 내 눈으로 확인하고 싶어서요."

아무래도 그런 목적으로 산토를 일부러 포수 자리에 앉혔던 모양이다.

쓰쓰이는 당혹스러운 얼굴로 턱을 쓱쓱 비볐다.

"어떤 사정인지는 잘 알겠습니다. 개인적으로도 관심이 있으니까 영상을 분석할 때 그런 시점에서도 보도록 하지요. 하지만 정신적인 게 원인이라면 이 방법으로 해명이 될지, 그건 잘 모르겠군요."

"그래도 괜찮습니다. 솔직히 지푸라기에라도 매달리고 싶은 심정이에요. 아, 교수님의 연구가 지푸라기라는 건 아니고……."

"다른 선수를 기용할 계획은 없어요?" 나유타가 물었다.

"현재까지는 없어." 미우라는 씁쓸한 얼굴이었다. "감독과 코치진도 신중하게 결정하라고 얘기하고 있어. 어설피 젊은 포수를 발탁했다가 그 친구도 산토처럼 슬럼프에 빠지면 큰일이라는 거야. 다른 선수들도 산토를 지켜봤으니까 선뜻 나서려는 사람이 없어."

"거참, 일이 복잡하네요."

"이 문제에 대해 이시구로 투수는 어떻게 얘기하고 있죠?" 쓰쓰이가 물었다.

미우라는 떨떠름한 얼굴로 고개를 저었다.

"그냥 아무 말이 없어요. 내 무릎이 어떤 상태인지 뻔히 알면서도 후임자 얘기만 나오면 마치 남의 일인 것처럼 입을 꾹 다물더라고요. 그 친구, 대체 무슨 생각을 하는지 모르겠어요." 말을 마치고 미우라는 긴 한숨을 내쉬었다.

4

쓰쓰이에게서 '흥미로운 사실을 알아냈으니 이쪽으로 올 일이 있으면 들러달라'라는 연락이 들어온 것은 이시구로의 너클볼을 촬영한 날로부터 나흘 뒤의 일이었다. 마침 근처에 갈 일이 있어서 그다음 날, 나유타는 나가노현에 있는 호쿠료 대학의 유체공학 연구실을 찾아갔다.

"너클볼이라는 게 예상했던 것보다 훨씬 더 복잡한 물건이었어."

쓰쓰이는 테이블 위의 노트북을 켜면서 말했다.

"그건 무슨 말씀이세요?"

"변화와 연관된 요소가 엄청나게 많아. 게다가 그게 복잡하게 뒤얽혀 있어. 웬만한 방법으로는 도저히 해명할 수가 없어."

쓰쓰이는 노트북 화면을 나유타 쪽으로 돌려 보여주었다. 그곳에는 며칠 전 초고속 카메라로 촬영한 이시구로의 투구가 슬로모션으로 재생되고 있었다. 공의 실밥까지 또렷이 확인할 수 있을 만큼 선명한 영상이다.

"공에는 전혀, 라고 해도 무방할 만큼 회전이 주어지지 않아. 원래 투수가 던지는 공은 직구든 변화구든 고속으로 회전하는 게 일반적이야. 그 회전으로 축이 안정되어서 포수의 미트에 안착하기까지 자세가 바뀌는 일이 없어. 이걸 자이로 효과라고 해. 자전거나 팽이가 넘어지지 않는 것과 똑같은 거야. 포크볼은 회전을 억제하는 것으로 공기저항을 증가시켜 타자의 예상보다 빠르게 떨어지는 변화구지만 그래도 약간은 회전을 하거든. 근데 너클볼은 거의 무회전이야.

그 때문에 축이 불안정하고, 게다가 공기저항은 포크볼보다 더 커지게 돼. 단 그것뿐이라면 공은 똑바로 아래로 떨어지기만 하겠지. 여기를 잘 봐, 이다음 순간이야."

쓰쓰이가 화면을 가리켰다. 그러자 지금까지 무회전이던 공이 천천히 돌기 시작했다. 앗, 하고 나유타는 탄성을 흘렸다.

"투구 때 회전을 걸지 않은 공이 왜 중간부터 갑자기 돌기 시작하는가. 그 이유는 바로 야구공의 실밥에 있었어. 실밥은 지극히 미세하지만 외부로 튀어나와 있어. 이 부분에 공기저항을 받는 것 때문에 회전하기 시작하는 거야. 멈춰 있는 선풍기에 바람을 쐬면 날개가 돌아가는 것과 같은 원리야. 문제는 야구공의 경우, 회전을 하면 진행 방향과 실밥 선의 위치 관계가 달라지게 돼. 그것에 의해 공기저항을 받는 방식에 새로운 변화가 생겨나고 공은 좌우 어느 쪽인가로 움직이지. 그리고 그 움직임 때문에 다시 공기저항을 받는 방식이 달라지면서 궤도가 약간 어긋나게 돼. 즉 흔들리면서 떨어지는 거야."

공이 미트에 안착하는 장면의 영상에서 쓰쓰이는 정지 버튼을 클릭했다.

"대략적으로 말하자면 너클볼이란 그런 변화구라는 얘기가 되겠지. 거기에 다시 공기의 점성이나 습도, 기압의 영향 등도 관계가 있으니까 공을 던진 본인조차 변화를 예측하지 못하는 건 당연한 일이야."

나유타는 저도 모르게 쓴웃음을 짓고 있었다. "말씀하신 대로 정말 복잡한 물건이군요."

"그만큼 연구할 보람은 있지. 자세한 것은 앞으로 찬찬히 분석해 나갈 생각이야. 나로서는 너클볼의 궤도를 완벽하게 시뮬레이션해 보는 것까지를 일단 목표로 잡고 있어."

"가능해요, 그런 게?"

"이론적으로는 가능하지. 단순한 물리현상의 집적集積이니까."

쓰쓰이의 말을 듣고 나유타는 마도카가 했던 말이 생각났다. 그녀는 너클볼의 행방을 예측할 수 있다고 말했었다. 예측하지 못할 물리현상 같은 건 없다, 라고 한 것이다.

자아, 하고 쓰쓰이가 노트북을 끌어당겼다. "지금까지 얘기한 게 서론이야."

"서론?"

"그렇지. 본론은 지금부터야."

쓰쓰이는 노트북을 터치해 또 다른 동영상을 불러냈다. 화면에 등장한 것은 산토의 등이었다. 그가 포수석에 앉았을 때의 영상이다.

"미우라 선수가 부탁했던 그 건이군요. 뭔가 알아내셨어요?"

"응, 일단 영상을 보자고."

화면 안에서 산토는 이시구로가 던진 공을 미처 받아내지 못하고 맥없이 놓치고 있었다. 얼굴은 보이지 않지만 초조해하는 표정이 눈에 선히 떠오르는 것 같았다.

쓰쓰이가 키보드를 두드렸다. 슬로 재생 모드로 산토의 손 부분이 크게 확대되었다.

"왜 산토 선수는 공을 받지 못하는가. 그것을 상세히 조사해본 결과, 포구 직전에 미트가 흔들린다는 것을 밝혀냈어."

"미트가 흔들려요?"

쓰쓰이가 키보드를 두드리자 다른 화면이 나타났다. 좌우 양쪽으로 나눠진 두 개의 화면에 각각 미트가 보였다.

"왼쪽이 미우라 선수의 포구 동작이고 오른쪽은 산토 선수의 포구 동작이야. 차이점을 쉽게 알아볼 수 있게 양쪽의 타이밍을 맞춰서 나란히 배치한 거야."

거의 같은 타이밍에 공이 화면에 나타났다. 왼쪽 화면의 공은 정확히 미트에 안착했지만 오른쪽 공은 미트를 벗어났다. 하지만 공이 벗어난 게 아니라 실제로는 미트가 쓸데없이 움직인 것이었다.

진짜네, 라고 나유타는 중얼거렸다.

"이시구로 투수는 산토 선수에게 너클볼 다섯 개를 던졌는데 하나같이 포구 직전에 미트가 미묘하게 흔들렸어. 그게 공을 놓친 원인이야."

"왜 이렇게 됐을까요?"

"그건 나도 모르겠어. 아마도 정신적인 요인이 작용했겠지." 쓰쓰이는 노트북을 터치해 영상을 내렸다. "이 데이터를 미우라 씨에게 전해줘."

"알겠습니다. 며칠 내로 만날 예정이니까 그때 전달할게요."

"나도 동석할 수 있으면 좋을 텐데 이래저래 할 일이 많아서 시간이 없네. 아, 구도 씨만 괜찮다면 마도카를 데려가는 것도 좋을 거야."

뜻밖의 이름이 나오는 바람에 나유타는 쓰쓰이의 얼굴을 마주 보았다. "마도카를?"

"마도카가 이번에 이것저것 일을 거들어줬거든. 그러니 이 데이터에 대해서도 잘 설명해줄 수 있을 거야."

"마도카가 정말 교수님의 조수로 일한 거예요? 그리고 난류에 관심이 있다고 했었는데, 그건 어떻게 됐죠?"

"자네도 알잖아. 마도카는 홋카이도에서 발생한 거대 토네이도로 어머니를 잃었어. 그 일로 토네이도나 다운버스트* 등의 이상 기상을 예측해내려는 야망을 품은 것 같아. 그러자면 난류의 수수께끼를 풀어야 할 필요가 있어. 너클볼에 대해 해명해보는 것도 그것과 연결된다고 생각하는 모양이야."

"그런 어려운 일을……. 마도카는 아직 열예닐곱 살밖에 안 된 여학생이잖아요."

"마도카가 특수한 능력을 가졌다는 건 자네도 느꼈을 거야. 유체의 움직임을 직감적으로, 게다가 종합적으로 파악하는 능력이야. 그러니 나로서도 관심이 안 생길 수가 없지. 너클볼과 관련해서 마도카가 다음에는 또 어떤 능력을 보여줄지 기대가 돼."

"아닌 게 아니라 마도카가 좀 마음에 걸리긴 했어요."

"그렇지? 그러니 내가 마도카를 데려가는 게 좋다는 거야."

쓰쓰이는 책상 서랍을 열고 안에서 카드를 꺼냈다.

그것은 우하라 마도카라는 이름과 휴대전화 번호를 직접 손으로 적어 넣은 명함이었다.

* 뇌운雷雲 등을 수반하는 급격한 하강기류에 의해 돌풍이 일어나는 현상.

5

"역시 이렇게 된 거였어." 노트북 화면을 들여다보며 미우라는 표정을 일그러뜨렸다. "공을 받으려고 미트를 앞으로 내밀고 있잖아. 이래서는 너클볼은 잡을 수 없어."

화면에 나온 것은 쓰쓰이가 연구실에서 보여준, 미우라와 산토의 포구 동작을 비교한 영상이었다.

나유타는 커피 잔을 잡으려던 손을 멈췄다.

"역시, 라고 하시는 걸 보면 미우라 씨도 어느 정도 원인을 알고 있었군요?"

미우라는 씁쓸한 얼굴로 고개를 슬쩍 끄덕였다.

"너클볼을 받는 요령은, 아무튼 마지막의 마지막 순간까지 눈을 떼지 않고 공이 미트에 뛰어들기를 기다리는 거야. 공이 흔들리면서 떨어지니까 나도 모르게 받으러 나가고 싶어지는데 그걸 꾹 참아야 해. 처음에는 산토도 그렇게 했었어."

도쿄 시내의 호텔 라운지에 와 있었다. 안쪽 깊숙한 곳의 테이블이라서 주위의 시선에 신경을 쓸 필요는 없었다.

"근데 왜 그걸 못 하게 됐을까요?"

"아마도 그때 그 경기가 직접적인 원인이겠지."

"패스트볼을 연발했던 그 경기 말이군요."

"그렇지. 이시구로가 퀵으로 던지기 시작하자마자 공을 받지 못했어. 아마도 원인은 퀵이 아니라 주자가 출루한 것이었을 거야. 주자에게 도루를 허용해서는 안 된다는 마음이 너무 강했겠지. 너클볼은 구속이 떨어지니까 도루를 노리기 쉽거든. 그래서 이시구로가 퀵으로 던진 것인데 산토는 산토대로 조금이라도 더 빨리 공을 잡고 싶었겠지. 그 결과 낙구를 하고 결국 주자를 2루로 보내버렸어. 그러니 점점 더 마음이 급해져서 다음에는 틀림없이 공을 받아야 한다고 초조해지는 거야. 그렇게 되면 점점 더 공을 받기가 어려워져. 또 실수를 해버리고 결국 패닉 상태에 빠졌지. 그런 악순환이 거듭된 거야. 실수 따위는 얼른 잊어야 하는데 본디 성격이 착실한 친구라서 그게 안 돼. 거꾸로 트라우마가 되어버렸어."

"그렇다면 이 영상을 산토 선수에게 보여주면 되지 않을까요? 원인을 알면 고칠 수 있잖아요." 나유타는 옆에 놓인 가방에서 납작한 케이스를 꺼냈다. "이 DVD-R에 똑같은 영상이 들어 있어요."

미우라는 잠시 생각에 잠긴 표정을 보이다가 DVD-R를 받았다.

"일단 보여주긴 하겠지만 아마 별 효과는 없을 거야. 스포츠에서 한번 몸에 밴 것은 쉽게 고쳐지지 않아. 특히 이런 한순간의 동작인 데다가 정신적인 것이 원인이라면 바로잡기가 어려워. 중요한 것은 자신감을 되찾느냐 마느냐는 거야. 자신감만 되찾으면 틀림없이 다시 공을 받을 수 있어. 근데 지금 그 친구에게는 자신감이라고는 한 조각도 찾아볼 수가 없단 말이지. 진짜 어떻게 해야 좋을지 모르겠네."

"그냥 내버려두면 되잖아요." 나유타 옆에 있던 마도카가 말했다.

엇, 하고 나유타는 그녀의 얼굴을 돌아보았다. "무슨 말이야?"

"슬럼프에 빠진 선수는 그냥 가만히 놔두면 돼요. 프로니까 자기 힘으로 일어서야죠. 그걸 못 하면 그만두는 수밖에 없어요."

미우라가 쓴웃음을 지었다. "상당히 엄격하네."

"프로의 세계를 알지도 못하면서 그런 건방진 말을 하면 안 되지." 나유타가 옆에서 말했다.

마도카는 이상하다는 얼굴로 쏘아보았다. "사실대로 말하는 게 건방진 거예요?"

"아니, 마도카의 말이 맞아." 미우라는 그녀를 향해 고개를 끄덕였다. "프로란 그런 거야. 원래 아무도 도와주지 않아. 나 아닌 선수가 슬럼프에 빠지면 오히려 잘됐다고 고소해할 정도의 근성을 갖지 않고서는 살아남을 수 없는 세계야."

"근데 왜 미우라 씨는 산토 선수를 도와주려고 해요?" 마도카가 물었다.

"내가 그 친구를 선택했기 때문이야."

"선택?"

"내 후임자에 관해 감독이나 코치와 상의할 때, 내가 산토를 추천했어. 그 친구가 입단 이후 은밀히 나를 모범으로 삼고 훈련 중이라는 것은 그 친구의 지인에게 들어서 알고 있었어. 1군의 레귤러 포수도 아니고 예비 포수인 나를 말이야. 야구에 대한 자세를 보고 배우고 싶다고 했다는 거야. 낯간지러운 얘기지만, 그래도 기특하더라고. 그래서 이시구로의 너클볼도 그 친구라면 받아낼 거라고 생각했어. 실제로 연습 때는 잘 받았어. 근데 지금은 저 꼴이야. 선수 생명까지 위험한 상황이라고. 내가 추천만 안 했어도 일이 이렇게 되지는 않았어. 그런 생각을 하면 정말 미안해서 어쩔 줄을 모르겠어."

"하지만 산토 선수가 그 제안을 거절할 수도 있었잖아요."

"선수는 감독의 명령에는 따르는 수밖에 없어. 게다가 산토 본인도 설마 일이 이렇게 되리라고는 생각을 못 했을 거야."

"기회를 줬는데 그걸 살리지 못했다고 미우라 씨가 책임을 느낄 필요는 없다고 생각하는데요."

"떠날 때는 뒤처리를 깨끗이 하라는 말도 있잖아. 이 문제를 해결하지 못한 채 은퇴하게 되면 아무래도 뒷맛이 씁쓸하지." 미우라는 마도카에게 웃음을 건넨 뒤에 나유타 쪽을 향했다. "아무튼 큰 참고가 됐어. 쓰쓰이 교수님께 감사하다고 전해줘."

나유타는 발밑에 놓아두었던 선물 가방을 꺼내 미우라에게 내밀었다. "이거, 쓰쓰이 교수님이 주셨어요. 연구에 협조해주신 답례라던데요. 나가노 지역의 전통주랍니다."

"이런, 오히려 내가 감사 인사를 해야 하는데, 죄송하네." 미우라는 종이봉투를 받으면서 나유타의 발밑을 보았다. 선물 가방이 하나 더 있었다. "이시구로도 만나려고?"

"예, 지금 만나러 가려고요."

"그렇군. 아, 그러면……." 미우라는 뭔가 생각난 듯한 얼굴이었다. "후임자 문제에 대해 그 친구가 어떻게 생각하는지, 자연스럽게 물어봐줄 수 있을까? 나한테는 아무 말 안 하지만 구도 씨에게라면 얘기할지도 모르니까."

"네, 알겠습니다."

"부탁할게." 미우라는 자리에서 일어나더니 마도카에게 "따끔한 의견, 고마워"라고 말하고 가게를 나갔다.

마도카가 오렌지주스를 빨대로 쭈우욱 마신 뒤에 후우 하고 긴

숨을 토해냈다.

"이 일, 진짜 귀찮고 번거로워. 자기가 은퇴한 뒤의 일을 왜 걱정하고 그러는지 모르겠어."

"사나이들의 세계야. 마도카는 잘 모르겠지."

"나유타 씨는 알고요?"

"알지, 물론."

"흥." 마도카는 나유타 쪽은 쳐다보지도 않고 빨대로 텀블러의 얼음만 달강달강 돌렸다.

"근데 마도카는 어떻게 할 거야? 난 지금 이시구로 씨를 만나러 갈 건데."

"나도 갈 거예요. 잠깐 확인할 것도 있고."

"오호, 뭘 확인해?"

마도카는 차가운 눈빛으로 나유타를 보았다. "말해봤자 무슨 소린지 모를걸요?"

"일단 말해봐."

"난류에 대해서."

나유타는 얼굴을 찌푸렸다. "또 그거야?"

"그러니 내가 말해봤자 소용없다고 했잖아요."

약 30분 뒤, 두 사람은 스포츠센터의 로비에 가 있었다. 이곳에 구단 시설에는 없는 특수한 장비가 있어서 이시구로는 일주일에 몇 번은 이쪽으로 다닌다고 했다.

잠시 기다리자 이시구로가 나타났다. 스웨터에 재킷 차림이었다.

인사를 나눈 뒤, 나유타는 쓰쓰이가 보내준 나가노 전통주를 이시구로에게 전했다.

"답례를 받을 만한 일은 아니었지만, 애써 여기까지 가져오셨으니 감사히 받아야겠지?" 이시구로는 실눈이 되어 웃으면서 선물 가방을 받아 들었다. "지난번 촬영이 연구에 좀 도움이 됐어?"

"교수님이 좋아하시더라고요. 자세한 건 앞으로 좀 더 분석해볼 거래요. 무슨 얘긴지, 너무 어려워서 나는 잘 알아듣지도 못했어요."

"그럴 거야. 어쨌거나 공을 던지는 나도 어떤 이론에 따라 공이 그렇게 가는지 모르니까."

"이시구로 씨는……." 마도카가 입을 열었다. "난류의 마술사예요."

"난류?" 이시구로는 의아한 듯 미간을 좁혔다.

"물리 용어래요." 옆에서 나유타가 설명을 덧붙였다.

"어, 그래?" 이시구로는 별 관심이 없는 듯한 얼굴로 마도카를 돌아보았다. "뭔지 모르겠지만, 칭찬이라고 생각해도 되나?"

"물론 칭찬이죠."

"그럼 일단 고맙다고 해야겠군."

"한 가지 물어봐도 돼요?"

"뭔데?"

마도카는 메고 있던 가방에서 야구공을 꺼냈다.

"어떤 식으로 공을 쥐는지 알려주세요."

"어라라." 나유타가 옆에서 급히 말을 가로막았다. "그런 걸 알려줘서는 안 되지. 사업상 비밀이야."

"아냐, 괜찮아." 이시구로는 팔을 내밀어 마도카의 손에서 공을 집었다. "이게 혹시 인터넷에 올라가더라도 상관없어. 그걸 보고 타자가 받아칠 수 있는 것도 아니고, 다른 투수가 흉내 낼 수 있는 것도 아니거든. 나는 공을 이렇게 쥐고 있어." 검지와 중지를 꺾어 공을 꽉 잡고 엄지와 약지 사이에 끼웠다. "이걸 던질 때는 검지와 중지로 튕기지만 그 직전에 엄지와 약지를 떼는 거야. 실밥에 걸리는 건 엄지뿐이야."

"실밥의 위치는 바꾸지 않는 거죠?"

"맞아. 항상 똑같아."

"그럼 만일 이렇게 쥐고 던지면 어떻게 돼요?" 마도카는 이시구로가 쥐고 있는 공의 각도를 30도쯤 바꿨다.

이시구로의 눈빛이 슬쩍 험악해졌다. 그 눈빛 그대로 그녀를 보았다. "넌 어떻게 될 거라고 생각하지?"

"변화가 없을 거라고 생각해요." 마도카는 이시구로를 마주 보며 답했다. "그대로 곧장 떨어지기만 하죠. 아닌가요?"

이시구로는 눈이 둥그레지더니 천천히 고개를 끄덕였다.

"그래, 네 말이 맞아. 너클볼 특유의 흔들림은 생기지 않고, 평범한 슬로볼과 다를 게 없는 것이 돼."

"그래요?" 나유타는 눈을 껌뻑거리며 이시구로가 쥐고 있는 공을 들여다보았다.

"너클볼을 내 것으로 만들기 위해 나는 쥐는 방법을 다양하게 시험해봤어. 똑같이 공을 회전시키지 않고 던지는데도 손에 쥘 때 실밥의 위치로 변화의 크기가 달라져. 가장 변화가 크고 컨트롤하기 쉬운 게 방금 내가 쥐었던 그 방법이야. 그리고 마도카가 말한 것은 가장 변화를 줄일 수 있는 방법이고." 이시구로는 그녀에게로 시선을 돌렸다. "쓰쓰이 교수님의 연구에서 그런 것까지 알아냈어? 대단하시네."

"대단한 건 이시구로 씨예요. 역시 난류의 마술사. 예술적이에요."

"고맙네. 어린 아가씨에게 칭찬을 받고 기분 나쁠 사람은 없지." 그렇게 말하고 이시구로는 공을 마도카에게 돌려주었다.

"이제 그 예술적인 마구를 받아낼 포수를 어떻게든 키워내야겠군요." 나유타가 말했다. "미우라 씨에게서 얘기 들었어요, 무릎이 이제 한계에 달했다는 거."

"그런 모양이야. 그래도 조금은 더 버텨줄 거야. 그때까지 열심히 내 공을 받아달라고 해야지."

"그 뒤에는 어떻게 해요?"

"어떻게 하긴. 포수가 없는데 별수 없잖아. 나도 나설 자리를 잃는 거지, 뭐."

"그러니까 후임자를 키우면 되잖아요, 미우라 씨의 후임자를."

이시구로는 흥 하고 콧김을 뿜었다.

"나는 투수야. 포수를 내가 어떻게 키워? 너클볼은 던질 수 있지만 그걸 받는 방법까지는 난 몰라. 그쪽으로 빠삭한 미우라도 후임자를 못 키우는데 내가 무슨 뾰족한 수가 있겠냐고."

포기한 듯한 그 말투에 나유타는 딱 감이 잡혔다.

"혹시 이시구로 씨도 그만둘 생각이에요? 미우라 씨가 은퇴하면?"

이시구로는 한숨을 내쉬었다. "그럴 수밖에 없잖아?"

"그건……."

나유타가 반론에 나서려는 것을 이시구로가 손을 내밀어 제지했다.

"나는 여한이 없어. 전에도 말했지만 나이 서른 넘어 프로 세계에 들어왔을 때, 밑져야 본전이라고 생각했어. 그런 내가 이만큼 성공한 것도 다 미우라 덕분이야. 일본 최초의 풀타임 너클볼러라고 하면 말이야 그럴싸하게 들리지만 한마디로 곡예사일 뿐이야. 그런 나하고 벌써 몇 년을 함께해줬잖아. 이제 충분해. 투수는 오랜 세월 배터리를 짰던 포수를 조강지처라고 하잖아. 둘이서 여기까지 왔어. 끝까지 함께해야지."

"이시구로 씨……."

"그럭저럭 모아둔 재산도 있고, 이제 슬슬 제2의 인생을 궁리해봐야지. 물러나기에 딱 좋은 때야."

"감독은, 수뇌진은 어떻게 생각하고 있어요? 이시구로 씨가 여기서 그만두면 팀으로서는 큰 손실일 텐데요."

"지금 감독은 아마도 올해만 하고 그만둘 거야. 올 시즌까지만 미우라의 무릎이 버텨주면 다행이라고 생각하겠지. 수뇌진이 하는 일은 미래를 내다보는 거야. 은퇴를 앞둔 투수를 위해 전용 포수를 키우겠다는 발상은 애초에 없어. 게다가 나도 더 이상 젊은 선수들을 이런 일에 끌어들이고 싶지 않아."

"끌어들이다니……."

"나 같은 사람과 함께하려다가 미래를 망쳐서는 안 되잖아."

이시구로의 씁쓸한 표정에서는 산토를 망가뜨렸다는 자책의 감정이 느껴졌다. 미우라가 은퇴하면 자신도 물러나겠다는 것은 후임자로 지명된 선수가 산토처럼 되는 일을 우려했기 때문일 터였다.

"안 돼요." 갑작스럽게 마도카가 날카로운 목소리를 냈다. "공을 받아줄 사람이 없다고 그 예술적인 너클볼을 그만두겠다니, 그건 진짜 이상하죠. 그 정도로 난류를 컨트롤하는 사람은 그리 쉽게 나오지 않아요."

"또 칭찬을 해주네? 고맙다." 이시구로는 씁쓸하게 웃었다. "아무리 그래도 포수 없이는 야구를 할 수 없어."

한마디로, 라고 마도카가 허공을 지그시 노려보았다. "그 선수를 부활시키면 되겠네요, 그 산토라는 얼간이를?"

"그 친구 얘기는 그만하자." 이시구로는 얼굴 앞에서 슬쩍 손을 내저었다. "이제 너클볼에서 해방시켜줘야지. 그래서 한시바삐 원래의 능력을 되찾는 게 그 친구에게도 좋아."

"하지만 그 사람 말고는 다른 포수가 없잖아요."

"그렇긴 한데 그 친구는 이제 포기했어."

"이시구로 씨가 아무리 그래도 난 아직 포기 안 했어요. 그 멋진 너클볼을 더 이상 볼 수 없다니, 말도 안 돼."

눈을 동그랗게 뜨고 강한 승부욕을 내보이는 마도카를 보고 나유타는 가슴이 철렁했다. 그때와 똑같은 얼굴이라고 생각했다. 은퇴를 결심한 스키 점프 선수에게 다시 한번 날아오르라고 명령했던 얼굴이다.

"그렇게 말해주는 건 기쁘지만, 나로서는 이제 어쩔 도리가 없어." 이시구로가 양팔을 펼치며 말했다. "이 얘기는 이제 그만. 이쯤에서 끝내자." 그리고 자리에서 일어서려고 했다.

"엇, 이시구로 씨, 잠깐만요. 마도카, 너한테 뭔가 계획이 있는 거야?" 우선 이시구로부터 붙잡아두고 나유타는 마도카에게 물었다.

마도카는 오른쪽 주먹을 입가에 짚고 생각에 잠긴 얼굴이었다. 이시구로가 당혹스러운 듯한 시선을 나유타에게로 던졌다.

"잘될지는 모르겠지만……." 이윽고 마도카가 입을 열었다. 나유타를 빤히 바라보고 있었다. "시험해볼 게 있어요. 미우라 씨는 산토 선수가 자신감만 되찾으면 일이 해결된다고 했죠?"

"그랬지."

"그렇다면 한번 해볼 가치가 있어요."

"뭘?"

"내 계획을 설명하기 전에 이시구로 씨에게 부탁이 있어요."

"뭐지?" 이시구로가 물었다.

"최대한 변화를 살려 너클볼을 던져주는 거." 마도카는 다시 조금 전의 공을 집어 이시구로 쪽으로 내밀었다. "나를 향해서."

6

나유타가 실내 연습장에 들어섰을 때, 미우라와 이시구로는 의자에 앉아 이야기를 주고받고 있었다.

"이렇게 일부러 나와주셔서 고맙습니다." 두 사람에게 다가가 나유타는 머리를 숙였다.

"이시구로에게서 처음 그 얘기를 듣고 무슨 농담을 하는가 했었는데 여기에 구도 씨가 나타난 걸 보면 꼭 그렇지도 않은 모양이네?" 미우라가 어리둥절한 표정으로 말했다.

"물론이죠."

"나는 아무리 생각해도 믿어지지 않아. 그 여학생이 정말로 그런 걸 할 수 있어?" 미우라는 고개를 갸웃거렸다. "그렇게 호리호리한 몸으로?"

"마도카 얘기로는 체형이 어떻건 관계가 없다는데요? 여자 야구 선수 중에는 더 작은 사람도 있다더라고요."

"그건 그렇지만……."

이시구로가 슬쩍 어깨를 흔들며 허허허 웃었다.

"아무리 설명해줘도 미우라는 믿어지지 않는 모양이야. 하긴 그럴 만도 하지. 설명하는 나부터가 그랬으니까. 사실을 말하자면 지금도 믿어지지 않아. 그건 죄다 꿈이었던 게 아닌가 싶을 정도야."

"솔직히 말하자면 저도 그래요." 나유타는 말했다. "정말 깜짝 놀랐어요. 내 눈으로 보면서도 믿어지질 않더라니까요. 하지만 모두 사실이에요. 꿈이 아니에요."

"그야 나도 알지. 그래서 이렇게 함께하기로 했고, 미우라한테도 협력해달라고 불러낸 거야."

나유타는 주위를 둘러보았다. 그들 이외에는 아무도 없었다.

"산토 선수는?"

"트레이닝룸." 미우라가 대답했다. "전화하면 금세 올 거야."

"산토 선수에게는 뭐라고 얘기했어요?"

"자세한 얘기는 안 했어. 너클볼 캐치에 관해서 보여줄 게 있다고만 했어."

"그래서 산토 선수는 어떤 반응을?"

"아무 말도 안 하더라고. 별로 내키지 않는 기색이긴 했지."

"아마 내 얼굴은 보기도 싫을 거야." 이시구로가 씁쓸한 듯이 말했다. "구도 씨, 그러니까 이번이 마지막이야. 이걸로도 안 되면 진짜 포기할 거라고."

"에이, 그런 말씀은 마시고요."

"아니, 이미 결심했어."

"글쎄 그건 좀……."

허 참, 하고 미우라가 얼굴을 찌푸렸다.

"아직 시작도 안 했잖아. 미리부터 실패하는 걸 생각할 게 뭐냐고."

"하긴 그렇다." 이시구로가 고개를 끄덕이며 인정했다. "그나저나 가장 중요한 주인공께서는 어디 계시지?"

"곧 올 거예요."

그러자마자 문이 열렸다가 닫히는 소리가 들렸다. 나유타는 뒤를 돌아보다가 헉 숨을 삼켰다. 마도카가 한 여자와 나란히 걸어오는 참이었다. 이런 자리에는 어울리지 않는 검은 바지 정장 차림의 여자였다. 미인이지만 몹시 무표정한 얼굴에 약간 졸린 듯 눈을 가늘게 뜨고 있었다.

하지만 무엇보다 눈길을 끈 것은 마도카의 모습이었다. 포수의 보호구를 두르고 있었던 것이다.

푸훗 하고 이시구로가 웃음을 터뜨렸다. "꽤 잘 어울리는데?"

"저게 뭐야, 소년 야구용 보호구인가?" 미우라가 물었다.
"여자 소프트볼에서 입는 거라고 하던데요."
"하하하, 맞다, 그거네."
마도카가 옆으로 다가와 "늦어서 미안"이라고 퉁명스럽게 인사를 건넸다.
"그거, 잘 어울린다고 얘기하던 참이야." 나유타가 그녀의 보호구를 가리키며 말했다.
"이런 거, 실은 필요도 없어요. 괜히 무겁기만 하고."
"대단한 자신감이네." 미우라가 어이없다는 듯 중얼거렸다.
나유타는 정장 차림의 여자에게로 시선을 옮겼다. "구도 나유타라고 합니다. 기리미야 씨지요?"
네, 라고 그녀는 대답했다. "마도카가 이래저래 신세를 지고 있더군요."
"난 신세 진 거 없어요. 내가 오히려 도와주고 있는 건데?"
기리미야가 미간을 좁혔다. "인사에는 정해진 틀이라는 게 있어."
"아니, 마도카 말이 맞아요. 이번에도 큰 도움을 받을 것 같습니다. 게다가 기리미야 씨한테까지 무리한 부탁을 드리고, 정말 죄송합니다."
기리미야는 한숨을 내쉬었다.
"마도카의 무리한 부탁은 이게 처음이 아니에요. 솔직히 이번에는 정말 거절하고 싶었죠. 연극이라니, 한 번도 해본 적이 없는데."
"싫으면 거절해도 좋다고 했잖아요." 마도카가 입을 뾰로통하게 내밀었다.

“내가 거절하면 다른 사람에게 부탁할 거 아냐.”

“그야 당연하죠.”

“그러면 일이 난처해지니까 내가 하겠다고 승낙한 거야. 함부로 네 능력을 다른 사람에게 내보이면 안 된다고 그토록 주의를 줬건만, 도통 내 말을 안 듣는다니까.” 기리미야는 나유타 일행 쪽으로 콧날이 오뚝한 얼굴을 향했다. “여러분께도 부탁 좀 할게요. 마도카에 대한 얘기는 부디 외부에 발설하지 말아주세요. 오늘 여기서 일어나는 일은 머릿속에만 담아두셔야 해요. 그게 협력해드리는 조건이에요.”

나유타는 이시구로와 미우라를 마주 본 뒤, 기리미야를 향해 고개를 숙였다. “네, 약속합니다.”

기리미야는 이제 어쩔 수 없이 협력하는 길밖에 없다는 듯이 고개를 위아래로 끄덕였다.

“자, 그럼 산토 선수를 호출해주세요.” 나유타가 미우라에게 말했다.

미우라가 호주머니에서 스마트폰을 꺼내 전화를 걸기 시작했다.

근데, 라고 이시구로가 나유타의 귓가에 작은 소리로 속삭였다. “저 여자분은 누구야?”

“나도 잘은 모르지만…….” 나유타도 작은 소리로 응했다. “마도카가 얘기하기로는, 아버지의 비서래요. 게다가 비서 일과 함께 마도카의 감시 역할도 한답니다.”

“감시? 아닌 게 아니라 저 아가씨에게는 그런 감시자가 필요할지도 모르겠네.”

이시구로가 마도카에게 던지는 시선에는 호기심보다 정체 모를 것에 대한 두려움 같은 것이 깃들어 있었다.

"그나저나 은근히 긴장된다." 이시구로가 말투를 바꿨다. "나도 연극이라고는 해본 적이 없어. 제발 잘되면 좋겠는데."

"이시구로 씨는 그냥 말없이 공만 던져주시면 돼요. 나머지는 우리가 어떻게든 해볼게요."

"응, 잘 부탁해."

나유타는 마도카를 보았다. 그녀는 긴장 따위는 전혀 모르는 기색으로 기리미야와 뭔가 말씨름을 하고 있었다. 얼핏 '라플라스'라는 말이 귀에 들어왔지만 무슨 얘긴지는 알 수 없었다.

문이 열리고 트레이닝복 차림의 산토가 들어왔다. 이쪽을 보자마자 의아한 얼굴이 된 것은 마도카가 장착한 보호구 때문일 것이다.

산토는 나유타 쪽으로 다가오더니 "대체 뭘 하려는 거예요?"라고 누구에게랄 것도 없이 물었다.

"산토 선수가 봐줬으면 하는 게 있어요." 나유타는 산토에게 말한 뒤 이시구로와 미우라를 보았다. "자, 그럼 투구 연습을 시작해주세요."

이시구로는 고개를 끄덕이고 의자에 있던 글러브를 손에 들었다. 미우라도 미트를 집었다.

정해진 위치에 자리를 잡자 이시구로는 공을 던지기 시작했다. 물론 너클볼이다.

"그럼 선생님," 나유타는 기리미야에게 말했다. "부탁드려도 될까요?"

"좋아요. 자, 가자." 기리미야는 마도카를 재촉해 미우라 뒤편으로 이동했다.

"대체 뭘 하려는 거야……." 산토가 혼잣말처럼 중얼거렸다.

"우리도 가죠." 나유타는 산토에게 말했다.

기리미야와 마도카는 나란히 서 있었다. 미우라가 앉은 포수석 뒤쪽의 거의 정중앙이다. 나유타와 산토도 두 사람 옆에 섰다.

이시구로의 손을 떠난 공은 변함없이 미묘한 변화를 보였다. 용케도 저런 공을 받아내는구나, 라고 새삼 감탄할 정도였다. 나유타는 슬쩍 산토의 얼굴 표정을 살펴보았다. 씁쓸한 듯한 그 옆얼굴은, 나는 왜 저런 식으로 공을 받지 못하는가, 라고 스스로를 질책하는 것 같았다.

그때 기리미야가 마도카의 어깨에 손을 얹고 말했다.

"너는 저 공을 잡을 수 있어. 못 잡을 리가 없어. 미트를 대고 있기만 하면 공이 저절로 들어올 거야. 너는 잡을 수 있어. 틀림없이 잡아낼 거야."

억양 없는 어조로 줄줄줄 이어진 그 말은 마치 주문처럼 들렸다. 그 으스스함에 이것이 연극이라는 것을 잘 알고 있는 나유타조차 순간 몸이 오싹해졌다.

너는 잡을 수 있어, 라고 다시 한번 말하고 기리미야는 마도카의 어깨를 툭 치더니 나유타 쪽을 보았다. "끝났어요."

"이제 괜찮은 거죠?"

"응, 괜찮아요."

"자, 그럼 마도카, 잘 부탁한다."

마도카는 고개를 끄덕이고 미우라 쪽으로 갔다. 그를 대신해 미트를 손에 끼고 포구 자세를 취했다.

"엇, 설마." 산토가 목소리를 높였다. "저 여자애가 포수를? 말도 안 돼."

미우라가 다가왔다. 역시나 그도 불안한 얼굴을 하고 있었다.

"미우라 선배, 어떻게 된 거예요? 저런 여자애에게 포수석을 맡기다니." 산토가 침을 튀길 기세로 따져 물었다.

"나도 반신반의야. 근데 틀림없이 공을 받아낼 거라면서 구도 씨가……." 미우라의 말은 연기로는 들리지 않았다. 아마도 본심인 것이리라.

모두가 주목하는 가운데 이시구로가 투구 동작에 들어갔다. 모든 시선이 그 공에 쏟아졌다.

공이 손을 떠났다. 그리고 다음 순간…….

타악 부딪히는 상쾌한 소리와 함께 공이 마도카의 미트에 안착했다.

헉 하는 소리가 나유타의 귓가에 들려왔다. 산토가 내뱉은 것이다. 숨을 삼키는 참에 새어 나왔을 것이다.

모두 말문이 턱 막혔다. 미우라의 얼굴에서도 놀람의 빛이 짙게 배어났다. 나유타를 향한 그 눈빛은 이시구로가 들려준 이야기가 사실이었구나, 라고 말하고 있었다.

그런 가운데 마도카는 이시구로에게로 공을 되던졌다. 경식硬式 야구공은 무게가 상당하다. 느린 포물선을 그리던 공이 미처 이시구로에게까지 가 닿지 못했다. 중간에 데구르르 굴러 이시구로가 선

자리에 겨우 도착했다.

이시구로가 2구째를 던졌다. 이번에도 마도카는 멋지게 받아냈다. 아마추어의 눈에도 위태로움이라고는 없는 안정적인 캐치라는 게 보였다.

3구, 4구……. 마도카는 차례차례 너클볼을 받아냈다. 프로 투수로서는 그리 빠른 편이 아니지만 그래도 시속 100킬로미터가 넘는다. 게다가 미묘한 변화를 보이는 공이라는 것은 나유타 일행이 서 있는 위치에서도 분명하게 눈에 들어왔다.

5구째를 받아낸 참에 나유다는 "좋아, 이제 됐어"라고 마도카에게 말을 건넸다. 그러고는 산토를 돌아보았다. "어때요?"

"믿을 수가 없어……." 산토는 멍해진 모습으로 고개를 가로저었다. "저런 여자애가 어떻게 공을 잡아내지? 이건 완전히 마술이야."

"마술이 아니라 과학이에요." 기리미야가 차가운 어조로 말했다.

"당신, 저 여자애에게 무슨 짓을……."

산토 씨, 라고 나유타가 말했다.

"소개할게요. 이쪽은 가이메이 대학 심리학 연구실의 기리미야 씨예요. 최면술을 사용해 인간의 잠재 능력을 이끌어내는 연구를 하시는 학자예요."

"최면술?" 산토의 눈에 당혹스러움과 의심이 뒤범벅이 된 빛이 떠올랐다.

"하지만 사람을 마음대로 조종하거나 갑자기 잠들게 하거나, 그런 건 아니에요." 기리미야가 변함없이 억양 없는 목소리로 말했다. "인간이 원래 지닌 능력을 원활하게 발휘할 수 있도록 유도할 뿐이에

요."

"원래 지닌 능력? 저 여자애에게 원래 너클볼을 잡는 능력이 있었다는 거예요?"

"그녀뿐만이 아니라 이론적으로는 어느 누구라도 잡을 수 있어요." 기리미야가 말을 이어갔다. "적정한 동체 시력과 민첩성은 필요하겠지만."

"자, 얘기를 들었으니 자네를 여기에 부른 이유는 짐작하겠지?" 미우라가 옆으로 다가와 말했다. "예전처럼 너클볼을 받을 수 있게 해주려는 거야."

산토의 눈빛이 흔들렸다. 뜻밖의 이야기에 당황한 것이리라. "그러면 나한테 최면술을?"

"한번 부탁해보는 건 어떨까. 부작용 같은 것도 없다는데."

"……이시구로 선배도 승낙한 일입니까?"

"승낙을 안 했으면 여기에 오지도 않았겠지."

아직도 믿어지지 않는 것이리라, 산토는 고개를 숙인 채 침묵했다. 하지만 아무리 생각해봤자 십 대 중반의 여자애가 이시구로의 공을 받아낸 것은 사실이다. 도무지 믿어지지 않는 일이라도 그로서는 받아들일 수밖에 없을 터였다.

마도카가 돌아왔다. 어떻게 됐느냐고 묻는 시선을 나유타에게로 던졌다. 나유타는 살짝 고개를 갸우뚱했다.

이윽고 산토는 얼굴을 들고 기리미야 쪽을 보았다. "내가 뭘 해야 됩니까?"

나유타는 미우라와 얼굴을 마주 보았다. 아무래도 산토가 시도해볼 마음을 먹은 모양이다.

"최면술을 받아보겠다는 건가요?" 기리미야가 물었다.

"예, 너클볼을 받을 수만 있다면."

좋아요, 라는 듯이 기리미야는 고개를 끄덕였다.

"당신은 지금까지 수없이 이시구로 선수의 공을 봐왔다고 들었어요. 그러니 이제 아무것도 할 필요가 없습니다. 온몸의 힘을 빼주세요." 그녀는 산토에게로 다가가 그의 어깨에 손을 얹었다. "당신은 잡을 수 있다." 조금 전 마도카에게 한 것과 마찬가지로 평탄한 어조로 말했다. "이시구로 투수의 공을 잡을 수 있다. 잡지 못할 리가 없다."

틀림없이 잡을 수 있다, 라고 마무리한 뒤에 기리미야는 산토의 어깨를 탁탁 두드렸다. "다 됐어요."

"이걸로 끝이에요?" 산토는 김이 빠진다는 듯한 말투였다.

네, 라고 기리미야는 고개를 끄덕였다. "이걸로 끝이에요."

미우라가 산토에게 미트를 내밀었다. "일단 해봐."

산토는 미트를 손에 끼면서 포수석으로 갔다. 이시구로를 향해 한 차례 머리를 숙인 뒤 자세를 낮추고 포구 위치에 앉았다.

이시구로가 나유타 일행 쪽을 보았다. 시작한다, 라고 말을 건네는 듯한 눈빛이었다. 나유타는 저도 모르게 고개를 끄덕였다.

이시구로가 팔을 크게 휘둘러 올렸다. 평소의 폼으로 평소와 똑같이 공을 던졌다. 평소와 똑같은 속도의 공은 완만한 호형의 궤도를 그려내고 상쾌한 소리를 울리면서 산토의 미트에 안착했다.

와앗, 하고 목소리를 높인 것은 미우라였다. "좋아, 나이스 캐치!"

산토는 잠시 움직이지 않았다. 오랜만에 정확히 공을 받아내서 안도한 것인지, 아니면 최면술의 효과에 놀란 것인지, 그 표정은 뒤쪽에서는 알 수 없었다.

이윽고 그는 공을 이시구로에게 되던졌다. 허리를 한껏 낮춘 자세로 미트를 앞으로 대면서 다시 포구 태세를 갖췄다.

이시구로가 2구째를 던졌다. 이것도 역시 멋지게 산토의 미트로 빨려 들어갔다.

3구도 문제없이 공을 받아냈다. 며칠 전과는 딴판으로 묵직한 안정감이 있었다.

그런데 거기서 느닷없이 산토가 자리에서 벌떡 일어섰다. 공을 이시구로에게 되던지는 일도 없이 나유타 일행 쪽을 돌아보았다.

"어떻게 된 거야, 이거?" 분노가 섞인 목소리였다. 나아가 그는 "이시구로 선배!"라고 소리치며 마운드 쪽을 보았다. "지금 던지는 거, 너클볼 아니잖아요!"

"너클볼이야." 이시구로가 대답했다. "못 봤어? 공이 회전하지 않았잖아."

"분명 회전하지는 않았지만, 변화도 없었어요. 아니, 일부러 변화를 안 줬죠? 지금 뭐 하자는 겁니까?"

이시구로는 입을 꾹 다물었다. 표정을 바꾸지 않고 지그시 산토를 응시하고 있었다.

"아, 그런 거였어요?" 산토가 큰소리를 냈다. "당신들, 다 합세해서 나를 속이려고 했군요. 그렇죠?"

아무도 대답하지 않았다. 그 바람에 짜증이 증폭되었는지 에잇,

제기랄, 이라고 소리치며 산토는 공과 미트를 바닥에 내동댕이쳤다.

"산토, 진정해." 미우라가 그에게로 뛰어갔다.

하지만 산토는 선배의 모습조차 눈에 들어오지 않는 기색으로 나유타 일행을 향해 다가왔다.

"당신이 꾸민 일이에요?" 산토는 눈에 핏발이 선 채 나유타에게 물었다. "최면술이니 잠재 능력이니, 뭔가 수상쩍은 얘기다 싶더니만, 모두 함께 짜고서 나를 속여요? 이시구로 씨에게 변화 없는 공을 던지게 하고 그걸 내가 받는다, 마치 너클볼을 받아낸 것처럼 착각하게 한다, 그러다 보면 진짜 너클볼도 받을 수 있다? 참 네, 칭찬해주면 고래도 춤춘다는 건가? 흥, 미안하지만 나는 그렇게 단순한 인간이 아닙니다!" 그의 고함 소리가 실내에 울렸다.

나유타는 급히 대꾸할 말을 찾아보았다. 산토는 이번 작전을 눈치채버렸다. 기막힐 만큼 정확하게.

"바보 아냐? 왜 화를 내지?" 침묵을 깨뜨리며 마도카가 산토 앞에 마주 섰다. "산토 선수의 말이 맞아요. 최면술이란 건 거짓말이었어요. 다 엉터리예요. 산토 선수를 속이려고 했어요. 근데요, 우리가 뭣 때문에 이런 일을 했을 것 같아요? 모두 합세해서 산토 선수를 웃음거리로 만들려고? 아뇨, 미안하지만 난 그렇게 한가하지 않아요. 왜 이런 일을 했느냐고? 산토 선수가 너클볼을 받아내는 포수가 되기를 바라는 마음 때문이잖아요. 그런 뻔한 것도 몰라요?"

마도카의 반격에 산토는 일순 주춤하는 얼굴이었지만 곧바로 다시 눈초리가 치켜 올라갔다.

"원하지도 않는데 떠안기는 그런 친절, 사양하겠어. 동정 따위, 받고 싶지 않다고."

"동정 따위 한 적 없는데? 진짜 바보네. 그럼 대답해봐요, 아까 내가 받은 건 뭐죠? 그것도 너클볼이 아니었다고 할 거예요? 변화 없는 그냥 슬로볼이었나요? 뒤에서 다 봤으니까 알잖아요."

산토의 눈이 불안한 듯 허우적거렸다. 마도카의 말대로 그녀가 받아낸 공이 너클볼이었다는 것은 산토도 부정할 수 없을 터였다.

"그, 그건……. 아니, 그것도 뭔가 트릭을 쓴 거 아냐?"

"트릭? 웃기시네. 그런 걸로 이시구로 씨의 너클볼을 받아낼 수 없다는 건 산토 선수가 누구보다 잘 알잖아요!" 마도카는 손에 꼈던 미트를 벗고 왼손을 산토 앞에 쑥 내밀었다. "이거 봐요."

산토의 얼굴빛이 변했다. 나유타도 그녀의 손을 보고 헉 숨을 삼켰다. 시퍼렇게 멍이 들어 있었기 때문이다.

"이 연극을 하기 위해서 나는 너클볼을 어떻게든 받아내야 했어요. 그래서 연습했어요. 정확히 받아낼 때까지 맹렬히 연습했다고요. 이시구로 씨가 중간에 그만하자고 말했지만 난 포기하지 않았어요. 이시구로 씨의 예술적인 너클볼을 좀 더 보고 싶었으니까. 아직 얼마든지 던질 수 있는데 포수가 없어서 은퇴하는 건 너무 싫었으니까. 누구라도 좋으니 포수가 꼭 필요하다고 생각했으니까. 그 결과가 이 멍든 손이에요. 동정이라고요? 아니, 그 반대예요. 나 같은 여자애도 노력하면 받을 수 있는데 프로 선수가 지금 대체 뭐 하는 거예요!"

마도카가 빠르게 쏘아붙이는 말에 산토는 기가 질린 듯 흠칫 물러섰다. 대꾸할 말이 없는지 조용히 고개를 떨구었다.

"됐어요. 패배자인 채로 도망치시든지 말든지. 가요, 기리미야 씨." 그렇게 내뱉더니 마도카는 빠른 걸음으로 출구로 향했다. 그 뒤를 기리미야가 따라갔다.

그녀들이 나간 뒤에도 산토는 입을 꾹 다물고 있었다. 누구도 차마 말을 꺼내지 못한 채 묵묵히 시간만 흘러갔다.

이윽고 마운드에 있던 이시구로가 다가왔다.

"어떡할까?" 산토에게 물었다. "패배자인 채 도망칠 거야? 아니면 프로의 근성을 보여줄 거야? 자네가 한번 해보겠다면 나도 도와주겠어. 그 여자애와 연습한 것과 똑같은 만큼의 공은 던져줄 거라고. 자아, 어떡할래?"

우두커니 서 있던 산토가 천천히 이시구로에게로 몸을 돌렸다. "정말로 저 여자애가 이시구로 선배와 연습을 했습니까?"

"연습도 안 하고 내 공을 받아낼 수 있었겠어? 내 너클볼은 연습 없이는 못 받아. 그건 자네가 가장 잘 알잖아. 그 여자애도 그렇게 말했지."

믿을 수가 없네, 라고 산토는 중얼거렸다.

"그러니 못 받는 거야." 미우라가 말했다. "연습하면 받을 수 있다는 걸 믿지 못하니까 안 된다고."

"믿지 못하는 건 아니지만……." 산토가 신음하듯이 말했다.

"어떡할까?" 이시구로가 다시 물었다. "빨리 답을 해줬으면 좋겠다. 미안하지만 나한테 남겨진 시간이 그리 많지 않아서."

산토가 눈치를 살피는 듯한 시선을 이시구로에게로 향했다. "나 같은 놈이 포수를 맡아도…… 괜찮겠습니까?"

"허 참, 너밖에 없는데 어쩌라고."

미우라가 미트를 들고 산토에게로 다가갔다. 자, 받아, 라면서 미트를 쑥 내밀었다.

산토는 그것을 잠시 바라본 뒤에 손에 받아 들고 걸음을 뗐다. 홈베이스 뒤까지 가더니 뭔가를 결심한 듯 고개를 끄덕이고 이시구로 쪽을 향했다.

"공, 부탁합니다!" 굵직한 목소리를 뱉더니 미트를 한 차례 타악 내려치고 포수석에 자리를 잡았다.

7

나유타의 이야기를 듣고 마도카는 "그래요? 잘됐네요"라고 퉁명스럽게 말하더니 빨대로 애플주스를 마셨다.

며칠 전, 미우라를 만났던 호텔 라운지에 와 있었다. 실내 연습장에서 했던 연극의 결말을 알려주기 위해 나유타가 그녀를 불러낸 것이다.

"별로 기뻐하지 않는 것 같네? 앞으로도 이시구로 씨의 너클볼을 볼 수 있는데 말이야. 멋지게 작전 성공이야. 모든 게 마도카 덕분이지."

마도카는 어깨를 으쓱 쳐들었다.

"딱히 칭찬받을 것도 없어요. 작전 성공이라고 했지만 내가 처음 생각한 시나리오대로 했다면 역시 실패했을 테니까."

"그건 어쩔 수 없지. 마도카는 프로 선수가 아니잖아."

마도카는 한숨을 쉬었다.

"프로 선수의 심정은 프로 선수밖에는 모른다, 라는 건 잘 알았죠."

"에이, 좀 더 솔직하게 기뻐해도 돼. 이시구로 씨도, 미우라 씨도 마도카에게 고마워하고 있어. 감사 인사를 전해달라고 신신당부했어. 다음에 시합에도 초대하겠대. 물론 이시구로 씨가 선발로 나서는 시합이야."

"기왕이면 백네드 뒤편 자리가 좋은데."

"알았어, 미리 말해둘게. 그나저나……." 나유타는 아직 어린 티가 남아 있는 마도카의 얼굴을 보며 머리를 홰홰 저었다. "또 한 번 마도카에게 깜짝 놀랐어."

"그 말, 너무 많이 들어서 질렸어요."

"사실이니 자꾸 얘기할 수밖에. 특히 이시구로 씨의 너클볼을 처음 받아냈을 때는 진짜 깜짝 놀랐어."

나유타는 일주일 전의 일을 되돌아보았다. 스포츠센터에서 이시구로를 만났을 때다. 마도카는 이시구로에게 기묘한 제안을 하고 나섰다. 자신에게 너클볼을 던져달라고 했던 것이다. 게다가 이렇게 덧붙였다.

"그 공, 내가 받을 거예요."

그녀가 무슨 말을 하는 것인지 나유타는 언뜻 알아듣지 못했다. 무슨 비유인가, 라는 생각까지 들었다. 똑같은 마음이었는지 무슨 말이냐고 이시구로가 물었다.

"왜 못 알아듣죠?" 마도카가 답답하다는 듯이 말했다. "이시구로 씨의 너클볼을 내가 포구하겠다니까요."

"그거 진심이야? 농담이나 비유가 아니고?" 대꾸할 말이 생각나지 않는 듯한 기색의 이시구로를 대신해 나유타가 물었다.

"물론 진심이죠. 이런 얘기를 누가 농담으로 해요?"

나유타는 급히 손을 내둘렀다.

"프로 선수인 산토 씨조차 그걸 못 받아서 고심하고 있어. 마도카가 받아낼 수 있을 리가 없잖아."

"아니, 내가 혹시 받아내면 어쩔래요?" 마도카는 노려보듯이 나유타를 빤히 쳐다보았다.

"혹시라니, 무슨 말도 안 되는……." 나유타도 말문이 막혔다.

마도카는 이시구로에게로 시선을 돌렸다. "혹시 받아내면 내 제안을 들어줄 거예요?"

"제안이라니?"

"이시구로 씨의 새로운 전속 포수, 즉 미우라 씨의 후임자를 키워내기 위한 계획."

이시구로는 난감한 얼굴로 나유타를 바라보다가 다시 마도카를 마주했다. "야구 경험은, 있어?"

"내 경우에는 그런 건 필요 없어요. 그냥 난류를 읽어내는 능력만 있으면 돼요."

그 말에 나유타는 흠칫했다. 스키 점프 대회 때의 일이 되살아났다. 이 소녀가 보통 사람을 뛰어넘는 능력을 가졌다는 건 어렴풋이 느끼고 있었다.

이 소녀라면 가능하지 않을까. 퍼뜩 그런 마음이 들었다.

"이시구로 씨, 한번 시도해보게 해주시면 안 될까요?"

"시도해보다니, 포수를?"

"네, 어떻게 설명해야 할지는 모르겠는데 마도카에게는 신비한 능력이 있어요. 어쩌면 정말로 너클볼을 받아낼 수도 있어요."

"어쩌면, 이 아니라 진짜로 공을 받을 거라니까요!" 마도카는 나유타에게 쏘아붙이고, 이시구로를 보았다. "부탁드릴게요. 이건 이시구로 씨를 위한 일이기도 해요."

이시구로는 당황한 얼굴로 "말도 안 돼……"라고 중얼거렸다. 자신을 놀리는 것이라고 의심했는지도 모른다.

"내가 연습장을 알아볼게요." 나유타는 자리에서 일어섰다.

약 한 시간 뒤, 다른 사람들이 없는 야간 실내 연습장에서 이시구로는, 그리고 나유타도, 마도카의 말이 거짓이 아니라는 것을 알았다.

다쳐도 난 모른다, 라면서 이시구로가 던진 너클볼을 마도카는 멋지게 받아냈던 것이다. 게다가 손에 캐처 미트를 꼈을 뿐, 보호구는 일절 착용하지 않았다.

믿을 수 없다면서 그 뒤로 이시구로는 공을 다섯 개쯤 더 던졌다. 그 모든 것을 마도카는 척척 받아냈다. 그중 한 개는 원 바운드였는데도 놓치는 일이 없었다.

"와아, 여우에 홀린 것 같아." 이시구로는 멍한 표정으로 우두커니 서 있었다.

"마도카에게는 특별한 능력이 있다고 내가 말했잖아요."

"이거 혹시 초능력인가? 말도 안 되는 일이라고 말하고 싶은데 이건 뭐……." 이시구로는 글러브를 벗고 두 손을 번쩍 드는 포즈를 취했다. "믿어주지 않을 수가 없네."

"이제 약속 지킬 거죠?" 마도카는 자신이 이겼다고 의기양양해하는 일도 없이 이시구로에게 물었다.

"대체 원하는 게 뭐야? 내가 뭘 해야 되지?"

"별로 어려운 것도 아니에요. 잠깐 연극을 해주시면 돼요."

"연극?"

그렇게 마도카가 꺼낸 제안이 최면술을 사용하는 연극이었다. 최면술에 의해 야구 경험도 없는 소녀가 이시구로의 너클볼을 받아낸다, 라는 스토리다. 그 과정을 처음부터 끝까지 산토에게 보여준 뒤, 그에게도 최면술을 건다. 물론 진짜 최면술이 아니다. 게다가 이시구로는 일부러 변화하지 않는 공을 던진다. 그거라면 산토도 너끈히 받을 수 있다. 공은 무회전이기 때문에 그는 너클볼을 받았다고 착각할 것이다. 스스로 암시를 걸어준다면 얘기는 더 빨라진다. 이제 이걸로 됐다, 라는 자신감을 되찾고 이윽고 진짜 너클볼도 받아낼 수 있게 된다, 라는 것이 마도카의 시나리오였다.

재미있는 아이디어라고 나유타는 생각했다. 마도카처럼 가녀린 여자애가 이시구로의 너클볼을 차례차례 캐치하는 모습을 보면 분명 최면술을 믿어줄 것이라는 마음이 들었다.

하지만 이시구로의 의견은 달랐다. 변화하지 않는 너클볼을 던지면 분명 산토가 눈치를 채버린다는 것이었다.

"아무리 슬럼프에 빠졌다지만 그 친구는 프로 선수야. 프로의 눈은 속일 수 없어. 게다가 최면술 같은 것에 기대겠다는 사고방식이 나는 마음에 안 들어. 슬럼프에서 빠져나오느냐 마느냐는 결국 각자의 노력에 달린 문제야."

괜찮은 아이디어라고 생각했던 계획을 부정당해버려서인지 마도카는 웬일로 실망의 기색을 드러내며 기분이 상한 듯 입을 꾹 다물었다. 그런 그녀에게 이시구로는 "하지만 발상은 아주 재미있어"라고 말을 이었다.

"마도카처럼 얼핏 보기에 평범한 소녀가 포구하는 것을 코앞에서 목격한다면 산토가 큰 충격을 받으리라는 건 확실해. 그 충격이 산토가 다시 분발하는 계기가 될 수도 있겠지."

그리고 이시구로는 산토가 최면술이 가짜라는 것을 눈치챈 다음의 스토리를 새로 짜주었다. 즉 마도카가 너클볼을 받아낸 것은 최면술이 아니라 맹렬한 연습의 성과였다, 라는 대반전이다.

"프로 선수라면 그게 훨씬 더 충격이 크지." 이시구로는 단언했다. 나아가 그래도 분발하지 않는다면 그때는 프로 선수를 그만두는 편이 좋다는 말까지 덧붙였다.

그렇게 그날의 작전이 펼쳐졌던 것이다.

"특히 마도카의 박진감 넘치는 연기는 정말 훌륭했어." 나유타가 말했다. "왼손이 시퍼렇게 멍든 것을 봤을 때도 깜짝 놀랐어. 속임수인 걸 다 알고 있는데도 가슴이 철렁했다니까."

"꽤 리얼했죠?" 그렇게 말하고 마도카는 스마트폰을 꺼냈다. 메일이 들어왔는지 화면을 보면서 입이 뾰로통해졌다. "기리미야 씨예요. 빨리 들어가지 않으면 또 잔소리 듣겠어요."

“기리미야 씨에게도 큰 신세를 졌어. 고맙다고 인사 전해줘.”

“그건 신경 쓸 거 없어요. 기리미야 씨도 덕분에 재미있었을 테니까요.” 마도카는 재빨리 주스를 마시고 자리에서 일어났다. “자, 그럼.”

“언젠가 또 만나자.”

“그래요, 언젠가.”

빠이빠이, 라면서 마도카는 왼손을 흔들었다. 그날 특수 분장을 했던 그 손이 오늘은 아무 흠집도 없이 깨끗했다.

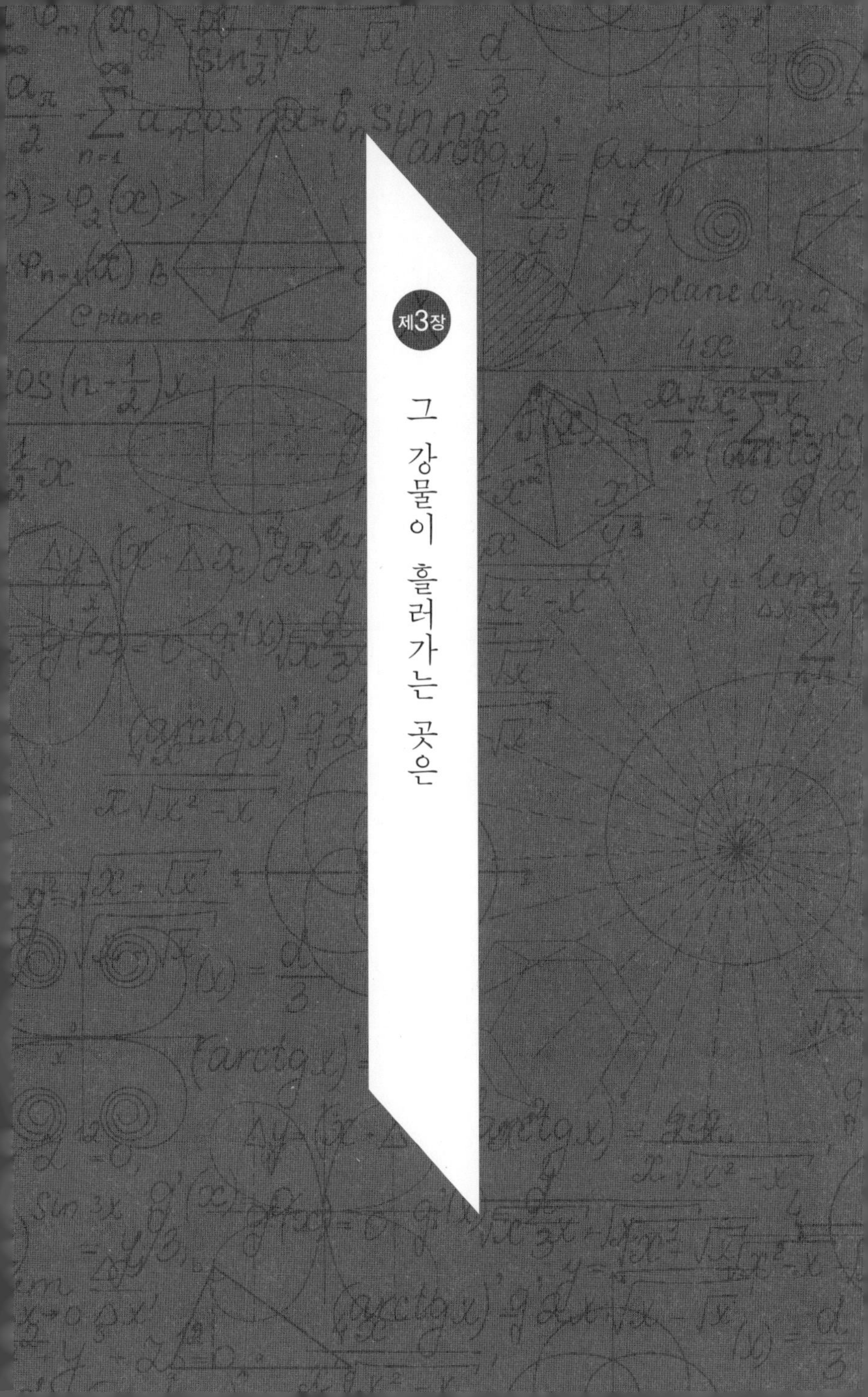
제3장
그 강물이 흘러가는 곳은

1

나유타가 와키타니 마사키의 모습을 발견한 것은 7월로 접어든 직후의 더운 저녁나절이었다. 니시아자부 사거리에서 신호등이 파란불로 바뀌기를 기다릴 때, 도로 맞은편에 서 있는 체격 좋은 반바지 차림의 남자가 고교 동창이라는 것을 알았다. 마지막으로 만난 게 벌써 10여 년 전이다. 살이 좀 찐 것 같지만 예리한 얼굴 생김새는 변함이 없었다.

신호등이 파란불로 바뀌었다. 나유타는 걸음을 옮겼다. 이 횡단보도가 유난히 길어서 중간에 안전지대가 설치되어 있다. 마침 그곳에 들어섰을 때 와키타니가 바로 앞까지 다가왔다. 약간 몸을 구부정하게 숙인 자세로 걷고 있어서 나유타를 알아보지 못한 기색이었다.

와키타니, 라고 불러보았다. 깜짝 놀랐는지 그는 얼굴을 들고 우뚝 멈춰 섰다.

"오랜만이야." 나유타는 웃음을 건넸다.

하지만 상대의 반응은 둔했다. 눈은 나유타를 포착했지만 얼굴에 당혹스러운 빛이 떠올랐다. 갑작스럽게 말을 건네는 이 사람이 누구인가, 열심히 기억을 더듬어보는 얼굴이다.

아차, 하고 나유타는 후회했다. 내 쪽에서는 반갑지만 그 역시 똑같다고는 할 수 없는 것이다.

미안해요, 라고 손을 가로저으며 사과했다. "제가 잘못 본 모양입니다."

나유타는 와키타니 옆을 지나 안전지대를 나가려고 했다. 그런데 신호등의 파란불이 벌써 깜빡거림도 끝나가고 있어서 그 자리에 멈춰 설 수밖에 없었다.

그때였다. 구도, 라고 등 뒤에서 부르는 소리가 들렸다.

엇, 하고 나유타는 몸을 돌렸다. 그러자 바로 코앞에 와키타니의 활짝 웃는 얼굴이 있었다.

잔을 마주친 뒤, 와키타니는 생맥주를 꿀꺽꿀꺽 들이켜더니 크게 숨을 토해냈다.

"와아, 깜짝 놀랐다. 그런 데서 너를 만날 줄은 생각도 못 했어. 게다가 덥수룩한 수염에 빡빡머리, 새까맣게 그을린 얼굴이잖아. 동네 어디쯤에서 어슬렁거리는 불량배인 줄 알았지 뭐야."

"불량배라니, 야, 너무 심하잖아. 그래도 금세 기억해내는 것 같던데?"

"그야 그렇지. 10년쯤 못 만났다고 옛 친구의 얼굴을 잊어버리겠냐."

"친구……. 문제아 친구 말이지?"

그렇지, 라고 와키타니는 의미심장한 웃음을 지으며 몇 번이고 고개를 끄덕였다. "너나 나나 따돌림당하는 처지였고, 주위에 이래저래 폐도 많이 끼쳤으니까."

"그래, 이만저만 폐를 끼친 게 아니었지." 잔 속의 하얀 거품을 응시하며 나유타는 먼 옛날로 마음이 내달렸지만 지금 여기서 그 얘기를 입 밖에 꺼내는 것은 어쩐지 망설여졌다. 결코 밝은 화제가 아니다. 오랜만에 만났는데 분위기를 우울하게 만들고 싶지는 않았다.

두 사람은 아자부주반에 자리한 주점에 와 있었다. 둘 다 다른 일정이 없어서 우연한 재회를 축하하자고 얘기가 된 것이다.

"마지막으로 만난 게 스무 살 때였지?" 와키타니가 말했다. "네가 성인식 행사에 안 가겠다고 고집을 부려서 그렇다면 둘이 술이나 마시자고 내가 불러냈었어. 나도 성인식에 얼굴 내밀기가 좀 그랬거든. 예전에 어울리던 불량배들도 틀림없이 참석할 거고, 괜히 그놈들이 엉겨 붙으면 귀찮으니까."

"그때는 솔직히 기뻤어. 내 장래 문제로 한창 고민하면서 누군가 내 얘기를 들어줬으면 하던 때였으니까 말 그대로 굿 타이밍이었지."

"네 얘기 듣고 정말 깜짝 놀랐었어." 풋콩을 입에 던져 넣고 와키타니가 쓴웃음을 지었다. "어렵사리 의대에 입학했는데 그걸 그만두겠다고 했잖아. 미친 거 아닌가 했다니까."

"그러는 너도 대학에 가라는 부모님의 뜻을 꺾고 요리인의 길을 선택했잖아. 학교 성적도 나쁘지 않았는데 말이야."

"그래봐야 나쁘지 않다, 하는 정도의 성적이었지. 너는 만날 결석하다가 시험 보는 날에만 불쑥 나타나는 주제에 척척 100점을 받았는데 말이야. 의대에 합격했다는 소식 듣고도 전혀 놀라지 않았어. 그러니 더더욱 의대를 포기하는 게 너무 아깝다는 생각이 들 수밖에."

"무엇을 아깝다고 생각하느냐는 사람마다 다 다른 것 같아. 와키타니도 대학에 가봤자 꿈을 이룰 수 없다고 생각해서 진학하지 않은 거잖아. 그거하고 똑같아. 의대는 내가 꿈꾸던 곳이 아니라는 걸 깨달았어."

"그런가. 하긴 지금 와서 생각해보니 그런 마음도 충분히 이해가 된다." 와키타니는 맥주잔을 비우고 점원을 불러 추가로 주문했다. "그래서 넌 요즘 무슨 일을 하고 있어? 마지막으로 만났을 때 뭔가 하고 싶은 일이 있다고 했던 것 같은데."

"맞아, 그랬지. 내가 요즘 하는 일은……." 나유타는 숄더백에서 명함을 한 장 꺼내 테이블에 내놓았다.

그것을 손에 들고 와키타니는 눈이 둥그레졌다. "침구사? 네가 침을 놓는 거야?"

"의대에서 공부하는 동안 민간요법에 관심을 갖게 됐어. 특히 침구의 무한한 가능성에 매력을 느꼈지. 마침 후계자를 찾는다는 침구 스승님을 소개받을 기회가 있어서 머리 숙이고 제자로 들어간 거야. 의대는 그때 그만뒀고."

"부모님이 용케도 허락해주셨네."

"허락해줄 리가 없지. 내 마음대로 정했어. 그 바람에 집에서 쫓겨나다시피 했고. 벌써 몇 년째 서로 간에 연락한 적이 없다."

"어이쿠, 그래도 괜찮냐?"

"괜찮고 말고 할 것도 없어. 내가 선택한 길이니까 나 스스로 개척해나가는 수밖에. 예전에 우리 둘이서 자주 그런 얘기를 했었잖아. 잊어버렸어?"

"잊어버린 건 아니지만 사람이 살다 보면 아무래도 그렇게는 안 되잖냐. 그런 의미에서는 너도 참 대단한 녀석이다."

추가로 주문한 맥주가 나왔다. 와키타니는 잔을 기울인 뒤 입에 묻은 하얀 거품을 손등으로 닦았다. "그래서 침구사 일은 어때?"

"재미있어. 일하는 보람도 있고, 신나게 돌아다니고." 나유타는 말에 자신감을 담았다. "아직은 대부분의 환자를 스승님에게서 물려받는 상태지만, 다양한 사람들을 만나면서 인생에 큰 공부가 되더라고."

그 환자의 면면이 프로 스포츠 선수에서부터 유명한 작가에 이르기까지 다양하다고 나유타는 말했다.

"그래, 네가 선택한 길이 잘못된 게 아니었다는 얘기네. 마음이 놓인다."

"너는 어때? 성인식 때만 해도 아직 요리 학교에 다녔던 것 같은데."

와키타니는 고개를 끄덕였다.

"응, 요리 학교에 다니면서 아는 분의 레스토랑에서 수업을 쌓았어. 수업이라고 해봤자 허드렛일만 실컷 한 것뿐이고, 어설프게나마 전문 요리인으로 인정받은 것은 최근 이삼 년 정도인가? 지금은 에비스의 이탈리안 레스토랑에서 일하고 있어. 하지만 머지않아 내 가게를 갖고 싶다는 꿈이 있지."

"이탈리안 레스토랑? 네가?" 나유타는 와키타니의 얼굴을 찬찬히 바라보다가 그의 왼손으로 시선을 옮겼다. 실은 아까부터 마음에 걸렸다. "근데 언제 결혼했어?"

"이거?" 와키타니가 멋쩍은 듯 왼손을 슬쩍 들어 올렸다. 약지에 은색 반지를 끼고 있었다. "1년 전이야. 단골로 다니던 바에서 알게 된 미용사인데 나보다 네 살이나 연상이야."

"와아, 축하한다. 뭔가 축하 인사를 해야겠는데?"

"관둬, 인사는 무슨? 게다가 혼인신고는 1년 전에 했지만 그 전에 4년쯤 동거해서 신혼이라는 느낌이 별로 없어. 결혼식도 안 올렸고."

"그랬구나. 지금이라도 늦지 않았으니까 결혼식쯤은 올리지 그래? 부인이 가엾잖아."

"아니, 실은 지금 그런 걸 생각할 여유가 없어." 와키타니가 문득 심각한 표정이 되었다.

"왜?" 나유타도 저절로 표정이 딱딱해졌다.

"아니, 그게……." 와키타니는 목 뒤를 긁적였다. "아무래도 가족이 더 늘어날 것 같아서."

엇, 하는 소리를 흘린 뒤, 나유타는 친구의 얼굴을 들여다보았다. "혹시 부인이 아이를?"

"그런 모양이야." 와키타니가 턱을 앞으로 쭉 내밀었다.

"그래? 뭐야, 그런 일은 좀 더 빨리 말했어야지." 나유타는 팔을 내밀어 와키타니의 어깨를 두드렸다. "그렇다면 한 번 더 건배해야겠네. 축하한다!"

"응, 고마워." 와키타니도 잔을 들어 나유타의 건배를 받아주었다. 웃고는 있지만 그 표정이 어딘가 어색했다. 멋쩍은 탓일 거라고 나유타는 생각했다.

"예정일은 언제야?"

"내년 1월."

"그렇구나. 내년 1월이면 와키타니가 아빠가 되는 건가. 어째 느낌이 이상하네."

"나도 실감이 안 난다." 와키타니는 눈썹 옆을 긁적였다.

"정말 좋은 소식이야. 부인이 기뻐했겠다."

"그건 뭐, 그렇지."

"그럼 결혼이 아니라 아기 쪽으로 축하 인사를 생각해봐야겠네. 뭔가 갖고 싶은 거 있으면 사양 말고 다 말해. 하긴 그래봤자 너무 비싼 건 좀 힘들겠지만. 와아, 그렇구나, 와키타니가 아빠가 되다니." 나유타는 테이블의 메뉴판을 펼쳤다. "최고 비싼 걸로 다시 한번 건배하자. 샴페인은 어때?"

"아니, 그런 건 됐고. 그보다 구도, 너 이시베 선생님하고는 연락하고 있어?"

"이시베 선생님? 아니, 전혀……." 나유타는 당황했다. 그 이름을 잊은 것은 아니지만, 이런 자리에서 왜 갑자기 선생님 얘기를 꺼내는가 하는 느낌이었다. "졸업한 뒤로는 본 적이 없어. 메일은 몇 번 주고받은 적이 있지만."

이시베 노리아키 선생님은 나유타와 와키타니가 고등학생이었을 때 담임교사였다. 계속 등교를 거부하는 나유타의 집에 매일같이 찾아왔었다. 학교는 결석해도 좋으니 어떻든 공부는 계속해야 한다는 그의 말은 나유타를 구원해준 귀중한 충고였다. 그야말로 몇 명 안 되는, '은사'라고 부를 수 있는 인물이다.

"이시베 선생님께 무슨 일 있었어?"

"응, 실은 내가 졸업 후에도 비교적 자주 연락을 했었어. 어쨌든 이시베 선생님에게는 내가 너보다 더 크게 신세를 졌잖아. 그래서 이번에도 결혼과 아이 소식을 전해드리려고 오랜만에 학교에 가봤는데, 석 달 전쯤부터 휴직 중이시더라고."

"휴직? 왜?"

"근데 학교 측에서 왜 그런지 분명한 이유를 얘기해주지 않더라고. 그래서 내 나름대로 이래저래 알아봤더니 마쓰시타가 알고 있었어. 생각나지? 우리랑 같은 반이었던 마쓰시타 나나에."

그런 이름의 여학생이 있었다는 것은 희미하게 기억이 났지만 얼굴은 전혀 머릿속에 떠오르지 않았다.

"미안, 나는 반 친구들과는 거의 얼굴을 마주하지 않아서."

"아무튼 그런 여학생이 있었어. 지금 우리 모교에서 국어 교사로 근무하고 있어. 그 마쓰시타의 얘기에 의하면, 이시베 선생님의 아들이 작년에 사고를 당했다는 거야."

엇, 하고 나유타는 눈을 크게 떴다. "사고라니, 교통사고?"

"아니, 수난水難 사고야. 가족 셋이서 강가로 캠프를 갔는데 아들이 발을 헛디디면서 강물에 빠졌던 모양이야."

"……사망한 거야?"

아니, 라고 와키타니는 살짝 고개를 저었다.

"가까스로 목숨은 건진 것 같아. 근데 심각한 의식불명 상태로 계속 누워 있대."

"저런……."

"일단 간병에 전념하겠다는 이유로 휴직하신 것 같아. 하지만 그 전부터 학교에 출근해서도 뭔가 좀 이상했다고 하더라고. 완전히 넋이 나간 사람 같았대. 진짜 놀랍더라, 이시베 선생님이 그렇게 되시다니. 딱하다는 말밖에는 달리 할 말이 없더라고. 그래서 요즘 영 마음에 걸려. 아들 병문안이라도 가봐야 하나. 아니, 그보다 이시베 선생님은 좀 어떠신지 보러 가봐야 하나. 근데 현재 상황을 잘 알지도 못한 채 덥석 찾아가봤자 괜히 폐만 끼칠 것 같기도 하고……."

와키타니의 심각한 표정을 보고, 아이가 생겼는데도 그리 기뻐하지 않는 얼굴이었던 이유를 나유타는 그제야 어렴풋이 짐작했다. 소중한 은사님이 아들 일로 고통스럽다는 얘기를 들었으니 자신에게 아이가 생긴 것도 마냥 기뻐할 수만은 없었는지도 모른다.

"학교 측에서도 잘 모르는 건가, 선생님의 현재 상황을?"

글쎄, 라고 와키타니는 고개를 갸웃했다.

"최근에 이시베 선생님이 아들을 다른 병원으로 옮긴 것 같다, 라고 마쓰시타가 얘기하긴 했어. 전해 들은 말이라서 사실인지 어떤지는 자기도 잘 모른다고 하더라고."

"다른 병원이라니?"

"그런 쪽으로 전문인 병원이래. 어딘가의 대학병원이야. 흠, 어디라고 했더라……." 와키타니가 미간에 주름을 잡고 생각에 잠긴 뒤, 따악 무릎을 쳤다. "아, 생각났다. 가이메이 대학이야. 그곳 대학병원에 뇌신경외과의 권위자가 있다는 모양이야."

"가이메이 대학……."

나유타의 뇌리에서 기억 조각 하나가 또르르 굴러 나왔다.

2

약속한 가게는 역 빌딩 2층에 있었다. 분홍색 간판이 내걸린 디저트 카페다. 유리창 너머로 안을 들여다보니 창가 테이블에 눈에 익은 얼굴이 있었다. 고개를 떨군 것은 스마트폰을 들여다보고 있기 때문일 것이다. 저기 있다, 라고 말하며 나유타는 옆에 있는 와키타니에게 고개를 끄덕였다.

문을 열고 가게 안을 가로질러 걸어갔다. 테이블 옆까지 가서 나유타가 말을 걸려고 했을 때, "의외로 빨리 왔네요?"라고 상대가 먼저 말했다. 게다가 여전히 스마트폰에 시선을 꽂은 채로 한 말이었다. 나유타와 와키타니가 다가오는 기척을 진즉에 감지한 모양이다.

"내가 늦게 올 거라고 생각한 모양이지? 너하고 약속해서 지각한 적은 한 번도 없는데." 나유타는 선 채로 물었다.

"아까 나유타 씨 차가 들어가는 게 보였어요." 덤덤하게 대답한 뒤에 우하라 마도카가 창밖을 가리켰다. 그 너머에 입체 주차장 출입구가 있었다. "그 직전의 1분 동안에 차 석 대가 연달아 주차장으로 들어갔거든요. 소형 트럭, 초보자 스티커를 붙인 세단, 원 박스 차의 순서로. 오늘 꽤 붐비는 것 같아서 나유타 씨가 주차 공간을 확보하려면 시간이 좀 걸릴 거라고 예상했죠. 특히 초보자 스티커를 붙인 그 세단 때문에 상당히 번거로웠을 거예요. 운전에 익숙하지 않아서 차 넣는 것도 서툴 테니까."

"아닌 게 아니라 붐비기는 했는데, 우연히 가까이에 빈자리가 있었어. 행운이었지."

"아, 그래서 예상보다 일찍 왔구나. 이제야 알겠네." 마도카가 나유타를 올려다보았다. "그보다, 잘 지냈어요?"

"그럭저럭. 마도카도 여전한 것 같구나."

"여전하다니, 어떤 식으로?"

"응? 그러니까 그게 뭐냐면…… 여전히 마도카답다는 얘기."

"뭔 소리래. 문법적으로 틀린 말 같은데." 마도카는 미간을 좁혔다. 까다로운 고양이를 연상시키는 눈이 인상적이다. 긴 머리를 어떻게 돌려 감았는지 머리 위에 소프트볼 크기로 얹혀 있었다. 민소매 블라우스 옆으로 드러난 가느다란 팔이 호리호리한 몸매를 강조하는 것 같았다.

두 사람의 대화에 와키타니는 당황한 기색이었다. 불안한 눈빛을 나유타에게로 던졌다.

아차 싶어서 얼른 소개해주기로 했다.

"마도카, 이쪽은 와키타니 마사키라고 내 고등학교 때 절친이야.

와키타니, 이쪽은 우하라 마도카."

안녕, 이라고 와키타니가 인사하자 마도카도 안녕하세요, 라고 응했다.

두 사람은 마도카와 마주하고 앉았다.

점원이 다가와 마도카 앞에 거대한 과일 파르페를 내주었다. 여러 종류의 과일이 넘칠 듯 담겨 있다. 나유타와 와키타니는 커피를 주문했다.

"오늘은 갑작스럽게 이상한 부탁을 하고, 미안해."

나유타가 사과하자 마도카는 멜론을 떠서 입에 넣던 손을 멈췄다.

"별로 이상한 부탁도 아닌데? 가이메이 대학병원에 아는 사람이 입원했다는 말을 듣고 그곳에 인맥이 있다면 그걸 이용해 정보를 얻으려고 하는 건 당연하잖아요."

"그렇게 말해주니 마음이 한결 편하긴 한데……."

"근데 용케도 기억하고 있었네요. 우리 아빠가 가이메이 대학병원 뇌신경외과 의사라는 거."

"마도카가 처음 쓰쓰이 교수님을 만났을 때, 가이메이 대학 의학부의 우하라 교수님 딸이라고 들었어. 뇌신경외과 의사는 내 주위에는 좀체 없으니까 어쩐지 기억에 남았지."

자신이 의대에 적을 두었던 일도 있어서 나름 익숙했다, 라는 이유는 말하지 않고 덮어두었다.

나유타가 마도카에게 메일을 보낸 것은 와키타니를 만난 그다음 날이다. 이시베 노리아키라는 사람의 아들이 뇌 치료를 위해 가이메이 대학병원에 입원했다는데 사실인지 어떤지 확인해줄 수 있겠느냐, 라는 내용이었다. 이시베가 나유타의 고교 은사라는 얘기는 물론 덧붙였다.

곧바로 마도카에게서 답장이 왔다. 2주일 전에 다른 병원에서 옮겨 왔다, 라는 것이었다. 나아가 이런 내용도 첨부되어 있었다. '우리 아빠가 담당하는 환자 같아요.'

그 즉시 다시 메일을 보냈다. 자세한 것을 알고 싶은데 어떻게 하면 좋겠느냐고 문의한 것이다. 도착한 답신은, 알려줄 수 있는 것과 알려줄 수 없는 게 있다. 직접 만나서 얘기하는 게 빠를 것 같다, 라는 얘기였다. 그래서 약속을 정했고 오늘 이 자리에 이른 것이다.

묵묵히 파르페를 떠먹던 마도카가 문득 스푼을 멈추고 나유타와 와키타니를 번갈아 보았다.

"도움을 많이 받은 모양이죠?"

"응?" 나유타가 되물었다.

"그 이시베라는 선생님한테 말이에요. 보통은 졸업하고 10년 넘게 지났는데 고교 담임선생님의 아들이 사고로 입원했다고 그렇게 걱정하지는 않잖아요. 일부러 이런 자리까지 만든 걸 보면 어지간히 큰 도움을 받은 게 아닌가 싶어서요."

나유타는 와키타니와 얼굴을 마주 본 뒤 마도카에게로 쓴웃음을 던졌다.

"딱 맞혔어. 실은 우리 둘 다 굉장한 문제아였거든. 이시베 선생님이 아니었다면 틀림없이 인생의 낙오자가 됐을 거야. 그래서 선생님이 힘든 상황이라는 얘기를 듣고는 그냥 모른 척할 수가 없었어."

"아, 낙오자……."

다시금 파르페를 입에 옮기던 마도카는 이윽고 반절쯤 남기고 스푼을 내려놓았다.

"자세한 설명은 생략하겠지만, 나는 가이메이 대학병원의 데이터베이스에 접속할 수 있는 입장이고, 아빠의 업무 내용도 어느 정도는 파악하고 있어요. 그래서 두 분의 기대에는 응할 수 있을 것 같아요. 단 미리 양해를 구하겠는데 지금부터 하는 이야기는 솔직히 말해 병원 관계자로서는 규칙 위반이에요. 프라이버시 침해고, 의사라면 비밀 엄수 위반이죠. 하지만 두 분은 프라이버시를 지켜줄 거고, 나는 의사가 아니니까 특별히 알려드릴게요. 단, 다른 사람에게는 절대로 얘기하면 안 돼요. 약속하실 수 있죠?"

나유타는 와키타니와 함께 고개를 끄덕였다. "물론이야."

마도카는 두 손을 무릎에 얹고 나유타와 와키타니를 지그시 보았다.

"환자 이름은 이시베 미나토. 12세. 가이메이 대학병원에 실려 왔을 때의 상태는 자력 이동 불가능, 자력 섭취 불가능, 의사소통 불가능, 배설 제어 불가능, 의미 있는 언어 사용 불가능, 단 자발 호흡은 가까스로 가능." 줄줄줄 단어들을 이어갔다. "천연성 의식장애, 쉽게 말해서 식물인간 상태. 그리고 현재도 그 상태에 거의 변화 없음."

그 내용은 마쓰시타 나나에를 통해 얻은 정보와 일치하는 것이었다. 1년째 의식불명이라는 것을 의학적으로 설명한다면 이런 게 될 것이다.

"대체 어떤 사고였지?" 와키타니가 물었다.

"물에 빠져서 일정 시간 심정지 상태였던 모양이에요." 마도카가 말했다. "하지만 어디서 물에 빠졌는지, 왜 빠졌는지, 그런 정보는 가이메이 대학병원 데이터베이스에는 입력된 게 없었어요. 당연하죠. 치료와는 전혀 관계가 없으니까. 우리 아빠만 해도 그런 것에는 관심이 없을걸요?"

"그러면 아버지는, 우하라 교수님은 어떻게 생각하시지?" 나유타는 물어보았다. "그 병에 대해 세계적인 권위자시잖아. 회복될 전망이 있을까?"

"글쎄요. 아빠한테 그런 건 안 물어봤어요. 물어봤자 아마 대답해주지 않을 거예요. 의사는 원래 100퍼센트 자신이 없는 한 낙관적인 말은 안 하니까."

마도카의 말투는 냉담하게까지 들렸지만 아마도 그게 진실일 것이다.

"부모님, 그러니까 선생님과 사모님은 어떻게 지내실까. 그것도 이래저래 걱정인데." 와키타니가 마도카에게 말했다.

"잘 아는 간호사 얘기로는, 비교적 냉철하게 대처하는 것 같아요." 마도카는 대답했다. "힘겨운 상황이지만 그 사고에서 1년 이상 지났으니까 차츰 현실을 받아들인 모양이죠. 다만 그건 어머니 쪽 얘기예요. 아버지는 한 번도 병실을 찾지 않았대요."

"이시베 선생님이?" 와키타니의 목소리 톤이 높아졌다. "왜?"

"이유는 모르죠. 간호사들도 이상하다고 하던데요. 우리 아빠도 잠깐 얘기하더라고요. 이제 슬슬 중요한 결정을 해야 하는데 영 얼굴을 내밀지 않는다고."

"왜 그러시지?" 와키타니가 나유타에게 물었다. 나유타는 고개를 갸웃거릴 수밖에 없었다.

"어떻게 할 거예요?" 마도카가 물었다. "지금 병원에 가겠다면 내가 안내할게요. 아까 확인해봤는데 어머니 쪽은 날마다 꼬박꼬박 오신대요."

"병문안은 가능해?" 나유타가 물었다.

"면회는 가능해요. 의식은 없어도 상태는 안정적인 모양이니까."

나유타와 와키타니는 잠시 서로를 마주 보았다.

"일단 가볼까?" 와키타니가 말했다. "사모님이라면 내가 몇 번 뵌 적이 있어. 자세한 이야기를 해주실지도 모르겠다."

물론 나유타도 반대할 이유는 없었다.

가이메이 대학병원은 세련된 분위기를 풍기는 신축 건물이었다. 병실로 가려면 전용 게이트를 통과해야 하고, 면회를 원하는 사람은 앞쪽 접수처에서 수속을 하게 되어 있다. 그 참에 환자 본인이나 간병 중인 가족에게서 면회를 거절당하는 경우에는 출입이 허가되지 않는다.

수속은 마도카가 해주었다. 과연 면회를 허락해줄지, 불안한 마음으로 기다리는데 잠시 뒤에 마도카가 돌아왔다.

"이거, 가슴에 달아야 해요." 쑥 내민 것은 방문자증이었다.

마도카의 안내를 받아 엘리베이터에 올랐다.

"몇 층이지?" 나유타가 물었다.

"8층."

나유타는 숫자 8 버튼을 눌렀다. 하지만 불이 켜지지 않았다.

"그거, 안 돼요."

마도카는 버튼 옆의 검은 패널에 방문자증을 댄 뒤 숫자 8 버튼을 눌렀다. 그제야 불이 켜졌다.

"이게 없으면 8층은 못 올라가는 모양이지?" 나유타는 방문자증을 가리키며 말했다. "경비가 꽤 엄중하네."

"특별 층이거든요. 8층은 특히 심하게 경비를 해요. VIP가 입원하기도 하니까."

"근데 왜 그런 병실에? 이시베 선생님의 아들은 VIP는 아닐 텐데."

"뇌 상태와 아빠의 치료 내용에 따라서는 VIP가 될 수 있어요."

나유타는 고개를 갸웃거리며 마도카의 얼굴을 바라보았다. "무슨 말이야?"

그녀는 뭔가 말하려다 시선을 돌리고 슬쩍 손을 흔들었다. "미안, 방금 그 말은 잊어버려요."

기묘한 대답에 어떻게 응해야 할지 몰라 나유타는 와키타니와 얼굴을 마주 보며 어깨를 으쓱 쳐들었다.

엘리베이터가 8층에 도착했다. 그곳은 무거운 정적에 잠겨 마치 공기까지 멈춰버린 것 같았다.

널찍한 간호 데스크에 간호사 몇 명이 보였다. 마도카가 다가가 뭔가 이야기하더니 나유타 쪽을 돌아보며 복도 안쪽을 가리켰다.

셋이 복도를 건너갔다. 리놀륨 바닥은 깨끗이 닦여 반짝반짝했다.

"VIP 병실은 어떤 식이야? 식사가 특히 호화롭다든가?" 나유타가 목소리를 낮춰 물어보았다.

"참 내, 그럴 리가 있어요?" 마도카는 굳이 목소리를 낮추는 일도 없이 선선히 말했다. "다른 데랑 똑같아요. 영양과 성분을 관리하는 평범한 병원 밥. 특별히 맛있지도 맛없지도 않아요."

"잘 아는구나. 여기에 입원한 적이 있어?"

하지만 그 질문에 대한 대답은 없었다.

마도카는 복도 안쪽의 슬라이드도어 앞에서 발을 멈췄다. 문 옆에 걸린 팻말에는 '이시베 미나토'라고 적혀 있었다. 여기예요, 라고 그녀가 작은 소리로 말했다.

와키타니가 조심스럽게 문을 똑똑 두드렸다. 네에, 라는 여자의 대답이 들려왔다.

슬라이드도어를 열고 인사를 건네며 와키타니가 들어갔다. 나유타도 그 뒤를 따랐다. 하지만 마도카는 들어오지 않았다. 자신은 국외자라고 생각했는지도 모른다.

나유타의 눈에 가장 먼저 뛰어든 것은 간호용 침대에서 잠든 소년의 모습이었다. 상반신이 45도쯤의 각도로 세워졌고 코에는 튜브가 달렸다. 얼굴이 약간 부은 듯하지만 환자라기보다 그냥 잠을 자는 것처럼 보였다.

침대 너머에 소파와 테이블이 있었다. 머리를 뒤로 묶은 여자가 소파에서 일어나 미소를 지으며 이쪽을 보았다. "와키타니, 여기까지 찾아주고, 고맙다."

"오랜만에 뵙습니다." 와키타니가 머리를 숙였다.

나유타도 처음 뵙겠습니다, 라고 고개 숙여 인사했다. "구도라고 합니다. 이시베 선생님께 학생 때 큰 도움을 받았습니다."

"그래, 구도, 남편이 네 얘기를 자주 했었어." 이시베 부인은 와키타니에게로 시선을 돌렸다. "우리 미나토 일은 어디서 들었니?"

"아, 그게…… 동창에게서 들었습니다. 교사가 된 친구가 있어서요."

와키타니의 대답에 아하, 하고 부인은 알겠다는 듯 고개를 끄덕였다. 그 표정은 조금 차가워져 있었다. 가능하면 사람들의 입에 오르내리고 싶지 않았던 것이리라.

와키타니가 들고 온 선물 봉투를 내밀었다. 조금 전의 디저트 카페에서 사 온 과일 선물세트였다.

"저런, 그냥 와도 되는데." 부인은 받아 든 봉투를 테이블에 내려놓았다.

과일을 선물받아도 막상 내 아들은 먹지 못한다……. 부인의 얼굴에서 그런 안타까움이 배어나는 것 같다고 나유타는 느꼈다.

"자, 어서 앉아. 차라도 한잔 마시자."

"아뇨, 저희는 괜찮습니다. ……그렇지?" 와키타니가 돌아보며 물었다.

"네, 정말 괜찮습니다." 나유타도 고개를 끄덕이며 만류했다. "그보다 사모님, 여기 앉으세요, 고단하실 텐데."

"아냐, 그리 힘들 것도 없어. 간호사들이 다 해주니까 나는 할 일이 별로 없더라." 부인은 쓸쓸한 얼굴을 아들에게로 향했다. 침대 위의 소년은 눈을 감은 채 조금 전 그대로, 어떤 변화도 없었다.

보통 병문안이라면 몸은 좀 어떠시냐고 할 것이다. 안색이 좋아 보이시네요, 라고 덧붙이는 것도 나쁘지 않다. 하지만 이 상황에서는 그런 말들이 모두 무신경하고 무의미한 것으로 느껴졌다.

이윽고 와키타니가 입을 열었다.

"실은 어떤 사고였는지도 모른 채 이렇게 찾아왔습니다. 이번에 얘기해준 친구도 자세한 것까지는 모르는 것 같아서……."

부인의 얼굴에서 표정이 사라졌다.

"굳이 여기저기 얘기할 것도 없는 일이었어. 어리석은 부모가 강에 빠진 아들을 구해내지 못했던 거지. 그냥 그것뿐이야."

명백히 사고에 대한 이야기를 꺼리는 눈치였다. 당연한 일이라고 나유타는 생각했다. 그 일을 이야기하면 당시의 상황을 다시 떠올려야 한다. 잊으려 해도 잊히지 않는 악몽 따위, 어느 누구도 되짚고 싶지 않을 것이다.

하지만, 이라고 그녀는 말을 이었다.

"이렇게 온화한 얼굴로 잠든 미나토를 보고 있으면 이것도 꼭 나쁘기만 한 건 아니라는 생각이 들어. 이 아이가 건강하던 무렵에는 그야말로 하루도 마음 편할 새가 없었으니까."

부인이 무슨 뜻에서 하는 말인지 알 수 없어서 나유타는 와키타니를 보았다. 하지만 그는 거북스러운 듯 입을 꾹 다물고 고개를 떨구고 있을 뿐이었다.

어라, 하고 부인이 고개를 갸우뚱하며 와키타니를 보았다.

"와키타니, 혹시 구도에게는 우리 미나토 얘기를 안 했니?"

"네, 자세한 것까지는……." 와키타니가 말끝을 흐렸다.

부인은 고개를 끄덕이고 잠시 망설이는 표정을 보인 뒤에 나유타 쪽을 향했다.

"이 아이, 중증 발달장애아였어. 매일 날뛰고 뭐든 다 입에 넣어버리고, 서로 의사소통을 하기도 힘든 상태였으니까."

나유타는 처음 듣는 얘기였다. 그렇습니까, 라고 고개를 끄덕이는 수밖에 없었다. 와키타니는 왜 미리 알려주지 않았을까, 하는 의문이 떠올랐다.

"한밤중에 갑작스레 난동을 피우면 내가 밤새 한숨도 못 자는 일도 부지기수였어. 고함을 지르면서 머리를 벽에 부딪치고 그때마다 크게 다치는 일도 많았고……. 그런데 요즘은 그나마 잠은 잘 수 있게 됐지. 이 아이가 이렇게 얌전하니까."

부인의 말투를 통해서는 진심으로 하는 말인지 아니면 자학적인 농담인지 선뜻 판단이 되지 않았다. 나유타는 어떻게 대답해야 할지 몰라 곤혹스러웠다.

"아 참, 그러고 보니 이 병원에서 우리 미나토를 치료해주시는 의사 선생님이 며칠 전에 아주 어려운 주문을 하셨어."

"어떤 주문이에요?" 나유타가 물었다. 그 의사 선생님이라는 건 우하라 마도카의 아버지일 터였다.

그녀는 소파에 놓인 가방에서 DVD를 꺼냈다.

"우리 가족이 함께 지내던 모습을 녹음한 것이나 녹화한 것이 있으면 가져오라는 거야. 근데 발달장애 아이를 돌봐줘야 하는 처지에 태평하게 그런 것을 만들 여유가 있었겠니? 집 안을 다 뒤져서 겨우 몇 개 챙겨 오긴 했는데 이런 게 정말 도움이 될지 모르겠다."

이 또한 나유타와 와키타니로서는 대답할 도리가 없는 말이었다. 그저 고개만 갸웃거릴 수밖에 없었다.

"저어, 이시베 선생님은 어떻게 지내시는지……. 휴직 중이시라고 들었는데요." 와키타니가 화제를 바꾸었다.

못 들은 것은 아닐 텐데 부인은 가만히 아들을 바라볼 뿐, 한참 동안 대답이 없었다. 와키타니는 당혹스러운 듯 나유타를 흘끔 돌아보았다. 내가 실례되는 질문을 한 거냐, 라고 묻는 눈빛이었다.

이윽고 부인이 후우 숨을 토해냈다.

"글쎄 어떻게 지내는지 모르겠다……."

그 대답은 나유타의 허를 찌르는 것이었다. 물론 와키타니도 예상하지 못했을 것이다.

"서로 연락이 없으신 거예요?" 와키타니가 급히 묻고 있었다.

부인은 다시금 긴 침묵에 잠겼다가 두 사람을 보았다.

"연락은 가끔 하고 있어. 너희가 병문안 왔다는 거, 나중에 꼭 전해줄게." 그렇게 말하고 테이블에 놓인 스마트폰을 손에 들었다. "어라, 벌써 시간이 이렇게 됐구나. 미안하다, 모처럼 여기까지 와줬는데 지금 아이를 돌봐줘야 할 시간이야. 몸을 닦아줘야 하거든."

조금 전에는 자신이 별로 할 일이 없다고 했는데, 라고 나유타는 생각했다. 어쩌면 그만 돌아가달라는 뜻으로 둘러댄 것인지도 모른다.

"네, 그럼 저희는 이만 가야겠네요. 힘드실 텐데 죄송합니다. 아드님이 빠른 시일 내에 쾌차하기를 바랍니다."

와키타니가 애써 인사를 건네는 옆에서 나유타는 말없이 머리를 숙였다.

3

병원에 다녀오고 사흘 뒤, 와키타니에게서 전화가 왔다. 사고에 관한 정보를 얻었다는 것이다.

"마쓰시타에게 부탁해 알아봤어. 사고 직후에 학교 측에서 이시베 선생님에게 경위서를 제출하라고 했던 모양이야. 근무시간은 아니었다지만 교사가 동행했으면서도 아이의 수난 사고를 막지 못했다는 것으로 학부모들 사이에 문제가 될 수 있다고 생각한 것 같아."

와키타니의 말을 듣고 나유타는 가슴속에 불쾌감이 번졌다. 학교 측으로서는 혹시 모를 학부모의 문제 제기에 대한 대책을 세워두고 싶었겠지만, 아들이 생사의 기로에서 헤매는 상황에서 그런 경위서를 써야만 했던 이시베 선생님의 심정을 생각하니 숨이 막힐 것 같았다.

경위서에 의하면, 사고가 일어난 것은 작년 6월 13일, 장소는 S현 구로우마강江 캠프장이었다. 이시베 미나토가 물에 빠진 것은 온 가족이 한창 점심 식사를 준비하던 때였다.

"실제로 아들이 물에 빠지는 순간은 이시베 선생님은 못 봤대. 부인이 부르짖는 소리를 듣고 강으로 달려갔더니 벌써 물에 휩쓸려가는 상태였다는 거야."

미나토가 강에 들어갈 때는 항상 구명조끼를 입혔는데 그때는 입고 있지 않았다. 이시베가 다급하게 조끼를 찾아 들고 돌아왔을 때, 미나토는 이미 상당히 멀리 떠내려가 있었다. 이시베는 아내와 함께 강가를 달리면서 119에 신고해 구조를 요청했다. 하지만 강물의 속도가 점점 빨라지면서 결국 부부는 아들의 모습을 놓쳐버렸다. 정신없이 뛰어가봤지만 범위가 너무 넓어 애만 탈 뿐 눈에 띄지 않았다.

잠시 뒤 구조대가 도착해 부근을 수색한 결과, 강의 지류 쪽 바위에 걸려 있는 미나토를 발견했다. 이시베와 부인이 내려간 곳보다 상류 쪽 지점이었다.

미나토는 심정지 상태였지만 구조대원이 인공호흡과 가슴 압박 등의 심폐소생술을 실시하자 이윽고 심장이 뛰고 호흡도 시작되었다. 하지만 의식은 돌아오지 않아서 이름을 불러도 반응이 없었다.

"사고 상황은 대략 그런 정도야." 와키타니가 말했다. "경위서에 사고 원인의 분석과 이시베 선생님의 반성 내용도 있었다는데 마쓰시타가 그건 형식적인 것이라 따로 얘기할 필요는 없을 거라고 했어."

맞는 말이어서 나유타도 그건 그렇겠다고 대답했다.

"그보다 마쓰시타가 좀 더 마음에 걸리는 얘기를 하더라고. 이시베 선생님이 휴직 전에 매달 13일에는 꼬박꼬박 휴가를 내고 그 사고가 났던 곳에 갔다는 거야."

나유타는 놀라서 되물었다. "그곳에 왜?"

"그건 모르겠어. 아들이 사망했다면 그 영혼을 달래주기 위한 것이겠지만 그런 것도 아니잖아. 그래서 나도 내일 한번 가볼 생각이야."

"내일? 어디에?"

와키타니는 답답하다는 듯이 말했다. "그야 사고가 났던 곳이지. 구로우마강 캠프장 말이야. 내일이 13일이잖아."

아, 하고 나유타는 놀란 소리를 흘렸다. 깜빡 날짜도 잊고 있었다.

"너도 같이 갈래? 아, 물론 예정이 있다면 나 혼자 가도 되고."

내일은 출장 나갈 일은 없다. 침구원에서 환자가 찾아오기를 기다리는 것뿐이라 스승님에게 부탁하면 휴가를 낼 수 있다.

"알았어. 나도 갈게." 즉각 대답했다.

4

구로우마강 캠프장은 고속도로를 타면 도쿄에서 한 시간여 만에 갈 수 있다. 표고는 그리 높지 않지만 지형은 기복이 심하고 아름다운 계곡에 둘러싸였다.

주차장에 차를 세우고 캠프장까지 걸었다. 평일이라 인적은 드물었다. 텐트를 치기 위한 공간은 등 뒤에 나지막한 숲이 펼쳐진 위치에 마련되어 있었다. 울창한 나무가 해를 가려주기도 하고, 바로 옆을 흐르는 구로우마강의 수위가 높아지더라도 숲으로 올라가면 안전하기 때문일 것이다.

시간은 정오 전이었다. 사고가 일어난 것은 온 가족이 점심 식사를 준비하던 때라고 했으니까 이시베가 나타난다면 똑같은 시간대일 거라고 둘이서 나름대로 생각해본 끝에 이 시간에 온 것이다.

"선생님은 어디로 나오실까." 와키타니가 허리에 두 손을 짚고 캠프장을 둘러본 뒤에 말했다. "미나토 군이 처음 물에 빠진 자리? 아니면 발견된 곳?"

"양쪽 모두일 거야. 사고를 되짚어보는 거라면 분명 그렇겠지?"
나유타의 의견에 와키타니는 고개를 끄덕였다. "응, 그렇지."
"아 참, 궁금한 게 하나 있어. 이시베 선생님의 아들이 발달장애아였다는 거, 너는 알고 있었지? 왜 나한테 그런 얘기를 안 했어?"
"왜냐니, 그건……." 와키타니는 슬쩍 고개를 갸웃거렸다. "딱히 이유는 없어. 굳이 말하자면 얘기할 필요도 없는 일이라고 생각했기 때문이랄까. 게다가 선생님이 비밀로 해달라는 부탁도 했었어. 괜히 그런 일로 신경 쓰게 하고 싶지 않으니 아들의 병에 대해서는 남한테 얘기하지 말라고 하셨으니까."
"그랬구나……."
이시베의 성품을 보면 그럴 만도 하다고 나유타는 생각했다.
"사고를 당하기 전에 선생님 아들을 본 적 있어?"
"딱 한 번 있었어. 가게를 옮겼다는 소식을 전하려고 선생님 댁에 갔을 때. 아마 미나토가 대여섯 살 때였을 거야."
"어떤 아이였어?"
와키타니는 끄응 신음했다.
"정말 까다로운 아이였어. 선물로 케이크를 사 들고 갔는데 그걸 먹지 않고 점토처럼 손으로 주물러대더라고. 사모님이 나무라니까 미친 듯이 화를 내면서 케이크를 한 움큼씩 집어서 벽에 내던졌어."
얘기를 듣기만 해도 머리가 아파지는 에피소드였다.
"정말 힘드셨겠다."
"힘드셨지. 지난번에 병실에서 사모님이 지금 상태가 오히려 편하다고 얘기했지만, 그게 아마 본심일 거야. 아무튼 그런 장애를 가진 아이를 키운다는 게 여간 힘든 게…….” 나유타를 향해 거기까지 말한 참에 와키타니가 말을 뚝 끊었다. 그의 시선은 나유타의 뒤쪽에 가 있었다. 이시베 선생님이다, 라고 그가 중얼거렸다.

나유타는 뒤를 돌아보았다. 모자를 쓰고 체크무늬 셔츠를 입은 남자가 천천히 걸어오는 참이었다.

예전보다 훨씬 더 야위었지만 이시베가 틀림없었다. 와키타니가 그쪽으로 뛰어가길래 나유타도 뒤따라갔다.

고개를 숙인 채 걸어오던 이시베가 인기척을 느꼈는지 얼굴을 들었다. 우뚝 멈춰 서더니 놀란 표정을 보였다.

“와키타니, 네가 왜 여기에?” 그렇게 말한 뒤, 이시베의 얼굴이 나유타 쪽을 향했다. 누구인지 못 알아보는 기색이었다.

“선생님, 오랜만입니다. 저예요, 구도 나유타입니다.”

이시베의 입이 ‘구도 나유타’라고 중얼거리듯이 움직였다. 그러더니 즉시 생각났다는 표정이 되었다.

“아하, 그 구도 나유타!” 이시베는 크게 고개를 끄덕이고 찬찬히 나유타의 얼굴과 몸을 바라보았다. “오랜만이구나. 잘 지냈어?”

“예, 덕분에.”

“그래, 그래.” 이시베는 잠깐 웃는 표정을 보인 뒤에 다시 의아한 듯 와키타니에게 물었다. “그런데 웬일이냐? 너희들 이런 데서 뭐 하고 있어?”

“……실은 선생님을 뵈러 왔어요.”

“나를?” 이시베는 연거푸 눈을 깜작거렸다.

"저런, 일부러 병원까지 찾아주고, 내가 너희한테 참 미안하다."
와키타니의 이야기를 듣고 이시베는 온화한 웃음을 지었다.

"저는 그런 사고가 있었다는 것도 전혀 몰랐습니다."

와키타니의 말에 이시베는 시선을 떨구었다. "그랬을 거야. 다행히 목숨을 건졌기 때문인지 뉴스에도 나오지 않았으니까."

세 사람은 강가의 바위에 앉아 있었다. 이쪽은 강물의 흐름이 느려서 서로의 말소리를 알아듣기 어려운 정도는 아니었다.

"병원에서 선생님이 한 번도 면회를 안 오신다는 얘기를 들었어요. 정말이십니까?" 와키타니가 물었다.

이시베는 아픈 곳을 찔린 듯한 표정으로 슬쩍 턱을 당겼다. "응, 맞아."

"왜 그러셨어요."

이시베는 괴로운 듯 신음 소리를 흘렸다. "올 거 없다고 했어."

"……사모님이?"

"응, 학교 일로 바쁠 테니까 오지 말라더라고."

하지만, 이라고 와키타니는 잠시 틈을 둔 뒤에 말을 이었다. "요즘 휴직 중이시라고 들었는데요."

"알고 있었구나?" 이시베는 콧등에 주름을 잡으며 웃었다. "이래저래 사정이 있었어. 우선 나 스스로 아직 답을 찾지 못했어. 실은 아내와는 별거 중이야. 미나토를 볼 낯도 없고. 이런 상태에서 교단에 선들 제대로 수업을 못 할 것 같아 잠시 쉬겠다고 했어."

"답을 찾지 못했다는 게 무슨 말씀이신지……." 와키타니가 물었다.

"그때의 판단이 옳았느냐 틀렸느냐, 라는 것."

와키타니는 무슨 말인지 알아듣지 못한 기색으로 당혹스러운 얼굴을 나유타에게로 향했다. 하지만 나유타도 고개를 갸우뚱할 수밖에 없었다.

"아, 미안하다. 이래서야 무슨 말인지 모르겠구나. 애써 여기까지 나를 보러 와줬는데, 너희에게는 얘기하마." 그렇게 말하고 이시베는 몸을 일으켰다. "잠깐 나를 따라와."

나유타와 와키타니도 자리를 털고 일어섰다. 이시베는 크고 작은 바위를 건너 강가를 쭉쭉 나아갔다. 그 뒤를 둘이서 따라갔다.

판판하고 널찍한 바위 위에서 이시베는 발을 멈췄다.

"미나토가 강에 빠진 게 이 근처야."

나유타는 강물을 내려다보았다. 폭은 10미터 정도일까. 흐름은 그리 빠르지 않다. 그리 깊지도 않은 것 같았다.

"아내의 말에 의하면, 미나토는 물고기를 잡으려고 했던 것 같아. 원래 벌레든 도마뱀이든 아무튼 작은 동물을 좋아해서 그런 걸 보여주면 신이 났었어. 이곳에 데려온 것도 그래서였어. 물고기를 발견하고 펄쩍펄쩍 뛰던 모습이 지금도 또렷이 기억난다."

"물고기를 어떻게 잡으려고 했지요?" 나유타가 물었다.

"아마 모자를 이용했을 거야." 이시베는 자신의 머리를 가리키며 말했다. "그날 미나토에게 야구 모자를 씌웠으니까. 그걸 들고 벌레를 잡으러 쫓아다니는 걸 봤어. 똑같은 요령으로 물고기도 잡으려고 했던 모양이야. 바위 끝에 쪼그리고 앉아 강물을 향해 팔을 뻗었다가 발이 미끄러진 거야. 일부러 챙겨 와서 입혔던 구명조끼를 하필 그때만 입히지 않은 것은 큰 실수였어."

이시베는 강을 마주하고 큰 한숨을 쉬었다.

"아내가 부르짖는 소리를 듣고 내가 여기에 왔을 때, 미나토는 5미터쯤 떠내려간 상태였어. 공황 상태에 빠져서 두 팔을 허우적거리더라고. 물에 뜨려면 큰대자로 누워야 하는데 그런 걸 알 리가 없지."

"경위서에 의하면 선생님은 구명조끼를 가지러 텐트까지 뛰어가셨다고 하던데요."

와키타니가 물었지만 이시베는 고개를 끄덕이지 않았다. 침통한 표정으로 강물을 멍하니 바라본 뒤에 아니야, 라고 입을 열었다.

"사실대로 말하면 그게 아니었어. 실제로는 구명조끼를 가지러 갈 여유도 없었지. 아내를 만류하느라 정신이 없는 상황이었으니까."

"사모님을?" 와키타니가 미간을 좁혔다.

"아내가 당장 강에 뛰어들려고 했어. 미나토를 구하겠다고."

나유타의 입에서는 저절로 앗 하는 소리를 흘러나왔다.

"그날도 이런 식으로 강물의 속도가 그리 빠른 건 아니었어. 그래서 곧바로 따라가면 구할 수 있다고 생각했겠지. 아내는 학생 시절에 수영 선수였으니까. 수영장 안전요원으로 일했던 적도 있었어. 당연히 수영에는 자신이 있었을 거야."

"하지만 그건 무모한 일이에요." 나유타는 말했다. "허우적거리는 아이를 구하려고 물에 뛰어든 부모가 2차 피해를 당해 목숨을 잃는 경우가 많다고 들었어요. 섣불리 뛰어들지 않는다는 것은 수난 사고가 일어났을 때의 첫 번째 규칙이에요."

"물론 알고 있지. 그래서 나도 말렸어. 뛰어들려고 하는 아내의 두 팔을 뒤에서 붙잡고 있었어." 이시베는 굵은 한숨을 내쉬었다. "그러고저러고 하는 사이에 미나토의 모습이 한참 멀어진 것을 보고 둘이 강가를 뛰어갔어. 텐트에 구명조끼를 가지러 갔다는 것은 시간적인 정합성을 맞추기 위한 거짓말이었어."

"그러셨군요……."

"그다음은 경위서에 써낸 그대로야. 아내와 정신없이 미나토를 찾아봤지만 눈에 띄지 않았어. 구조대가 찾아냈을 때는 이미 돌이킬 수 없는 상황이었어."

이시베는 허리를 숙여 한쪽 무릎을 바위에 짚었다.

"미나토를 찾아다닐 때 아내가 나를 나무라더라고. 왜 구하러 가게 해주지 않았느냐고. 곧바로 물에 뛰어들었으면 틀림없이 구해냈을 거라고. 처음에는 그나마 강물의 속도가 느리고 지형도 복잡하지 않았다, 그러니 자신의 수영 실력 정도면 틀림없이 미나토를 따라잡았다는 거야."

"따라잡았을 수도 있지만, 강가로 데려올 수 있을지 없을지는 모르는 거 아닙니까?"

나유타의 반론에 그렇죠, 라고 와키타니도 동의했다.

"강물의 속도가 점점 빨라지고 있어요. 그러면 수영을 잘하는 것과는 관계가 없는 상황이 됩니다. 아드님과 함께 계속 떠내려갔겠지요."

"아내는 그래도 상관없다고 했어. 함께 떠내려가다가 나뭇가지를 붙잡든지 바위에 매달려 있든지, 어떻게든 둘이 함께 구조됐을 것이다, 혹시 실패해서 함께 빠져버렸다면……." 거기까지 단숨에 말한 뒤, 이시베는 머리를 휘휘 저으며 말을 이었다. "그건 어쩔 수 없지 않느냐는 거야. 2차 피해니 뭐니, 그런 건 상관없다, 나한테는 미나토가 모든 것이다, 그 아이에게 무슨 일이 생기면 그걸로 모두 다 끝이다……. 바보 같은 소리라고 내가 나무랐더니 당신은 아무것도 모른다고 하더라고. 그 아이의 장애와 정면으로 마주하지 않고, 번거로운 일은 여태까지 모조리 자기한테만 떠밀어서 내 기분을 이해하지 못한다, 하고 소리쳤어. 나는 대꾸할 말이 없었지. 일이 바쁜 것을 핑계 삼아 아이를 아내에게 떠맡겼던 것은 사실이니까. 그런 일로 아내가 불만을 토로했던 적은 한 번도 없었지만, 실은 나에게 큰 분노를 품고 있었다는 걸 그때 처음 알았어."

이런 이야기는 예상하지 못했다. 나유타는 대답할 말이 생각나지 않았다. 와키타니도 입을 꾹 다물고 있었다.

"미나토를 구급차로 실어 보내고 나는 짐을 챙기려고 돌아왔어. 그때 다시 한번 이렇게 강물을 내려다봤어. 그랬더니 점점 불안해지더라. 내 판단이 정말로 옳았는지, 회의감이 드는 거야. 물론 허우적거리는 아이를 구하겠다고 물에 뛰어드는 것은 무모한 짓이지. 하지만 그것도 시간과 장소에 따라서 다른 게 아닌가 하는 마음이 들었어. 그때 아내를 보내줬어야 했던 게 아닌가. 아니, 그뿐만이 아니라 나도 함께 물에 뛰어들어 둘이 함께 미나토를 쫓아갔어야 했던 게 아닌가. 그렇게 하지 않은 것은 결국 미나토에 대한 애정이 부족했기 때문이 아닌가. 점점 그런 생각이 들더구나."

"하지만 그건……." 와키타니의 말은 거기서 맥없이 멈춰버렸다. 흔해빠진 위로나 격려의 말을 건넬 장면이 아니라고 생각했는지도 모른다. 더구나 상대는 예전의 은사님인 것이다.

이시베가 자리에서 일어나 다시금 강을 둘러보았다.

"그 답을 아직도 찾지 못했어. 어떻게든 답을 내려고 매달 13일이면 이곳을 찾고 있지. 와서 그날의 일을 찬찬히 되짚어보고 있어. 하지만 출구가 보이지 않는구나." 그렇게 말하고 힘없이 웃었다. "교사로서는 실격이겠지?"

5

와키타니의 신혼집은 미타카역 근처였다. 나유타는 배웅만 해줄 생각이었는데 잠깐 들렀다 가라는 그의 말에 차 한잔만 마시고 나오기로 했다.

집은 6층짜리 맨션의 4층이었다. 방 두 칸에 거실과 주방이 있는 아담한 집이지만 아이가 아직 어린 동안에는 충분할 것 같았다.

와키타니의 아내는 쇼트커트가 잘 어울리는 둥근 얼굴에 몸집이 자그마해서 실제 나이보다 훨씬 어리게 보였다. 이름은 히토미라고 했다. 나유타를 웃는 얼굴로 맞아주었다.

"그래서, 선생님은 만났어?" 시원한 보리차를 유리잔에 따르며 히토미가 물었다.

"응, 만나기는 했는데……."

와키타니는 모호한 말투로 어물어물 이시베와 나눈 대화를 이야기했다. 그걸 듣는 히토미의 표정도 점점 흐려졌다.

"저런, 힘드셨겠다."

"응, 듣는 나도 괴롭더라고. 어떤 말씀을 해드려야 할지 난감했어."

와키타니가 "그렇지?"라고 동의를 청해서 나유타도 말없이 고개를 끄덕였다.

"그런 얘기를 하시는데, 당신은 차마 선생님에게 상의도 못 드렸겠네?"

그 말에 와키타니가 흠칫 당혹스러운 기색을 드러냈다. "상의라니, 내가 무슨……."

"굳이 숨길 거 없어." 히토미가 다정한 미소를 지었다. "당신, 이시베 선생님에게 상의하고 싶었던 거잖아. 우리 아기 일. 그래서 어떻게든 선생님에게 연락을 해보려고 한 거, 나도 다 알아."

와키타니가 거북스러운 듯 입을 꾹 다물었다. 부루퉁한 얼굴로 유리잔을 들어 보리차를 마셨지만, 명백히 낭패한 기색이었다.

"저기, 무슨 얘기야, 아기라니?" 나유타는 머뭇머뭇 물어보았다.

"당신, 그 일 구도 씨에게도 말 안 했어?"

응, 하고 와키타니는 무뚝뚝한 대꾸를 했다.

"그러면 안 되지. 이래저래 도움을 받았으면서." 히토미는 연하의 남편을 살짝 흘겨보았다.

"무슨 얘기예요? 나는 전혀 뭐가 뭔지 모르겠네." 나유타가 말을 끼웠다.

히토미가 나유타를 보며 입을 열었다.

"실은 얼마 전에 정기검진을 받았는데 의사 선생님이 배 속의 아이가 다운증후군일 가능성이 있다고 하셨어요."

나유타는 숨을 헉 삼키며 와키타니를 보았다. 거북스러운지 그는 이쪽에 시선을 맞추려 하지 않았다.

"그, 그래서요?"

"지금 망설이는 중이에요, 다시 자세한 검사를 받아야 할지 말지. 검사를 하면 좀 더 확실한 것을 알 수 있거든요."

"그렇다면 당연히……."

"당연히 검사해봐야 하지 않느냐, 라고 생각하세요?"

나유타는 고개를 끄덕였다. "그러면 안 될 무슨 이유라도 있습니까?"

히토미는 등을 꼿꼿이 세우고 심호흡을 한 차례 하고 난 뒤에 입을 열었다.

"검사를 한다는 것은, 만일 다운증후군이라면 아이를 지우겠다는 얘기잖아요."

앗, 하고 나유타는 저절로 놀란 소리가 새어 나왔다.

"망설이고 있다고 했지만 나는 이미 결론을 내렸어요. 아이를 지울 마음은 전혀 없으니까요. 어떤 아이가 됐든 모처럼 우리에게 내려주신 소중한 생명이니까 온 힘을 다해 사랑해줄 생각이에요. 아이가 다운증후군이어도 그 결정은 변하지 않을 거고, 그렇다면 굳이 검사를 받아볼 필요도 없는 거예요. 하지만 이 사람은 그렇지 않은가 봐요. 아직도 망설이고 있죠. ……그렇지?"

"망설이는 게 아니라……." 와키타니는 두 손을 맞비볐다. "만일 태어난 아이가 그런 핸디캡을 안고 있다면 당신도 힘들고, 우리 사는 것도 크게 바뀌게 될 거야. 무엇보다 아이 본인이 가장 힘들지 않을까, 라는 생각이 자꾸 들어서 그런 거야."

히토미가 어이없다는 듯한 웃음을 지었다. "바로 그걸 망설인다고 하는 거야."

대답할 말을 찾지 못했는지 와키타니는 머리만 긁적였다.

나유타는 퍼뜩 여러 가지 것이 이해가 되었다. "아, 그래서 이시베 선생님에게 상의해보려고 했구나. 선생님도 장애를 가진 아이를 키우고 있으니까."

"뭐, 그런 것도 있었어." 와키타니가 작은 소리로 대답했다.

조금 전 히토미가 했던 말의 의미를 나유타도 이제야 완전히 이해했다. 그런 생각으로 찾아뵌 것이었다면 이시베 선생님의 현재 상황은 와키타니에게는 이중 삼중의 충격이었는지도 모른다. 마지막 기댈 곳으로 생각했던 은사님조차 비슷한 문제로 벽에 부딪힌 것이다.

"걱정할 필요 없다고 내가 몇 번이나 얘기했는데도 영 듣지를 않아요." 히토미가 말했다. "당신에게는 폐를 끼치지 않겠다, 어떤 아이가 됐든 나 혼자 힘으로 잘 키워낼 거다, 라고 말했거든요."

"그게 그렇게 간단한 일이 아니잖아."

"간단한 일은 아니지. 나도 이래저래 힘들다는 건 각오하고 있어."

"그 각오보다 더 힘들어지면 어떻게 할 거야?"

"그건 뭐, 그때 가서 어떻게든 해보는 수밖에 없지." 히토미는 다부진 어조로 말했다.

와키타니는 한숨을 내쉬며 팔짱을 꼈다. 미간에 새겨진 주름이 괴로운 속내를 말해주고 있었다.

그의 집을 나온 나유타가 자신의 차에 돌아와 스마트폰을 확인해 보니 마도카에게서 메일이 들어와 있었다. 급히 연락해달라는 내용이어서 곧바로 전화를 걸었다.

"어떻게 된 거예요?" 연결이 되자마자 마도카가 기분이 상한 듯이 물었다.

"뭐가?"

"이시베 선생님 일 말예요. 내가 그렇게나 손을 써줬는데 아무 정보도 주지 않다니, 대체 뭐죠? 그 뒤로 아무 일도 없었던 거예요?"

"그건 아냐. 실은 오늘 만나뵙고 왔어."

나유타는 이시베가 매달 13일이면 구로우마강 캠프장에 간다는 정보를 얻어 와키타니와 함께 그곳에 다녀왔다는 이야기를 해주었다.

"그 사고의 배경에 실은 상당히 어려운 속사정이 있었어. 전화로는 다 얘기하기가 힘들어."

"그렇다면 만나요. 지금 어디죠?"

"지금? 아휴, 성질도 급하네."

"나도 할 얘기가 있어서 그래요. 이시베 미나토의 치료에 대해. 아, 그게 아니면 꼭 내일까지 미뤄야 할 무슨 특별한 이유라도 있나요?"

저녁 식사를 아직 못 했기 때문에 나유타가 단골로 다니는 정식집에서 만나기로 했다. 고등어 된장조림을 반찬 삼아 허겁지겁 밥을 먹고 있는데 식당 미닫이문이 드르륵 열리고 마도카가 들어왔다.

"맛있겠다." 맞은편 자리에 앉자마자 접시 위를 들여다보며 마도카는 말했다.

"너도 뭐 좀 먹을래? 내가 살게."

"난 됐어요. 벌써 저녁을 먹어버려서."

마도카는 지나가던 점원을 불러 오렌지주스를 주문했다.

"아빠가 지금 난감해하고 있어요. 미나토의 치료 방침에 대해 중요한 얘기를 해야 하는데 아빠라는 사람이 도무지 병원에 나타나질 않는다고."

나유타는 젓가락을 멈추고 차를 마셨다. "사모님이 계시잖아."

마도카는 고개를 좌우로 홰홰 저었다.

"부모가 다 있는 경우에는 양쪽 모두에게 설명하고 동의를 얻어야 해요. 아빠가 하려고 하는 수술이 그만큼 까다로운 것이거든요."

나유타는 몸을 쓱 내밀었다. "수술하기로 했어?"

"글쎄 수술을 할지 말지는 부모 양쪽의 의사에 따라 결정된다니까요."

"어떤 수술인데?"

마도카는 차가운 시선을 던졌다. "설명해도 못 알아들을걸요?"

"그렇다면 내가 알아듣게 설명해봐."

에이, 귀찮아, 라면서 마도카의 두 눈썹과 입이 삐뚜름해졌을 때, 오렌지주스가 나왔다. 그녀는 빨대로 한 모금 마신 뒤에 에헴 헛기침을 했다.

"간단히 말하자면, 악성이 되지 않게 유전자 조작을 거친 암세포를 뇌의 손상 부위에 심는 거예요. 나아가 그 세포를 자극하기 위한 극소 전극과 전류 발생기, 배터리를 삽입해요. 아빠가 아니면 할 수 없는 수술이라서 우하라 수술법이라고 불리는 거예요."

"잘은 모르겠지만, 힘든 수술이겠네. 과거에 수술한 실적이 있어?"

"몇 번이나 있었죠. 단 어느 특정 부위에 대한 시술은 인정되지 않아요. 라플라스 코어라는 부위인데, 다행히 미나토의 손상 부위는 거기서 떨어진 곳이라서 별문제 없어요."

"그 라플라스인지 뭔지 하는 부위에의 수술은 더 위험한 모양이지?"

"위험하다고 할까, 뭐, 하지 않는 편이 좋다는 얘기죠. 괴물이 많아져봤자 귀찮기만 하고."

"괴물이라니?" 나유타는 결국 젓가락을 내려놓고 양팔을 펼쳤다. "미안한데, 나는 마도카가 무슨 얘기를 하는 건지 도통 모르겠다."

"몰라도 돼요. 중요한 것은 우리 아빠가 천재라는 거. 그리고 천재라서 미나토를 구해줄 수도 있다는 거."

"현재 그 상태에서 의식을 되찾게 해줄 수 있다고?"

"그럴 수도 있다, 라고 했잖아요. 아무것도 보증은 없어요. 하지만 미나토를 구할 가능성이 있는 사람은 이 세상에 아빠 말고는 없어요. 다만 방금 말한 것처럼 아주 특수한 수술이고, 실시하는 데는 양쪽 부모의 동의가 필요해요. 자칫 한 가지만 잘못해도 지금보다 더 나쁜 상태가 될지도 모르니까요. 그래서 부모의 어느 한쪽이라도 거부하면 수술은 할 수 없어요."

"사모님은 그 수술에 동의하셨어?"

"우하라 수술법은 부모가 함께 있는 자리에서 설명해야 돼요. 둘

중 어느 쪽에 먼저 이야기하는 건 안 된다니까요."

아무래도 정말로 특수한 수술인 모양이다.

마도카가 고등어 된장조림에 시선을 던졌다. "밥 먹어요. 식어버리겠네."

"아냐, 이따가 천천히 먹을게. 어떻든 그런 일이라면 어서 병원에 가서 우하라 박사님의 설명을 들어보시라고 이시베 선생님께 말씀드리는 게 좋을 것 같다. 오늘 이시베 선생님이 얘기하시는 걸로 봐서는 아들이 회복되는 건 전혀 기대도 안 하는 것 같았어."

"우하라 수술법은 그리 쉽게 제안할 수 있는 일은 아니에요. 아빠로서도 이 수술을 시도해보자고 생각한 게 바로 최근인 것 같아요. 아, 그나저나 그 이시베 선생님이라는 분, 캠프장 같은 데 가서 대체 뭐 하고 있어요? 설마 아직도 그 사고에 매달려 한심하게 한숨만 푹푹 내쉬는 건 아니겠죠?" 마도카가 내뱉듯이 말했다.

"말이 너무 심한 거 아니야? 당사자 입장도 생각해봐야지." 나유타는 입을 툭 내밀었다.

"감싸주는 걸 보니 내 말이 딱 맞는 모양이네."

"단순히 한숨만 내쉬는 게 아니라 선생님도 나름대로 답을 찾아보려 하고 있어. 마도카가 생각하는 것보다 훨씬 더 심각하고 복잡한 사정이 있다니까."

나유타는 조금 전 와키타니가 히토미에게 해준 것처럼 이시베에게서 들은 이야기를 가능한 한 정확하게 마도카에게 들려주었다. 그러지 않으면 미묘한 뉘앙스가 전해지지 않을 것 같았다.

하지만 이야기를 다 듣고 난 마도카의 반응은 히토미와는 전혀 달랐다.

"뭐야, 그게? 뭔 말인지 모르겠네." 불쾌한 듯 미간을 찌푸린 것이다. "아들의 장애를 제대로 마주하지 못한 게 잘못이라면 실컷 반성하면 되지, 함께 강에 뛰어들었어야 하네 마네 할 일이 아니죠. 그건 단지 물리학에 관한 일일 뿐이에요. 그런 일을 놓고 끙끙거려봤자 무슨 소용이야?"

"그게 왜 물리학 얘기지? 마음의 문제니까 심리학 아닌가? 선생님은 여전히 고민하고 계시는 거야."

"글쎄 그러니까 그게 어이없는 얘기죠. 대체 뭐예요, 그게? 완전 시간 낭비고, 고민하면 하는 만큼 뇌의 낭비예요."

나유타는 마도카의 얼굴을 찬찬히 보았다. "어떻게 그런 심한 말을 하지?"

"이시베 선생님이나 사모님은 좀 더 중요한 일로 고민해주셔야 할 상황이니까 그렇죠. 뭐, 좋아요. 그게 왜 물리학 얘기인지 내가 분명하게 알려줄게요." 마도카는 가방에서 스마트폰을 꺼냈다. "언제 갈래요?"

"가다니, 어딜?"

나유타의 물음에 마도카는 얼굴을 찡그렸다.

"아휴, 말귀도 어둡네. 얘기의 흐름상, 우리가 갈 곳은 당연히 딱 한 군데뿐이잖아요. 구로우마강이라고 했죠? 그곳 캠프장에서 만나요."

6

집을 나설 때는 회색빛이던 하늘이 어느새 구름은 거의 사라지고 파란빛이 되었다. 이제는 오히려 강한 햇살이 고속도로 아스팔트에 쨍쨍 내리쬐고 있었다. 아침까지는 빗물이 남아 있었는데 벌써 젖은 흔적이라고는 어디에서도 눈에 띄지 않았다.

"설마 또 그 캠프장에 가게 될 줄은 몰랐어." 조수석의 와키타니가 말했다. "그 마도카라는 여학생은 대체 뭘 하겠다는 거야?"

"나도 모르지. 하지만 지금까지의 경험으로 보자면, 뭔가 엄청난 것을 하리라는 건 틀림없어." 나유타는 핸들을 잡은 채로 대답했다.

마도카에게서 연락이 온 것은 정식집에서 만난 그다음 날이었다. 날짜와 시간을 정해주면서 구로우마강 캠프장에서 만나자, 이시베 선생님도 꼭 참석하시도록 해라, 라는 것이었다.

"지금까지의 경험이라니?" 와키타니가 물었다.

"이런저런 일이 있었어. 지금 얘기해봤자 넌 아마 믿지 못할 거야. 어떻든 마도카는 신비한 능력을 가진 소녀야. 그걸 구사해서 또 한 번 우리를 놀라게 해주려는 것 같아."

"신비한 능력이라니, 그게 뭔 소리냐."

"얘기해도 이해를 못 할 거라니까. 백문이 불여일견이라잖아, 기다려봐."

캠프장에 도착해 주차장에 차를 세웠다. 바로 옆에 랜드크루저가 서 있고 그 곁에는 등산복 차림의 건장한 남자가 서 있었다. 나이는 사십 대 중반쯤일까. 굵은 목이 강건한 신체를 과시하고 있었다. 날카로운 시선으로 주위를 살펴보는 모습에서는 감시자 같은 분위기가 감돌았다.

나유타가 와키타니와 함께 차에서 내리자 랜드크루저의 뒷좌석 문이 열렸다. 얼굴을 내민 것은 마도카였다. "좋은 아침! 아, 이제 곧 점심인가?"

"이 차 타고 왔어?" 나유타가 랜드크루저에 시선을 던지며 물었다.

"짐이 너무 많아서요."

등산복 차림의 남자가 흘끗 나유타 쪽을 훑어본 뒤에 시선을 돌렸다.

"저분은 신경 쓰지 않아도 돼요." 마도카가 소곤소곤 말했다. "내가 멀리 나올 때는 반드시 따라오거든요. 이름은 다케오 씨예요."

"다케오 씨……. 전에는 저런 사람 없었잖아."

"맞아요, 지난번에는 안 왔죠."

나유타는 랜드크루저의 운전석을 들여다보았다. 여자가 앉아 있었다. 그 단정한 옆얼굴은 본 기억이 났다. 마도카의 감시자 역할을 한다는 기리미야 씨였다. 나유타가 인사를 건네자 그녀도 슬쩍 머리를 숙였다. 그 얼굴에 표정이라고는 없었다.

"사고 현장까지 안내해줄래요?" 마도카가 말했다.

"응, 이쪽이야."

"잠깐만요, 짐이 있어요. 미안하지만 좀 거들어줘요."

"어떤 짐이지?"

"그건 나중에 보면 알아요."

마도카가 등산복 차림의 남자, 다케오에게 눈짓을 건네자 그는 랜드크루저의 뒷문을 열었다. 커다란 배낭 세 개가 실려 있었다. 가장 큰 것은 웬만한 여행 캐리어 못지않은 크기였다. 그 거대한 배낭은 다케오가 등에 멨다.

나유타와 와키타니는 남은 배낭을 하나씩 들었다. 제법 묵직하다. 20킬로그램은 너끈히 나갈 것 같았다.

"대체 뭐가 들어 있어?" 나유타는 마도카에게 물었다.

"글쎄 나중에 알려준다잖아요. 어서 가요."

기리미야만 남겨두고 나유타 일행은 출발했다. 배낭의 끈이 어깨를 파고들었다. 사고 현장이 가까워서 다행이라고 생각했다.

이윽고 현장에 도착했지만 이시베의 모습은 없었다. 그에게는 30분쯤 지난 다음의 시각을 알려준 것이다. 그가 오기 전에 미리 확인할 게 있다고 마도카가 말했기 때문이다.

강가의 널찍한 바위 위에 나유타 일행은 무거운 짐을 내렸다.

"이 근처에서 빠졌어요?" 강물을 내려다보며 마도카가 물었다.

"응, 이 바위 끝에서 물고기를 잡으려다가 발이 미끄러졌을 거라고 했어."

나유타의 설명에 마도카는 고개를 끄덕이고 강과 그 주위를 살펴보았다. 잠시 뒤, 이제 알겠다는 듯 고개를 끄덕였다.

"두 분은 여기서 기다리세요." 그렇게 말하더니 다케오를 돌아보았다. "나랑 같이 가요."

"어디 가는데?" 나유타가 물었다.

"답을 찾으러 가야죠. 짐, 잃어버리지 않게 잘 봐줘요."

마도카는 경쾌한 걸음으로 하류를 향해 강가를 걸어갔다. 큰 몸집의 다케오가 그 뒤를 따랐다.

"뭐야, 저 여학생?" 와키타니가 말했다. "대체 뭘 하려는 건지 모르겠네."

"항상 저래. 미리 설명해주는 게 없어. 오만해서가 아니라 아마 일일이 설명하기가 번거로운 모양이야. 일단 조용히 기다려보자."

마도카와 다케오의 모습이 사라지고 10여 분쯤 지났을 때, 뒤에서 부르는 소리가 들려왔다. 그쪽을 돌아보니 이시베가 다가오는 참이었다.

"선생님, 일부러 오시라고 해서 죄송합니다." 나유타가 사과했다.

"솔직히 당황하긴 했지. 보여줄 게 있으니 캠프장으로 나오라는 얘기뿐이었잖아." 이시베는 어리둥절한 기색으로 말했다.

"저로서는 그렇게 말씀드릴 수밖에 없었어요."

"전화로는 우하라 박사님의 따님이 제안한 일이라고 했지?"

"네, 그렇습니다. 조금 전에 하류 쪽을 살펴보러 갔어요."

"하류 쪽?" 이시베는 의아한 듯 미간을 좁혔다. "왜?"

"그건……."

어떻게 대답해야 할지 나유타가 머뭇거리고 있는데 강가를 올라오는 마도카의 모습이 눈에 들어왔다. 그 뒤를 다케오가 충실한 가신처럼 따라오고 있었다. 저 여학생이에요, 라고 나유타는 이시베에게 알려주었다.

마도카는 나유타 일행에게 다가오더니 이시베를 올려다보았다.

"이시베 선생님이시죠?"

"응, 그렇긴 한데……."

"처음 뵙겠습니다. 우하라 젠타로 교수의 딸이에요. 아빠가 꼭 이 말을 전해드리라고 했어요. 미나토 군의 상태에 대해 중요한 할 얘기가 있으니 한시라도 빨리 병원에 나와주시기 바랍니다, 라고요."

"미나토에 관해서는 아내에게 일임한 상태라서 나는 좀……." 이시베가 곤혹스러운 얼굴로 말끝을 흐렸다.

마도카의 얼굴에 스윽 험악한 기운이 내달리는 것을 나유타는 보았다.

"그게 무슨 말씀이세요?" 날카로운 어조로 마도카가 쏘아붙였다. "말도 안 돼!"

이시베가 놀란 듯 눈이 둥그레졌다. 그런 그를 마도카는 노려보듯이 정면으로 응시했다.

"아들이 지금 다시 일어서느냐 마느냐 하는 기로에 서 있는데 아빠라는 분이 도망치시면 어떡해요? 중요한 결단을 부인에게만 떠맡기겠다는 거예요? 어쩜 그렇게 무책임하죠?"

"이봐, 너무 무례하잖아!" 옆에서 끼어든 것은 와키타니였다. "선생님이 얼마나 고심하시는지 알지도 못하면서 그런 모욕적인 말을 하면 안 되지. 그때의 판단이 옳았는지 아닌지, 선생님은 아직 답을 찾지 못하신 거야. 그 답을 찾을 때까지는 스스로 어떤 결정도 내릴 자격이 없다고 생각하시는 거라고."

마도카의 치켜 올라간 눈이 와키타니에게로 향했다.

"바로 그게 어이없다는 거예요. 아들을 구하기 위해 부인과 함께 강물에 뛰어들었다면 어떻게 됐을까? 그딴 거, 아무리 강물을 들여다봤자 답이 나올 리가 없죠. 답을 원한다면 시험해보면 돼요. 너무 간단하잖아요?"

"시험해본다고? 어떻게?" 나유타가 물었다.

마도카가 다케오에게 눈짓을 건넸다. 다케오는 바위에 놓인 세 개의 배낭을 열어 차례차례 안에 든 것을 꺼냈다. 그것을 보고 나유타는 흠칫 놀랐다.

마네킹의 동체와 팔다리, 그리고 머리였다. 게다가 두 벌이다. 다케오는 손 빠르게 조립해나갔다. 한쪽은 어린이, 또 한쪽은 성인 여성을 본뜬 것이었다. 꼼꼼하게도 옷까지 입혀져 있었다.

"가이메이 대학 인체공학 연구실에서 빌려 온 마네킹이에요." 마도카가 모두를 둘러보며 말했다. "원래 자동차 충돌 실험 등에 쓰이는 거예요. 비중比重은 인간과 거의 동일하고, 골격의 경도와 동작의 방향도 맞춰졌어요. 다양한 키의 마네킹이 있지만, 이번에는 미나토 군과 어머님의 체격에 가장 흡사한 것으로 골라 왔어요."

"그걸로 어떻게 할 생각이야?" 나유타가 물었다.

"그야 당연히……." 마도카는 말을 멈추고 다케오 쪽을 보았다. "시작해주세요."

다케오는 어린이 마네킹을 들어 아무 망설임도 없이 강에 휙 던졌다. 윽, 하고 나유타는 저절로 비명 비슷한 소리를 흘렸다.

"한 개 더!"

마도카의 지시에 따라 다케오가 이번에는 성인 마네킹을 던졌다. 크고 작은 두 개의 마네킹은 천천히 물에 떠내려갔다.

멍해진 표정의 이시베 곁으로 마도카가 다가갔다.

"미나토가 발견된 자리는 정확히 알고 계시죠?"

"응, 여러 번 가봤으니까 물론 알지."

"안내해주세요. 마네킹을 회수해야 하니까요."

이시베는 여전히 당혹스러운 기색으로 고개를 끄덕였다. "그래, 내가 앞장서야겠네."

걸음을 옮기는 이시베의 뒤를 모두 함께 따라갔다. 잠시 강가를 내려갔지만 중간에 이시베는 옆길로 들어갔다. 거기서부터 강이 두 갈래로 갈라지는 것이다.

지류의 강폭은 몇 미터에 불과하지만 속도는 빠르다. 물거품이 내는 소리도 거세졌다.

이시베가 발을 멈췄다. 큼직한 바위가 겹쳐진 곳이었다. 두 개의 바위에 끼듯이 마네킹 하나가 걸려 있었다. 작은 쪽 마네킹이다.

"그때하고 똑같아." 이시베가 말했다. "미나토도 저기에 걸려 있었어."

"하지만 어른 마네킹은 없는데요?" 와키타니가 말했다.

나유타도 주위를 둘러봤지만 아닌 게 아니라 성인 마네킹은 눈에 띄지 않았다.

"여기서부터는 내가 안내할게요." 마도카가 말했다. "따라오세요."

마도카는 조금 전에 온 길을 다시 거슬러 올라가기 시작했다. 원래의 강줄기로 돌아갈 생각인 모양이었다.

분기점에 도착하자 거기서부터 원래의 물줄기를 따라 내려갔다. 그 발걸음은 단호해서 망설이는 기척이라고는 전혀 없었다.

이윽고 마도카가 발을 멈췄다. 바로 옆에 작은 폭포가 있었다. 그녀는 말없이 폭포 밑을 가리켰다.

하얀 뭔가가 떠 있었다. 찬찬히 보니 마네킹의 팔이었다. 그리고 조금 떨어진 곳에는 동체도 있었다. 머리는 달려 있지만 명백히 처참하게 파손되어 있었다.

"그때 사모님이 미나토를 구하려고 물에 뛰어들었다면 저렇게 됐을 거예요. 선생님이 같이 뛰어들었어도 마찬가지예요." 마도카가 이시베를 보며 말했다. "키와 몸무게가 다르면 물에 떠내려가는 방식도 달라지거든요. 이 강물의 속도에서는 수영 실력은 거의 아무 관계도 없어요. 미나토는 조금 전 그 장소에, 그리고 사모님과 선생님은 여기에서 사망했을 거예요. 아들과 함께 떠내려가는 것도, 함께 사망하는 것도 불가능했어요."

이시베는 아연한 표정으로 멀거니 서 있었다. 어떤 말도 할 수 없는 듯한 기색이었다.

"이제 아셨죠? 속이 후련하시죠? 그러니까 이제 이런 별 볼 일 없는 문제는 이걸로 끝! 그보다 좀 더 실리 있는 일을 고민해주세요. 아들의 미래로 시선을 돌려주시라고요."

"우리 미나토의…… 미래?" 이시베가 멍한 시선을 마도카에게로 향했다.

"선생님이 꼭 봐주셔야 할 게 있어요." 마도카는 말했다.

7

모두 함께 주차장으로 돌아오자 마도카는 랜드크루저에서 노트북을 꺼내 왔다. 잽싼 손놀림으로 노트북을 켜더니 화면을 이시베 쪽으로 내보였다.

나유타는 이시베 뒤쪽에 서서 들여다보았다. 화면에 나온 것은 이시베 미나토의 모습이었다. 머리에 헤드기어 같은 것이 씌워져 있었다. 거기에 코드가 몇 줄이나 길게 이어졌다.

화면이 바뀌어 모니터가 나타났다. 파도 모양을 표시하는 기기인 듯했지만 표시된 것은 아무 변화도 없는 직선이었다.

"이건 뇌의 측좌핵이라고 불리는 부위의 활동을 보여주는 거예요." 마도카가 이시베를 향해 설명하기 시작했다. "측좌핵에는 도파민의 발생을 촉진하는 기능이 있어서 인간을 적극적인 기분으로 만들어주는 일을 해요. 보시는 대로 미나토의 경우는 거의 활동하지 않고 있어요. 의식이 없으니까 당연하다고 할 수 있겠죠."

"그, 그래서?" 이시베가 물었다. "미나토가 식물인간 상태라는 것을 재확인시켜주려는 건가?"

마도카는 말없이 키보드를 두드렸다. 그러자 다시 미나토의 모습이 나타났다. 누군가의 손으로 양쪽 귀에 헤드폰이 씌워져 있었다.

다시 파도 모양의 모니터로 화면이 바뀌었다. 하지만 조금 전의 직선과는 명백히 차이가 있었다. 거의 평탄하지만 이따금 물결치는 부분이 나타난 것이다.

"활동하고 있어……." 이시베가 중얼거렸다.

"맞아요. 희미하긴 해도 활동하는 걸 알 수 있죠. 실은 미나토에게 현재 한 가지 외적인 자극을 주고 있어요. 그 자극에 뇌가 반응을 보인 거예요."

"그 자극이라는 것이 조금 전의 그 헤드폰?"

나유타가 물어보자 마도카는 고개를 끄덕이고 다시 키보드를 두드렸다.

갑자기 노트북 스피커에서 웃음소리가 들려왔다. 누군가 대화를 하고 있었다.

"어이, 뭐 하고 있어, 공은 그쪽에 있는데?"

"미나토, 저기, 저기! 공 집어서 아빠한테 다시 던져줘야지."

"엇, 잠깐, 잠깐. 그렇게 가까운 데서 던지면 못 받잖아."

"아하하, 아하하하."

목소리의 주인은 이시베와 부인이었다. 그리고 웃음소리는 미나토의 것인가. 어딘가 공원에서 캐치볼을 하면서 오고 간 이야기 소리인 것 같았다.

"미나토의 뇌는 이 소리들에 반응을 보였어요." 마도카가 말했다. "안타깝게도 의식은 없는 것으로 나타났어요. 하지만 이게 단순한 반사작용이 아니라는 증거가 있어요. 이 소리 외에 다른 어떤 소리를 들려줘도 이렇게까지 큰 반응을 보이지 않았다는 거예요. 왜 이 목소리에만 특별한 반응을 보이는가. 그건 굳이 설명할 것도 없겠죠? 미나토에게는 이 목소리의 주인공들이 특별한 존재이기 때문이에요. 설령 의식이 없더라도 뇌는 이 사람들의 목소리를 기억하고 그리워하는 거라고요. 이시베 선생님, 미나토의 뇌는 살아 있어요. 살아서 아빠 엄마의 목소리를 듣고 싶어 하고 있어요. 그러니까 꼭 미나토에게 가보셔야 해요. 사모님과 둘이서 미나토에게 많은 얘기를 들려주셔야 한다고요. 제가 이렇게 부탁드릴게요."

이시베는 마치 얼어붙은 듯 꼼짝하지 않았다. 하지만 가슴이 들먹거리고 있었다. 그의 눈은 붉게 젖어들었다.

"……미나토가, 내 목소리를, 그리워한다고? ……제대로 돌봐주지도 못했는데?"

"그렇지 않아요. 어렵게 여기 캠프장에도 데려오셨잖아요. 캐치볼도 해주셨잖아요. 그거면 충분해요. 선생님의 사랑은 분명하게 미나토에게 전해졌어요. 그 사랑을 앞으로도 미나토에게 보여주세요. 지금 병원에 누워 있는 건 마네킹도 아니고 로봇도 아니에요. 살아 있는 인간이죠. 살아 있다면 가능성이 있어요. 생명은 돈으로는 살 수 없잖아요. 지금의 미나토 역시 소중한 생명이에요."

마도카의 목소리가 아름다운 계곡에 울렸다. 이시베는 조용히 고개를 끄덕이고 오른손으로 눈가를 훔쳤다. 그 입에서 "고맙다"라는 중얼거림이 새어 나왔다.

사흘 뒤, 나유타의 노트북에 연달아 두 사람의 메일이 들어왔다. 하나는 이시베가 보내준 것이다. 우하라 젠타로 교수님에게 수술을 받기로 결심했다, 라는 내용이었다.

성공을 진심으로 기원합니다, 라고 나유타는 답장을 보냈다.

또 하나는 와키타니에게서 온 것이다. 임산부를 위한 침구술이 있다던데 한번 해줄 수 있겠느냐, 라는 진료 문의였다.

물론 언제라도 기꺼이 해주겠다, 다시 한번 축하한다, 라고 답장을 보냈다.

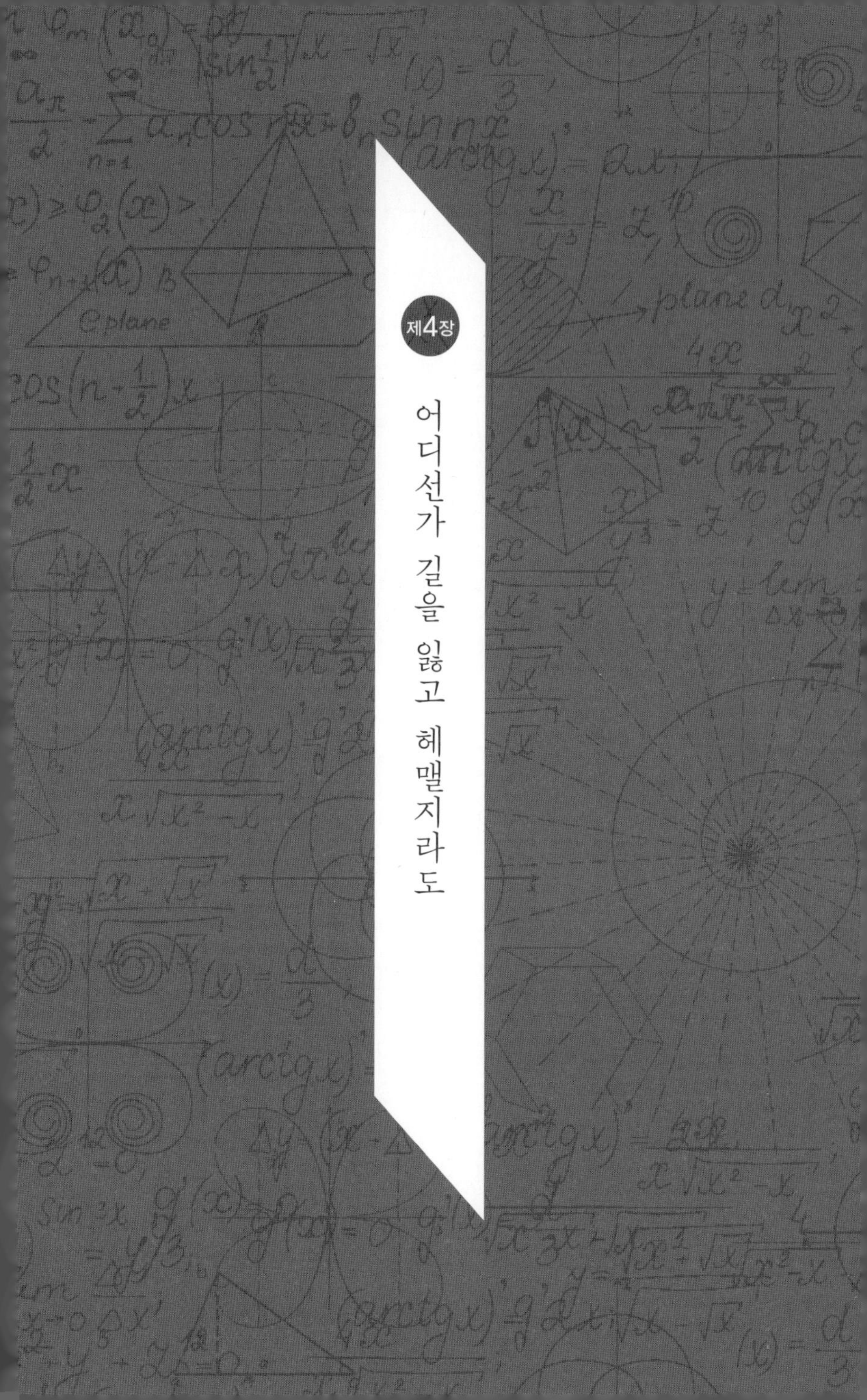

제4장

어디선가 길을 잃고 헤맬지라도

1

간선도로를 좌회전하면 구불구불한 급경사의 언덕길이 이어진다. 그 길을 다 올라서면 단독주택이 줄줄이 늘어선 주택가가 나타난다. 그 한 모퉁이의 유료 주차장에 차를 세우고 나유타는 짐을 들고 걸음을 옮겼다. 목적지인 집은 거기서 도보로 3분도 안 되는 거리다.

곧바로 그 집이 눈에 들어왔다. 작은 대문이 있고 그 너머로 짤막한 계단이 있다. 계단을 올라선 곳이 현관이다. 손잡이가 계단 옆으로 길게 달려 있었다.

'아사히나'라는 문패가 걸린 대문 앞에서 나유타는 인터폰 버튼을 눌렀다.

잠시 뒤에 네에, 라고 여자 목소리가 답했다. 예상한 목소리가 아니어서 나유타는 순간 당황했다.

"안녕하세요, 침구사 구도라고 합니다."

"네, 네."

그 자리에서 나유타가 기다리고 있자 현관문이 열렸다. 나온 사람은 보라색 카디건을 입은 여자였다. 삼십 대 중반쯤일까. 호리호리한 체형에 화장이 옅었다.

여자는 미소를 지으며 계단을 내려와 대문을 열어주었다. "어서 오세요."

"실례합니다." 나유타는 인사를 건네고 안으로 들어갔다.

여자가 대문을 닫아걸고 계단을 올라갔다. 그 뒤를 따라가면서 저어, 라고 나유타는 말을 건넸다. "오무라 씨는요? 오늘, 안 계십니까?"

그녀는 발을 멈추고 망설이듯이 고개를 떨군 뒤, 약간 심각해진 표정으로 돌아보았다.

"그건 오빠가 직접 얘기하실 거예요."

"오빠? 그러면 당신은……."

네, 라고 그녀는 고개를 끄덕였다.

"아사히나의 여동생이에요. 에리코라고 합니다."

"그렇군요. 이 근처에 사시는 모양이죠?"

"그렇게 가까운 거리는 아니지만 요즘 오빠를 돌봐주려고……. 잘 부탁드립니다."

"네, 저야말로 잘 부탁드립니다." 나유타는 새삼 머리를 숙였다. 뭔가 사정이 있는 모양이라고 생각했지만, 여기서는 아무 말 않기로 했다.

현관으로 들어서자 안쪽에서 음악 소리가 들려왔다. 클래식 음악인 듯한데 그 방면에 문외한인 나유타는 어떤 곡인지 알지 못했다.

"아사히나 씨는 거실에 계시지요?"

에리코에게 물었더니 그렇습니다, 라는 대답이 돌아왔다.

그녀의 안내를 받아 복도로 들어갔다. 막다른 곳에 문이 있다. 그 문을 열고 에리코가 안을 향해 말했다. "오빠, 구도 씨가 오셨어."

나지막하게 뭔가 중얼거리는 소리가 들려왔다. 하지만 음악 소리에 묻혀서 나유타는 알아듣지 못했다.

"들어가세요." 에리코가 손을 안으로 펼치며 말했다.

실례합니다, 라고 말하고 나유타가 안으로 들어선 것과 음악 소리가 멈춘 것은 거의 동시였다.

거실은 30제곱미터쯤이나 될 만큼 널찍하지만 가구라고 할 만한 것은 소파와 테이블뿐이다. 그 대신 벽 쪽에 고급스러워 보이는 음향 기기가 나란히 놓였다.

3인용 소파의 한가운데 자리에 머리가 긴 남자가 앉아 있었다. 언제였는지, 이제 곧 마흔이라는 얘기를 나유타는 들은 적이 있다. 회색 스웨터에 감싸인 몸은 남자치고는 가녀린 편이다.

그의 이름은 아사히나 잇세이. 원래 잇세이一成는 '가즈나리'라고 읽는 이름이지만 사람들 사이에서는 '잇세이'로 통하고 있다. "예명도 아니고, 내가 그런 식으로 이름을 밝힌 것도 아니야. 근데 어느새 다들 그런 식으로 부르고 있더라니까"라는 것이 본인의 설명이다.

아사히나는 피아니스트이자 작곡가다. 음악 잡지 등에서 소개될 때는 그 앞에 천재라는 말이 붙는 일이 많다. 그의 이름까지는 알지 못하더라도 그가 만든 곡을 들으면 사람들은 십중팔구 아하, 하고 고개를 끄덕인다. 나유타도 그랬다.

매번 그렇지만 아사히나도 원래는 나유타의 침구 스승님의 단골 환자였다. 스승님이 고령으로 거동이 여의치 않아서 나유타가 3년쯤 전에 이어받은 것이다. 그 이후로 몇 달에 한 번꼴로 이 집을 방문해 어깨며 허리, 무릎 등에 침 치료를 해주고 있다.

나유타가 조심조심 다가가자 햇볕에 그을릴 일이 없는 하얀 얼굴이 이쪽을 향했다.

"안녕하세요, 아사히나 씨? 구도예요. 그 뒤로 몸은 좀 어떠십니까."

아사히나의 얇은 입술 양 끝이 살짝 올라갔다.

"여기까지 와주고, 번번이 미안해. 건강하다고 말하고 싶은데 환절기라 그런지 항상 아프던 곳이 또 아파."

"일이 너무 바빠서 그런 거 아니에요? 지난번에 왔을 때는 사흘 밤낮을 피아노 앞에 앉아 있었다고 하셨는데."

나유타의 말에 아사히나의 얼굴에서 스윽 웃음이 사라졌다.

"아니, 아니야."

"예?"

"피아노 앞에 앉지도 않았어, 벌써 몇 주일째."

"그래요?"

나유타는 난처해져서 어떤 말을 해야 할지 망설여졌다. 피아니스트가 피아노 앞에 앉지도 않았다니, 무슨 얘기인가.

에리코, 라고 아사히나가 여동생을 불렀다.

"나, 주방에 있어." 그녀의 목소리가 나유타 뒤에서 들려왔다. 옆이 주방인 것이다.

"구도 씨는 재스민 차를 좋아해. 뜨거운 걸로 내드려."

알았어요, 라고 에리코의 목소리가 대답했다.

"저는 뭐든 괜찮아요." 나유타는 주방 쪽을 돌아보며 말하고 아사히나에게로 시선을 돌렸다. "오늘은 오무라 씨가 안 보이시네요. 무슨 다른 볼일이 있는 모양이죠?"

아사히나의 얼굴에서 다시금 표정이 사라졌다. 그 눈은 비스듬히 아래쪽을 향하고 있었다. 하지만 뭔가를 바라보는 게 아니라는 것을 나유타는 알고 있다. 아사히나는 중증 시각장애인이다. 빛의 변화를 약간 감지하는 정도일 뿐, 색깔이나 모양은 전혀 판별하지 못한다고 했다.

병명은 망막색소변성증이다. 유전성 질환으로 알려져 있고 아직 이렇다 할 치료법이 없다. 아사히나에게 이 병이 찾아온 것은 어린 아이였을 때라고 한다. 갑작스럽게 보이지 않게 된 것이 아니라 조금씩 시야가 좁아져갔다. 10년 전까지는 특수 확대경으로 글자를 읽을 수도 있었고, 다시 그 10년 전에는 텔레비전도 볼 수 있었다는 얘기였다.

아사히나가 턱을 슬쩍 들고 초점이 일정하지 않은 눈으로 나유타의 얼굴을 지그시 바라보았다. 우연히 그렇게 된 게 틀림없지만 그것만으로도 왠지 움찔 놀라곤 한다.

"역시 구도 씨는 모르는구나. 하긴 그렇겠지. 사무가 딱히 유명한 사람은 아니었으니까."

"뭘 말입니까?"

"사무는 더 이상 이곳에 안 와." 내던지는 듯한 말투였다.

"예? 더 이상 안 오다니……."

"영원히 오지 않는다는 얘기야. 사무는 이제 오지 않아. 더 이상 만날 수가 없어."

나유타는 대답할 말이 궁했다. 아사히나의 진의를 파악할 수 없었다. '사무'는 오무라 이사무를 말하는 것이다. 이름의 마지막 두 글자를 따서 아사히나는 오무라를 사무라고 불렀다.

"……왜요?" 물어봐도 좋을지 어떨지는 모르겠지만 나유타는 머뭇머뭇 말해보았다.

아사히나는 오른손 검지를 위쪽을 향해 세웠다. "저쪽으로 갔어."

"저쪽?"

"천국에. 죽었어, 한 달쯤 전에." 스르륵 말했다. 너무도 퉁명스러운 말투여서 뭔가 다른 얘기를 했는데 잘못 들었나, 하고 착각할 뻔했다.

나유타는 할 말을 잃었다. 미안한 일이지만, 아사히나의 눈이 보이지 않아 다행이라고 생각했다. 어떤 표정을 지어야 할지 알 수 없었기 때문이다.

구도 씨, 라고 아사히나가 조용히 그를 불렀다. "내 얘기, 듣고 있지?"

"아, 네." 나유타는 저도 모르게 등을 꼿꼿이 세웠다. "좀 놀랐을 뿐이에요. 근데…… 대체 무슨 일이 있었지요? 사고를 당한 건가요? 병이 있는 것 같지는 않았는데요."

"맞아, 그랬지. 나도 사무의 건강에 변화가 생겼다는 건 미처 알지 못했어."

그 말투로 보면 역시 병으로 사망했다는 얘기일까.

"어디가 아팠는데요?"

나유타의 질문에 아사히나는 살짝 고개를 갸웃하며 한숨을 내쉬었다.

"글쎄 마음이 아팠다, 라고 해야 하나."

예상 밖의 대답이었다.

"마음이라니, 그러면……."

나유타가 거기까지 말한 참에 아사히나의 얼굴이 나유타의 뒤쪽으로 향해졌다.

"빨리 내와야지, 재스민 차가 식어버리잖아."

나유타는 뒤를 돌아보았다. 에리코가 주전자와 찻잔이 놓인 쟁반을 손에 들고 서 있었다. 희미한 소리와 기척만으로 아사히나는 그녀가 거기에 와 있다는 것을 알아챈 것이다.

에리코가 다가와 테이블 옆에 자세를 낮추고 주전자에 든 재스민 차를 두 개의 잔에 따르기 시작했다. 향기가 은은하게 풍겨 와 그것만으로도 몸이 따스해지는 것 같았다.

"절벽에서 뛰어내렸어." 아사히나가 불쑥 말했다.

나유타는 눈이 휘둥그레졌다. 오무라의 사인에 대한 얘기라는 건 알 수 있었다.

잔을 옮기려던 에리코의 손이 흠칫 멈췄다.

"뛰어내렸다고 확정된 건 아니잖아. 사고일 가능성도 전혀 없지는 않다고 경찰에서…….”

“사무라면 절대로 그런 서툰 짓은 하지 않아. 내가 몇 번이나 얘기했잖아. 사무는 혹시 죽을 거라면 유체가 발견되지 않을 만한 곳이 좋다고 했어. 깊은 숲속이라든가 무인도라든가. 추하게 부패한 모습을 남의 눈에 내보이고 싶지 않다면서.”

“그런 말을 했다고 꼭 자살이라고 단정할 수는 없어.”

“똑같은 말을 자꾸 되풀이하게 하지 마. 그럼 대체 무엇 때문에 사무가 그런 곳에 갔다는 거야. 등산이 취미였다는 얘기는 한 번도 들은 적이 없어. 사무는 누구보다 신중한 성격이야. 잠깐 마음이 동해서 산에 갔다고 해도 섣부르게 그런 위험한 장소에 갈 사람이 아니야. 죽을 생각이 아니었다면.” 아사히나는 왼손을 테이블에 얹더니 “잔 좀 줘”라고 말했다.

에리코는 찻잔이 올려진 받침접시를 오빠의 손끝이 닿는 자리로 밀어주었다.

아사히나는 오른손으로 잔의 손잡이를 잡더니 익숙한 동작으로 입가로 가져갔다. 재스민 차의 온도를 이미 파악한 듯한 움직임이었다.

“그런 위험한 장소에, 라고는 했지만…….” 아사히나는 소리를 내는 일도 없이 잔을 받침접시에 내려놓았다. “그 장소가 어떤 곳인지 나는 전혀 알지도 못해. 그 산 이름이 뭐라고 했었지?”

“긴텐산.” 에리코가 대답했다.

“그래, 긴텐산이랬지. 옛날에 그 산에 은빛 담비가 살았다는 전설이 있어서 그런 이름이 붙었다고 했어. 구도 씨는 그 산을 알고 있어?"

"들어본 적은 있는 것 같아요. 저도 등산은 좋아하는 편이지만 아직 그 산에 가본 적은 없습니다."

"스마트폰이 있잖아. 검색해보면 알 거야."

"그래야겠네요. 아, 한자로는 어떻게 쓰지요?"

"어려운 한자니까 그냥 히라가나로 검색하면 나올 거예요." 에리코가 말했다.

검색창에 적어 넣자 곧바로 떴다. 한자로는 긴텐산銀貂山이라고 나와 있었다. 아닌 게 아니라 꽤 어려운 한자였다. 표고는 1,300미터, 도쿄에서 긴텐산과 가장 가까운 역까지 세 시간쯤 걸린다고 하니까 당일치기 등산도 가능하다.

"초보자라도 등산이 어렵지 않다고 나와 있는데, 그렇게 위험한 장소가 있었어요?" 나유타는 에리코에게 물었다.

"저도 그 지역 경찰에게서 얘기만 들었을 뿐 추락한 현장에 가본 건 아니에요. 경찰 쪽 얘기로는 산 정상까지의 등산길은 별로 위험하지도 않고 발 딛기가 험한 것도 아니래요. 노인들도 꽤 많이 오르내린다고 했으니까요. 단지 중간쯤에, 등산로에서 벗어난 지점에 우뚝 솟은 절벽도 있고 바위투성이라서 추락할 우려가 있는 곳이 있었나 봐요. 현장검증에도 상당히 힘이 들었다고 경찰에서 나온 분이 얘기하셨어요."

"거기서 추락했다는 건 확실한가요?"

"아마 틀림없을 거라고 했어요."

"경찰이 이런 얘기도 했지." 옆에서 아사히나가 말했다. "길을 잃고 헤맬 만한 곳이 아니니까 사망자가 일부러 그곳까지 찾아갔다고 생각할 수밖에 없다고. 그래서 오히려 나한테 질문을 했어. 자살할 만한 이유로 짐작되는 게 없느냐고. ……왜 그래, 구도 씨, 어서 드셔야지, 모처럼 준비한 재스민 차가 식어버리겠어."

"아, 네, 마실게요." 나유타는 받침접시에서 잔을 들었다. 찻잔이 스치는 희미한 소리가 났다. 그 소리가 전혀 들리지 않는 것이 아사히나는 마음에 걸렸던 모양이다.

나유타는 재스민 차를 한 모금 마셨다.

"오무라 씨가 사망했다는 소식은 경찰에서 아사히나 씨에게 연락해준 건가요?"

아사히나는 고개를 끄덕였다.

"유체를 발견한 등산객이 신고를 했던 모양이야. 그 시점에 사후 3일 정도가 지난 것으로 보였다고 했어. 입고 있던 옷의 호주머니에 운전면허증이 있어서 이름과 주소는 곧바로 밝혀졌어. 하지만 혼자 살던 사람이라 가족에게 연락을 취할 수가 없었겠지. 그래서 경찰이 부동산업자에게 문의해 임대계약 때의 보증인에게 연락한 거야."

그 보증인이 아사히나였다는 얘기인 것이리라.

"경찰에서 그 연락을 받자마자 내 예감이 맞았다고 생각했어. 물론 안 좋은 예감이."

"무슨 말씀이신지……."

"그 이틀 전부터 사무하고 연락이 되지 않았어. 전화도 안 받고 문자를 보내도 응답이 없었지. 지금까지 그런 일은 한 번도 없었으니까 분명 무슨 일이 생긴 게 아닌가, 걱정하던 참이었어."

"등산을 간다는 얘기는 못 들으셨던 거군요."

"응, 그런 얘기는 못 들었어."

"오무라 씨는 가족이……."

"도야마에서 어머님이 형님 부부와 살고 계셔. 아버님은 오래전에 타계하셨다고 들었어. 하지만 사무는 요즘 그쪽 식구들과는 거의 왕래가 없었어. 자신의 삶의 방식을 이해하지 못하는 사람들과 어울리는 게 너무 번거롭다면서. 하지만……." 아사히나는 고개를 갸우뚱했다. "이제 와서 생각해보면 그건 사무가 억지를 부리며 했던 말인 것 같아. 사실은 어떻게든 가족에게 이해받고 싶었을 거야."

그가 무슨 말을 하는지 나유타도 희미하게, 아니, 분명하게, 이해했다. 오무라가 말한 '삶의 방식'이 무슨 뜻인지도.

"가족에게는 소식이 전해졌겠지요? 오무라 씨가 사망했다는 거."

"물론이지. 곧바로 찾아와 사무의 유체를 도야마로 실어 갔어. 그쪽에서 장례식을 치르겠다면서. 그때 그의 형이 나한테 그러더라. 우리 집안은 옛날 사고방식을 가진 사람이 많으니까 미안하지만 장례식 참석은 삼가줬으면 한다고."

침울한 목소리로 아사히나가 털어놓은 그 이야기는 묵직한 의미가 담긴 것이었다. 선부른 대답을 할 수 없어서 나유타는 입을 꾹 다물었다.

오빠, 라고 에리코가 말했다. "오늘 구도 씨에게 침 맞기로 한 거 아니었어?"

"아 참, 그렇지. 미안해, 구도 씨. 바쁠 텐데 재미도 없는 얘기를 늘어놓았네."

"재미없는 얘기라뇨, 무슨 그런 말씀을……. 저 같은 사람에게 중요한 얘기를 해주시고, 제가 오히려 송구스럽지요."

"아무에게나 이런 얘기를 하는 건 아니야. 구도 씨라면 충분히 이해해줄 것 같아서 그만……."

"고맙습니다. 별로 큰 도움도 못 되는데……."

"아니, 얘기를 들어주는 것만으로도 좋아. 침은 항상 하던 대로 이 소파에서 맞아도 되지?"

"네, 좋습니다." 나유타는 에리코 쪽을 향했다. "큼직한 목욕 수건 두 장만 준비해주세요."

"목욕 수건, 네, 알았어요." 에리코가 자리에서 일어섰다.

아사히나가 스웨터를 벗기 시작했다. 그 안은 속옷 차림이었다. 그것도 벗으려다 말고 그가 문득 손을 멈췄다. "그런 짓, 하지 말았어야 했을까."

"예?" 나유타는 되물으며 아사히나의 얼굴을 보고 흠칫했다. 그의 눈이 순식간에 붉게 물들었기 때문이다.

"그런 짓이라니 무슨 말씀인지……."

"고백한 거." 아사히나의 목소리에 눈물이 섞였다. "그건 결국 자기만족일 뿐이었어, 커밍아웃 따위."

2

에리코가 '니시오카 에리코'라는 것은 침을 놓는 동안에 알았다.

하지만 그녀가 계속 옆에 있었던 것은 아니다. 빨래도 하고 주방에서 설거지도 하고 부지런히 집 안을 돌아다니고 있었다. 그녀는 몇 킬로미터 떨어진 곳에서 남편과 외동딸과 함께 살고 있고, 이삼일에 한 번씩 오빠를 도와주러 드나든다고 했다. 전자레인지로 데우기만 하면 되는 음식이나 며칠 두고 먹을 수 있는 반찬 등을 들고 오기도 하는 모양이었다. 한 달 전까지 그런 일들은 모두 아사히나의 소중한 파트너가 도맡아서 했을 터였다.

침 치료가 끝나자 에리코가 현관 앞까지 나유타를 배웅하러 나왔다.

"오늘, 고마웠습니다." 에리코가 공손히 머리를 숙였다.

천만에요, 라고 나유타는 손을 저었다.

"제 일인데요, 뭘. 신경 쓰지 마세요. 그보다 에리코 씨도 힘드시겠네요. 가족도 돌봐야 할 텐데."

"그렇긴 한데, 아무래도 오빠가 걱정스러워서요." 에리코는 집 쪽을 돌아보았다. "여기 와서 오빠 얼굴 볼 때마다 마음이 턱 놓여요. 아, 살아 있구나, 하고."

나유타는 저도 모르게 엇 하는 소리를 흘렸다. 그녀는 오빠가 오무라를 따라 자살하는 것을 우려하고 있는 것이다.

"하지만 오늘은 구도 씨가 와주셔서 다행이에요. 침 치료를 받은 것도 그렇지만, 오빠가 속마음을 털어놓은 것 같아서."

"나 같은 사람이라도 괜찮을지……."

"그야 물론이죠." 에리코는 확신한다는 듯 고개를 끄덕였다. "오빠가 구도 씨를 진심으로 신뢰하니까요."

“이야기할 상대라면 저 말고도 많으실 텐데요.”

“그게 꼭 그렇지만도 않은가 봐요.” 그렇게 말하고 에리코는 시선을 먼 곳으로 향했다. “정말로 자살이라면 오무라 씨, 참 너무했다고 생각해요. 홀로 남겨진 오빠가 괴로워할 게 너무나 뻔한데 어떻게 그럴 수가 있는지. 그런 걸 돌아볼 여유조차 없었던 걸까요?”

“글쎄요, 그건 저로서는 어떻다고 말하기가…….” 나유타는 고개를 떨구었다.

“어머, 죄송해요, 여기서 이런 얘기를 길게 하다니. 차 갖고 오셨지요? 조심해서 가세요.”

“고맙습니다.”

그럼 이만, 이라고 머리를 숙이고 나유타는 대문으로 향하는 계단을 내려갔다.

유료 주차장으로 돌아와 주차비를 계산하고 차에 올랐다. 시동을 건 뒤, 문득 생각이 나서 오디오를 켰다. 하드디스크에서 고른 것은 1년 전쯤에 아사히나에게서 받은 CD였다. 오랜만의 신작이야, 라고 아사히나가 흐뭇하게 말했던 게 기억났다.

스피커에서 흘러나오는 피아노 선율을 들으며 나유타는 차를 출발시켰다.

자신은 ‘게이’라고 아사히나가 커밍아웃을 한 것은 마침 이 곡을 발표하던 무렵이었다. 몇몇 음악 잡지와 신곡 인터뷰를 하면서 그중 한 잡지에 고백한 것이다. CD의 타이틀이 〈my love〉였던 것이 큰 관계가 있었지만, 이미 커밍아웃을 하기로 각오했기 때문에 그런 타이틀을 붙였다고도 할 수 있었다.

특정 파트너의 존재에 대한 질문을 받고 아사히나는 "있습니다"라고 대답했다. 커밍아웃에 대해 그 파트너의 양해도 얻었노라고 말했다. 오랜 세월 함께 일하면서 좋은 관계를 지속해왔다고 덧붙였다. 구체적으로 이름까지 밝히지는 않았지만 아사히나를 아는 사람이라면 그 파트너가 오무라 이사무라는 건 금세 알 수 있었다.

두 사람이 만난 것은 10여 년 전이라고 들었다. 아사히나는 작곡가로서 큰 성공을 거뒀지만 시력이 점점 떨어져서 악보를 보기가 어려워졌다. 그래서 자기 대신 악보를 작성해줄 사람을 찾고 있었다. 오무라를 소개해준 것은 두 사람 다 알고 지내던 이였다. 아사히나에 의하면 오무라의 목소리를 들은 순간, '오래도록 찾아 헤매던 것을 만난 듯한 충격'이 덮쳤다고 한다. 그리고 오무라 쪽 역시 그 만남에서 운명적인 것을 감지했다.

그 이후로 오무라는 아사히나가 만든 곡을 악보에 옮겨 적는 일뿐만 아니라 창작의 의논 상대가 되어주고, 외부와의 중개 역할도 하고, 평소 생활을 돌봐주는 일까지 맡게 되었다. 그야말로 유일무이의 파트너였다.

나유타는 커밍아웃 직후에 아사히나를 만났지만, 그때 그는 환하게 웃으면서 이런 말을 했었다.

"역시 다들 어렴풋이 눈치는 채고 있었던 모양이야. 어디든 함께 다니고, 우리 둘의 모습을 지켜보면 특별한 관계가 틀림없다고 생각하는 게 당연하다나? 하지만 본인들이 아무 말 안 하는데 그걸 확인해볼 수도 없고, 솔직히 어떻게 대해야 할지 난감했던 부분도 있었다는 거야. 다들 앞으로는 그런 신경을 쓰지 않아도 되니까 좋다고 하더라고."

그래서 커밍아웃은 정답이었다, 라고 그때는 자신만만하게 말했었다.

어렴풋이 눈치는 채고 있었다, 라는 건 나유타도 마찬가지였다. 처음 두 사람을 만났을 때, 그런 관계가 아닌가 하고 생각했다.

오무라는 아사히나와는 대조적으로 햇볕에 그을린 가무잡잡한 피부에 근육질의 몸매를 가진 사람이지만 아사히나를 대하는 태도는 마치 누나나 아내 같았다. 마실 것을 챙겨주고 아사히나가 벗어둔 옷을 개키고, 나유타에게 몸의 어느 부분이 안 좋은지를 아사히나 본인보다 더 꼼꼼하게 설명해주곤 했다. 그리고 그런 식으로 살뜰한 보살핌을 받는 아사히나는 무척 기분이 좋은 것처럼 보였다.

나유타가 의문을 품은 것은 커밍아웃을 한 뒤에도 두 사람이 동거하지 않는 것이었다. 그 점에 대해 물어봤더니 단순한 타이밍 문제, 라고 아사히나는 대답했다.

"사무가 대학에서 비상근 강사로 일한다는 얘기는 했었지? 대학 쪽 일을 계속하려면 지금 사는 집이 거리상 더 편리한가 봐. 월급이 그리 많은 것도 아니고, 내 생각에는 이제 대학은 그만뒀으면 좋겠는데 그에게는 그 나름의 생각이 있는 모양이야. 뭐, 함께 살지 않는다는 것뿐이지 거의 날마다 우리 집에 와주니까 난 그가 하는 대로 지켜볼 생각이야."

그렇게 말하던 아사히나는 자신들의 인연에 한 조각의 불안도 없다는 듯 흐뭇한 표정이었다.

그런데…….

조금 전에 커밍아웃 따위 자기만족일 뿐이었다고 내뱉은 아사히나는 이렇게 말을 이어갔다.

"커밍아웃으로 게이에 대한 사람들의 의식이 바뀌는 건 아니야. 바뀌는 것은 우리를 바라보는 방식뿐이지. 나와 사무를 바라보는 차가운 시선……. 나는 그런 건 상관없다고 생각했었지만 사무에게도 그만큼의 각오가 있었는지 어떤지는 잘 모르겠어. 커밍아웃하고 싶다는 말을 먼저 꺼낸 것은 나였으니까. 사무는 내가 원한다면 그렇게 해도 된다고 했어. 그가 먼저 커밍아웃을 말한 적은 한 번도 없었어. 그저 내 기분을 존중해준 것뿐이었는지도 모르겠어. 아니, 분명 그런 거였겠지."

커밍아웃의 반향은 적지 않았다. 하지만 아사히나 자신이 불쾌한 일을 겪은 적은 거의 없었다고 말했다.

"생각해보면 당연한 일이지. 나는 집에 틀어박혀 작곡만 하면 되잖아. 내가 만나는 사람이래야 음악 관계자나 일부 친한 사람들뿐이야. 눈이 보이지 않으니 인터넷에 어떤 글이 올라오는지도 알지 못해. 하지만 사무는 달라. 비상근 강사로 대학에도 나가야 하고, 내 대리인으로 다양한 사람들을 만나야 했어. 인터넷도 분명 봤겠지. 그는 나한테는 아무 말도 하지 않았지만, 다양한 상황에서 수많은 편견에 부딪혔으리라는 것은 충분히 상상할 수 있어. 정말 바보 같은 얘기지만 나는 그를 잃은 지금에야 그런 것을 깨달았어."

그것이 자살의 동기다, 라고 아사히나는 생각하는 것 같았다.

"사무를 잃은 뒤로 나는 아무것도 손에 잡히지 않아. 건반에 손을 대고 싶은 마음도 없어. 어쩌면…… 아니, 분명 앞으로 피아노를 치는 일은 없을 거야. 음악계에서는 사무가 나의 고스트라이터였던 게 아니냐고 소문이 난 모양이야. 앞으로 내가 작곡을 중단해버리면 이번에는 그 소문이 사실이었다는 얘기가 퍼지겠지?" 그렇게 말하고 아사히나는 자학적인 쓸쓸한 웃음을 지었다.

천재 작곡가의 몸에 침을 놓으면서 나유타는 그저 그의 고뇌를 듣고 있을 수밖에 없었다. 섣불리 맞장구조차 칠 수 없었다. 힘을 내세요, 라는 등의 무책임하고 태평한 인사 따위 금물이라고 생각했다. 결국 침을 다 놓기까지 나유타는 제대로 된 말은 한 마디도 하지 못했다.

오빠는 구도 씨를 진심으로 신뢰한다, 라는 에리코의 말이 떠올랐다.

나유타는 핸들을 잡은 채, 아뇨, 과분한 칭찬이십니다, 라고 중얼거렸다. 나한테 뭔가를 기대한다면 그건 정말 곤란하다고 생각했다.

3

10월의 마지막 날, 나유타의 스마트폰에 의외의 인물에게서 메일이 들어왔다. 우하라 마도카였다. 그녀와는 7월에 구로우마강에서 만난 이후로 처음이었다.

물어볼 게 있는데 만나줄 수 있겠느냐, 라는 내용이었다. 마도카에게는 이래저래 빚진 게 많다. 그 즉시 전화를 걸었더니 곧바로 연결되었다.

"뭘까, 나한테 물어볼 게?"

"전화로는 설명하기 힘들어요. 직접 만나서 얘기할 테니까 날짜와 시간과 장소를 얘기해봐요." 변함없이 퉁명스러운 말투였다.

"내일 오후라면 시간이 있어. 3시쯤, 어때?"

"좋아요. 장소는?"

"가이메이 대학병원은 어떨까? 요즘 일이 바빠서 미나토 병문안도 한참 못 갔어. 오랜만에 가는 김에 만나야겠다."

"괜찮죠. 그럼 병문안 끝나는 대로 나한테 전화해요. 차 갖고 올 거죠? 주차장에서 만나면 되겠네."

"주차장? 왜 또 하필 그런 데서……."

"커피점은 누군가 얘기를 엿들을 수도 있잖아요. 아니면 나하고 꼭 차를 마시고 싶은 거?"

"아니, 그런 건 아니고."

"그렇다면 주차장 좋잖아요. 결정!"

"아, 잠깐. 대체 무슨 얘기를 하려는 거야? 대충이라도 알려줘."

마도카는 뭔가 생각을 굴리는 듯 한 박자 뜸을 들인 뒤, 영화에 대한 거, 라고 말했다.

"영화? 별안간 영화라니, 극장에서 보는 그 영화?"

"그거 말고 또 다른 영화도 있어요? 자, 그럼 낼 봐요." 그렇게 말하고 마도카는 전화를 끊었다.

나유타는 하릴없이 스마트폰을 들여다보았다.

영화라니…….

가슴속에 검은 구름이 뭉클뭉클 피어오르는 듯한 느낌이었다.

다음 날, 거의 두 달여 만에 이시베 미나토의 병실을 방문한 나유타는 그 회복된 모습에 눈이 휘둥그레졌다. 지난번에 왔을 때는 여전히 깊은 잠에 빠진 것으로만 보였던 미나토가 또렷하게 눈을 뜨고 있었기 때문이다. 게다가 질문을 던지면 눈을 깜빡이는 것으로 대답도 할 수 있었다.

"아직은 간단한 대답만 하는 정도야." 그렇게 말하면서도 이시베 부인은 표정이 환하고 목소리도 통통 튀었다. 희망의 빛이 분명하게 보이기 시작했기 때문일 것이다.

이시베 노리아키는 9월부터 학교에 복귀했다는 소식이었다. 선생님을 뵙지 못한 건 아쉬웠지만, 이제는 절망감을 털고 일어나신 것 같아서 나유타는 한결 마음이 놓였다.

병동을 나와 주차장으로 걸어가면서 마도카에게 전화했다. 전화를 받은 그녀는 차에서 잠깐 기다리라고 말했다.

하라는 대로 차로 돌아와 나유타는 오디오 스위치를 켰다. 하지만 흘러나온 음악이 조금도 머릿속에 들어오지 않았다. 마도카가 할 얘기라는 게 뭘까. 자꾸 그 생각만 하고 있었다.

주차장에 세단 한 대가 들어왔다. 멀거니 바라보다가 흠칫했다. 운전하는 여자가 우하라 마도카의 감시자 역할을 한다는 기리미야가 틀림없었다.

세단이 정차하고 뒷좌석 문이 열렸다. 내려선 사람은 정장 차림의 건장한 남자였다. 그 험상궂은 얼굴도 나유타는 눈에 익었다. 7월에 구로우마강 캠프장에서 마도카를 만났을 때도 계속 그 옆에 있었다. 다케오, 라고 알려준 이름이 생각났다.

그 다케오의 뒤를 이어 하얀 파카를 걸친 마도카가 내려섰다. 긴 머리를 내리고 핑크색 니트 모자를 쓰고 있었다.

이미 나유타의 차를 확인했는지 마도카는 망설임 없는 걸음으로 다가왔다. 조수석 옆으로 돌아오더니 문을 열고 차에 올랐다. "기다리게 해서 미안해요."

"그렇게 오래 기다리진 않았어." 나유타는 세단 쪽으로 시선을 던졌다. 건장한 남자는 차 옆에 선 채 이쪽을 지그시 보고 있었다. "경호가 상당히 삼엄해졌네. 어디든 저 두 사람이 따라다녀?"

"나한테서 절대로 눈을 떼서는 안 된다는 지시를 받았거든요. 신경 쓰지 말아요."

"어떻게 신경을 안 쓰겠어? 대체 뭘 지키고 있는 거야."

"내가 멋대로 돌아다니는 거. 아, 그보다 미나토는 만났어요?"

"만났지. 깜짝 놀랐어. 역시 우하라 박사님은 천재인 것 같아."

나유타가 오디오의 스위치를 끄려고 하자 잠깐, 이라면서 마도카가 제지했다.

"이거 〈my love〉죠, 아사히나 잇세이의."

"맞아. 잘 아네?"

"아빠가 CD를 갖고 있어요. 나유타 씨도 이 사람 팬이에요?"

"그게 아니라 아사히나 씨가 내 환자야. 매번 그렇지만 스승님이 물려주신 환자. 그래서 CD를 선물받았지. 열흘 전쯤에도 진료하러 다녀왔어."

"흐음……." 마도카가 문득 나유타의 얼굴을 빤히 바라보았다.

"왜 그래, 그게 뭐 이상한가?"

"침만 놓는 거예요? 아사히나 잇세이와 개인적인 대화를 나눈 적은 없고?"

"개인적인 대화?" 나유타는 저절로 미간을 찌푸렸다. "그런 거 없어. 당연히 침만 놓고 오지. 물론 침 시술 중에 세상 돌아가는 이야기쯤은 나누기도 해. 근데 무슨 말을 하고 싶은 거야?"

"아니, 아무것도 아네요." 마도카가 슬쩍 고개를 가로저었다.

나유타는 오디오의 스위치를 껐다.

"그래서, 나한테 할 얘기라는 게 뭐지? 물어볼 게 있다고 했잖아."

네, 라고 마도카는 고개를 끄덕였다. "어느 영화감독에 대한 거예요."

"영화감독?"

"아마카스 사이세이……. 알죠?" 마도카는 나유타의 얼굴을 지그시 살펴보는 듯한 눈빛이었다.

나유타는 곧바로 답하지 못했다. 가벼운 현기증이 일어나는 느낌과 함께 순간적으로 사고가 마비되었다. 마도카의 질문은 그토록 허를 찌르는 것이었다. 전혀 예기치 못한 방향에서 화살이 날아와 몸에 박힌 것만 같았다.

마도카는 여전히 이쪽을 빤히 보고 있었다. 실험용 쥐를 관찰하는 과학자 같다, 라고 나유타는 생각했다.

문득 깨닫고 보니 숨을 멈추고 있었다. 후우 하고 토해내면서 손등으로 입가를 닦았다.

왜, 라고 말하려던 목소리가 갈라졌다. 헛기침을 한 차례 하고 다시 한번 왜, 라고 말했다. "왜 나한테 그런 걸 묻지?"

"나유타 씨도 알잖아요, 아마카스 사이세이라는 사람. 그렇죠? 출연했었잖아요, 그 영화감독이 찍은 영화에."

태연히 내던져진 그 말은 다시 한번 나유타의 가슴속에 충격을 몰고 왔다. 이 소녀는 대체 누구인가. 한두 번도 아니고 번번이 예상을 뛰어넘는 언동으로 사람을 놀라게 한다.

"왜 아무 말이 없어요?" 마도카가 나유타의 눈을 골똘히 들여다보며 물었다.

나유타는 눈을 질끈 감고 한 차례 심호흡을 한 뒤 눈을 떴다. 마도카는 아직도 그를 응시하고 있었다.

"언제부터 알았어?" 목쉰 소리로 나유타는 물었다.

"쓰쓰이 교수님 연구실에서 처음 만났을 때부터. 분명 어디선가 본 적이 있는 얼굴이었거든요." 마도카는 말했다. "그 자리에서는 생각이 안 났는데 나중에 기억을 더듬어보다가 아마카스 사이세이의 영화에 나왔던 그 소년이라는 걸 알았죠."

나유타는 그녀의 얼굴을 마주 보았다. "마도카가 그런 영화를 봤단 말이야?"

"그럴 만한 사정이 있어서 그 사람 영화는 몇 편 봤어요."

"잘도 얼굴을 알아봤네. 벌써 20여 년 전 일인데."

마도카는 후훗 입술을 풀었다. "얼굴 모습은 사라지지 않아요."

"왜 지금까지 아무 말도 안 했어?"

마도카는 어깨를 으쓱 쳐들었다.

"옛날 일을 들먹이는 건 기분 나쁠 것 같아서. 옛날…… 아역 배우였던 시절."

"왜 내가 기분 나빠 할 거라고 생각했지?"

"지금 가명을 쓰고 있잖아요. 구도 나유타, 라고. 하지만 진짜 이름은 구도 게이타京太. 아역 배우 시절에는 그 본명을 썼어요. 그 이름을 이제 쓰지 않는다는 건 그때 일을 감추려는 거라고 생각하는 게 일반적이죠."

나유타는 시트에 몸을 기대고 한숨을 쉬었다.

"프로야구에 무라타 조지村田兆治라는 유명한 투수가 있었어. 외할아버지 이름도 똑같은 한자를 쓰는 조지여서 부모님이 그걸 뛰어넘는 사람이 되라고 이름에 경京을 붙였다고 하셨어. 조兆보다 더 높은 경京. 단순하기 짝이 없지?"

"그리고 본인이 가명을 지을 때는 그 경京을 뛰어넘자는 뜻에서 나유타那由多라고 했다, 라는 얘기?"

"응, 그렇다고 할 수 있지. 하긴 그것도 상당히 단순한 발상이네." 나유타는 마도카 쪽을 보았다. "그나저나 내가 싫어할 줄 뻔히 알면서 오늘은 그 옛날 얘기를 일부러 꺼냈어?"

"마음이 좀 아프긴 했지만 그런 걸 따질 여유가 없었어요. 지금 어떤 사람을 찾고 있거든요. 아주 사소한 것이라도 좋으니까 단서를 잡아야 해요."

"그 찾고 있는 사람이라는 게 아마카스 사이세이?"

"아뇨, 내가 찾는 건 소중한 친구. 근데 아마카스 사이세이와 관계가 있어요." 마도카는 턱을 당기며 슬쩍 눈을 치켜떴다. "아마카스 사이세이, 어디 있는지 알아요?"

"말도 안 돼, 그 사람이 어디 있는지 내가 어떻게 알겠어? 연예계

일 그만둔 게 까마득한 옛날인데."

"그럼 알고 있는 것만이라도 좋아요. 아마카스 사이세이에 관해 생각나는 건 다 말해봐요. 어떤 사람이었죠? 나유타 씨에게는 어떤 식으로 대했어요?"

나유타는 얼굴 앞에서 손을 좌우로 흔들었다.

"다 잊어버렸어. 아니, 그보다 다시 떠올리고 싶지도 않아. 그 무렵의 기억은 봉인해두기로 했어. 특히 그 영화에 대해서는 어떤 것도 생각하고 싶지 않아. 미안하지만 더 이상은……." 거기까지 말한 참에 상의 안주머니에서 스마트폰이 착신을 알렸다. 나유타는 작은 한숨을 내쉬고 스마트폰을 꺼냈다. 착신 표시는 본 적이 없는 번호였지만 일단 받아보기로 했다. "네에."

"구도 나유타 씨인가요?" 여자 목소리가 물었다.

"네, 그런데요."

"아, 저기, 니시오카예요. 지난번에는 감사했습니다."

니시오카라는 말을 듣고 선뜻 누군지 알지 못했지만, 잠시 뒤에 생각이 났다.

"에리코 씨군요. 아사히나 씨의 여동생분."

"그렇습니다. 바쁘신데 죄송해요. 지금 잠깐 통화, 괜찮을까요?"

"괜찮아요. 무슨 일이시죠?"

"실은 오빠가 아무래도 좀 이상해서요."

"아사히나 씨가? 어떻게 이상한데요?"

"벌써 며칠째, 전보다 더 침울한 것 같아요. 식사도 제대로 안 하고 있어요. 그리고 자꾸 구도 씨 얘기만 하고……."

"내 얘기를? 어떤 얘기를요?"

"그런 말은 안 하는 게 나았다, 공연히 불쾌하게 생각했을 거라고……. 아무튼 구도 씨를 한 번 더 만났으면 하는 것 같아요."

"왜 나를 만나려고 하죠?"

나유타는 당혹스러울 수밖에 없었다. 아사히나는 대체 나한테 무엇을 기대하는 건가.

"구도 씨, 시간 되시는 대로 오빠 좀 만나주실 수 없을까요? 근처까지 온 김에 잠깐 들러봤다는 식으로 얘기해주시면 좋겠어요."

"그건 괜찮지만, 제가 별 도움이 안 될 텐데요."

"아뇨, 오빠의 얘기를 들어주시기만 해도 좋아요. 어떻게, 부탁 좀 드려도 될까요?"

"……네, 그럼 시간 있을 때 찾아뵙지요."

"그래요? 정말 고맙습니다. 꼭 좀 부탁드릴게요." 전화기에 대고 연거푸 머리를 숙이는 모습이 떠오를 만큼 간절한 말투였다.

전화를 끊고 나유타는 다시 한숨을 내쉬었다.

"아사히나 잇세이 씨 여동생 전화예요?" 마도카가 옆에서 물었다.

"응."

"아사히나 잇세이 씨, 무슨 일 있어요? 옆에서 들어보니까 뭔가 부탁하는 거 같던데."

"아무래도 나에 대해 착각하고 있는 것 같아. 미치겠네." 스마트폰을 안주머니에 다시 넣었다. "그보다 아까 그 얘기로 돌아가자. 아무튼 나는 옛날 일은 다시 떠올리고 싶지 않아. 미안하지만 더 이상 해줄 얘기가 없어. 일찌감치 포기해."

마도카는 눈길을 떨궜다. 긴 속눈썹이 파르르 떨렸다. "그래요? 뭐, 그렇다면 별수 없죠."

"지금 가볼 데가 있어서 이만 실례할게."

알았어요, 라고 말하고 마도카는 차 문을 열고 조수석에서 몸을 일으켰다.

"근데요," 차 밖으로 내려선 뒤에 마도카가 말했다. "그때의 연기는 정말 훌륭했다고 생각해요."

"그때라니?"

"도착된 섹스에 고뇌하는 중학생 역할, 영화 「얼어붙은 입술」의."

스르륵 입 밖으로 내뱉은 마도카의 말이 나유타의 가슴을 쿡 찔렀다. 그 충격에 선뜻 말이 나오지 않았다.

마도카는 그런 그의 반응을 차가운 눈빛으로 바라보더니 "안녕"이라면서 차 문을 닫았다.

4

왜 자신이 카메라 앞에서 연기를 하게 되었는지, 사실 나유타는 잘 기억이 나지 않는다. 어려서부터 부모님이 여기저기 학원에 보냈지만 어떻게 된 일인지 그중에 댄스, 노래, 연극을 배우는 학원도 있었다. 그곳이 연예기획사와 연결된 스쿨이라는 것은 한참 나중에야 알았다.

어머니 아야코는 우연히 길을 가다가 스카우트된 거라고 말했지만 그건 거짓말이라고 나유타는 짐작하고 있다. 아야코는 사람들 앞에 나서기 좋아하고 유명 인사에 혹하곤 했다. 자만심도 강했다. 아들이 다른 아이들에 비해 유독 눈에 띄는 미소년이라고 생각하고 연예학원에 보내기로 했던 게 틀림없다.

하지만 나유타도 마지못해 어머니의 의향에 따랐던 것은 아니다. 작은 배역을 몇 번 하다 보니 연기라는 것이 점점 즐거워졌다. 짧은 시간이나마 완전히 다른 사람이 될 수 있다는 게 재미있었다. 어느새 슬픈 장면에서는 저절로 눈물이 흘렀다. 그것을 어른들이 크게 칭찬해주는 것에서도 쾌감이 느껴졌다.

이대로 배우의 길을 나아갈 것인가, 아니면 다른 직업을 가질 것인가. 답을 내리지 못한 채 아역 배우 생활을 계속 이어갔다. 답을 내리는 것은 한참 나중에 해도 된다는 생각도 있었다.

그 역할이 들어온 것은 나유타가 중학교 2학년에 올라간 무렵이었다. 주목받는 신인 기예氣銳라고 일컬어지는 감독의 작품에 주인공으로 낙점된 것이다.

시나리오를 읽어봤지만 지극히 난해한 내용이었다. 부유한 집안에서 자란 아름다운 얼굴의 소년이 우연히 한 매춘부를 만나면서 그때까지와는 전혀 다른 세계로 서서히 추락한다는 내용이다. 주인공 소년에게는 대사가 거의 없었다. 하지만 대사가 없다고 편하게 연기할 수 있는 것은 아니다. 오히려 더 높은 연기력이 요구된다는 것을 나유타는 그때까지의 경험으로 잘 알고 있었다.

처음 아마카스 사이세이 감독을 만날 때는 잔뜩 긴장했다. 뭔가 엄청난 몸짓을 요구하는 게 아닐까 하고 움찔움찔했다.

아마카스는 눈 속에 으스스한 광채가 서린 사람이었다. 강하게 쏘아보면 그 눈동자 속으로 빨려드는 듯한 느낌이었다.

아마카스의 지시는 간결했다. 아무 생각도 하지 마라, 라는 것이었다.

"머리 굴려가면서 하는 연기는 원하지 않아. 머릿속은 백지 상태여도 돼. 그러면 내가 끌어낼 거니까. 네 안에 있는 것을 깨워 일으킬 거라고. 잘 들어, 머릿속을 깨끗이 비워야 해. 아무 생각도 하지 마. 그냥 촬영 현장에 나오면 돼. 그리고 내가 말하는 대로만 움직여. 움직일 때도 머릿속은 깨끗이 비우라고. 알겠지?"

그런 지시는 처음이었기 때문에 내심 놀랐다. 하지만 아무 생각도 안 해도 된다면 뭐, 편하겠다, 모든 것을 감독에게 맡기면 되겠다, 라고 생각했다.

촬영이 시작되면서 아마카스가 한 말의 의미를 알 수 있었다. 주인공이 처한 상황이 너무 특이해서 나유타는 그 내면을 아예 짐작할 수도 없었다. 다른 등장인물과의 관계도 너무 복잡하게 얽히고설켜서 뭔가 조금이라도 생각하려고 들면 몸이 움직이지 않았다. 마음을 비우고 아마카스가 하라는 대로 연기했다. 촬영하는 동안, 나유타는 아마카스의 꼭두각시 인형이었다. 하지만 그것에 불만을 품지 않게 하는 신비한 힘이 아마카스에게는 있었다. 그의 손바닥에 올려져 마치 최면술에 걸린 것처럼 연기하는 상태가 오히려 편하고 재미있다고 생각되는 것이다.

영화는 원래 스토리의 순서에 따라 촬영하는 것이 아니다. 효율을 우선시하기 때문에 이야기 순서와는 전혀 다르게 한 장면 한 장면 나눠서 찍게 된다. 애초에 시나리오 자체가 난해하기 짝이 없었다. 나유타는 카메라를 받으면서도 어떤 작품이 나올지 전혀 감을 잡지 못했다. 주인공이 어떻게 묘사되는지조차 파악하지 못했다.

다만 나유타도 알고 있는 것이 있었다. 주인공은 수많은 사람들과 성적인 관계를 갖고 더구나 상대는 꼭 여성만이 아니었다. 직접적인 묘사는 없었지만 소년이 남자와 사랑을 나눈다는 것을 내비치는 장면이 많았다. 그건 시나리오를 처음 읽는 단계에서는 알지 못했던 것이었다.

완성된 영화 「얼어붙은 입술」은 전문가들로부터 격찬을 받았다. 해외 영화제에서 상까지 받으면서 더욱더 화제가 되었다. 아마카스 사이세이라는 이름은 단숨에 널리 알려지게 되었다.

하지만 나유타는 사실 그 영화를 본 적이 없다. 학교 수업 때문에 시간이 없었던 탓도 있지만, 한발 앞서 시사회에서 영화를 보고 온 부모님이 안 보는 게 낫다, 라고 말했기 때문이다. 특히 아버지는 격노해서 출연을 승낙한 어머니를 몹시 나무랐다. 아버지는 처음부터 아들이 연예계에 들어가는 것에 난색을 표했던 것이다.

결과적으로 「얼어붙은 입술」은 나유타가 출연한 마지막 영화가 되었다. 부모님의 강력한 희망으로 연예기획사를 탈퇴하기로 했기 때문이다. 나유타 자신도 이대로 연예계에 있어서는 안 된다고 생각했다. 「얼어붙은 입술」이 공개된 이후, 주위에서 자신을 바라보는 시선이 명백히 달라진 것을 감지하고 있었다.

나유타는 평범한 중학생이 되었다. 카메라 앞에 서는 일은 없어졌다. 세상 사람들은 뭐든 금세 잊어버린다. 「얼어붙은 입술」은 화제를 부르기는 했으나 관객이 그리 많은 건 아니었다. 길거리를 지나가도 누군가 나유타를 알아보는 일은 없었다.

그 영향이 실제로 나타난 것은 영화 출연 따위, 완전히 잊어버렸을 무렵이었다. 나유타가 고등학교 3학년에 막 올라간 때였다.

어느 날 학교에 갔더니 책상 위에 사진 한 장이 놓여 있었다. 자세히 보니 신문에서 오려낸 것 같았다. 「얼어붙은 입술」의 팸플릿 일부라는 것은 나중에 알았다.

그 사진은 나유타와 남자 배우의 모습이었다. 두 사람은 입을 맞추고 있었다. 오려낸 사진 가장자리에는 손 글씨로 '변태 배우 구도 게이타'라고 적혀 있었다.

너무 화가 나서 나유타는 거의 패닉 상태였다. 그 뒤의 행동은 스스로도 잘 기억나지 않는다. 정신을 차렸을 때, 자신의 방 침대에 파고들어 몸을 웅크리고 있었다. 떨림이 언제까지고 멈추지 않았다.

그 뒤의 학교생활은 그 전까지와는 크게 달라졌다. 지금처럼 인터넷이 널리 보급된 건 아니었지만 그래도 나쁜 소문은 순식간에 퍼졌다. 성적인 내용까지 걸려 있으면 그 속도는 더욱더 빨라진다.

친하게 지내던 아이들이 점점 곁을 내주지 않았다. 그러면서도 어디를 가든 호기심의 시선이 날아와 꽂혔다. 뒤에서 속닥속닥한다는 것도 알 수 있었다.

어느 날 화장실에 갔는데 먼저 와 있던 남학생 두 명이 나유타를 보자마자 급하게 나가려고 했다. 그중 한 명이 피식 웃으면서 말했다. "어허, 위험하다, 위험해. 이런 데서 바지를 내렸다가 덮치면 어쩌냐."

그 순간 나유타의 가슴속에 있던 어떤 스위치가 탁 켜졌다. 정신을 차렸을 때, 그 남학생 위에 올라타고 수없이 봉을 내려치고 있었다. 봉은 화장실에 있던 대걸레였지만 언제 그걸 집어 들었는지, 기억도 나지 않았다.

다행히 그 남학생이 큰 부상을 입은 건 아니어서 나유타는 정학 처분을 받았다. 하지만 부모님에게 자세한 내용은 말하지 않았다. 단순한 말다툼이 몸싸움으로 번진 것뿐이라고 둘러댔다.

학교 측에서도 크게 문제 삼지는 않았다. 상대 남학생도 자세한 사정을 말하지 않았기 때문이다. 하지만 나유타가 주위에서 편견의 시선을 받는다는 것을 학교 측이 파악하지 못했을 리는 없다. 오히려 그런 시선으로 바라보는 교사도 몇 명 있었다.

그 일을 계기로 나유타는 학교에 가기를 거부했다. 부모님은 이유를 알아내려고 했지만 방에 틀어박힌 채 한 마디도 입을 열지 않았다. 사정을 알게 되면 또다시 아버지가 어머니를 나무랄 게 틀림없었기 때문이다.

그런 나유타를 어떻게든 재기하게 하려고 애써준 사람이 담임이던 이시베 노리아키였다. 이시베는 발이 부르트도록 집에 찾아와 방문 너머로 나유타와 대화를 나누려고 했다.

"네가 싫다면 학교에는 오지 않아도 돼. 하지만 밥은 꼬박꼬박 먹어야 해. 운동도 좀 하는 게 좋겠지. 그리고 공부도 해. 대학에 갈 거잖아? 중간고사와 기말고사 때만이라도 꼭 학교에 와. 그다음 일은 내가 어떻게든 손을 써볼 테니까."

이시베는 학교에서 나눠준 교재와 학교 행사 예정표 등을 놓고

갔다.

뜻밖에도 이시베는 나유타에게 등교 거부의 이유를 캐묻지 않았다. 물론 그도 이미 짐작했기 때문이겠지만, 나유타 앞에서 그런 얘기를 꺼내는 일은 일절 없었다. 그러기는커녕 부모님과도 그 이야기는 하지 않은 것 같았다.

"말을 안 하는 것은 나름대로 이유가 있기 때문이겠지요. 본인이 입을 열 때까지 기다려주세요." 이시베는 그렇게 부모님을 달랜 모양이었다.

그렇게 두 달쯤 지났을 무렵, 이시베가 학교에 잠깐만 나와주면 안 되겠느냐고 말했다. "토요일에 오면 돼. 형식상 보충수업을 받는 거야. 그 수업만 받으면 학교 쪽에 졸업을 인정해달라고 말해볼 수 있어. 걱정 마, 그 수업은 너 혼자서만 받으면 되니까."

이시베의 열의가 가슴에 와닿아서 나유타는 차마 거절할 수 없었다. 고등학교를 졸업하지 못하면 앞으로 크게 불리해질 것이라는 걱정도 있었다.

결국 오랜만에 학교에 갔지만 처음에는 속았다, 라고 생각했다. 교실에 먼저 와 있는 녀석이 있었기 때문이다. 한 번도 얘기를 해본 적은 없지만, 경찰에 불려 간 적이 있는 불량배라고 소문난 남학생이었다.

와키타니 마사키였다. 고등학교 2학년 때 폭력 사건을 일으켜 상해죄로 하마터면 기소될 뻔했다는 얘기가 있었다. 정학 처분을 받은 것도 한두 번이 아니라고 했다.

저 녀석과 같은 반이었나, 라고 나유타는 생각했다. 3학년이 되자

마자 장기 결석에 들어갔기 때문에 같은 교실에 누가 있는지도 제대로 알지 못했던 것이다.

나유타가 경계하는 눈빛을 보이자 와키타니는 자리에서 일어나 이쪽으로 다가왔다. 그리고 생각지도 못한 행동에 나섰다.

"너도 낙오자냐? 잘 부탁한다." 그러더니 오른손을 쑥 내밀었다. 악수를 청해 온 것이다.

와키타니의 두툼한 손을 잡으면서 이 녀석은 믿을 수 있다, 라고 나유타는 직감했다. 지금까지 어떤 나쁜 짓을 했었는지는 모르지만, 본질적으로는 올곧은 인간이라고 생각했다.

나중에 얘기를 들어보니 와키타니는 중학교 때부터 알고 지내던 선배에게 불려 가 불량 서클에 가입했다. 어른들에게 지배당하지 않는 그들의 모습이 멋있게 보였다고 한다. 폭력 사건은 선배들의 부추김에 의해 일어난 일이었다.

"진짜 바보짓이었어." 와키타니는 몇 번이고 그렇게 말했다.

이시베는 보충수업이라고 말했지만 실제로 나유타와 와키타니가 수업을 받은 것은 아니었다. 이시베가 교실에 들어와 두 사람에게 이런저런 얘기를 해주는 것뿐이었다. 진로에 대해 물어보는 일도 없었다.

네 인생이니까 너 좋을 대로 하면 된다, 라는 것이 이시베가 입버릇처럼 하던 말이었다.

"내가 해줄 수 있는 일이 있다면 언제든지 말해. 그러려고 보충수업을 하는 거니까."

그 말은 장래를 비관적으로 생각했던 나유타의 가슴속에 다른 어면 말보다 믿음직스럽게 다가왔다. 다시 시작할 수 있을지도 모른다, 라고 생각하게 할 만큼 큰 힘이 있었다.

그때 와키타니는 학교를 결석하고 있는 건 아니었다. 그의 경우는 2학년 때의 출석 일수가 부족한 것이 문제였다. 그걸 채우려고 뒤늦게 보충수업을 받은 것이다. 그래서 그와 이야기하다 보면 반 친구들의 소식을 알 수 있었다.

"요새는 아무도 네 얘기 따위에는 관심도 없어. 이제 슬슬 학교에 나와도 괜찮을 거다."

와키타니는 그렇게 말했지만 나유타는 내키지 않았다. 학교에 가면 다시 호기심의 시선을 받을 것 같았다.

그래도 이시베와 약속한 대로 중간고사와 기말고사 때만은 학교에 갔다. 분명 주목을 받을 거라고 생각했기 때문에 죽을 둥 살 둥 공부했다. 원래 남에게서 배우기보다 참고서 등을 보며 혼자 공부하는 게 더 잘 맞는 성격이다. 시험에서는 좋은 성적이 나왔다. 와키타니가 "만날 결석하다가 시험 보는 날에만 불쑥 나타나는 주제에 척척 100점을 받는 녀석"이라고 말한 것도 그런 이유 때문이었다.

출석 일수가 크게 모자랐을 텐데도 이시베가 이렇게 저렇게 막아준 덕분에 대학 입시를 치르는 데는 별문제가 없었다. 의대를 지원한 것은 부모님을 안심시켜주고 싶었기 때문이다. 하나뿐인 아들의 장래에 대해 걱정하게 한 것은 분명한 사실이다. 의대에 합격하면 두 분 모두 마음이 놓일 터였다.

졸업식에는 나가지 않았다. 그날, 집에서 시간을 보내며 이제 드디어 해방되었다고 안도했다. 대학에 들어가면 완전히 딴사람이 되

자. 어느 누구에게도 들키지 않게 머리 스타일을 바꾸고 몸을 단련해 철저히 이미지 변신을 하자. 수염을 기르는 것도 좋을지 모른다.

그리고…….

가능하면 이름도 바꾸고 싶다, 라고 생각했다.

5

가이메이 대학병원에 다녀오고 사흘째가 되던 날 저녁, 다시 마도카에게서 연락이 왔다. 이번에는 직접 전화한 것이었다. 나유타가 환자의 집에서 침 치료를 마치고 지하철역으로 걸어가던 때였다.

전화를 받자마자 마도카가 불쑥 물었다.

"아사히나 잇세이 씨는 만났어요?"

"갑자기 뭔 소리야. 인사도 생략하고?"

"겨우 사흘 전에 만났는데 아무 쓸데 없는 날씨 인사라도 읊을까요? 그보다 아사히나 씨 집에 다녀왔는지, 그거나 대답해요."

"그게 왜 궁금하지?"

"그때 전화로 여동생분한테 말했잖아요, 시간 있을 때 찾아뵙겠다고."

"마도카가 왜 그런 것에 신경을 쓰느냐고 묻는 거야. 아무 관계도 없는 일이잖아."

"근데 그게요, 관계가 없지를 않아요. 아빠가 아사히나 씨 CD를 갖고 있다는 얘기, 내가 했던가?"

"지난번에 얘기했었지."

"근데 아빠가 무슨 열렬한 팬이라서 그런 게 아니에요. 업무상 필요해서 구한 거래요."

"업무상?"

"우하라 수술법."

마도카의 말에 나유타는 흠칫 놀랐다. 우하라 수술법이라면 이시베 미나토가 받은 그 뇌외과 수술을 말하는 것이다.

"그 CD를 어디에 쓰시는데?"

나유타의 질문에 마도카는 끄응 하고 신음했다.

"전화로는 설명하기 어려워요. 에휴, 아무래도 지금 어디서 잠깐 만나야겠네."

나유타는 손목시계를 보았다. 오늘 예정된 외부에서의 일은 모두 끝났다.

"시간은 괜찮은데, 혹시 아마카스 감독 얘기라면 나는 어떤 말도 할 생각이 없어."

"알았어요. 그건 전혀 관계없으니까 걱정할 거 없어요. 그럼 어디로 가면 되죠?"

나유타는 잠시 생각해본 뒤에 오모테산도 근처의 노천카페를 알려주었다.

그로부터 약 40분 뒤, 약속한 가게에서 카페라테를 마시고 있으려니 사흘 전에도 봤던 세단이 바로 옆의 도롯가에 섰다. 뒷좌석 문이 열리고 건장한 남자의 뒤를 이어 핑크색 니트 모자를 쓴 마도카가 내려선 것도 그때와 똑같았다. 다른 것은 세단이 두 사람을 남겨

놓고 다시 출발한 것이다. 어딘가에 주차하러 가는 모양이었다.

마도카만 가게 쪽으로 걸어왔다. 곧바로 나유타를 알아보고 살짝 손을 흔들었다. 그도 손을 들어 응했다.

"또 기다리게 해서 미안해요."

마도카는 나유타의 맞은편에 앉더니 점원을 불러 밀크티를 주문했다.

나유타는 인도 쪽을 살펴보았다. 건장한 남자는 인도 한쪽에 서서 지그시 이쪽을 보고 있었다. 그 눈초리가 날카롭다.

나유타는 마도카에게로 얼굴을 돌렸다.

"무슨 일인지 얘기해봐. 아사히나 씨의 피아노곡이 우하라 박사님의 수술과 무슨 관계가 있지?"

마도카는 고개를 갸우뚱했다.

"대충 설명하자면, 뇌를 자극하는 데 사용한다고 할까."

"뇌를 자극해?"

"우하라 수술법에서 중요한 것 중의 하나가 수술 후에 환자의 뇌에 다양한 자극을 주는 것이에요. 몸을 쓰다듬어주고 냄새도 맡게 하지만, 가장 효과적인 건 역시 소리를 들려주는 거. 특히 음악. 뇌의 기능 회복에 빠뜨릴 수 없는 소재예요. 하지만 어떤 음악이 효과가 큰지는 아직 정확히 밝혀내지 못했어요. 클래식이 비교적 좋다는 것까지는 밝혀졌는데 사람에 따라 효과가 제각각이에요. 그런데 최근에 압도적으로 효과가 큰 음악을 몇 가지 찾아낸 거예요. 아빠의 말에 따르면, 환자의 반응이 전혀 다르대요. 자아, 중요한 건 지금부터예요. 그 음악에는 공통점이 있었어요. 하나같이 어느 한 사람에

의해 작곡된 것이었다는 점."

"혹시 그게 아사히나 씨?"

"딩동댕."

마도카가 고개를 끄덕였을 때, 밀크티가 나왔다.

나유타는 카페라테 잔을 손에 들었다.

"신기하네. 어떻게 그런 일이 생겼지?"

"글쎄 그건 모른다니까요. 아무튼 뭔가 인과관계가 있을 테니까 아빠는 아사히나 씨 본인을 꼭 한 번 만나서 인터뷰하고 싶다는 거예요. 실제로 만나려고 연락을 주고받았는데 얼마 전부터 갑자기 얘기가 지지부진, 진척이 안 되고 있어요. 연락 창구 역할을 하던 아사히나 씨의 매니저가 두 달 전쯤에 사고로 사망해서 그렇다던데……. 혹시 나유타 씨는 그쪽에 무슨 일이 있었는지 알아요?"

"지난번에 아사히나 씨 집에 갔을 때 나도 그 얘기 들었어. 매니저라기보다 대리인이던 사람이야."

"그렇다면 상황을 충분히 이해하겠네요. 일이 그렇게 되는 바람에 아빠는 아사히나 씨와 새롭게 연락 창구 역할을 해줄 사람을 찾고 있어요. 어때요, 나유타 씨가 맡아주는 건?"

"내가?"

마도카는 밀크티 잔을 내려놓고 팔짱을 척 꼈다.

"이런 말은 좀 그렇지만, 내가 지금까지 나유타 씨에게 도움을 준 게 한두 가지가 아니죠? 스키 점프 선수가 부활한 것도 그렇고, 너클볼의 젊은 파트너를 키워내는 일도 도와줬어요. 이시베 선생님이 별것도 아닌 고민에서 해방된 것도 다 내 덕분이죠?"

겸손함이라고는 눈곱만큼도 없는 말로 자신의 공을 줄줄이 늘어놓는 것에 나유타는 어처구니가 없었지만, 반론은 할 수 없었다. 마도카가 하는 말은 모두 사실이었다.

"소개하는 정도라면 할 수도 있겠지." 어쩔 수 없이 나유타는 말했다. "하지만 만나는 건 어려울 거야. 적어도 지금은."

"왜요?"

"대리인의 사망에 충격을 받아서 아사히나 씨가 지금 정신적으로 몹시 피폐해진 상태야. 극히 일부의 친지 외에는 아무도 만나려고 하지 않을 거야."

"나유타 씨는 그 일부의 친지에 속하잖아요. 그러니까 며칠 전에 그런 전화도 받았겠죠."

나유타는 얼굴을 찌푸리며 어깨를 으쓱했다.

"그건 나를 너무 과대평가해서 그런 거야. 나한테 기대를 걸어봤자 난감하기만 하다니까."

"그래도 스승님에게 물려받은 소중한 환자고, 만나서 얘기를 들어주는 것쯤은 할 수 있잖아요. 그리고 그때 나를 데려가면 돼요. 어때요?"

나유타는 한숨을 내쉬었다.

"내 얘기 못 들었어? 지금 아사히나 씨를 만나봤자 별 의미가 없다니까. 뒤따라서 자살할까 봐 주위에서 걱정할 정도야."

"뒤따라서 자살을?"

"그 대리인이 오무라 씨라는 사람인데 단순한 사고가 아니라 자살인 것 같다는 얘기가 있어. 게다가 아사히나 씨에게 그 오무라 씨는 단순한 비즈니스 파트너가 아니었어."

나유타는 주위에 혹시라도 귀를 쫑긋 세우고 엿듣는 사람이 없는지 확인한 뒤에 오무라 이사무가 사망하던 당시의 상황이며 아사히나와 오무라의 관계에 대해 짤막하게 설명했다.

동성애라는 단어에 마도카가 어떤 반응을 보일지 마음에 걸렸지만 그녀는 거의 표정이 변하는 일도 없이 "한마디로, 아사히나 씨는 소중한 연인을 잃은 거네"라고 태연히 말했다. "그리고 그 원인이 자신에게 있다고 생각하는 거고."

"뭐, 말하자면 그런 얘기야."

"하지만 진상은 아직 밝혀지지 않았잖아요. 자살 동기가 무엇인지, 애초에 자살이었는지 아닌지도 아직 모른다면서요. 근데 그런 일로 괴로워한다는 건 좀 아깝다는 생각이 드는데?"

"아깝다니?"

"아무튼 그런 일이라면 더욱더 찾아가봐야죠. 누군가 자기 얘기를 들어줬으면 하는 거잖아요."

"그런 얘기라면 지난번에 충분히 들어줬어."

"정말로 충분했어요? 그게 충분하지 않았으니까 나유타 씨를 다시 만나려는 거 아녜요?"

"그 사람은 뭔가 착각하고 있어. 나한테 환상을 품고 있는 거야. 근데 그런 걸 원해봤자 나로서는 응해줄 수도 없고 난감할 뿐이라니까?" 답답한 마음에 저도 모르게 목소리가 커졌다.

"환상? 어떤 환상?"

글쎄 그러니까 그건, 이라고 말을 하려다가 나유타는 입을 다물고 고개를 저었다. "아무것도 아냐."

"쳇, 뭐야, 말을 하다 중간에 뚝 끊고, 이건 반칙이죠." 마도카가 양쪽 눈썹 끝을 치켜올렸다.

나유타는 머리를 긁적이며 그녀 쪽으로 얼굴을 기울이고 목소리를 낮춰서 말했다. "아사히나 씨는 나라면 자신의 심정을 이해해줄 거라고 생각하고 있어."

"심정을?"

"아사히나 씨가 한참 전에 나한테 영화 「얼어붙은 입술」의 그 소년이 아니냐고 하더라고. 정말 깜짝 놀랐지. 나도 모르게 그걸 어떻게 알았느냐고 되물었어. 아사히나 씨 얘기로는, 그 영화가 화제가 된 무렵에는 아직 시력이 있어서 비디오를 빌려다 봤었대. 영화 내용에 큰 충격을 받았다고 했어. 단숨에 마음을 움켜쥔 영화였다고 하더라고. 나중에 오무라 씨를 사귀게 된 뒤에 그 영화를 추천했는데 오무라 씨도 마음에 들었는지 DVD를 구입했대. 그래서 나를 만나자마자 오무라 씨가 알아본 거야, 그 영화의 주인공 역할을 맡은 아역 배우라는 거. 구도라는 성씨가 똑같고 나이도 맞았으니까. 이름은 다르지만 아마 게이타는 예명이었을 거라고 생각한 모양이야. 그리고 그 얘기를 아사히나 씨에게 해준 거야."

"나유타 씨는 자신이 생각하는 만큼 그 무렵과 얼굴이 그리 달라지지 않았으니까 그럴 만도 하죠." 마도카가 툭 내던지듯이 말했다. "그래서 그게 어쨌다는?"

"내가 구도 게이타라는 걸 알고 아사히나 씨는 뛸 듯이 좋아했어. 그때의 소년을 이렇게 만나다니 꿈만 같다면서. 자기들이 어릴 때부터 품어온 고뇌와 고통을 고스란히 표현해주었다, 그래서 언젠가는 그 아역 배우를 꼭 만나고 싶었다, 만나서 이야기를 나누고 싶었다, 라고 열띤 어조로 얘기하는 거야."

"좋았겠네요. 연기를 칭찬해준 거잖아요."

"그런 게 아냐." 나유타는 크게 손을 내저었다. "아사히나 씨는 나를 그 영화 주인공 자체라고 생각해. 하지만 나는 그저 감독이 하라는 대로 연기한 것뿐이지 실상은 아무것도 알지 못했어. 아사히나 씨에게도 그렇게 말했는데 도무지 믿어주질 않아. 그 소년에게서 연기 이상의 뭔가를 감지했다면서 아주 막무가내야. 자기들 같은 마이너리티는 다 안다나 뭐라나. 솔직히 나는 그런 얘기는 아예 하고 싶지도 않아서 그때마다 한 귀로 듣고 한 귀로 흘려버렸는데 지금 생각해보니까 그것도 좋지 않았던 것 같아. 좀 더 딱 부러지게 아니라고 말했어야 하는데."

마도카가 차가운 눈빛을 던져 왔다.

"한마디로, 같은 부류라고 오해하고 있다는 거예요?"

나유타는 잠시 생각해본 뒤에 고개를 끄덕였다. "뭐, 말하자면 그렇지."

"만일 그렇다고 해도 나유타 씨가 도움을 거절할 일은 아니죠. 우리는 어떻게든 맹목의 천재 작곡가가 다시 기운을 차릴 수 있게 해줘야 하잖아요? 그러려면 역시 나유타 씨의 도움이 필요해요."

나유타는 마도카의 얼굴을 찬찬히 바라보았다.

"다시 기운을 차리게 해준다고? 어떻게? 마도카, 너 대체 뭘 하려는 거야?"

"그거야 뻔하죠. 오무라 이사무 씨의 죽음의 진상을 밝혀내는 거예요."

6

나유타가 마도카와 함께 아사히나의 집을 찾았을 때, 아사히나는 거실에 없었다. 두 사람을 맞아준 에리코에 의하면, 오래도록 관계를 맺어온 음악 프로듀서와 침실에서 얘기 중이라고 했다. 평소에는 업무 상대를 거실에서 만났지만 요즘 아사히나는 온종일 침대에서 보내는 일이 많다는 것이었다.

"텔레비전 다큐멘터리 프로그램의 메인 테마곡을 만들어달라는 의뢰예요." 재스민 차를 잔에 따르면서 에리코는 말했다. "한참 전에 들어온 일인데 오빠가 지금 저런 상황이라 계속 미뤄지고 있어요. 하지만 프로듀서께서 짜증 한번 내는 일 없이 여태까지 기다려주시네요. 참 감사한 일이죠."

"저도 아사히나 씨가 다음에 어떤 곡을 만들어주실지, 기대가 큽니다."

"그 얘기, 오빠한테 꼭 말해주세요. 구도 씨가 말하면 조금쯤은 힘을 낼지도 모르니까."

"아뇨, 나 같은 사람이 그런 말을 해봤자 아무 효과도 없을 것 같은데……."

복도에서 문이 열렸다가 닫히는 소리가 들려왔다. 인사를 하는 사람은 그 음악 프로듀서인 것 같았다.

"잠깐 실례할게요." 에리코가 나유타와 마도카에게 양해를 구하고 복도로 나갔다.

뭔가 얘기를 주고받는 소리가 들리더니 이윽고 현관문이 닫혔다. 복도를 건너 이쪽으로 다가오는 소리가 났다. 발소리와 함께 들리는 건 지팡이를 짚는 소리다.

아사히나가 에리코의 부축을 받으며 거실로 들어왔다. 지난번에 만났을 때보다 한층 더 야위어서 얼굴빛이 창백하고 뺨은 깎아낸 것처럼 움푹했다.

나유타는 소파에서 일어섰다. "바쁘신데 죄송합니다."

옆에서 마도카도 일어나 그를 향해 머리를 숙였다.

아사히나가 발을 멈추고 고개를 갸웃했다. "또 한 분, 누군가 오신 것 같은데."

"아, 침구 견습생이에요. 수업을 위해 외근할 때는 이따금 함께 나옵니다." 나유타가 설명했다. 우하라 수술법에 대한 얘기를 갑작스럽게 꺼내면 아사히나도 당황스러울 테니까 우선 침구 후배라고 하자고 마도카가 제안한 것이다.

안녕하세요, 라고 마도카가 인사했다. 그러자 아사히나는 옅은 웃음을 지었다.

"귀여운 목소리의 침구사로군요. 젊은 여자분이 하기에는 힘든 점도 많겠지만, 잘 배워서 훌륭한 침구사가 되시기 바랍니다."

"감사합니다."

아사히나는 다시 지팡이를 짚고 한 걸음 한 걸음 소파 위치를 확인하면서 자리에 앉았다.

"분명 에리코가 무리하게 와달라고 부탁했겠지?" 아사히나는 정확히 나유타 쪽으로 얼굴을 향하고 말했다. "그래도 이렇게 와줘서 반가워. 혹시 일 때문에 근처에 온 김에 들른 것으로 하기로 했다면 굳이 그런 말은 안 해도 돼."

"아뇨, 아사히나 씨가 내내 마음에 걸렸던 것은 사실이에요. 그 뒤에 어떻게 지내시나 하고."

"지난번에 내가 시시한 소리를 해버렸으니 그렇기도 하겠지. 커밍아웃은 자기만족이었던 게 아니냐는 얘기를 이제 새삼스럽게 꺼내봤자 구도 씨 입장에서는 수준 낮은 고민으로 들렸을 거야. 이제 와서 그런 걸로 끙끙 고민할 거라면 처음부터 커밍아웃을 하지 말았어야지, 라고 생각했겠지."

"아뇨, 전혀 그렇지 않습니다. 아사히나 씨가 고민하시는 건 당연하다고 생각해요. 다만 오무라 씨가 실제로 어떤 마음이었는지는 아직 모르는 일이니까 그렇게 혼자 고민하시는 건 좋지 않아요."

아사히나는 머리를 좌우로 흔들었다.

"사무의 죽음은 자살이 아닐지도 모른다는 건가? 나도 그렇게 생각하고 싶어. 하지만 어떻게 생각해봐도 그건 아니야. 전에도 말했었지? 사고 현장은 등산로에서 한참 벗어난 곳이라서 길을 헤매더라도 그쪽으로 갈 일은 없어. 경찰 보고서에는 아마 이렇게 적혀 있을 거야. 동성애자라는 것을 파트너가 폭로하는 바람에 세상 사람들에게서 차가운 시선을 받게 되자 고민 끝에 자살했을 가능성이 높다, 라고 말이지."

나유타는 침을 꿀꺽 삼킨 뒤에 질문을 던졌다.

"자살할 이유에 대해 짐작되는 것이 있느냐고 했을 때, 혹시 그런 식으로 대답하셨어요?"

"그래, 짐작되는 게 없다고 대답하면 그건 거짓말이 될 테니까."

"하지만 그건 상상일 뿐이잖아요. 오무라 씨의 실제 속마음을 알지 못하는 한……."

나유타가 말을 끊은 것은 아사히나가 제지하듯이 오른손을 들었기 때문이다.

"구도 씨, 그 얘기는 이제 그만하자. 내 안에서는 이미 다 정리된 일이야. 사무의 실제 속마음은 물론 아무도 알 수 없어. 하지만 그렇다고 나 좋을 대로 해석해버릴 만큼 나는 낙천적이지 못해. 사무는 자살했어. 자살로 몰아넣은 사람은 나야. 그렇게 결론을 내리고, 그런 다음에 앞으로의 일을 고민해보는 수밖에 없어. 앞으로 어떻게 살아가느냐는 거. 물론 살아간다는 것을 전제로 했을 때의 얘기지만."

담담하게 말하는 아사히나에게 나유타는 어떤 말을 해줘야 할지 생각나지 않았다. 안이한 위로 따위, 그의 귀에는 공허하게 들릴 뿐이리라.

에리코와 시선이 마주쳤다. 그녀는 어두운 표정으로 살짝 고개를 저었다. 오빠를 구해줄 방법을 찾지 못해 무력감에 빠진 듯한 얼굴이었다.

"도무지 이해가 안 되네요. 왜 얘기가 그렇게 흘러가죠?" 무거운 침묵을 깬 것은 마도카였다. "방금 이런 말씀을 하셨어요. 동성애자라는 것을 파트너가 폭로해버리는 바람에 세상 사람들에게서 차가운 시선을 받게 되자 고민 끝에 자살했다……. 근데 만일 그게 사실이라면 자살로 몰아넣은 것은 아사히나 씨가 아니라 세상 사람들 아닌가요?"

아사히나의 초점을 맺지 못하는 눈이 마도카 쪽으로 향했다. 입가에는 희미하게 웃음이 떠올랐다.

"젊은 사람다운 의견이야. 순수하고 올바른 얘기지. 그렇다면 이렇게 물어볼까? 절친한 친구 둘이서 함께 살 집을 짓기로 했어. 한쪽이 바다 옆이 좋다고 주장해서 바닷가에 집을 지었어. 예쁜 2층집이야. 바다 옆을 원했던 친구가 2층에서 살고, 다른 친구는 1층을 선택했어. 어느 날, 쓰나미가 몰려와 1층에 살던 친구가 파도에 휩쓸려 사망했어. 자아, 남겨진 쪽은 쓰나미를 원망해야 할까? 바다 옆이 좋다고 했던 것을 후회하지 않아도 될까?"

"그것과 이것은 얘기가 다른……."

"아니, 똑같은 얘기야." 아사히나는 단호하게 말했다. "다를 게 뭐가 있나."

"쓰나미를 인간의 힘으로 막는 건 불가능해요. 하지만 세상 사람들의 편견은 개개인의 이해력이 진보한다면 막을 수 있어요."

아사히나가 흥 하고 코웃음을 쳤다.

"이번에도 순수하고 아름다운 의견이군. 그렇다면 다시 묻겠는데, 이 세상 어딘가에 과연 차별 없는 나라가 있을까? 미국은 어떻지? 중국은? 영국은? 프랑스는? 우리 나라는 어때? 차별 따위 없다고 말할 수 있어?"

마도카는 대답하지 않았다. 없다, 라고 단언할 수 없었기 때문이리라.

"법률로 금지하는 것은 어쩌면 가능하겠지." 아사히나가 말을 이어갔다. "나는 차별 따위 안 합니다, 라고 각자에게 입 끝으로만 서약하게 하는 것도 어쩌면 가능할 수 있어. 하지만 마이너리티를 배제하는 보이지 않는 힘은 그런 것과는 완전히 차원이 다른 얘기야. 따돌림이나 험담처럼 알기 쉬운 것만이 차별이 아니야. 그건 손에 잡히지도 않고, 소리도 없고, 너무도 견고해. 한 사람 한 사람의 내면에 있는 다른 부류에 대한 작은 혐오감, 스스로도 미처 깨닫지 못하는 아주 작은 위화감의 집적이 압도적인 악의의 물결이 되어 우리를 덮치는 거야. 그건 그야말로 눈에 보이지 않는 쓰나미야. 나는 그 존재를 알고 있었으면서도 깜빡 방심하고 말았어. 그 엄청난 파도에 사무가 먹혀버린다는 것을 미처 생각하지 못했어."

아사히나는 크게 숨을 토해낸 뒤, "내가 그를 죽인 거야"라고 중얼거렸다.

방 안의 공기가 묵직하게 가라앉았다. 나유타는 숨이 막힐 듯한 분위기에서 달아나기 위해 화제를 바꿔보기로 했다.

"조금 전에 방송국 프로듀서가 다녀가셨지요? 다큐멘터리 프로그램의 메인 테마곡을 작곡해달라는 얘기였다던데요."

한껏 환한 목소리를 냈지만 아사히나의 미간에 새겨진 주름은 사라지지 않았다.

"이제 그만 포기해달라고 말했어. 차바퀴의 한쪽이 없어졌으니 더 이상 달릴 수가 없어."

"……차바퀴?"

"나와 사무 얘기야. 그야말로 차의 양쪽 바퀴였어. 내가 곡을 쓸 수 있었던 것은 사무가 옆에 있었기 때문이야. 그가 나의 뇌세포를 자극하고, 내 안에 잠재한 나 스스로도 알지 못했던 비밀의 문을 열어줬어. 그 문을 통해 흘러나온 멜로디를 사무가 악보로 옮겨 적어줬어. 그런 의미에서 보자면 사무는 역시 나의 고스트라이터였어." 아사히나는 힘없이 머리를 저으며 말을 이어갔다. "그의 죽음과 동시에 작곡가 아사히나 잇세이도 죽은 거야."

한 시간 남짓 머문 뒤, 나유타와 마도카는 자리에서 일어서기로 했다. 지난번과 마찬가지로 에리코가 문 앞까지 배웅을 나왔다.

"일부러 와주셔서 고마워요." 에리코가 말했다.

"역시 아무 도움도 되지 못했네요."

나유타가 말하자 그녀는 "천만에요"라고 손을 저었다.

"내 앞에서는 저렇게나마 속마음을 털어놓는 일이 없어요. 구도 씨라면 이해해줄 거라고 믿고 있는 거예요. 우울한 얘기만 줄줄 늘어놓고, 어지간히 답답하셨겠지만 부디 나무라지 말고 시간 있으실 때 또 와주세요. 부탁드립니다."

깊숙이 머리를 숙이는 바람에 나유타는 당혹스러웠다. 아무것도 한 게 없는데, 라는 마음밖에 들지 않았다.

마도카가 "그 얘기는?"이라면서 나유타의 옆구리를 쿡 찔렀다. 아참, 하고 생각이 났다.

"아, 전화로도 부탁드렸지만 오무라 씨의 유품을 살펴볼 수 있게 해달라고 말씀드린 건 어떻게 됐습니까?"

나유타의 말에 에리코도 퍼뜩 생각난 듯 바지 주머니에서 열쇠와 종이를 꺼냈다.

"집 주소는 여기에 적어뒀어요. 그리고 이게 열쇠예요."

"그럼 제가 일단 맡아두겠습니다. 전기와 수도는 쓸 수 있다고 했지요?"

"쓸 수 있어요. 2주에 한 번씩 제가 환기를 하러 가니까요."

"그런 일까지……. 정말 힘드시겠네요. 그 집은 계속 남겨둘 건가요?"

"글쎄요, 그건 아직……." 에리코는 고개를 갸우뚱했다. "오무라 씨의 본가에는 짐을 정리할 때 연락해달라고 말했어요. 그 집 열쇠가 하나밖에 없거든요. 하지만 전혀 아무 말이 없네요. 오무라 씨가 오랫동안 가족과 소원하게 지내서 본가에서도 누가 짐을 정리할지, 이래저래 다툼이 있는지도 모르겠어요."

"부동산업자 쪽에서는?"

"그쪽도 별 얘기는 없었어요. 임대료가 아직 오빠 계좌에서 다달이 나가니까요."

"예에……."

집의 보증인이 아사히나라는 얘기는 지난번에 들었다.

나유타는 받아 든 열쇠를 가만히 들여다보았다.

"열쇠가 하나밖에 없다고 하셨는데, 이 열쇠는 오무라 씨가 갖고 있던 건가요?"

"아뇨, 그건 오빠가 보관하던 열쇠예요. 오무라 씨의 열쇠는 찾지 못했어요."

"사망 시에 지니고 있지 않았다는 얘기군요."

"네, 그런가 봐요. 유체를 발견했을 때, 배낭 같은 건 메고 있지 않았다고 들었어요. 하지만 설령 자살을 할 생각이었다고 해도 맨손으로 산에 올라갔을 리는 없으니까 아마 추락할 때 배낭이 벗겨져 어딘가로 떨어진 것 같다고 경찰에서 얘기하더라고요."

"그럼 그 배낭은 아직 찾지 못했군요. 열쇠는 그 안에 들어 있었을까요?"

"네." 에리코는 고개를 끄덕인 뒤, 머뭇머뭇 입을 열었다. "경찰이 유서도 아마 그 배낭 안에 있을 거라고 했어요."

"그렇군요……."

그런 이야기를 할 때, 곁에 아사히나도 있었을 게 틀림없다. 경찰도 자살이라고 생각하고 있다는 말이 단순히 그의 선입견만은 아닌 것이다.

다시금 에리코와 인사를 나누고 나유타는 마도카와 함께 문을 나섰다. 유료 주차장에 세워둔 차에 타고 메모를 보면서 내비게이션을 찍었다. 곧장 오무라의 집에 가볼 생각이었다.

"그 얘기, 설득력이 있던데요." 마도카가 불쑥 말했다.

"어떤 얘기?"

"쓰나미 얘기. 그런 식으로 논리를 펼치면 어떤 대답도 할 수 없잖아요."

나유타는 마도카의 옆얼굴을 보았다.

"웬일이야, 마도카가 그런 말을 다 하고? 상대와 생각이 다를 때,

그리 쉽게 물러서는 법이 없었는데."

마도카는 똑바로 앞을 향한 채 "인간은 원자"라고 중얼거렸다.

"원자?"

"원자핵의 원자. 물질을 구성하는 기본 입자예요."

"뜬금없이 원자라니?"

"어떤 사람이 이런 이야기를 했어요. 이 세상은 일부의 인간들만으로 움직여지는 것이 아니다. 얼핏 보기에 아무 재능도 없고 가치도 없어 보이는 사람들이야말로 중요한 구성 요소다. 한 사람 한 사람은 범용하고 무자각적으로 살아갈 뿐이라 해도 그것이 집합체가 되었을 때, 극적인 물리법칙을 실현해낸다. 인간은 원자다……."

마도카는 나유타 쪽으로 얼굴을 돌렸다.

"그 말을 들었을 때, 정말 멋진 사고방식이라고 생각했어요. 아무리 범용한 인간이라도 살아만 있으면 이 사회의 흐름에 관여할 수 있다는 얘기니까요. 하지만 아사히나 씨의 말을 듣고 약간 생각이 달라졌어요. 사회라는 것은 항상 좋은 방향으로만 흘러가는 것은 아니죠. 무자각한 편견이나 차별 의식의 집적이 잘못된 흐름을 만들어내는 일도 있다는 걸 알았어요."

"아사히나 씨가 커밍아웃을 하지 말았어야 한다는 얘기야?"

마도카는 살짝 고개를 저었다. "모르겠어요. 그래서 그걸 알아보려는 거잖아요." 끝이 치켜 올라간 눈으로 나유타를 빤히 응시했다.

"맞아, 그렇지."

나유타는 앞을 보면서 차에 시동을 걸었다.

7

오무라 이사무가 살던 집은 거실과 침실만으로 구성된 이른바 원룸이었다. 베란다가 남측에 있어서 커튼을 열자 큼직한 유리문으로 햇살이 비쳐 들었다. 겨울에는 괜찮지만 한여름에는 상당히 더울 것 같다.

"자아, 어디서부터 손을 댈까요?" 실내를 둘러본 뒤, 마도카가 나유타 쪽을 돌아보았다.

글쎄, 라고 나유타도 둘레둘레 살펴보았다. 에리코가 정기적으로 찾아온 덕분인지 집 안은 깨끗이 정리되어 있었다. 애초에 가구가 적어서 널찍하게 보였다. 오무라는 대부분의 일을 아사히나의 집에 가서 했다고 하니까 일용품 이외에는 필요가 없었던 것이리라.

주방 식탁과 의자, 텔레비전 받침대를 빼면 책장이 눈에 띄는 정도였다. 그 책장에는 책뿐만 아니라 문구류 등의 잡화도 들어 있었다.

"나는 이쪽을 살펴볼게." 나유타는 책장 앞에 섰다. "근데 뭘 찾아내야지?"

"그야 당연히 최근의 오무라 씨의 속마음을 짐작할 만한 것." 마도카가 대답했다. "가장 이상적인 희망 사항을 말하자면, 일기장."

"아, 그렇군. 하지만 요즘에도 일기를 쓰는 사람이 있을까?"

"그러니까 가장 이상적인 희망 사항이라고 했잖아요." 그렇게 말하고 마도카는 옆의 침실로 사라졌다.

나유타는 책장 안을 이쪽 끝에서부터 차례대로 훑어보았다. 음악 관련 서적이 줄줄이 꽂혀 있었다. 오무라는 클래식의 역사에도 흥미가 있었던 모양이다. 악기에 관한 문헌도 많았다.

수십 권이나 꽂혀 있는 파일은 대학에서 강의하는 데 썼던 것으로 보이는 수작업 자료를 모아둔 것이었다. 펼쳐보니 군데군데 메모가 있었다. 학생에게 설명할 때의 노하우 같은 것이었다. 오무라는 아사히나에 대해서만이 아니라 학생들에게도 헌신적인 강사였던 것 같다.

그런 자료들과 나란히, 뜻밖의 것이 눈에 띄었다. 사진집이다. 빼내서 펼쳐보니 어느 남자 배우가 젊은 시절에 출간한 것이었다. 판권면에 20년 전의 연도와 날짜가 찍혀 있었다.

그 밖에도 사진집이 몇 권 있었다. 각각 다른 남자 탤런트와 가수의 모습이지만 모두 비슷한 시기에 출간된 것이었다.

나유타는 퍼뜩 깨달았다. 20년 전이라면 오무라는 아직 스무 살이 안 되었을 때다. 이곳에 나란히 꽂힌 사진집의 인물들은 그 당시 오무라가 좋아했던 사람들인 것이다. 사춘기 남학생이 여자 아이돌에게 열을 올리듯이 오무라는 이 사진집들을 구입해 매일같이 들여다봤을 게 틀림없다. 그리고 내버리기도 아쉬워 이렇게 내내 보관해 온 것이다.

여러 권의 사진집 사이에 팸플릿 같은 것이 끼워져 있었다. 조심스럽게 빼낸 순간, 가슴이 철렁했다. 순간적으로 자신의 눈을 의심하기까지 했다.

팸플릿 겉면에 낯익은 모습이 있었기 때문이다.

다름 아닌 나유타 자신의 얼굴이었다. 중학생 때의 가녀리고 어린 얼굴. 옆에 있는 인물들은 영화에 함께 출연했던 배우들이었다.

제목은 굳이 확인할 것도 없었다. 그것은 영화 「얼어붙은 입술」의 팸플릿이었다.

나유타는 팸플릿 귀퉁이를 손끝으로 집었다. 다음 장으로 넘기고 싶은 마음과 넘기고 싶지 않은 마음이 반반이었다. 물론 지금까지 이런 팸플릿은 본 적이 없었다.

결국 다음 장을 넘겨 보는 일 없이 팸플릿을 원래 자리에 꽂아 넣었다. 하지만 아무래도 마음에 걸려 다른 칸으로 넘어갈 수 없었다.

문득 인기척을 느끼고 돌아보다가 깜짝 놀랐다. 바로 뒤에 마도카가 서 있었기 때문이다.

"언제부터 여기에?" 나유타가 물었다.

마도카는 고개를 갸우뚱하며 "5초 전쯤부터?"라고 말했다. "뭔가 찾았어요?"

"아니, 아직 아무것도……. 그쪽은?"

"약간 이상한 게 있었어요." 마도카는 발길을 돌려 옆의 침실로 들어갔다.

나유타도 그녀를 뒤따라갔다. 침실에는 침대뿐만이 아니라 사무용 책상도 있었다. 그 위에 있는 것은 노트북이었다. 이미 켜둔 상태였다.

"혼자 살던 사람이니까 당연한 일이겠지만, 비밀번호를 설정해두지 않아서 다행이에요." 마도카가 트랙패드를 톡톡 치며 말했다.

"뭘 찾아냈지? 메일 같은 거?"

"메일은 대충 살펴본 바로는 사무적인 것밖에 없었어요. SNS나개인적인 메일은 스마트폰을 이용했던 거 같아요."

"그럼 뭐가 이상하다는 거야?"

"우선 이거. 오무라 씨가 가장 마지막에 사용한 애플리케이션이에요."

마도카가 띄운 화면은 음성 데이터의 재생 및 관리 소프트였다.

"그리고 이 소프트를 이용해 마지막으로 재생했던 게 이거예요."

그녀가 마우스를 클릭하자 스피커에서 쏴아아 하는 소리가 들려왔다.

"이게 뭐지? 빗소리 같기도 하고."

"그렇죠? 그리고 그 전에 재생했던 것은 이거예요."

다음에 들려온 것은 새가 지저귀는 소리였다. 한가로운 풍경이 눈앞에 선히 떠오르는 것 같았다.

마도카는 소리를 껐다. "어떻게 생각해요? 다른 데이터에는 모두 음악만 들어 있었어요."

"난 잘 모르겠네. 빗소리도 새소리도 딱히 희귀하다고 할 만한 건 아니잖아."

"그것 말고도 좀 더 이상한 게 있어요."

마도카는 인터넷 열람 소프트를 불러내 브라우저 화면의 일부를 클릭했다. 표시된 것은 다케요시무라 지역의 주간 일기예보였다.

그녀는 다시 트랙패드를 두드려 검색 이력을 띄웠다.

"이거 봐요, 오무라 씨가 사망하기 전날에도 이 페이지를 검색했죠? 그리고 이 이력은 3개월분이 보존되는데, 일주일에 한 번꼴로 이 지역의 날씨를 검색했어요."

"왜 그랬지? 그보다 이 다케요시무라라는 곳은 어디야?"

마도카가 말없이 트랙패드와 키보드를 손도 빠르게 두드렸다. 잠시 뒤 화면에 지도가 나타나고 다케요시무라라는 글자가 나유타의 눈에 들어왔다.

여기, 라면서 마도카가 화면 일부를 가리켰다. 그곳에 적힌 글자를 보고 나유타는 숨을 헉 삼켰다. '긴텐산'이라고 나와 있었기 때문이다.

"여기는 오무라 씨가 사망한 그 산……."

"이상하죠? 혹시 자살할 생각이었다고 해도 날씨에 왜 이렇게 신경을 썼을까요. 게다가 거의 매주 검색했어요."

"그리 높은 산은 아니어도 가기 전에 날씨를 알아보는 건 다들 하는 일이긴 한데……."

"죽을 생각이었다면 그런 건 필요 없잖아요." 마도카가 골똘히 바라보며 말했다. "태풍이 오든 장대비가 쏟아지든 관계없는 거 아닌가?"

"그럴지도 모르지만, 자살하려는 사람의 심리는 섣불리 예측할 수 없어. 어쩌면 가장 멋진 풍경을 본 뒤에 죽고 싶었는지도 모르지. 그런 타이밍을 찾고 있었다면 거의 매주 날씨를 알아본 것도 이해가 되잖아."

나유타의 말을 듣고 마도카는 잠시 생각에 잠긴 뒤에 이윽고 고개를 끄덕였다.

"맞아, 타이밍. 그걸 찾고 있었네. 응, 그럴 수도 있겠다."

"웬일로 순순히 동의해주지?"

“근데 어떤 타이밍을 찾고 있었는지는 아직 몰라요. 그게 꼭 자살 타이밍이라고는 할 수 없잖아요. 우선 그걸 밝혀낼 필요가 있어요.”

“어떻게?”

나유타가 묻자 마도카는 이상하다는 눈빛으로 고개를 갸우뚱했다. “그걸 굳이 말해줘야 알아요?”

인터폰의 차임벨이 울린 것은 그 직후였다.

“엇, 생각보다 일찍 왔네?” 마도카가 종종걸음으로 침실을 나섰다.

“누구를 오라고 했어?” 나유타는 그녀의 등에 대고 물었다. 이곳에 오는 도중에 마도카가 차 안에서 스마트폰을 만지작거리던 것이 생각났다.

마도카는 그의 물음에는 대답하지 않고 거실 벽에 붙은 수화기를 들었다. “문 안 잠겼어요. 들어와요.”

이윽고 현관문이 열리는 소리가 났다. 실례합니다, 라는 여자 목소리가 들렸다.

안으로 들어선 사람은 기리미야였다. 오늘 나유타가 그녀를 본 것은 두 번째다. 아사히나의 집에 가기 전, 약속 장소까지 마도카를 데려다준 것이다. 그때는 항상 그렇듯이 다케오라는 건장한 남자도 함께 있었다.

“어땠어요?” 마도카가 물었다.

“대충 한 바퀴 알아보고 왔어.” 기리미야는 가방에서 수첩을 꺼내더니 “우선 좀 앉아도 될까? 여기저기 돌아다녀서 다리가 아파”라면서 식탁 옆의 의자에 자리를 잡았다.

“여기저기 돌아다녀요?” 나유타는 마도카와 기리미야를 번갈아보았다.

"오무라 씨가 강사로 일하던 대학에 다녀온 거예요." 마도카가 의자에 앉으며 대답했다. "오무라 씨에 대해 사람들이 어떻게 얘기하는지 알아보려고."

"사람들이?"

"아사히나 씨의 커밍아웃으로 오무라 씨가 동성애자라는 게 어느 정도나 알려졌는지, 그리고 알려졌다면 주위에서 그걸 어떤 식으로 받아들였는지 확인해보기로 했거든요. 아사히나 씨의 말을 빌리자면 그 보이지 않는 쓰나미, 라는 것이 실제로 있었는지 어떤지 알아본 거예요."

"쓰나미라니, 그건 또 뭔 소리야?" 기리미야가 의아한 듯 미간을 좁혔다.

마도카는, 마이너리티에 대해 주위 사람들이 보이는 무언의 악의를 아사히나가 쓰나미에 비유했었다고 설명했다.

기리미야는 고개를 끄덕이더니 수첩을 펼쳤다.

"상당히 깊은 통찰이 담긴 비유인데? 나도 그 말을 잠깐 빌리자면, 결론적으로 그런 악의의 쓰나미가 전혀 없었다고는 할 수 없어."

"오무라 씨가 편견의 시선을 받았다는 얘기예요?"

"그의 강의를 들었던 학생 네 명에게 확인해본 결과, 그가 작곡가 아사히나 잇세이의 연인이라는 것은 네 명 모두 알고 있었어. 정보원이 어딘지는 정확히 모르겠지만 아마 SNS 등을 통해 확산된 것 같아. 당연히 학생들 사이에서 화제가 됐고 그걸 소재로 악의에 찬 댓글이 인터넷을 떠들썩하게 한 적도 있었다는 거야. 단 그 댓글들을 오무라 씨 본인이 읽었는지 어떤지는 모르겠어."

"대학 측의 대응은?" 마도카가 물었다.

"내가 알아본 한에서는, 아사히나 씨의 커밍아웃 이후에 오무라 씨에 대한 처우가 달라진 것은 없었어. 오무라 씨의 강의를 거부하는 학생이 있었던 것도 아니고, 딱히 문제 될 건 없다는 식이었던 것 같아. 어찌 됐건 학생들도 대학 측도 최근에는 그 얘기를 화제에 올린 적이 없었어. 즉 악의의 물결이 존재하기는 했지만, 쓰나미라고 할 정도로 심했던 사례는 확인할 수 없었어. 물론 막상 본인이 아니고서는 알 수 없는 일도 있었겠지. 그러니까 눈에 띄지 않는 곳에서 괴롭힘을 당했을 가능성은 부정할 수 없어." 기리미야가 수첩을 덮었다. "내가 조사한 것은 이런 정도."

"그런 얘기들을 오늘 하루에 다 조사했다고요? 와아, 대단하시네요." 나유타는 감탄의 시선을 보냈다.

기리미야는 무표정한 얼굴 그대로 어깨를 으쓱했다. "고맙군요."

"기리미야 씨는 명함을 열 종류쯤 갖고 있거든요." 마도카가 말했다. "그걸 적절히 구사해가며 다양한 정보를 낚아채는 데는 프로급이죠."

"발목이 시리도록 알아봐줬더니만, 꼭 그런 식으로 말해야겠니?"

"칭찬해드린 건데? 아 참, 가까운 시일 내에 조금 먼 곳에 가봐야 할 것 같아요. 준비해주세요."

"먼 곳에 간다고? 어딘데?"

마도카는 포셰트에서 스마트폰을 꺼내 손 빠르게 터치했다. 잠시 뒤 목적지가 화면에 나왔는지 "여기"라면서 식탁 위에 내려놓았다.

그것은 조금 전의 지도, 즉 긴텐산의 위치를 보여주는 것이었다.

8

등산로 입구를 향해 올라가기 시작한 것은 오전 9시가 조금 지났을 때였다. 추락한 현장에 가서 상황을 확인한 뒤에 곧바로 하산할 예정이지만, 나유타는 조금 불안한 마음도 없지 않았다. 마도카의 체력이 얼마나 버텨줄지 알 수 없었기 때문이다. 길을 잃고 헤매지 않는다는 보증도 없다. 초보자도 얼마든지 올라갈 수 있다고 했지만 당연히 사람마다 체력에는 차이가 나게 마련이다.

그래도 집합 장소에 나타난 마도카를 보고 마음이 놓였다. 제법 장비도 갖췄고, 단단히 준비한 모습이었기 때문이다. 등산복은 새로 산 모양이다. 등에 멘 배낭도 등산화도 새것이라는 게 표가 났다. 헬멧은 광택을 내뿜고 있었다.

한편 그녀와 동행한 다케오는 겉모습만 봐서는 그야말로 당당한 등산가였다. 이쪽도 옷차림이며 장비는 새것이지만, 서 있는 자세에서 풍기는 분위기는 단순히 건장한 체격 때문만은 아닌 것 같았다.

그와는 몇 번 마주친 적이 있지만 그날 처음으로 마도카가 정식으로 소개해주었다. 이름이 '다케오 도오루'라고 했다. '다케오'가 성씨라는 것이 나유타에게는 특이하게 느껴졌다.

등산 경험을 물어보니 "약간"이라는 대답이 돌아왔다.

"전에 등산이 취미인 분을 경호한 적이 있어서." 목소리를 낮춰 조심스러운 기색으로 말했다.

아무래도 다케오는 전문 경호원, 이른바 보디가드인 모양이라고 나유타는 생각했다. 그런 사람을 고용할 만큼 마도카가 중요한 인물인 것일까.

"이제야 물어보는 것도 좀 이상하지만 나유타 씨는 등산하는 거, 괜찮죠?" 그 마도카가 오히려 나유타에게 물었다.

"괜찮아, 가끔 산에 다녔으니까."

마도카가 만족스러운 듯 고개를 끄덕였다. "그럴 줄 알았어요."

"그럴 줄 알았다고?"

"처음 쓰쓰이 교수님 연구실에서 만났을 때 등산용 재킷을 입고 있었잖아요. 꽤 본격적인 등산용 재킷이었죠. 단지 방한을 위해 그런 옷을 사는 사람은 없어요."

나유타는 놀랐다. 말을 듣고 보니 아닌 게 아니라 그때 그런 차림새였던 것 같다. 겨울 등산을 위해 구입한 것이다. 하지만 실제로 산행에 입어볼 기회는 아직 없었다. 그래도 마도카의 날카로운 관찰력과 뛰어난 기억력에는 혀를 내두를 수밖에 없었다.

기리미야는 동행하지 않았다. 등산로 입구까지 마도카와 다케오를 배웅하러 왔을 뿐이다. 하지만 그녀는 귀중한 준비물을 챙겨주었다. 오무라 이사무가 추락한 것으로 보이는 장소를 표시한 지도와 등산로 중간의 주요 이정표 사진이다. 이 지역 경찰에게 등산 계획서를 제출하는 참에 입수한 것이라고 했다. 고인에게 꽃을 공양하기 위한 등산이라고 설명했는데, 경찰에서는 "산에 올라가는 사람들에게 절대로 절벽 쪽에는 접근하지 말라고 해달라"라고 신신당부했다고 한다.

등산로는 급경사가 많지만 비교적 폭이 넓어 걷기가 힘들지는 않았다. 갈림길에는 반드시 이정표가 서 있어서 역시 초보자라도 아무 문제가 없겠다고 나유타는 생각했다.

한 시간쯤 올라간 곳에 오래된 사당이 있어서 그 옆에서 휴식을 취하기로 했다. 옆으로 누운 둥근 통나무에 나유타와 마도카가 나란히 자리를 잡았다. 다케오는 곁에 선 채로 먼 곳을 보고 있었다.

"아, 힘들어. 지금 어디쯤이에요?" 물통을 손에 든 마도카가 다케오에게 물었다.

다케오가 지도를 꺼내 마도카 앞에 펼쳤다.

"이 사당이 여기야." 지도상의 한 점을 가리키며 말했다.

마도카가 떨떠름한 얼굴을 보였다. "여태 거기예요? 아직 반절도 못 왔잖아."

"이건 직선거리로 잰 거야. 실제로는 지금 올라온 것보다 두 배는 더 올라가야 해."

"윽, 진짜? 등산이 취미라는 사람들, 이해가 안 돼." 마도카는 물통의 물을 마시다가 문득 뭔가 생각난 듯한 표정으로 "잠깐만 보여줘요"라고 다케오 쪽에 손을 내밀었다. 지도를 달라는 것인 모양이다.

마도카가 지도를 받아 들고 찬찬히 들여다보았다. 쉴 새 없이 움직이는 눈은 진지함 그 자체였다.

"뭘 그렇게……."

나유타가 물어보려고 하자 "아, 말 걸지 마요"라고 날카롭게 제지했다.

잠시 뒤에 고마워요, 라면서 마도카는 다케오에게 지도를 돌려주었다. 그러고는 나유타 쪽을 향했다. "미안, 뭐라고 했죠?"

"아냐, 지도에 뭔가 문제가 있나 싶어서."

"지도라기보다 이 산의 지형이 마음에 걸렸어요. 바람의 방향에 따라 이상한 기류가 생겨나는 모양새를 하고 있어서."

"어떤 식으로 이상한데?"

"장소에 따라 다르지만, 바람이 위에서 아래로 꽂히거나 반대로 아래에서 위로 급상승하기도 해요. 그때그때의 기상 조건이 관건이지만."

"그럼 오늘은?"

"가능성이 높아요. 특히 오늘 오후." 그렇게 말하며 마도카는 하늘을 올려다보았다. "어쩌면 오무라 씨는 바로 그 타이밍을 찾고 있었는지도……."

"그 타이밍?"

"이 지역의 일기예보를 검색한 이력이 남아 있었잖아요. 왜 그런 걸 검색했는지 모르겠지만 아무튼 오무라 씨는 날씨에 상당히 신경을 썼어요. 그래서 우리도 오무라 씨가 산에 올랐던 날과 최대한 기압 배치가 비슷한 날을 잡기로 했던 거예요."

"그게 오늘이야?"

마도카가 크게 고개를 끄덕였다.

"그럼 오무라 씨는 방금 마도카가 말한 그 이상한 바람이 부는 타이밍을 노렸다는 얘기야?"

"그럴 거라고 추정한 것뿐이에요. 아직 확신은 없어요." 마도카가 손목시계를 보더니 자리에서 일어섰다. "너무 오래 쉬면 걷기가 더 힘들어요. 자, 가요."

나유타도 일어섰다. 앞서가는 마도카의 뒤를 따라갔다. 그녀의 걸음은 의외로 힘이 넘쳤다. 어떻게든 오무라의 사망 원인을 밝혀내겠다는 의지의 표현처럼 생각되었다.

"마도카는 아빠 생각을 많이 해주는 효녀인 것 같아." 그녀 옆으로 다가가 나란히 걸으면서 나유타는 말했다.

"왜요?"

"아니, 이게 모두 우하라 박사님을 위한 일이잖아. 박사님과 아사히나 씨의 인터뷰를 성사시키려고 이렇게 발 벗고 나선 거지. 안 그래?"

"맞아요."

"그렇다면 역시 아빠 생각을 많이 해주는 효녀야. 요즘에는 대부분 아이들이 아빠가 하는 일에 별로 관심이 없잖아. 아빠는 돈만 잘 벌어 오면 된다고 생각하지. 게다가 우하라 박사님은 이미 크게 성공한 분이야. 그런 분이 더 높은 곳을 목표로 삼는 것은 물론 훌륭한 일이지만, 딸까지 이렇게 나서서 도와주다니, 나로서는 생각도 못 할 일이야."

마도카가 문득 발을 멈췄다. 옆을 돌아보니 그녀는 호흡을 가다듬듯이 어깨를 들먹거리며 나유타에게 냉철한 눈빛을 던지고 있었다.

"칭찬해주는 건지도 모르겠는데, 내 생각과는 다른 점이 많아서 말할게요. 우선 내가 아빠를 존경한다는 것도, 좋아한다는 것도 사실이에요. 도와드릴 일이 있다면 뭐든 돕고 싶어요. 하지만 우하라 수술법에 관한 것은 그런 어설픈 효도 같은 게 아니에요. 우하라 수술법은 인류의 미래를 좌우할 정도의 일이죠. 아직 풀리지 않은 수수께끼가 너무 많아서 아빠도 인간이 손을 대서는 안 되는 영역이 아닌가, 고민하고 있어요. 아주 조금이라도 그 수수께끼를 풀어줄 만한 힌트가 있다면 어떻게든 입수하려고 노력하는 게 당연하죠. 우리 아빠뿐만이 아니에요. 나 스스로도 그렇게 마음먹고 있어요. 그러니까 아사히나 씨는 반드시 힘을 내서 다시 일어서줘야 해요."

"아사히나 씨가 만든 곡은 그 밖에도 많아. 이미 발표한 곡들만 분석해도 되잖아?"

나유타가 말하자 마도카는 진짜 뭘 모른다, 라는 듯이 두 손을 번쩍 드는 포즈를 취하면서 연신 고개를 가로저었다.

"아빠는 어떻게 그런 곡이 탄생했는가, 라는 프로세스를 알아내려는 거예요. 인터뷰를 하고 싶다고 했지만, 그건 단순히 질문과 대답을 하는 게 아니에요. 아사히나 씨가 작곡을 할 때, 뇌의 어느 부분을 어떤 식으로 사용하는지, 그걸 조사해보려는 거라고요. 문제는 나유타 씨가 생각하는 것보다 훨씬 더 근원적이에요. 알겠어요?"

그녀의 말투에 압도되어 나유타는 흠칫 뒤로 물러서면서 고개를 끄덕였다.

"응, 효녀 놀이가 아니라는 건 알겠어. 그리고 아사히나 씨가 다시 힘을 내는 게 얼마나 중요한지도 알겠고."

"그럼 됐어요. 어서 가요." 마도카가 다시 걸음을 옮겼다.

그 뒤의 등산로는 기복이 심했다. 걷기 편한 평탄한 곳이 있는가 하면 네 발로 기다시피 올라가야 하는 급경사도 있었다. 그나마 든

든한 것은 다케오가 줄곧 옆에 있어준 것이었다. 그는 마도카의 등 뒤를 지키면서 그녀가 조금이라도 힘들 만한 곳에서는 말도 없이 쓰윽 손을 내밀어 잡아주곤 했다.

그 다케오가 "이제 곧 히메가이와야"라고 뒤쪽에서 알려준 것은 너도밤나무 숲을 지나갈 때였다. 선두에 섰던 나유타는 발을 멈추고 돌아보았다.

다케오가 지도와 사진을 들고 다가왔다.

"이대로 쭉 가면 히메가이와. 그 왼편을 지나 산등성이를 따라 올라가는 게 정상까지의 일반 등산로. 그런데 오무라 씨의 추락 장소는 히메가이와 직전에서 이 등산로를 벗어나 오른쪽으로 꺾어 든 곳이야."

히메가이와라는 것은 너도밤나무 숲을 건너 그 앞에 있는 커다란 암벽이다. 그 근처에서 내려다보는 경치가 등산객에게 큰 인기를 끌고 있다. 오무라는 거기서 산 정상으로 가는 등산로와는 다른 방향으로 들어간 것이다.

"이제 조금만 더 가면 되겠네요." 마도카가 말했다. "어서 가요."

망설임 없이 걸음을 옮기는 마도카의 뒤를 나유타는 다케오와 함께 서둘러 따라갔다.

너도밤나무 숲을 빠져나오자 갑작스레 시야가 툭 트였다. 완만한 곡선을 그린 산등성이가 위쪽을 향해 길게 뻗어나갔다. 작은 이정표가 왼쪽으로 가면 히메가이와라는 것을 보여주고 있었다.

"오무라 씨는 여기서 오른쪽으로 갔던 거네." 나유타는 혼잣말처럼 중얼거렸다.

"내가 맨 앞에 서는 게 좋겠다." 다케오가 성큼성큼 그쪽으로 걸어갔다.

거기서부터는 온통 바위투성이였다. 완만한 내리막길에서 진행 방향을 향해 발이 오른편으로 기울어졌다. 오른쪽은 절벽이고 왼쪽으로는 산의 흙벽이 바짝 다가왔다.

이윽고 다케오가 발을 멈추고 돌아보았다. "여기가 끝이야."

나유타는 그의 바로 뒤까지 다가갔다. 현재 서 있는 곳은 폭이 2미터 정도, 그리고 그 앞은 조금씩 폭이 좁아졌다.

다케오가 호주머니에서 사진을 꺼냈다.

"틀림없어, 이곳이야. 이 절벽에서 추락한 것으로 봐도 무방해."

"빗물에 바닥이 젖어 있기라도 하면 진짜 위험하겠는데요."

나유타가 살짝 발을 앞으로 내밀어 절벽 밑을 들여다보려고 했을 때였다.

"물러서요!" 마도카가 뒤쪽에서 소리쳤다. "이쪽으로 돌아와요, 빨리!"

엇 하고 나유타가 돌아본 직후였다. 휘이잉 하는 소리와 함께 미적지근한 바람이 들이쳤다. 게다가 대각선 위쪽에서 불어온 것이었다. 순간적인 돌풍이 등을 치는 바람에 나유타는 하마터면 몸의 균형을 잃을 뻔했다.

아차 하는 순간, 강한 힘이 오른팔을 낚아챘다. 정신을 차렸을 때는 바닥에 네 발을 짚고 엎드려 있었다. 그의 팔을 잡아준 것은 다케오였다.

"뭐, 뭐야, 방금 그거?" 온몸에 소름이 돋았다. 동시에 식은땀이 쏟아졌다.

“바람이 회전하고 있어!” 마도카가 절벽 건너편을 가리켰다. 단풍으로 뒤덮인 약간 높은 산이 있었다. “저 산의 나무가 오른쪽으로 흔들리면 10초 만에 이쪽으로 아래 방향의 바람이 와요. 왼쪽으로 흔들리면 그 반대. 앗, 또 온다!”

마도카가 그렇게 말한 몇 초 뒤, 다시 휘이잉 소리를 올리며 대각선 위쪽에서 바람이 불어왔다. 조금 전처럼 강한 바람은 아니었지만 그래도 나유타는 일어서기가 무서워 네 발로 북북 기어서 이동했다.

“이제 괜찮아요, 한참 동안은 바람이 안 올 테니까.”

마도카의 말을 듣고 나유타는 엉거주춤 몸을 일으켰다. “후유, 큰일 날 뻔했네…….”

“내가 예상했던 대로예요. 이곳은 특히 복잡한 기류가 발생하는 지점이에요. 절벽 가장자리에 서 있다가 안 좋은 타이밍에 방금 같은 돌풍을 맞으면 추락할 수 있어요.”

“이거, 경찰에서도 알고 있을까?”

“아마 모를 거예요. 알았다면 돌풍을 주의하라고 기리미야 씨에게 얘기했겠죠. 이건 계절에 따라, 혹은 그때그때의 기압 배치 등에 따라 전혀 달라지니까 경찰도 파악하기가 어려웠을 거예요.”

“오무라 씨가 추락한 것도 바람 때문이라는 거야?”

“그럴 가능성이 있어요. 하지만…….” 마도카는 고개를 갸웃거렸다. “그렇다고 한다면 오무라 씨는 무엇 때문에 일기예보를 그렇게 확인했는지, 그게 수수께끼로 남아요. 이 기묘한 바람의 존재를 몰랐던 건가.”

“흠, 글쎄 말이야.”

나유타가 중얼거렸을 때, 앗 하고 마도카가 소리쳤다. “반대 방향의 바람이 와요!”

“반대 방향?”

나유타가 물어보자마자 이번에는 절벽 아래쪽에서 바람이 올라왔다. 그와 동시에 어디선가 구오오옹 하는 소리가 울렸다. 나유타는 마도카와 얼굴을 마주 보았다.

“뭐지, 방금 그 소리는?”

“모르겠어요.” 마도카가 고개를 저었다.

다케오가 절벽 끝 쪽을 가리켰다. “이쪽 절벽 아래에서 들리는 것 같아.”

“절벽 아래에서? 왜 그런 데서 소리가 나지?”

걸음을 내딛는 마도카의 어깨를 다케오가 왈칵 잡았다. “뭘 하려고?”

“그야 당연하죠. 절벽 아래쪽이 어떻게 되어 있는지 확인해봐야 해요.”

“위험해.”

“조심할 거니까 괜찮아요.”

“안 돼. 잠깐만 기다려.”

다케오는 자신의 배낭에서 등산용 밧줄을 꺼내 마도카의 허리에 빙 둘러 묶기 시작했다.

“이게 뭐야, 장사꾼에게 잡힌 원숭이 같잖아요.”

“마도카가 혹시 다치기라도 하면 나는 직장을 잃게 돼.” 다케오는 밧줄의 다른 한쪽을 자신의 몸에 묶고 자세를 낮춰 앉았다. "자, 이제 가봐."

마도카는 불만스러운 듯 투덜투덜하면서 발 디딜 곳이 좁아진 절벽 끝을 향해 이동하기 시작했다. 그 발걸음은 가벼워서 높은 곳을 두려워하는 기색은 전혀 없었다.

절벽 끝에 서자 마도카는 아래를 들여다보았다. 지켜보는 이쪽이 손에 땀이 날 만큼 아슬아슬한 위치였다.

"꽉 잡아요." 다케오 쪽을 돌아보며 그렇게 말하더니 마도카는 그 자리에서 허리를 숙이고 허공을 향해 몸을 내밀었다.

"저, 저런 위험한 짓을." 다케오가 급히 밧줄을 당겼다. 두 사람을 이어준 밧줄이 팽팽하게 일직선이 되었다.

다시 바람이 불었다. 구오오옹, 하고 조금 전과 똑같은 소리가 울렸다. 땅울림 같기도 하고 거대한 짐승의 포효 같기도 했다. 마도카를 보니 아래를 향한 채 고개를 끄덕이고 있었다.

무슨 일이 일어난 것인지 궁금해서 나유타는 머뭇머뭇 발을 내디뎠다. 조심해, 라고 다케오가 말했지만 그 말투는 차가웠다. 나유타에게 불상사가 생기더라도 그가 직장을 잃을 걱정은 없기 때문인 모양이다.

몸을 한껏 웅크리고 신중하게 한 발 한 발 내밀었다. 위에서 들이치는 돌풍에는 특히 조심하지 않으면 안 된다.

이윽고 마도카의 바로 뒤쪽까지 다가갔다. "어떤 상황인 거야?"

"저거 좀 봐요." 아래를 응시한 채 마도카가 말했다.

나유타는 네 발로 기면서 슬금슬금 앞으로 나아갔다. 곧바로 깊은 계곡이 눈에 들어왔지만, 절벽 밑 암벽의 험악함에는 저절로 헉 소리가 나왔다. 아래쪽에서 본다면 아마 울룩불룩 튀어나온 것처럼 보일지도 모른다.

"이런 데서 떨어지면 즉각 사망이네."

"아니, 그보다 저기 절벽 중간을 봐요. 움푹 들어간 곳이 몇 군데 있죠?"

"응, 그러네."

마도카의 말대로 암벽 중간에 거대한 동굴들이 있었다.

"내 생각에 저 동굴들은 깊이가 5미터는 넘을 거예요. 그런 동굴이 저만큼 나란히 있으니까…… 앗."

거기까지 얘기하다가 그녀는 문득 입을 다물었다. 그러자 다시 아래쪽에서 강한 바람이 들이쳤다.

구오오옹, 구옹, 구오옹, 구오오옹…….

지금까지보다 훨씬 더 큰 소리가 계곡 밑바닥에서부터 울렸다. 중후하고 장엄하고 소박한, 원시를 감지하게 하는 소리였다.

"굳이 설명할 필요도 없겠죠?" 소리가 잦아든 뒤 마도카가 말했다. "아래쪽에서 불어오는 바람이 암벽 중간의 나란한 동굴을 통과할 때, 훨씬 더 복잡한 기류가 형성되면서 방금 들은 그런 소리를 내는 거예요. 이 암벽은 말하자면 거대한 악기예요. 우리는 악기의 바로 위에 서 있는 거예요."

나유타는 퍼뜩 감을 잡았다.

"혹시 오무라 씨가 이 소리를 들으려고 여기에?"

"다시 한번 오무라 씨 집에 가봐야겠어요." 마도카가 말했다. "확인할 게 있어."

9

긴텐산에 다녀오고 정확히 일주일째가 되던 날, 나유타는 다시 마도카와 함께 아사히나를 찾아갔다. 그날도 에리코가 와 있어서 자리를 함께해달라고 부탁했다.

"오늘은 아사히나 씨에게 꼭 들려드리고 싶은 것이 있어서 왔습니다."

나유타의 말에 아사히나는 턱을 살짝 치켜들었다.

"구도 씨가 누군가 작곡가를 소개하려고? 웬일이야, 누군지 궁금한데?"

"작곡이 아니라 소리예요. 오디오 기기를 잠깐 빌려도 될까요?"

"그래, 사용법은 알고 있지?"

"네, 해볼게요."

나유타는 가방에서 꺼낸 태블릿을 들고 오디오 기기로 다가갔다. 스마트폰이나 태블릿을 거기에 접속할 수 있다는 것은 알고 있다.

전원을 켜고 케이블로 오디오 기기에 태블릿을 연결했다.

"그럼 시작합니다." 그렇게 말한 뒤 태블릿 화면을 터치했다.

이윽고 스피커에서 들려온 것은 오무라의 노트북에 들어 있던 쏴아아 하는 소리였다.

아사히나가 의아한 표정을 보였다.

"빗소리 같군. 이 소리가 어떻다는 거지?" 그렇게 말한 뒤, 아니, 라고 고개를 갸우뚱했다. "조금 달라. 빗소리가 아니야. 이게 무슨 소리일까."

"역시 대단하시네요. 저한테는 그냥 빗소리로만 들렸는데 아사히나 씨는 금세 아시네요. 말씀하신 대로 이건 빗소리가 아닙니다. 전문 기관을 통해 알아봤더니 실은 전혀 다른 것으로 밝혀졌어요."

그 전문 기관이라는 곳은 가이메이 대학과 인접한 수리학 연구소였다. 그곳에서는 수학이나 물리학에 관한 다양한 연구가 이루어지고 있었다. 마도카가 인맥을 활용해 그쪽에 소리에 대한 분석을 부탁한 것이다. 매번 그렇지만 그녀의 인맥과 배경은 한없는 수수께끼에 휩싸여 있다.

아사히나는 잠시 소리에 귀를 기울였지만 이윽고 고개를 가로저으며 말했다.

"모르겠어. 들어본 적이 없는 소리야. 무슨 소리지?"

"이건 대나무 숲이에요." 나유타가 대답했다. "정확히 말하면, 대나무 숲을 훑고 가는 바람 소리죠."

"대나무 숲……." 아사히나는 팔짱을 끼고 다시 귀를 기울였다. 그러고는 천천히 고개를 위아래로 끄덕였다. "그래, 맞아. 대나무 숲은 어렸을 때 어딘가 시골에서 본 게 전부여서 이미지가 얼른 떠오르지 않았지만, 대나무 한 그루 한 그루가 흔들리는 소리가 겹쳐지면 이런 식으로 들리겠네. 응, 아주 좋은 소리야. 좋은 음을 들려줬어. 마음이 깨끗이 씻기는 느낌이야."

"실은 그 밖에도 또 있습니다."

나유타는 태블릿을 터치해 대나무 숲의 소리를 정지시킨 뒤, 다른 음원을 선택했다.

"그다음은 이 소리예요."

스피커에서 흘러나온 것은 새소리였다. 대나무 숲의 소리와 마찬가지로 오무라의 노트북에 들어 있던 것이다.

"새가 지저귀고 있어." 아사히나가 말했다. "어떤 새인지는 모르지만 무척 좋은 소리야. 이 또한 마음이 턱 놓이는 느낌이네. 그래, 오늘은 나한테 '소리'라는 선물을 가져왔군."

"네, 그렇긴 한데 이 소리들을 수집한 사람은 제가 아니에요. 실은 오무라 씨의 노트북에 남겨져 있었습니다."

"사무의 노트북에?" 아사히나의 표정에 짙은 그늘이 졌다.

"게다가 이 소리들은 단순히 힐링 효과만 노린 게 아닌 것 같아요. 이 새소리만 해도 그렇습니다. 조금 더 기다려보면 또 다른 소리가 들려요."

새소리는 계속 이어졌다. 하지만 이윽고 그것을 지우는 듯한 소리가 흘러나왔다. 휘이잉 휘이잉 하는 강한 바람 소리다. 사라락 사라락 들리는 것은 초목이 흔들리는 소리일까.

"어딘가 들판에 나가 녹음한 것 같아요. 대나무 숲과 마찬가지로 오무라 씨가 녹음하려던 것은 새소리가 아니라 이 바람 소리였던 게 아닐까요?"

"바람 소리……." 아사히나의 미간에 주름이 새겨졌다. "무엇 때문에 그런 것을?"

"또 하나, 들려드리고 싶은 소리가 있어요."

나유타가 태블릿을 터치하자 곧바로 그 소리가 들려왔다.

구오오옹, 구옹, 구오옹, 구오오옹…….

바로 그 소리, 긴텐산의 절벽 아래 암벽에서 울려 퍼진 소리다.

"뭐지, 이 소리는?" 아사히나의 얼굴 표정이 심각해졌다. "이것도 바람 소리인가?"

"그렇습니다. 긴텐산에 불어온 바람 소리예요."

긴텐산, 이라고 아사히나가 중얼거리는 것 같았지만 그 목소리는 스피커의 바람 소리에 지워졌다.

나유타는 오디오를 끄고 태블릿을 분리했다.

"실은 우리가 지난주에 긴텐산에 다녀왔습니다. 오무라 씨가 추락한 것으로 보이는 현장을 직접 둘러봤어요."

발을 딛기도 힘들 만큼 좁은 절벽 끝, 기류를 어지럽히는 복잡한 지형, 그곳에 들이친 돌풍, 그리고 그 바람에 의해 굉음이 울렸다는 것을 나유타는 이야기했다.

"그런 곳에서 이런 소리가……." 아사히나는 고개를 저었다. "역시 대단해, 자연의 힘이란."

"그렇죠, 자연의 힘. 문제는 바로 그거예요." 나유타는 아사히나 앞의 자리로 돌아왔다. "지난번에 다큐멘터리 방송의 메인 테마곡을 작곡해달라는 의뢰가 들어왔다고 하셨지요? 에리코 씨에게 부탁해 그 상세한 내용을 음악 프로듀서에게 문의해봤어요. 그 방송 제목은 「살아 있는 지구」였습니다. 지구상의 다양한 장소에서 자연의 경이로움을 전하는 내용이라고 하더군요. 그래서 그 음악 프로듀서가 주문한 것은, 어머니이신 대지가 호흡하는 듯한 이미지의 곡을 만들어

달라, 곡의 제목은 〈대지의 숨결〉로 하고 싶다……. 맞습니까?"

아사히나는 고개를 끄덕였다. "응, 그랬지."

"그 의뢰 내용에 대해서는 오무라 씨도 알고 있었지요?"

"알고 있었지. 회의 때 사무도 동석했으니까. 항상 그래왔어."

"의뢰 내용을 듣고 아사히나 씨는 어떤 얘기를?"

아사히나는 팔짱을 끼고 낮은 신음 소리를 냈다.

"어려운 주문이라고 얘기했어. 자연이란 나한테는 가장 힘든 분야야. 특히 대지라는 식의 거대한 것은 머릿속에 이미지가 잘 떠오르지 않아. 아주 어릴 때부터 시야가 좁아져서 광대한 경치라는 건 거의 본 적이 없으니까. 상상해보려고 해도 그저 억지스러운 허상이 될 뿐이야."

"그런 고민을 오무라 씨에게 얘기하셨던가요?"

"물론 얘기했지. 언제라도 사무는 나의 유일한 의논 상대였으니까 당연히……."

거기까지 말한 참에 갑자기 아사히나가 흠칫 놀란 듯 말을 끊었다. 이윽고 뺨이 순식간에 굳어가는 것이 보였다.

"왜 그러십니까?"

"방금 그 세 가지 소리……, 다시 한번 들려줄 수 있을까?"

나유타는 옆에 있는 마도카를 마주 보았다. 어느 쪽이랄 것도 없이 서로 고개를 끄덕였다.

물론이죠, 라고 말하고 나유타는 태블릿을 들고 자리에서 일어나 조금 전과 마찬가지로 오디오 기기에 연결했다.

대나무 숲, 들판, 긴텐산에 불어오는 바람 소리를 차례대로 들려주었다. 아사히나는 얼어붙은 듯 꼼짝도 하지 않고 지그시 귀를 기울였다. 소리가 사라진 뒤에도 한참을 그러고 있었다. 나유타는 그가 입을 열기를 조용히 기다렸다.

이윽고 아사히나의 입술이 움직였다. 그는, 이라고 말했다.

"그는……, 사무는……, 내 고민을 풀어주려고 했던 거야. 자연의 경이를, 대지의 숨결을 직접 느낄 수 없는 나를 위해 그걸 이미지로 떠올리게 하려고 소리를 녹음해 온 거야."

나유타는 크게 숨을 토해냈다.

"네, 그렇게 생각할 수밖에 없겠지요." 말에 힘을 담았다. "대나무 숲을 훑고 가는 바람, 들판을 내달리는 바람, 그리고 암벽을 타고 오르는 바람. 오무라 씨는 열심히 수집했어요, 그런 다양한 대지의 숨결들을. 그 소리를 아사히나 씨에게 들려드리면 창작의 힌트를 얻을 수 있을 거라고 생각한 게 틀림없어요."

"사무는, 사무는……, 자살한 게 아니었어."

"그렇습니다. 자살이 아니라는 중요한 근거가 있어요." 나유타는 다시 한번 긴텐산의 굉음을 들려주었다. "이 소리는 사실 우리가 녹음한 게 아니에요. 몇 가지 키워드를 입력해 인터넷에 올라온 소리를 다운로드한 것이죠. 이 소리를 업로드한 사람은 어느 등산 애호가였어요. 그 사람이 쓴 블로그 글을 읽고 깜짝 놀랐습니다. 이 소리를 '대지의 숨결 같다'고 설명했으니까요. 게다가 또 한 가지 놀랄 만한 것을 찾아냈습니다. 최근에 그 등산가에게 이 소리를 들을 수 있는 기상 조건이며 상세한 장소에 대해 누군가 질문 댓글을 올렸는데 그 닉네임이 '사무'였어요. 그건 오무라 씨라고 생각해도 틀림이 없겠지요."

"사무가……."

"제가 추리하기로는, 이런 거예요. 오무라 씨는 〈대지의 숨결〉을 떠올릴 수 있는 소리를 찾고 있었다. 대나무 숲을 훑고 가는 바람 소리며 들판을 내달리는 바람 소리를 녹음한 뒤, 그 밖에 뭔가 또 없을까 고민했다. 인터넷으로 〈대지의 숨결〉을 검색해봤더니 등산가가 업로드해둔 긴텐산의 굉음이 눈에 띄었다. 그 소리를 들은 오무라 씨는 자신이 직접 그곳에 가서 녹음해 오기로 했다……. 하지만 문제의 장소는 정말 위험한 곳이었어요. 갑작스러운 강풍이 예상치 못한 방향에서 들이치는 곳이죠. 오무라 씨는 좀 더 깨끗한 소리를 녹음하려고 절벽 끝까지 무리하게 나갔던 것 같아요. 안 좋은 타이밍에 등을 때린 강풍에 균형을 잃고 추락한 게 아닌가, 라고 생각할 수밖에 없습니다. 오무라 씨의 소지품은 발견하지 못했지만 분명 계곡 어딘가에 녹음기가 떨어져 있겠지요. 〈대지의 숨결〉을 담은 그 녹음기가."

말을 하는 동안 나유타는 감정이 격해지는 것을 억누를 수 없었다. 이렇게 이야기하는 그 스스로가 아직도 그 일에 놀라고 있는 상태였기 때문이다.

"마지막으로 한 가지, 가장 중요한 것이 있어요." 나유타는 말했다. "닉네임 '사무'는 질문 끝에 이렇게 덧붙였습니다. 이 소리를 나의 가장 소중한 사람에게 들려주고 싶다……."

딱딱하게 굳어 있던 아사히나의 얼굴이 와르르 무너졌다. 입을 한 일자로 굳게 다물었지만 어떻게도 막을 수 없는지 그 틈으로 오열이 새어 나왔다.

"내가 그런 끔찍한 오해를 했었다니……. 나는 사무가 나를 배신했다고, 나만 버려두고 다른 세상으로 달아나버렸다고 생각했어. 그런 어리석은 생각을……. 정말 바보였어, 나는."

두 손으로 머리를 부여잡고 아사히나는 고뇌의 표정을 드러냈다. 그 눈에 눈물이 흐르기 시작했다. 우으으, 우으윽, 하고 부르짖는 듯한 울음소리가 들렸다.

그 모습에 압도되어 나유타는 할 말을 잃었다. 나이 지긋한 남자가 이토록 격하게 남의 시선도 아랑곳하지 않고 울부짖는 모습은 여태까지 본 적이 없다.

한참을 포효한 뒤 아사히나는 고개를 떨군 채 움직이지 않았다. 나유타는 여전히 어떤 위로의 말도 찾을 수 없었다. 마도카와 에리코도 아무 말이 없었다.

이윽고 아사히나가 얼굴을 들었다. 그 표정은 온화하고 입가에는 희미하게 미소가 감돌았다.

구도 씨, 라고 입을 열었다. "구도 씨는 역시 내가 생각했던 그런 사람이었어. 우리를 진심으로 이해해주는 사람이야. 그리고 구세주야."

"아뇨, 저는 그저……."

"고마워." 아사히나가 오른손을 내밀었다.

나유타는 한 차례 심호흡을 한 뒤에 그 손을 마주 잡았다.

10

항상 하던 대로 에리코의 배웅을 받으며 나유타와 마도카는 아사히나의 집을 뒤로했다. 에리코가 몇 번이나 감사 인사를 했다는 것은 더 말할 것도 없다.

차로 돌아와 운전석에 앉자 나유타는 저절로 콧노래가 흘러나왔다. 아사히나가 작곡한 〈my love〉의 멜로디였다.

“기분이 좋은 모양이죠?” 마도카가 옆에서 말했다.

“그야 기분이 좋지. 모든 게 잘 해결됐잖아. 이토록 마음이 후련한 건 정말 오랜만이야. 조금 전 아사히나 씨의 모습에는 가슴이 뭉클했어. 찌이잉 했다니까.”

“진짜요?”

그럼, 이라고 대답하고 나유타는 조수석 쪽을 돌아보았다. 왜 그런지 마도카가 미심쩍은 듯한 시선으로 그를 보고 있었다.

“진짜로 감동했어요?” 그녀가 거듭 물었다.

나유타는 미간을 찌푸렸다.

“진짜지. 이 상황에서 내가 왜 거짓말을 하겠어? 아니면 마도카는 아무것도 느끼지 못했다는 얘기야?”

“아뇨, 그렇진 않아요. 정말 감동적이었어요. 오무라 씨가 왜 긴텐산에 올라갔는지 알아냈을 때부터 계속 감동의 연속이었죠.”

“나도 그랬어. 우리 둘이 추리를 할 때, 내가 말했었지? 아사히나 씨를 위해 혼자서 그런 위험한 곳까지 녹음하러 간 오무라 씨는 정말 대단하다고 내가 몇 번이나 말했잖아. 잊어버렸어?”

"아뇨, 잊을 리가 있어요? 분명 대단하다고 얘기했죠."

"그렇지?"

"하지만 대단하다는 말 이외에는 안 했어요."

나유타는 그녀 쪽으로 몸을 틀었다. "무슨 말을 하려는 거야? 빙빙 돌리지 말고 똑바로 말해봐."

그러자 마도카는 생각에 잠긴 듯 시선을 떨구었다가 다시 나유타를 빤히 쳐다보았다.

"나유타 씨는 감동한 게 아니라 단순히 놀랐던 거 같은데?"

"뭐?" 생각지도 못한 말이었다. 나유타는 당혹스러웠다.

"자신이 이해하지 못하는 심리를 맞닥뜨리고 그냥 깜짝 놀란 거 아니냐고 묻는 거예요."

나유타는 고개를 저었다. "그런 거 아니야."

"만일 감동했다면 무엇에 감동했는지 말해봐요."

"무엇에? 그야 물론 오무라 씨와 아사히나 씨의…… 뭐랄까, 마음이 강하게 이어진 것에 감동했어. 그걸 인연이라고 표현하던가?"

"강하게 이어진 인연." 마도카는 그의 말을 다시 한번 곱씹었다. "그 밖에는?"

"그 밖에?"

"어째서," 그녀는 고개를 갸우뚱하며 말했다. "어째서 사랑이라고 말하지 않아요?"

흠칫했다. 나유타의 가슴속에 일순 날카로운 아픔이 내달렸다.

"아니, 그건…… 뭐, 딱히 무슨 이유가 있는 건 아니야."

"그건 사랑이 아니에요? 혹시 사랑이라고 인정하기 싫은 거예요?"

"그렇지 않아. 그것도 사랑이겠지. 그러니까…… 두 사람의 사랑에 감동했다, 그렇게 표현해도, 뭐, 괜찮지." 중언부언하는 자기 자신에게 나유타는 화가 났다. "왜 그래, 너? 단어 따위는 상관없잖아. 어떤 단어를 쓰건 내 마음이지." 저도 모르게 목소리가 거칠어졌다.

"아니, 상관없지 않아요." 나유타와는 대조적으로 조용한 어조로 마도카는 말했다. "그 점을 그냥 애매하게 넘어가버리면 그간 고생한 보람이 없어요. 오무라 씨의 죽음의 수수께끼를 풀어낸 의미가 없다고요."

"뭐야?" 나유타는 입을 헤벌렸다. "마도카가 오무라 씨의 사망 원인을 조사한 것은 아버지를 위해서, 우하라 박사님의 연구를 위해서였잖아. 아사히나 씨가 다시 힘을 내서 작곡할 때의 뇌의 움직임을 조사해보려고……."

하던 말을 멈춘 것은 마도카가 중간부터 고개를 저었기 때문이다.

"그럼 그런 게 아니었어?"

"미안, 그런 거 아니에요. 그건 거짓말."

"거짓말이라니?"

"우하라 수술법에 아사히나 씨의 곡이 효과적이라는 얘기는 거짓말이에요. 그냥 내가 지어낸 얘기죠."

"뭐라고? 대체 무슨 소리야!" 나유타는 마도카의 어깨를 움켜잡았다. "나를 속였어? 왜, 뭣 때문에?"

"사정이 있었어요."

"대체 무슨 사정이길래 사람을 속여?" 어깨를 움켜잡은 손에 힘이 들어갔다.

마도카가 얼굴을 찌푸렸다. “아파요, 이거 놔요.”

“솔직히 말해. 분명하게 설명하라고!”

“얘기할게요, 얘기할 테니까…….”

그 순간 운전석 문이 벌컥 열렸다. 깜짝 놀라 나유타가 돌아보려고 했을 때, 이미 팔과 어깨를 잡힌 상태였다. 엄청난 힘에 끌려간다는 느낌과 함께 몸이 차 밖으로 내동댕이쳐졌다. 무슨 일이 일어난 것인지 전혀 알지 못했다.

옆에 누군가 서 있었다. 정장 차림의 다케오였다.

“앗, 다케오 씨, 그만해요. 난 괜찮아요.” 마도카가 말했다. “차로 돌아가요.”

다케오는 말없이 고개를 끄덕이더니 옆에 주차된 세단으로 돌아갔다. 운전석에는 기리미야가 앉아 있는 것 같았다.

“어느 틈에…….” 땅바닥에 주저앉은 채 나유타는 멍하니 중얼거렸다.

“내가 말했죠, 다케오 씨는 내게서 한시도 눈을 떼지 않는다고.”

“너, 너는…… 대체 누구야?”

“그런 것보다 나한테 뭔가 물어보지 않았어요?”

“아, 그렇지.” 나유타는 주섬주섬 자리에서 일어나 엉덩이를 털었다. “왜 거짓말을 했어? 연구를 위해서라느니 뭐라느니.”

“그렇게 말하지 않으면 나유타 씨가 움직이지 않을 것 같았어요. 진짜 목적을 알았다면 분명 반발했을걸요?”

“내가 반발을 해? 마도카의 원래 목적이 뭔데?”

마도카는 한 차례 입술을 꾹 깨물고 나서 말했다.

"구도 나유타 씨를 구도 게이타로 되돌리는 것. 내 목적은 처음부터 그거였어요."

11

자리를 옮겨서 얘기하자는 마도카의 제안에 따라 근처 공원으로 갔다. 놀이 시설이 몇 개밖에 없는 한적한 공원이었다. 아이들의 모습이 보이지 않는 것은 꼭 평일이기 때문만은 아닌 것 같다. 모래 놀이터 근처에 벤치가 있어서 둘이 나란히 앉았다.

"영화 「얼어붙은 입술」을 처음 봤을 때, 큰 충격을 받았어요." 마도카가 이야기하기 시작했다. "수많은 평론가가 칭찬한 대로 인간의 본질을 파헤치는 대단한 영화라고 생각했죠. 끝없이 쾌락을 추구하면서 나이도 성별도, 자신이 처한 입장도 따지지 않고, 오로지 쾌락과 애정의 크기에만 집착하는 인간을 그야말로 뛰어난 영상미로 그려냈으니까요. 하지만 시간이 갈수록 자꾸 마음에 걸렸어요. 뭐가 마음에 걸렸느냐고? 그 주인공, 아니, 주인공이 아니라 주인공을 연기했던 남자애, 구도 게이타라는 아역 배우가 자꾸 마음에 걸렸어요. 저 아이는 대체 어떤 기분으로 저런 연기를 했을까, 저 역할을 연기할 때 어떤 생각이 마음속을 지배했을까, 궁금한 게 점점 많아졌죠. 왜냐면 그게 성을 탐닉하고 마지막에는 동성애에도 눈을 뜨는 역할이잖아요. 열세 살 소년이 연기하기에는 지나치게 하드하다고 생각하는 게 일반적이겠죠."

"난 아무 생각도 안 했어." 나유타는 말했다. "머릿속을 텅 비운 채 감독이 지시하는 대로 몸을 움직이고 대사를 읊었을 뿐이야. 내 마음속에는 어떤 생각도 없었어."

"하지만 그 영화에 출연한 것을 계기로 나유타 씨의 내면에 남아버린 것은 있겠죠."

"아니, 아무것도." 나유타는 즉각 답했다. "아무것도 남은 게 없어."

"그래요? 근데 왜 다시 떠올리고 싶지 않을까."

"응?"

"내가 아마카스 사이세이에 대해 물었을 때, 그 영화에 대해서는 다시 떠올리고 싶지도 않다고 했잖아요. 아무것도 안 남았다면 그런 식으로 생각하지는 않을 텐데요."

나유타는 작게 신음 소리를 올렸다. 똑똑히 답변해야 한다고 마음만 급할 뿐, 변명할 말은 얼른 생각나지 않았다.

"그 말을 들었을 때 생각했죠. 아, 이 사람도 희생자구나, 라고."

"희생자?"

"아마카스가 만든 영화의 희생자." 마도카는 말했다. "아마카스 사이세이는 천재였지만, 배우를 일회용품처럼 쓰고 내버리는 것으로도 유명했어요. 작품을 위해서는 한 사람의 장래를 희생물로 삼는 것쯤은 아무것도 아니었다, 인생을 망가뜨리는 짓도 서슴지 않았다, 라고들 했죠. 그래서 나유타 씨한테도 그랬던 게 아닌가, 하고 생각했어요."

나유타는 마도카를 쏘아보았다. "나는 인생이 망가지거나 하지 않았어."

"그래요, 나유타 씨는 당당하게 살아가고 있죠. 그건 인정해요. 하지만 응어리는 아직 사라지지 않았어요. 그래서 아사히나 씨를 거부한 거예요."

"거부?" 저절로 목소리가 뾰족해졌다. "내가 언제?"

"당신을 믿고 의지해주는데도 계속 도망쳤잖아요, 자기를 너무 과대평가했다면서. 평소의 나유타 씨라면 힘들어하는 사람은 당연히 도와주려고 했을 텐데. 그렇죠?"

"평소의 나?" 나유타는 흥 하고 코웃음을 쳤다. "뭐든 다 아는 것처럼 말하지 마. 나에 대해 뭘 얼마나 안다고."

"뭐, 그럭저럭 아는 편이죠. 어쩌다 보니 우리가 꽤 자주 만났잖아요? 당신이 아사히나 씨와 오무라 씨에 대해 편견을 갖고 있다는 것을 눈치챌 만큼."

"뭐야?" 나유타는 목소리에 분노를 담았다. "한 번 더 말해봐."

"몇 번이라도 말해드리죠. 당신은 아사히나 씨와 오무라 씨에 대해 편견을 갖고 있어요. 좀 더 말하자면 혐오감까지 품고 있어요. 동성애자들을 미워하고 있다고요."

"그렇지 않아!"

"그렇지 않다면 왜 그들과 같은 부류의 사람으로 보일까 봐 걱정을 하죠? 편견이 없다면 그런 오해 따위 아무것도 아니잖아요."

나유타는 대꾸할 말이 생각나지 않아서 입술을 깨물었다.

정확한 지적이었다. 아사히나와 오무라의 관계에 저항감을 가졌던 것은 사실이다. 나유타가 「얼어붙은 입술」의 아역 배우라는 것을 알게 된 그들이 그 전보다 더 친숙하게 대하는 것을 몹시 불쾌하게 느꼈던 것도 부정할 수 없다.

"어때요?" 마도카가 물었다.

나유타는 숨을 가다듬고 그녀의 눈을 마주 보았다.

"좋아, 그게 불쾌했다면 어쩔 건데? 인권침해로 나를 고소할래? 어떤 사람에게나 왜곡된 부분은 있게 마련이야. 마도카 역시 완벽한 인간은 아니잖아."

마도카는 눈을 깜빡거리더니 지그시 나유타를 응시하며 후우 숨을 내쉬었다. "……다행이다."

"뭐?"

"자기 마음속에 왜곡된 부분이 있다는 건 인정했네요. 그럼 됐어요. 한 걸음 진보했네요. 이제 얼굴을 들 수 있겠어요."

"얼굴을 들 수 있다니, 그건 또 무슨 말이야?"

"당신을 구해주는 건 어떤 사람의 바람이기도 했거든요."

"어떤 사람이라니?"

"내가 찾고 있는 사람. 전에 말했었죠? 그 사람이 나보다 더 걱정했었어요. 「얼어붙은 입술」의 주인공을 연기했던 아역 배우의 장래를. 마음에 상처가 남지는 않았나 하고. 만일 아직도 치유되지 않았다면 어떻게든 구해줘야 한다고 했어요. 어디선가 길을 잃고 헤매더라도 분명하게 제자리로 되돌아올 수 있게 도와주고 싶다고."

"나는 딱히……."

길을 잃고 헤매는 것이 아니다, 라고 말하려고 했지만 여전히 나유타를 빤히 바라보는 마도카의 눈빛에 압도되어 그 말이 나오지 않았다.

그래서, 라고 마도카는 다시 입을 열었다.

"아사히나 씨 얘기를 들었을 때, 당신과 함께 오무라 씨의 죽음에 대한 진상을 밝혀내자고 마음먹었어요. 밝혀낼 수 있을지 어떨지 자신도 없었고, 결국 자살이라는 결론이 나올 수도 있었지만, 그건 뭐, 상관없었어요. 중요한 것은 당신이 조금이라도 아사히나 씨와 오무라 씨의 마음을 받아들이느냐 마느냐는 거였으니까. 하지만 방금 그 말을 듣고 조금쯤 안심이 되네요. 이전의 구도 나유타 씨라면 아사히나 씨 커플에 대한 편견을 아예 인정하지 않았을 테니까요."

나유타는 이마에 손을 짚었다. 마음속이 혼란스러웠다. 애써 외면해온 가슴속의 깊은 어둠에 누군가 갑자기 빛을 들이댄 듯한 기분이었다.

마도카는 침묵하고 있었다. 그의 혼란을 이해하고 그것이 가라앉기를 기다려주는 것 같았다.

심호흡을 한 차례 한 뒤 나유타는 "그건 그래"라고 혼잣말처럼 중얼거렸다.

"아까 아사히나 씨의 오열을 보고 나도 마음속이 복잡했어. 내가 줄곧 피해왔던 세계를 접한 듯한 느낌이었으니까. 그게 뭔지 그때는 몰랐는데 이제야 확실히 알겠네." 이마에서 손을 떼고 마도카의 얼굴을 지그시 바라보며 말을 이어갔다. "그건 사랑이야. 아마도 나는 그들의 사랑을 접한 것 같아."

"그걸 깨달았다면 이제 괜찮겠네요." 마도카는 옆에 둔 가방을 열고 안에서 납작하고 네모난 케이스를 꺼냈다. "이거, 나유타 씨에게 선물."

DVD였다. 「얼어붙은 입술」이라는 제목이 눈에 두드러졌다.

"이 영화를 둘러싼 어떤 일이 당신의 마음에 깊은 상처를 남겼는지, 자세한 것까지는 묻지 않을게요. 하지만 언젠가는 이 영화를 제대로 보는 게 좋다고 생각해요. 괴롭다고 과거에서 눈을 돌려서는 안 되니까."

나유타는 말없이 DVD를 받아 들었다.

"전에도 말했지만 나유타 씨의 연기는 정말 훌륭했어요. 하지만……." 마도카는 망설이는 표정을 보이면서도 조용히 말을 이었다. "하지만 그건 단순한 연기가 아니었어요. 아사히나 씨 커플이 당신을 오해한 게 아니에요. 그 사람들의 눈은 속일 수 없어요. 당신은 역시 게이……. 그렇죠?"

나유타는 숨을 헉 삼키고 마도카의 얼굴을 마주 보았다. 그녀는 눈을 돌리지 않았다. 이제 와서 새삼 거짓말을 하는 건 용납하지 않겠다는 듯 강한 아우라를 발하고 있었다.

언제부터, 라고 나유타는 말했다. "언제부터, 알았어?"

"영화를 봤을 때부터 아마 그럴 거라고 짐작했어요. 그리고 처음 만났을 때, 당신이 그 영화의 소년이라는 것을 알고 직감적으로 확신했어요. 스키장 근처의 호텔에서 함께 숙박한 적이 있었죠? 내가 그때 별다른 저항감이 없었던 건 당신이 여자에게는 관심이 없다고 생각했기 때문이에요."

아, 하는 소리가 나유타의 입 안에서 터졌다. 말을 듣고 보니 그런 일도 있었다.

"하지만 당신은 그걸 감추려고 했어요. 그래서 나도 굳이 그 얘기는 안 했죠. 조금 전에 당신이 아사히나 씨 커플에 대해 편견을 갖고 있다고 말했지만, 정확히 말하자면 그건 증오, 근친 증오예요. 그렇죠?"

나유타는 DVD의 제목에 시선을 떨구고 고개를 끄덕였다. "응, 그럴지도 모르겠다."

"인간이란 많은 것에 얽매인 채 살아가는 존재예요." 마도카는 말했다. "언젠가 당신이 그런 것에서 해방되는 날이 오기를 빌게요."

그녀의 말이 나유타의 마음속에 뭉클하게 스며들었다. "고마워"라는 말이 스르륵 흘러나왔다.

"자, 그럼 이만." 마도카가 자리에서 일어섰다. 등을 내보이며 공원 밖에 주차된 세단을 향해 걸어갔다.

세단의 뒷좌석 문이 열리고 다케오가 나왔다.

마도카는 나유타를 돌아보며 손을 흔들고 그 차에 올랐다.

12

트레이를 열고 디스크를 얹은 뒤에 손이 그대로 멈췄다. 이대로 트레이를 닫으면 자동으로 재생이 시작된다.

영화「얼어붙은 입술」이 화면에 나오는 것이다.

나유타는 심호흡을 했다. 마도카가 했던 말이 떠올랐다. 괴롭다고 과거에서 눈을 돌려서는 안 된다…….

맞는 말이다. 생각해보면 항상 도망치기만 했었다. 고교 시절에도 그랬다. 내가 왜 이런 일을 당해야 하느냐고 그저 화만 냈다. 과거에 무슨 일이 있었는지 직시하려 하지 않았다.

이 영화는 내 어두운 과거 그 자체다, 라고 나유타는 생각했다.

단순히 영상뿐만이 아니다. 이 영화에 관한 모든 기억이 마음속에 검은 그림자를 드리웠다. 그것을 항상 자각하고 있었다.

특히 그날 밤은…….

모든 촬영이 끝난 날, 이른바 크랭크업 날 밤이다. 장소는 촬영지였던 시골 마을의 작은 여관. 그곳에서 출연자와 스태프 전원이 모여 뒤풀이 파티를 했다. 물론 나유타도 참석했다.

하지만 항상 매니저로 따라다니던 어머니가 그날은 없었다. 아침에 갑작스러운 볼일이 생겨 먼저 집에 돌아갔기 때문이다. 나유타는 그다음 날 스태프 중 한 명이 집과 가장 가까운 역까지 데려다주기로 했다.

파티는 나유타에게 즐거운 자리는 아니었다. 주위에는 온통 어른들뿐이고 얘기할 상대도 없다. 촬영 기간에도 말을 주고받은 사람은 감독 아마카스 정도였다.

혼자서 주스를 마시고 있는데 한 남자가 옆에 와서 앉았다. 미즈키 요시로라는 영화 프로듀서였다. 나유타는 촬영이 시작되기 전에 그를 만난 적이 있었다. 어머니에게서 "감독보다 더 높은 사람"이라는 말을 들었던 터라서 내심 긴장했다.

미즈키는 나유타의 연기를 칭찬했다. 이 영화는 네가 아니었다면 애초에 만들 수 없었다, 네 덕분에 훌륭한 작품이 될 것 같다, 라는 말을 듣고 솔직히 기쁜 마음이 들었다.

“연기를 해보니까 어땠어? 너 스스로도 뭔가 눈뜬 것이 있었지?”

그 질문에 찔끔했다. 마치 마음속을 훤히 들여다보고 하는 말 같았다.

정신없이 아마카스가 지시하는 대로 연기했을 뿐이지만, 주인공에 공감하는 점이 있었던 것은 부정할 수 없다. 내 안에 이런 부분이 있었나, 하고 깨닫고 크게 당황스럽기도 했다.

생각해보면 아마카스는 구도 게이타라는 아역 배우에게 그런 성향이 있다는 것을 간파했었는지도 모른다.

나유타가 대답하지 않자 미즈키는 “눈을 떴겠지”라면서 지그시 얼굴을 들여다보았다.

“네 안에 이번 주인공과 똑같은 자질이 있었고, 그것이 큰 자극을 받았어. 그렇지 않고서야 그런 연기는 못 하지. 어때, 그렇지?”

아니라고 대답하기는 어려운 분위기였다. 어쩔 수 없이 “네, 조금”이라고 말해보았다.

미즈키가 만족스러운 듯 고개를 끄덕였다.

“그렇겠지. 하지만 부끄러워할 거 없어. 옛날에는 고상한 취미로 여겨지던 일이야. 한 번뿐인 인생인데 마음껏 즐겨야지. 나도 말이지, 즐기고 있어, 양쪽 다.”

나유타는 고개를 끄덕였지만 미즈키가 왜 그런 말을 하는지 이해하지 못했다. 양쪽 다, 라는 건 무슨 뜻일까.

이윽고 파티가 끝났다. 나유타가 방으로 돌아가려는데 다시 미즈키가 말을 걸었다. 조금 더 얘기하고 싶으니 자기 방으로 오지 않겠느냐, 라는 것이었다.

피곤했지만 거절은 생각할 수도 없었다. 어쨌거나 상대는 가장 높으신 분인 것이다.

방에서 단둘이 되자 미즈키는 맥주를 마시기 시작했다. 나아가 나유타에게도 한번 마셔보라고 권하는 것이었다.

"맥주쯤은 별것도 아냐. 무슨 일이든 다 경험이지. 배우라면 더 말할 것도 없어."

여기에서도 미처 거절하지 못했다. 그가 따라준 맥주잔을 정좌한 채 받아 들었다.

맥주를 처음 마셔본 건 아니었다. 그러나 맛있다고 생각한 적은 없었다. 그때도 무슨 맛인지 알지 못했다. 하지만 긴장한 탓에 목이 말라서 꿀꺽꿀꺽 마셔버렸다.

"오, 제법 술맛을 아는데? 아주 좋아." 미즈키는 흡족한 얼굴로 다시 따라주었다.

그리고 그 뒤의 일은 거의 기억나지 않는다. 미즈키가 말하는 연예계와 연기에 관한 이야기에 그저 맞장구만 쳐주고 있었는데 중간부터 기억이 사라졌다.

이유는 명백하다. 술기운이 돌면서 잠이 들어버린 것이다.

정신을 차렸을 때, 방 안은 캄캄했다. 이불 위에 있었다. 무슨 일이 있었는지 전혀 알지 못했다. 나쁜 꿈을 몇 개나 꾸었던 것은 생각났다. 지독히 머리가 아프고 속이 메슥거려서 그 탓인가 하고 생각했다.

이윽고 코 고는 소리가 들려왔다. 바로 옆에서 누군가 자고 있다. 어른이다.

갑작스럽게 공포심이 밀려왔다. 나쁜 꿈……. 그건 정말로 꿈이었을까.

소스라치게 놀란 것은 자신이 발가벗은 몸이라는 것을 깨달았을 때였다. 꿈속에서 누군가 옷을 벗겼다. 온몸을 더듬고 입에 키스를 했다. 띄엄띄엄 되살아나는 악몽은 점차로 현실감을 띠기 시작했다.

온몸이 덜덜 떨렸다. 방바닥에 자신의 옷이 여기저기 내던져진 것이 희미하게 보였다. 손을 내밀어 집으려 했지만 몸이 마음먹은 대로 움직이지 않았다.

한참 뒤에야 더듬더듬 옷을 끌어당겨 속옷을 입었다. 여전히 떨림은 멈추지 않았다. 다른 옷은 양팔에 껴안은 채 슬리퍼도 신지 않고 그 방을 나왔다.

자신의 방으로 돌아오자마자 화장실로 뛰어갔다. 강한 구토감이 치밀었기 때문이다. 변기를 마주하고 구웩구웩 토하면서 그건 꿈이다, 분명 모두 다 꿈이다, 라고 머릿속에서 되뇌었다.

13

새 곡이 완성되었으니 함께 들어보지 않겠느냐고 아사히나에게서 연락이 온 것은 12월 초의 일이었다. 나 같은 사람은 곡이 좋은지 어떤지도 잘 모른다고 말했지만 그래도 괜찮으니 들어달라고 말했다. 그러시다면, 하고 곧장 차를 그쪽으로 돌렸다.

아사히나는 얼굴빛이 밝고 움직임도 씩씩했다. 방음실에서 피아노를 치는 뒷모습은 지난번보다 한 10년은 젊어진 것 같았다.

그렇게 연주해준 곡은 장대하고도 우아한 선율로 가득했다. 그야말로 〈대지의 숨결〉이었다. 연주가 끝나자 나유타는 저절로 박수를 치고 있었다.

"마음에 들었는지 모르겠네." 아사히나가 물었다.

"정말 좋은 거 같아요. 분명 오무라 씨도 기뻐할 겁니다."

"그렇게 말해주니 마음이 놓이는군. 모두 구도 씨 덕분이야. 다시금 감사해. 고마워."

"아뇨, 아뇨, 천만에요."

그런데, 라면서 나유타는 호주머니에서 명함 한 장을 꺼냈다.

"이번에 새로 명함을 만들었어요. 한 장 드려도 될까요?"

"명함을? 그야 물론 받아야지."

아사히나 옆으로 다가가 그의 손에 새 명함을 쥐여주었다.

"엇, 점자를 넣었네?"

"네, 침구사는 시각장애인도 할 수 있는 직업이죠. 그래서 그런 분들이 좀 더 관심을 가질 수 있게 점자도 넣어봤어요."

"그렇군." 아사히나는 명함을 손끝으로 더듬으며, 어라, 하고 고개를 갸우뚱했다. "구도 게이타…… 라고 적혀 있는 것 같은데."

"그렇습니다. 앞으로는 그 이름을 쓰기로 했어요."

음, 하고 고개를 끄덕이고 아사히나는 빙긋이 웃었다. "그거 좋지. 나도 찬성이야."

"다행입니다."

아사히나의 집을 나와 주차장으로 가면서 스마트폰으로 인터넷

뉴스를 체크했다. 사카야 선수가 출전한 스키 점프 대회의 결과를 알아보기 위해서였다. 하지만 그 전에 한 가지 속보 뉴스가 눈에 뛰어들어서 그는 발을 멈췄다.

영화 프로듀서 미즈키 요시로가 사망했다, 라는 것이었다. 기사에 따르면, D현의 아카쿠마 온천에서 마을 변두리를 산책 중에 황화수소를 흡입해 중독사했다고 한다. 단순 사고인지 살인 사건인지는 나와 있지 않았다.

천벌인가. 아니면 누군가 나 대신 원한을 풀어준 것인가.

구도 게이타는 다시 걸음을 내디뎠다. 오늘 밤에야말로 「얼어붙은 입술」을 볼 수 있을지도 모르겠다고 생각했다.

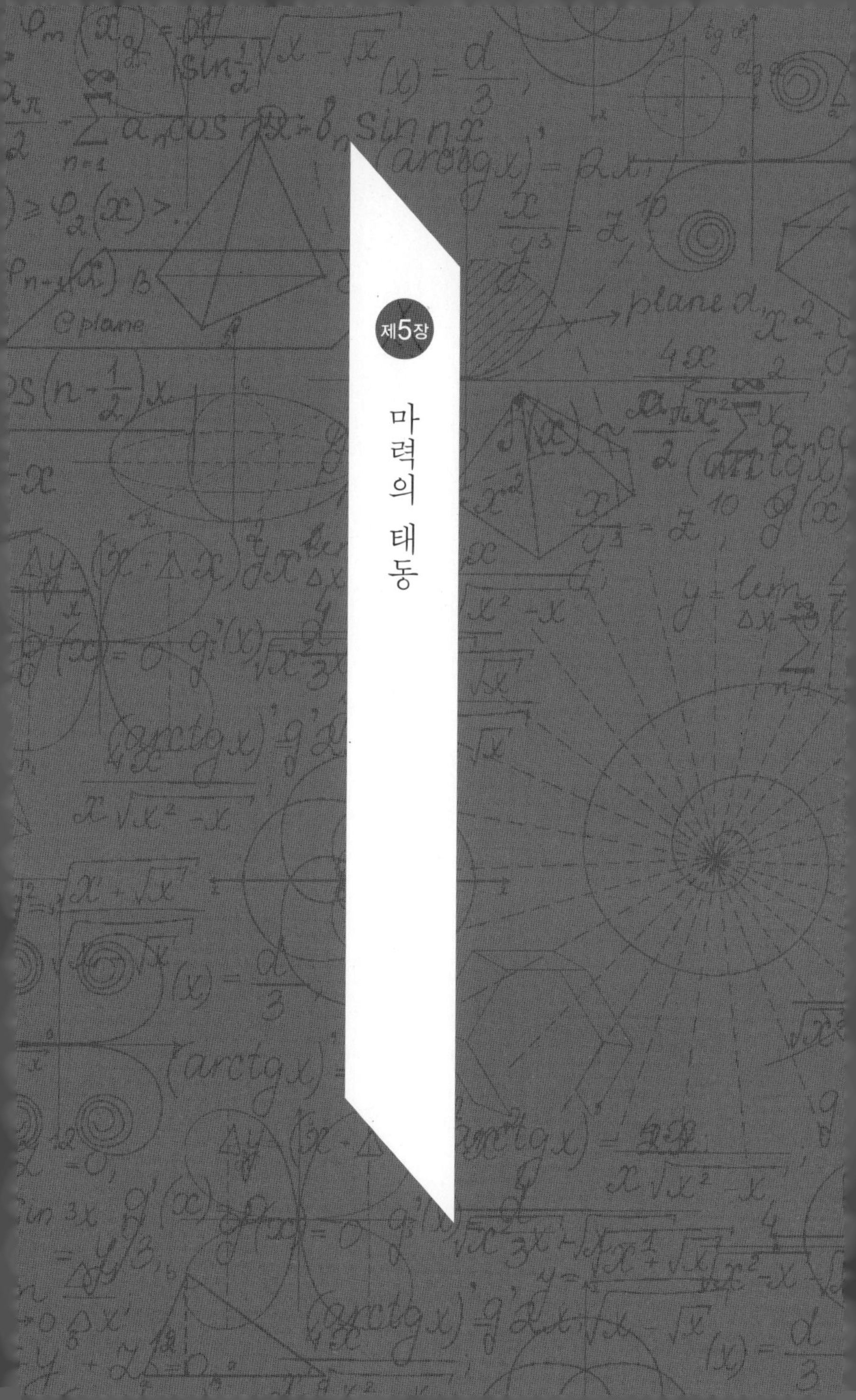

제5장

마력의 태동

1

“몸무게 60킬로그램인 성인의 체내 합계 칼륨이 120그램일 때 그 체내 방사능 양을 구하라—. 이 문제로 하면 어떻겠어?” 의자 등받이를 한껏 젖히고 겨울의 파란 하늘을 유리창 너머로 올려다보며 아오에 슈스케는 말했다.

하지만 옆자리의 오쿠니시 데쓰코에게서는 대답이 나오지 않았다. 아오에가 돌아보니 떨떠름한 얼굴로 고개를 갸우뚱하고 있었다.

“왜, 불만인가?”

오쿠니시 데쓰코는 검은 테 안경을 슬쩍 올리고 미간을 찌푸린 얼굴로 이쪽을 보았다.

“너무 간단한 거 아닌가요?”

아오에는 아랫입술을 툭 내밀고 고개를 가로저었다.

"됐어. 이건 서비스로 내주는 문제야. 여기서 점수를 얻게 해줘야지 안 그러면 낙제하는 학생이 많아져. 그러잖아도 환경분석화학은 학점 따기 어렵다고 인기가 바닥인데."

오쿠니시 데쓰코는 한숨을 내쉬며 노트북 키보드에 손끝을 올렸다. "단서는 '아보가드로수'만으로도 괜찮겠지요?"

"칼륨40의 동위원소 존재비와 반감기도 적어줘."

"그런 건 대학생이라면 당연히 외우고 있어야지요."

"깜빡 잊어버린 경우도 있을 거잖아."

"자애로우시네요." 비아냥거리듯이 말하고 오쿠니시 데쓰코는 키보드를 치기 시작했다.

아오에는 다시 창밖으로 시선을 던졌다. 오늘은 정말 좋은 날씨다. 전형적인 겨울형 기압 배치여서 도쿄가 이만큼 날씨가 맑으면 동해 쪽은 눈이 내릴지도 모른다. 장기예보에 따르면 올겨울은 드물게 추운 날씨가 될 것이라고 한다. 도쿄는 대부분 겨울 끝물에나 눈이 내리지만 올해는 설날 무렵이면 눈을 볼 수 있을 거라는 예상이었다.

벌써 12월에 접어들었다. 연구실의 학생과 대학원생은 모두 강의를 들으러 가고 자리에 없었다. 이 시간을 활용해 1월에 치를 시험 문제를 둘이서 만들기 시작한 것이다.

다 됐습니다, 라고 오쿠니시 데쓰코가 말한 직후에 전화가 울렸다. 책상에 놓인 고정 전화였다. 호출음으로 외선外線이라는 것을 알았다.

오쿠니시 데쓰코가 수화기를 들고 네에, 라고만 대답했다. 함부로 연구실 이름을 말하지 않도록 하라는 지시를 내렸기 때문이다.

"……네, 그렇습니다. ……지금 계시기는 한데, 실례지만 누구십니까?" 오쿠니시 데쓰코는 아오에 쪽을 돌아보면서 물었다. 그리고 "예?"라고 미간을 찌푸렸다.

아오에는 뭔가 안 좋은 예감이 들었다. 아는 사람이라면 휴대전화로 연락할 것이고 관련 업자나 대학 측 직원이라면 이 조교가 저런 표정을 보일 리 없다.

오쿠니시 데쓰코가 송화구를 손으로 가로막은 채 수화기를 귀에서 뗐다.

"누구?" 아오에가 물었다.

"D현경의 무로타 씨라는 남자분이에요." 오쿠니시 데쓰코가 당혹스러운 표정으로 말했다.

"D현경? 무슨 일로?"

"교수님께 상의드릴 일이 있다는데요." 그렇게 말하고 수화기를 아오에 쪽으로 내밀었다.

"상의할 일……."

수화기를 받으며 급하게 머리를 굴려보았다. 짐작되는 것이라고는 하나도 없었다. 아는 사람 중에 무로타라는 이도 없고 D현이라면 대학생 때 딱 한 번 가봤을 뿐이다.

한 차례 헛기침을 하고 네에, 라고 수화기에 대고 말했다. "아오에입니다."

"안녕하십니까!" 귀가 아플 만큼 큰 목소리였다. "바쁘실 텐데 죄송합니다. 저는 D현 경찰 본부 생활안전부 생활환경과의 무로타라고 합니다."

"아, 예……." 이름과 소속을 길게 얘기해봤자 어떻게 대답해야 할지 알 수 없다.

"교수님의 성함과 연락처는 J현경을 통해 알았습니다. 3년 전에 교수님이 J현경에 협조해주신 일이 있다고 해서요."

"J현경이라면……." 듣고 보니 생각나는 지명이 있었다. "하이보리 온천 말인가요?"

곧바로 옆에 있던 오쿠니시 데쓰코가 눈이 둥그레졌다. 그녀도 그냥 흘려들을 수 없는 지명인 것이리라.

"네, 맞습니다, 맞습니다." 무로타가 반색하는 목소리를 냈다. "그때 교수님께서 큰 도움을 주셨다는 얘기를 J현경에서 들었습니다."

"그리 대단한 일을 한 것도 아닌데요."

"아뇨, 교수님이 아니었으면 마을 전체를 폐쇄할 상황이었다고 하던데요. 귀중한 충고를 해주신 데다 또 다른 피해자가 나오는 것까지 막아주셨다고요."

"그건 어쩌다 보니 그렇게 됐지요. 그보다 오늘은 무슨 일이십니까?"

"방금 말씀드린 그 건인데요, 말하자면 저희도 교수님께 도움을 요청하려고 합니다."

"무슨 말씀이신지……." 아오에의 가슴속에 불길한 바람이 불었다. 조금 전의 안 좋은 예감이 단순한 기우가 아니었던가.

실은, 이라면서 무로타가 말을 이어갔다.

"오늘 우리 담당 구역의 아카쿠마 온천에서 사고가 발생했습니다.

황화수소 중독 사고예요. 산책 중이던 남성 한 명이 사망했습니다. 그 원인 조사와 앞으로의 대책을 세우는 데 교수님의 협조를 부탁드립니다."

전화를 끊은 뒤, 오쿠니시 데쓰코에게 용건을 설명했다. 이야기를 듣는 동안 그녀의 미간의 주름이 점점 더 깊어졌다.

"온천지에서 또 그런 일이……. 지난번 사건의 교훈을 살리지 못한 모양이네요." 어두운 목소리로 말했다.

"그 지역 주민들이야 잘 알겠지만 타지에서 온 관광객들은 화산가스의 위험성을 인식하지 못하니 그게 문제야. 게다가 지역 주민은 관광객의 그런 무지를 파악하지 못한 채 당연히 알 거라고 생각하지. 이번에야말로 그걸 꼭 주지시켜야겠어."

아오에의 말에 오쿠니시 데쓰코의 안경 렌즈가 번쩍 빛나는 것처럼 보였다.

"또 가시려고요, 사고 현장에?"

"어쩔 수 없잖아. 이런 일을 방지하는 데 힘을 보태는 것도 우리가 할 일이야."

"연구실은, 여기는 어떻게 하고요?"

"자네한테 일임할게. 이번에는 나 혼자 다녀올 테니까."

그렇습니까, 라고 말하고 오쿠니시 데쓰코는 한 차례 눈을 감았다가 다시 아오에를 올려다보았다.

"단순한 사고라면 그나마 다행일 텐데요."

아오에는 심호흡을 하고 고개를 끄덕였다. "그러게 말이야."

3년 전에 지켜본 몇 가지 광경이 뇌리에 되살아났다.

2

3년 전—.

아오에는 오쿠니시 데쓰코와 함께 기차를 타고 J현으로 향했다. 하이보리 온천가에서 일어난 황화수소 중독 사고의 조사에 협조하기 위해서였다. 단 협조를 요청한 것은 현경 쪽이 아니라 현청 자연보호과 소속의 세쓰쓰라는 남자 직원이었다.

아오에 일행은 세쓰쓰와는 안면이 있었다. 그때로부터 다시 1년 3개월 전쯤에 명함을 교환했었기 때문이다. 아오에는 국내에 소재한 몇몇 온천지에서 황화수소 가스의 발생 상황을 조사하고 있었다. 하이보리 온천은 그때 선정된 온천지 중 하나여서 당시 세쓰쓰가 현지를 안내해준 것이다.

"이 늪지를 지나간 모양이네." 태블릿을 터치하면서 아오에는 혼잣말처럼 중얼거렸다. 화면에 뜬 것은 이번 사고 현장을 표시한 상세 지도다. 그리고 옆에는 예전에 조사한 결과를 정리한 파일이 놓여 있었다. 양쪽을 비교해가면서 한 말이었다.

"위험한 곳인가요?"

맞은편에 앉은 오쿠니시 데쓰코가 물었다. 4인용 좌석이지만 승객이 많지 않아 둘이서 차지하고 있었다.

"아주 위험한 곳이지. 생각 안 나? 여관이 밀집한 마을에서 조금 떨어진 곳에 온천물이 흐르는 늪이 있었잖아."

오쿠니시 데쓰코는 잠시 생각해보는 표정이더니 아, 하고 고개를 끄덕였다.

"그런 데가 있었죠. 황화수소 농도가 상당히 높았어요."

"그래도 평소에는 별문제가 없지만 겨울에 눈이 내리면 그 늪이 하얗게 덮이게 돼. 표면만 봐서는 전혀 모르는데 내부가 빈 동굴 상태가 되면서 거기에 황화수소 가스가 가득 차는 거야. 그런 곳을 밟고 지나갔다가는 그야말로 최악이지. 동굴 밑으로 빠져서 첫 호흡을 하는 시점에 이미 정신을 잃게 되니까." 아오에는 태블릿을 들여다보며 고개를 갸웃거렸다. "특별히 주의해야 한다고 그때 세쓰쓰 씨 쪽에도 강조했었어. 그런데 왜 대책을 세우지 않았지?"

"방심했던 게 아닐까요?" 오쿠니시 데쓰코는 덤덤한 어조로 말했다. "지금까지 아무 일 없었으니까 앞으로도 괜찮을 거라고 믿는 거죠. 뭐, 흔히 볼 수 있는 근거 없는 낙관이에요."

"하지만 이번에는 비극이 일어났어. 이 사실을 현지 주민들이 얼마나 심각하게 받아들이느냐가 중요한 문제겠지."

환승역에서 내려 하이보리 온천가로 향하는 기차로 갈아탔다. 승객은 몇 명 되지 않았다. 차량 안을 둘러봐도 아오에 일행 외에는 몇 사람만 앉아 있을 뿐이다.

하이보리 온천역에 도착하자 의외로 함께 내린 승객 두 명이 있었다. 흰머리에 풍채가 좋은 남자와 기품 있는 용모의 여자였다. 개표구를 나온 참에 남자가 쾌활한 어조로 "관광하러 오셨어요?"라고 아오에에게 말을 걸어왔다.

잠시 망설였지만 거짓말을 하면 나중에 귀찮아질 것 같았다. 관광이라고 하면 분명 이쪽을 부부로 볼 게 틀림없어서 그걸 오쿠니시 데쓰코가 어떻게 생각할지도 신경이 쓰였다. 그래서 일 때문에 왔습니다, 라고 솔직히 대답했다.

"엇, 그래요?" 백발의 남자는 눈을 끔벅거렸다. "이런 곳에 일 때문에 오셨다니 어떤 일이……." 그렇게 말하더니 얼굴 앞에서 손을 가로저었다. "아차, 미안해요. 어쩐지 마음에 걸려서. 아무래도 그런 사고가 일어나고 보니."

"사고에 대해 뭔가 아십니까?"

아오에의 물음에 상대는 크게 고개를 끄덕였다.

"물론 알지요. 실은 오늘 예약해둔 여관에서 어젯밤에 급히 전화가 왔었어요. 이러저러한 사고가 발생해 경찰에서 영업을 자숙하라는 요청이 왔다, 예약 취소를 원한다면 무상으로 해주겠다, 라는 거예요. 그래서 어떻게 할까 아내하고 상의했는데 여태껏 기다려온 여행인 데다 이번 일정에 맞춰 휴가도 냈고 뭐, 우리만 조심하면 별문제는 없겠다 싶어서 이렇게 찾아왔죠."

"그렇지?"라고 남자가 옆에 있는 아내에게 동의를 청했다. 그녀도 희미한 웃음을 보이며 고개를 끄덕였다.

아오에는 그렇습니까, 라고 대답하면서 여기에도 일을 가볍게 보는 사람이 있다고 생각했다. 그러니 사고가 나는 것이다.

"저희는 이번 사고에 대해 조사하려고 왔어요, 도쿄에서."

"그래요? 그럼 어딘가 관청에서 근무하시는 분이군요." 백발 남자의 질문은 끝나지 않았다. 아무래도 호기심을 자극해버린 모양이다.

여보, 라고 아내 쪽이 옆에서 말을 가로막았다. "실례잖아요, 자꾸 물어보면."

"아, 그것도 그렇군. 미안합니다. 역시 사고가 난 게 마음에 걸려서 나도 모르게." 남자가 멋쩍은 듯 웃었다.

"괜찮습니다. 저희는 공무원이 아니고 대학에서 연구하는 사람들이에요."

남자의 입이 오호, 하고 동그래졌다. "연구라면 어떤?"이라고 말한 참에 다시 겸연쩍은 듯 쓴웃음을 지으며 손을 가로저었다. "아이쿠, 내가 또……. 자 자, 이 정도에서 끝내지요."

아무래도 연구 내용을 물어보려고 했던 모양이다. 먼저 질문을 거둬줘서 다행이다. 지구화학이니 뭐니 얘기하면 그건 또 뭐냐고 질문이 이어졌을지도 모른다.

역 건물을 나서자 주위가 온통 새하얀 눈이었다. 도로 가장자리로 쳐낸 눈이 마치 벽처럼 높직이 쌓였다. 아오에는 목에 두른 머플러를 바짝 여미며 내심 후회했다. 다운재킷 안에 좀 더 두툼하게 입고 왔어야 했는데.

그럼 또 봅시다, 라면서 백발 남자는 아내와 둘이 택시 승차장으로 향했다. 그 발걸음이 경쾌했다.

"그런 사망 사고가 났어도 올 사람은 오는군요." 오쿠니시 데쓰코가 어이없다는 듯이 말했다.

"그야 그렇지. 아무리 조난자가 생겨도 등산객이 끊이지 않는 것과 똑같아."

또 봅시다, 라는 말이 마음속에 남았다.

하이보리 온천가는 좁다. 정말로 또 보게 될지도 모르겠다고 아오에는 부부의 등을 바라보며 생각했다.

잠시 뒤 세쓰쓰가 운전하는 하얀색 RV 차량이 도착했다.

"교수님, 먼 걸음 하시게 해서 죄송합니다. 오쿠니시 씨도 오시느라 고생하셨지요?" 차에서 내려선 세쓰쓰가 몇 번이나 머리를 숙이며 말했다. 마흔이 넘은, 얼굴이 둥글고 뚱뚱한 인물이다. 방한복을 두툼하게 입어서 더 부하게 보였다.

"힘든 일이 발생했군요."

"네, 진짜 힘드네요." 세쓰쓰는 눈썹을 여덟팔자로 축 늘어뜨렸다. "작은 동네에서 큰일이 터져버렸지 뭡니까. 앞으로 어떻게 대응해야 할지 난감해하던 상황이라 교수님께서 도와주시면 저희는 정말 좋겠습니다."

"아뇨, 제가 도움이 될지 모르겠네요. 우선 현지 상황을 보고 나서 얘기하지요."

"예에, 그렇지요. 즉시 안내하겠습니다."

아오에는 오쿠니시 데쓰코와 함께 차 뒷좌석에 올랐다. 여기서부터 하이보리 온천가까지는 30분쯤 걸릴 터였다.

세쓰쓰가 운전을 하면서 사고의 경과를 설명해주었다. 사고가 일어난 것은 어제 오전 중이고, 간사이 지역에서 온 관광객 가족이 피해를 당했다. 젊은 아빠와 엄마, 초등학생 외아들, 세 명이 렌터카를 타고 왔었다고 한다. 체크아웃 후에도 주차장에 계속 렌터카가 서 있는 것을 의아하게 여긴 여관 주인과 종업원들이 근처를 돌면서 물어본바, 두 가지 목격 증언을 얻을 수 있었다. 그중 하나는 아빠

쪽은 마을 남측의 신사 옆에서 담배를 피우고 있었다는 것이고, 또 하나는 엄마와 아들이 북쪽 방향으로 걸어갔다는 것이었다. 그래서 여관 주인과 종업원들은 두 팀으로 나눠 이 가족을 찾으러 나갔지만 신사 쪽으로 갔던 종업원들은 아빠를 만나지 못했다. 일가족을 발견한 것은 엄마와 아들 쪽의 족적을 따라간 여관 주인이었다. 겨울철에는 출입이 금지되는 공터에 남녀 두 명이 포개지듯 쓰러져 있었던 것이다. 그 일대에 독한 황화수소 냄새가 나고 있어서 여관 주인은 곧바로 가스 중독인 것을 알았다. 2차 피해를 방지하기 위해 종업원들을 그쪽에 오지 못하게 조치하고 즉각 119에 신고했다. 이윽고 달려온 소방대원이 방호복을 입고 두 사람을 구조했지만 두 사람 다 이미 심폐 정지 상태였다. 두 사람이 쓰러져 있던 바로 옆의 늪지에는 큼직한 구덩이가 뚫렸고 그 아래 빈 공간에 어린 아들이 빠져 있었다…….

"사고 지점을 표시한 지도를 메일로 보냈는데 확인하셨습니까?" 핸들을 조종하면서 세쓰쓰가 물었다.

"예, 확인했어요. 지난번 조사 때 지적해드린 가장 위험한 장소 중 하나였지요?"

"네, 맞습니다." 세쓰쓰는 무거운 어조로 말했다. 앞을 보고 있어서 아오에 쪽에서는 얼굴이 보이지 않지만 잔뜩 일그러진 표정일 터였다.

"아무 조치도 취하지 않았던가요? 출입금지라든가."

"물론 저희는 조치를 취했지요. 봄부터 가을까지는 자재 적치장으로 쓰이지만 겨울철에는 출입을 금지했어요. 그런 내용을 적은 안내판도 거기 세워뒀습니다. 근데 어느 틈엔가 그 표지판이 쓰러졌고 게다가 눈까지 내리는 바람에 그걸 못 보고 들어간 거예요."

"표지판이 쓰러져요?"

"아마 제설차에 걸려 쓰러진 것 같아요. 제설차가 방향을 바꿀 때 그 공터를 이용하는 일이 많았답니다."

"제설차라니, 출입금지 구역에 제설차가 들어갔단 말이에요?"

"그랬던 모양이에요." 세쓰쓰는 떨떠름한 목소리로 대답했다. 그 말투로 봐서는 그도 이번에야 알게 된 일인 것 같았다.

"그건 아주 위험한데요. 차량 안이라고 안전한 게 아니에요. 자칫 눈 밑의 작은 동굴이 무너지고 거기에 가득 찼던 황화수소가 분출하기라도 하면 호흡곤란 정도로는 끝나지 않아요."

"담당자 말로는, 그 사람들도 나름대로 조심하긴 했던 모양이에요. 어쨌든 정보 공유가 제대로 안 된 것은 분명한 사실입니다." 세쓰쓰는 죄송스럽다는 듯이 말했다. 의도한 일은 아니더라도 결과적으로 아오에의 충고를 무시한 꼴이 되어버린 게 몹시 안타까운 기색이었다.

우울한 기분을 안고 아오에는 차 밖으로 시선을 던졌다. 가면 갈수록 눈이 깊어지는 게 느껴졌다. 지난번에 왔을 때는 본격적인 겨울이 시작되기 전이었다. 눈이 쌓인 뒤에는 화산가스의 발생이 억제되어 정확한 조사를 할 수 없기 때문이었지만, 그건 거꾸로 말하면 겨울철에는 위험이 곳곳에 잠복한다는 얘기가 된다.

잠시 뒤에 도착한 하이보리 온천가에는 심상치 않은 분위기가 감돌았다. 옛 민가가 줄줄이 들어선 거리에 가스마스크를 쓴 경찰들이 드나들고 있었다. 손에 든 기계는 가스 검지기일 것이다. 휴대용 무전기로 뭔가 연락을 주고받고 있었지만 그 말투가 상당히 거칠었다.

그런 긴박한 분위기인데도 의외로 온천을 즐기러 온 것으로 보이는 관광객들의 모습이 적잖이 눈에 띄었다. 노인들도 있고 가족 일행도 있었다. 커플의 모습도 보였다.

저거 봐, 라고 아오에는 오쿠니시 데쓰코에게 말했다.

"아까 역에서 만난 중년 부부가 유난스러웠던 게 아니야. 아무리 위험한 상황에서도 나한테는 그 불똥이 튀지 않는다고 믿는 사람들이 있다니까."

"아무 근거도 없이."

"맞아, 아무 근거도 없이."

세쓰쓰가 핸들을 꺾었다. 차는 북쪽으로 향했다.

하이보리 온천가의 배치는 단순하다. 주요 도로가 동서로 이어져서 주요 시설이나 상점, 여관 등은 대부분 그 도롯가에 처마를 맞대고 들어섰다. 남북으로 난 길은 여러 개가 있지만 모두 폭이 좁은 길이고 그 끝은 막다른 곳이다.

이 차가 향하는 곳도 그 남북으로 난 길이었다. 어디로도 이어지지 않는다. 그 끝에는 위험한 화산가스가 발생하는 늪이 잠복하고 있을 뿐이다.

잠시 달려가다가 감시 중인 경찰관의 지시에 따라 차를 세웠다. 거기서부터는 진입금지라고 했다.

"현경에 미리 얘기했어요. 안전장비도 준비했습니다."

세쓰쓰의 설명에 이윽고 도보 통행이 허락되었다. 단 반드시 가스마스크와 고글을 쓴다는 게 조건이었다. 그런 장비는 차 트렁크에 챙겨 왔다.

꼭 필요한 용품 외에는 모두 차에 남겨두고 가스마스크와 고글을 쓴 차림새로 아오에는 오쿠니시 데쓰코, 세쓰쓰와 함께 걸음을 옮겼다. 이런 조치에는 이미 익숙하다. 지난번에도 장비를 다 갖춘 상태에서 조사했던 것이다. 화산가스가 얼마나 무서운지는 누구보다 잘 알고 있다.

여관이 들어선 마을과는 조금 떨어진 곳이라 눈길에서 마주치는 사람은 경찰관뿐이었다. 하나같이 가스마스크를 쓰고 있었다. 다만 뭔가 작업을 하는 것처럼은 보이지 않았다. 아마 현장에 사람들이 접근하지 못하도록 길목을 지키는 임무만 수행하는 모양이었다.

길가에 허름한 사당이 서 있었다. 지난번에 조사할 때, 이 사당에 얽힌 이야기를 한 노인에게서 들었다. 옛날부터 이 부근에서 작은 동물들이 죽은 채 발견되는 일이 많아 그 위험을 알리기 위해 지어진 사당일 것이라는 얘기였다.

앞쪽으로 공터가 보였다. 경찰관이 10여 명 정도 와 있었다. 그중 몇몇은 방호복 차림이었다.

세쓰쓰가 한 경찰관에게 다가가 잠깐 이야기를 나누고 돌아왔다.

"현장검증은 끝났다고 합니다. 지금은 농도가 낮아졌지만 가스마스크는 아직 벗으면 안 되니까 주의하라고 했어요."

"여기 농도는 어느 정도나 되죠?" 아오에가 세쓰쓰에게 물었다. 농도계를 그가 갖고 있었기 때문이다.

"잠깐만요." 세쓰쓰가 농도계를 켰다. "아, 52ppm이네요."

"52ppm? 아직도 높은데요."

황화수소는 20ppm에서 30ppm이면 벌써 호흡기에 그 영향이 나타난다. 100ppm 정도가 되면 깊이 숨을 들이쉴 경우, 폐수종에 걸릴 우려가 있다.

경찰관들에게 인사를 건네고 좀 더 안으로 들어갔다. 눈밭은 평평하고 비교적 단단했다. 평소에 단단히 눌러둔 것이 느껴졌다.

"출입금지 구역인데도 압설 작업을 한 모양이지요?"

"그렇습니다. 아까도 말씀드렸지만 제설차가 가끔 여기서 방향 전환을 했으니까요."

세쓰쓰의 말을 뒷받침하듯이 공터 안쪽은 눈이 수북하게 쌓여 있었다. 그 뒤로는 제설차도 들어가지 못한 것이다.

"저 구덩이예요." 세쓰쓰가 수북이 쌓인 눈의 일부를 가리켰다. 사방 1미터쯤의 너비로 움푹 꺼진 곳이 보였다. 그 아래는 빈 동굴 상태일 터였다.

바로 앞에 서 있던 방호복 차림의 경찰관이 더 이상 접근하지 말라는 듯 손으로 제지했다.

"제가 예상했던 그 자리군요. 저 아래에 온천수가 흐르는 늪이 있어요."

아오에의 말에 "네, 그렇습니다"라고 세쓰쓰가 대답했다.

한숨을 내쉬고 아오에는 새삼 주위를 둘러보았다. 긴 나무 막대 두 개가 X자 모양으로 엇갈린 채 꽂혀 있었다. 위험을 표시하려고 꽂아둔 모양이다.

"저건 이번 사고 뒤에 경찰이 설치한 건가요?"

그렇다고 하기에는 너무 허술한 조치라고 내심 못마땅했지만, 세쓰쓰가 그건 아니라고 부정했다.

"저건 제설 담당자들이 오래전에 꽂아둔 것이에요. 여기서 더 안쪽으로 들어가면 위험하다, 라고 제설차 운전기사들끼리 표시를 해뒀답니다. 그들도 나름대로 주의를 기울였다고 아까 말했었지만, 이게 바로 그거예요."

"흠, 그런 거였군요."

자신들만 알아보면 되니까 허술하게 해둔 것이라고 아오에는 그제야 이해했다.

지금까지 별말이 없던 오쿠니시 데쓰코가 옆에서 교수님, 이라고 말을 건넸다.

"그 가족은 왜 이런 곳에 왔을까요?"

"그건 나도 이상하게 생각했어." 아오에는 세쓰쓰 쪽을 돌아보았다. "그 가족이 여기에 왜 왔는지는 밝혀졌나요?"

아니, 그게요, 라고 세쓰쓰의 목소리가 약간 높아졌다.

"우리도 지금 고개를 갸웃거리는 중이에요. 대체 무엇 때문에 이런 곳에 들어왔나 하고. 위험 안내판이 쓰러진 것을 미리 점검하지 못한 건 마을 측의 실수지만, 보시다시피 여기는 아무것도 없는 곳이라 관광객이 굳이 이런 데까지 오리라고는 솔직히 아무도 생각을 못 했죠. 여기를 지나서 어딘가로 갈 수 있는 것도 아니고, 그냥 막다른 길이에요. 무슨 아름다운 경치가 있는 것도 아니잖아요. 근데 왜 이런 곳에 왔는지, 여기서 무엇을 했는지, 도무지 짐작이 가질 않습니다."

3

대책회의는 하이보리 온천가의 읍사무소에서 하게 되었다. 참석자는 현청과 읍사무소 직원들 외에 경찰서, 소방대, 보건소에서 각각 대표로 나온 사람들이었다. 아오에와 오쿠니시 데쓰코는 참관인 자격이라고 세쓰쓰가 모두에게 소개해주었다.

우선 사고 개요와 원인에 대해 경찰과 소방대 측의 보고가 있었지만, 가족의 이름과 주소를 제외하고는 아오에가 이미 알고 있는 것 이상의 내용은 별로 없었다. 다만 한 가지 마음에 걸린 것은 빈 동굴 같은 공간에서 발견된 소년의 자세였다. 머리에서부터 거꾸로 떨어진 것처럼 쓰러져 있었다는 것이다.

아오에는 손을 들고 질문했다. "직립 상태에서 밑에 공간이 있는 눈밭에 발을 딛었다면 일반적으로 엉덩방아를 찧은 듯한 자세로 쓰러졌어야 하는 거 아닌가요?"

설명에 나선 소방대 담당자는 외부인의 질문에 당혹스러운 빛을 보였다.

"그렇기는 한데 실제 발견 당시의 자세가 그런 식이었어요."

"그러면 윗몸부터 떨어졌을까요?"

"윗몸부터……." 담당자는 발견 당시의 사진이 첨부된 서류를 들여다보며 당황한 듯 말을 끊었다.

"아하, 그래. 그렇게 생각하면 이해가 되네." 이 지역 경찰서장이 말했다. "선 채로 걸어간 게 아니라 눈이 도도록한 곳을 네 발로 기어서 올라가는 중이었던 거야. 그런데 손을 짚은 곳이 갑자기 푹 꺼지는 바람에 머리부터 아래로 떨어진 거지. 맞아, 그거야, 틀림없네."

이 자리에서는 가장 계급이 높은 경찰서장이 단정적으로 말했기 때문인지, 맞는 말씀이라느니 정말 그렇다느니 하는 동의의 목소리가 뒤를 이었다.

경찰서장은 기분이 좋아진 듯 의기양양한 얼굴을 아오에에게로 향했다. "역시 전문가가 오시니까 날카로운 지적도 나오는군요."

하지만, 이라고 아오에는 말했다. "왜 그런 곳에 올라갔을까요? 눈 쌓인 풍경이라면 거기 말고도 많잖아요. 훨씬 더 높고, 힘겹게 올라간 보람이 있는 곳이."

경찰서장의 얼굴 표정이 부루퉁한 것으로 바뀌었다. "그거야 올라간 본인한테 물어봐야지요."

소방대 담당자가 손을 들었다.

"그 가족이 숙박했던 야마다 여관에서 들은 얘기인데요, 그 근처는 접근하지 말라고 요시오카 씨에게는 분명하게 얘기를 했었다고 합니다."

요시오카라는 건 이번 피해자 가족의 성씨다.

"그걸 그냥 흘려들었든지 아니면 장소를 잘못 알았든지, 둘 중 하나겠지." 지금까지 아무 말이 없던 면장이 중얼거리듯이 말했다. "그렇다면 사망한 본인들에게도 실수가 있었다는 얘기인데……. 아, 이건 공식적으로 하는 얘기는 아니고, 그냥 우리끼리……."

"아뇨, 면장님, 그 점은 아주 중요하니까 분명하게 해두는 게 좋아요." 경찰서장이 등을 꼿꼿이 세우며 말했다. "경우에 따라서는 배상금 문제도 나올 수 있거든요. 어느 정도나 위험성을 분명하게 전달했는지, 다시 수사해보도록 하지요."

등이 구부정한 면장은 더욱더 머리를 낮추고 "잘 부탁합니다"라고 말했다. 조금이라도 마을 측의 책임을 가볍게 줄이고 싶은 것이다.

차후의 대책에 대한 회의가 시작되었다. 현장 곳곳의 통행금지와 주변의 가스 농도를 지속적으로 측정하는 것 등은 쉽게 결정되었지만, 영업 중인 여관과 주민들에 대한 대응 문제가 나오자 의견이 좀체 하나로 모아지지 않았다. 저마다 처한 입장이 다르기 때문이다.

이쪽의 의견을 묻길래 아오에는 관광객과 주민에게 피난 조치를 내리자고 제안했다.

"지난번에 제가 조사해본 바로는 황화수소 가스가 분출하는 지점은 어느 정도 정해졌습니다. 다만 현재로서는 전체적으로 눈이 덮여서 그 아래가 어떻게 되어 있는지 확실하지 않아요. 균열이 발생한 곳, 이번처럼 동굴이 파인 곳이 새로 생겼을 수도 있습니다. 가스는 기체라서 조금이라도 빈틈이 생기면 그곳으로 스며들어 이동해요. 즉 어디서나 가스가 새어 나올 수 있다는 얘기예요."

이 의견에 경찰과 소방대 측은 찬성했다. 주민과 관광객이 사라지면 자신들의 업무가 편해지기 때문이다. 하지만 관광을 주요 재원으로 삼는 마을 측은 난색을 표했다.

"아니, 지금 이 시기에 전원 피난이라니, 그러면 내년 이후로는 겨울철에 먹고살 수 없게 될 거구먼. 아무리 그래도 그건 너무 심하잖아." 면장이 어물어물 말했다. 말투에 힘은 없었지만 단호한 의지는 충분히 느껴졌다.

한참을 상의한 끝에, 자주적으로 하도록 한다, 라는 결론에 이르렀다. 내일 이후로 피난 권고는 내리지만 강제력은 없다, 여관에는 영업 자숙을 요청하겠지만 이 또한 각자의 판단에 맡긴다, 라는 것이다. 어중간한 조치라고 생각했지만 참관인에 지나지 않는 아오에는 그들이 내린 결론을 뒤엎을 만한 입장이 아니었다.

회의가 끝나자 세쓰쓰가 아오에와 오쿠니시 데쓰코를 숙소까지 차로 데려다주었다. 이번 숙소는 피해자 가족이 묵었던 야마다 여관이다. 우연히 그렇게 된 게 아니라 아오에가 그곳을 희망한 것이었다. 주인이나 종업원들에게서 참고가 될 만한 이야기를 들을 수 있을 거라고 생각했기 때문이다.

야마다 여관은 현도縣道를 마주한 큰 여관이었다. 세쓰쓰에 의하면 20명 이상 숙박 가능한 여관은 이곳 말고는 두 군데밖에 없다고 한다. 아오에 일행이 지난번에 머문 여관은 그중 한 집이었다.

세쓰쓰가 체크인 수속을 겸해 여관 주인을 소개해주었다. 야마다 가즈오라는 50세 정도의 남자로, 이 여관은 그의 증조부가 세운 것이라고 했다.

아오에의 직함을 듣고 야마다는 그 즉시 쩔쩔매는 태도를 보였다.

"이것 참, 큰 폐를 끼치게 됐네요."

"아뇨, 폐라니요. 그보다 여기 분들이 고생이 많으시지요."

"예, 정말 힘드네요. 이런 일은 처음입니다."

"예약 취소가 많았습니까?"

"3분의 1 정도였나. 찾아주신 손님들에게 최대한 상세하게 설명은 해드리고 있죠. 가스는 괜찮으냐고들 하시는데 위험하다고 할 수도 없고, 참 난감하더라고요."

세쓰쓰는 "그럼 교수님, 내일도 잘 부탁드립니다"라고 인사를 건네고 돌아갔다. 내일은 아침부터 읍사무소에서 다시 회의를 할 예정인 것이다.

"소방대 쪽 사람에게서 들었는데 사고 현장 부근의 위험성을 이번 피해자 가족에게 전달하셨다면서요?"

아오에가 확인하자 "예에, 그렇습니다"라고 야마다는 크게 고개를 끄덕였다.

"그 요시오카 씨가 산책하기 좋은 코스가 어디냐고 나한테 묻더라고요. 그래서 현도를 따라 걷는 게 가장 좋다고 대답했죠. 근데 현도 옆으로 빠지는 길은 어떠냐고 하길래 남쪽으로 가면 오래된 신사가 있다고 알려줬어요. 그때 내가, 북쪽으로는 가지 마십시오, 라고 말했습니다. 지금 같은 겨울철에는 화산가스가 땅 밑에 고여서 위험하니까 접근하지 않는 게 좋습니다, 라고 내가 아주 분명하게 얘기했어요. 그랬더니 요시오카 씨가 그건 정말 조심해야겠네요, 라고 했어요. 그러니 나로서는 주의 사항을 잘 알아들은 줄만 알았는데, 허 참, 역시 이해를 잘못한 건지 뭔지."

"그런 얘기를 할 때 옆에 부인과 아들도 함께 있었어요?"

"아뇨, 요시오카 씨뿐이었어요. 그러니까 부인과 아들에게 그 얘기를 했는지 안 했는지, 그건 나도 모르겠어요."

아오에는 생각에 잠겼다. 지금 들은 얘기로만 보면 요시오카 가족이 굳이 그런 곳에 갈 이유는 전혀 없다.

"참말로 딱하지 뭐예요. 모처럼의 즐거운 가족 여행이 이렇게 되다니, 얼마나 원통할지." 야마다가 절절히 말했다.

"그 부인이나 아들과는 얘기를 해보셨어요?"

"체크아웃 때 몇 마디 나눴어요. 좋은 추억이 생겼다고 부인이 흐뭇해하더라고요. 아들도 아주 신이 났었어요. 씩씩한 아이였거든요. 이제 곧 야구 시작한다고 좋아라 했었는데……." 야마다는 팔짱을 끼고 고개를 떨구었다.

"체크아웃을 한 뒤에 왜 곧장 차에 타지 않았을까요?"

"그러게 말이에요. 아들이 뭔가 게임을 한다던가, 그런 얘기를 얼핏 했었어요."

"게임? 어떤 게임을?"

"그건 못 들었어요. 아마 차 타고 가면서 스마트폰 게임이라도 하려나 보다 했죠."

아닌 게 아니라 요즘 게임이라고 하면 으레 스마트폰 게임이다.

"어라, 여기 계시네?" 갑작스레 남자의 큰 목소리가 들려왔다. 바로 옆 계단을 내려선 사람은 역 앞에서 만났던 그 백발 남자였다. 유카타에 짧은 단젠*을 입고 있었다. "또 만났군요. 그쪽도 여기 이 여관이었어요?"

아, 네에, 라고 아오에는 애매하게 인사를 건넸다. 어쩐지 껄끄러운 타입인 것이다.

"그나저나 역시 오기를 잘했지 뭡니까. 온천물이 여간 좋은 게 아니에요. 벌써 두 번이나 들어갔다 나왔어요. 저녁 식사 때 맥주가 얼

* 솜을 두껍게 둔 소매 넓은 옷. 겨울철 방한용 실내복이나 잠옷으로 쓰인다.

마나 맛있을지, 벌써 기대가 되는군요."

"예, 다행이네요."

"댁도 얼른 온천에 가봐요. 이제 일은 끝났지요?"

"네, 그렇습니다만……."

태평하게 던져주는 말에 아오에가 대꾸할 말을 찾고 있는데 이번에는 뒤에서 "실례합니다"라는 목소리가 들려왔다. 여자 목소리다.

돌아보니 회색 코트에 머플러를 두른 여자가 서 있었다. 나이는 삼십 대 중반쯤일까.

"어서 오십시오. 성함이 어떻게 되시는지요." 야마다가 카운터 안으로 이동하며 말했다.

"아뇨, 예약은 안 했어요." 여자가 작은 소리로 말했다.

야마다가 당혹스러운 듯 얼굴을 들었다.

"예약은 안 했지만 오늘 여기서 숙박하고 싶은데요." 여자는 살짝 야마다를 올려다보며 "안 될까요?"라고 조심스럽게 말을 이었다.

"아, 그러십니까." 야마다는 머리를 긁적이며 왜 그런지 아오에 쪽을 보았다. 거절해야 할지 말지 판단이 서지 않는 것이리라. 예약 취소가 있어서 빈방은 있을 터였다. 요리를 내는 것도 아마 가능할 것이다.

어떻게 하는 게 좋겠느냐고 이쪽의 의견을 묻기라도 하면 곤란하겠다 싶어서 아오에는 오쿠니시 데쓰코에게 어서 가자고 재촉했다.

"엇, 교수님, 방으로 안내하겠습니다. —여봐, 손님 모셔야지." 야마다가 허둥지둥 안쪽을 향해 종업원을 불렀다.

4

온천물에 몸을 담그고 팔다리를 쭉 폈더니 온몸의 피가 힘차게 돌아가는 느낌이었다. 하루의 피곤이 스르륵 빠져나가는 것 같았다. 물론 착각일 뿐이지만, 이 쾌감이 사람들을 사로잡는 것이리라.

어깨까지 물에 담그고 아오에는 온천탕 안을 둘러보았다. 환기구는 두 개가 있고, 그중 하나는 바닥면과 동일한 높이에 있었다. 이건 환경부의 지침을 충실히 따른 것이다. 온천물이 계속 욕조 밖으로 흘러넘치는 것도 고급 온천 분위기를 내려는 목적이 아니라 안전성을 고려한 것이다. 1킬로그램의 온천물에 2밀리그램 이상의 유황이 포함된 온천에는 그런 몇 가지 기준이 정해져 있다.

하지만 실외에 관해서는 딱히 정해진 지침이 없었다. 농도는 매일매일 바뀌기 때문에 어제 안전했다고 오늘도 안전하다고는 할 수 없다. 그렇다고 사방팔방에 출입금지 조치를 내려서는 생활과 관광에 큰 지장이 생긴다.

그나저나…….

요시오카 가족은 왜 그런 황량한 곳에 갔을까. 거기서 무엇을 했던 것일까.

여관 주인 야마다가 한 말이 거짓이라고는 생각되지 않았다. 그 근처가 위험한 장소라고 전달한 것은 사실이리라. 그런데도 피해자 가족은 왜 거기에 갔을까. 학자일 뿐인 자신이 그런 걸 고민해봤자 별 의미가 없다고 생각하면서도 자꾸만 마음에 걸렸다.

온천탕을 나온 뒤, 방에서 자료를 살펴보다가 문득 시계를 보니

저녁 식사 시간이었다. 식당은 2층이다. 안으로 들어가자 벌써 오쿠니시 데쓰코는 자리에 앉아 있었다. 아오에는 테이블을 사이에 두고 맞은편에 자리를 잡았다.

주위를 둘러보니 10여 명의 손님이 있었다. 위험성을 어느 만큼이나 인식하고 있는지 궁금했지만 그렇다고 일일이 물어보고 다닐 수도 없다.

어라, 하고 저쪽 구석 자리에서 시선이 멈췄다. 예약 없이 찾아온 여자가 와 있었기 때문이다.

"저 여자, 결국 여관에서 받아준 모양이지?"

오쿠니시 데쓰코도 흘끔 여자 쪽을 쳐다보았다.

"빈방이 없는 것도 아니고, 여관으로서는 거절할 이유가 없었겠죠. 그나저나 예약도 없이 왜 이런 곳까지 왔을까요?"

"혼자 여행을 다니다가 훌쩍 들러본 건가. 하지만 이번 사고에 대해 몰랐을 리가 없을 텐데?"

요리가 나왔다. 민물 생선이며 산채를 재료로 한 소박한 메뉴였다. 아오에는 잠시 망설였지만 맥주를 주문하기로 했다. 출장 중이라도 저녁 시간의 맥주 한 병쯤은 잘못된 행동이 아닐 거라고 생각했기 때문이다.

"저녁 먹으러 왔어요?" 머리 위에서 목소리가 들려왔다. 올려다보니 그 백발 남자가 웃고 있었다.

"예에……."

보면 알 거 아니냐고 말하고 싶었지만 입 밖에 낼 수는 없다.

"우리는 방에서 저녁을 먹었는데 어쩐지 성에 안 차더라고요. 산채를 안주 삼아 한 잔 더 하려고 왔어요." 그렇게 말하면서 남자는 양해도 없이 아오에 옆의 의자를 당겨 떡하니 앉았다.

"부인은 어디에?" 아오에가 물었다.

"또 온천에 갔어요. 나보다 온천을 더 좋아한다니까."

아저씨도 좀 같이 가시지, 라고 말하고 싶은 대목이었다.

묻지도 않았는데 남자는 자기소개를 시작했다. 이름은 구와바라, 요코하마에서 회사를 경영한다는 얘기였다.

대화의 흐름상 아오에도 이름과 소속을 밝히지 않을 수 없었다. 다이호 대학이라는 말을 듣고 구와바라는 눈을 반짝였다. 전공은 무엇이냐, 이번 사고에 관해 어떤 조사를 하느냐, 꼬치꼬치 캐물었다.

"가스 농도와 발생 장소를 비롯해 이런저런 조사를 합니다." 대답을 하면서 눈빛으로 오쿠니시 데쓰코에게 도움을 청했지만 그녀는 나 몰라라 하는 얼굴로 묵묵히 젓가락만 놀리고 있었다.

"거참, 수고가 많으시네요. ……엇, 저 여자도 와 있네요?" 구와바라가 갑자기 목소리를 낮추며 말했다. 예약 없이 찾아온 여자를 알아본 모양이다.

"다행히 여관에서 받아준 모양이에요."

"그렇죠. 저 여자, 이번 사고에 대해 전혀 모르고 왔다더라고요. 예약을 안 한 것은 갑작스레 여행할 마음이 났기 때문이라던데요."

"잘 아시네요."

아오에의 말에 구와바라는 흐흐흐 하고 의미심장하게 소리 죽여 웃었다.

"실은 내가 여관 주인에게 한마디 거들어줬거든요. 예약 취소로

방이 남았다면 얼른 받아주라고 했죠. 시간도 늦었는데 돌려보내면 가엾잖아요."

아무래도 이 사람은 남의 일에 호기심도 많고 오지랖도 넓은 성격인 모양이다.

잠깐 실례, 라면서 구와바라가 부스스 일어섰다. 문제의 여자에게로 다가가더니 뭔가 말을 건네고 넉살 좋게 맞은편 자리에 앉고 있었다.

"어휴, 살았네." 아오에는 한숨을 내쉰 뒤 오쿠니시 데쓰코를 흘겨보았다. "나 대신 조금쯤은 말 상대를 해줘야지. 교수가 난처할 때 도와주는 게 조교 아닌가."

오쿠니시 데쓰코는 얼굴을 들고 눈을 껌뻑거렸다. "난처하셨어요?"

"당연히 난처했지. 그것도 몰랐어?"

"두 분이 재미나게 얘기하시길래 저는 조용히 듣고 있었는데요." 새침한 얼굴로 말하고 다시 젓가락을 놀리기 시작했다. 이 조교는 아오에가 불평할 틈을 주지 않는다.

옆을 보니 어느새 병맥주가 나와 있었다. 아오에는 유리잔에 따라 꿀꺽꿀꺽 마셨다.

"미인이네요." 오쿠니시 데쓰코가 불쑥 말했다.

"응?"

"두 분이 얘기하시던 저 여자." 그녀는 슬쩍 돌아보는 몸짓을 했다. "분위기는 수수하지만 찬찬히 보면 상당한 미인이에요. 넘어가는 남자들이 꽤 많겠어요."

"엇, 구와바라 씨가 저 여자를 유혹할 생각이라는 얘기야? 에이, 그럴 리가, 부인과 함께 왔는데."

"이번 여행 중에는 안 되더라도 연락처를 주고받는 것쯤은 노릴 수도 있겠죠. 여관 측에 받아주라고 한마디 거들었다니, 그건 단순한 친절이라고 보기는 어렵잖아요."

조금 전에 나눈 대화를 안 듣는 척하면서 실은 다 듣고 있었던 모양이다.

아오에는 식사를 계속하면서 이따금 구와바라 쪽의 상황을 살펴보았다. 구와바라는 여자의 맞은편에 눌러앉아 따끈하게 데운 술을 자작으로 따라 마시면서 쉴 새 없이 뭔가 말을 걸고 있었다. 여자 쪽의 얼굴은 보이지 않지만, 어지간히 지겹겠다 싶어서 딱해졌다.

식사 후 방에 돌아와 내일 회의 준비를 하고 있는데 노크하는 소리가 들렸다. 오쿠니시 데쓰코와는 내일 일에 대해 충분히 얘기했는데, 라고 고개를 갸웃거리며 자리에서 일어섰다.

문을 열어보고는 내심 맥이 빠졌다. 구와바라가 문 앞에 서 있었기 때문이다.

"쉬시는데 미안해요. 잠깐 괜찮겠어요?"

"무슨 일이신지요? 급한 일이 아니면 내일 해주셨으면 좋겠습니다만."

"금방 끝나요. 댁도 꼭 알아둬야 할 게 있어서." 구와바라가 목소리를 한껏 낮춰서 말했다. "아까 그 여자, 예약 없이 여기 온 여자에 관한 거예요."

또 그 얘기인가, 하고 아오에는 어이가 없었다.

"저와는 관계없는 일인 것 같은데요."

"아뇨, 이게 실은 크게 관계가 있다니까요." 구와바라가 얼굴을 바짝 들이대며 말했다. "이번 사고와 깊은 관계가 있어요."

엇 하고 아오에가 놀란 소리를 흘렸을 때, 한 중년 여자가 옆을 지나갔다. 수상쩍은 듯한 시선으로 흘끔 쳐다보는 게 느껴졌다.

"일단 안에 잠깐 들어가서 얘기하죠." 구와바라가 작은 소리로 말했다.

"예, 그러시지요." 아오에는 한숨을 내쉬며 문을 활짝 열었다. 실례, 라면서 구와바라가 들어왔지만 방 안까지 들일 마음은 없었다. 문을 닫고 그 앞에 선 채로 물었다. "이번 사고와 무슨 관계가 있다는 건가요?"

그게요, 라고 구와바라는 심각한 목소리를 냈다.

"그 여자와 이런저런 얘기를 해봤는데 아무래도 뭔가 이상해요. 이 여관까지 오는 방법을 인터넷으로 검색했다는데 좀 더 자세히 물어봤더니, 여관 공식 사이트를 봤다느니 여관을 검색했다느니, 어째 말이 오락가락하는 거예요. 이 여관 공식 사이트에는 벌써 이번 사고에 관한 내용이 올라와 있거든요. 애초에 '하이보리 온천'을 검색창에 쳐보면 줄줄이 사고 기사가 올라오잖습니까. 근데 사고가 난 것 자체를 몰랐다니, 아무래도 이상하지요. 안 그래요?"

그의 말이 사실이라면 의문을 품는 것도 근거가 없지는 않다.

"사고가 난 걸 알면서 일부러 찾아왔단 말인가요?"

"그렇게 생각할 수밖에 없죠. 우리처럼 오래전에 예약한 경우라면 또 모르지만, 그런 게 아니라면 사고를 알게 된 시점에 대부분 이쪽으로는 여행을 피하게 마련이잖아요. 아주 괴팍한 사람이라서 호기심에 현지를 찾아가볼 마음을 먹는 경우가 있을지도 모르지만, 그 여자는 아무리 봐도 그런 타입은 아니에요. 게다가 만일 그렇다면 사고에 대해 몰랐다고 거짓말을 할 필요도 없겠지요."

구와바라가 막힘없이 이야기한 내용은 논리적으로 맞는 말이라서 설득력이 있었다. 단순히 오지랖이 넓은 것만은 아니고 나름대로 관찰력이 있는지도 모른다.

"사고가 난 것을 다 알면서도 굳이 이런 곳에 올 이유가 그 여자에게는 있었다는 것이군요."

구와바라는 크게 고개를 끄덕였다.

"오히려 사고가 난 것을 알았기 때문에 이런 위험한 곳에 찾아온 것 같다, 라는 생각이 들어요, 나는."

그 말이 어떤 의미인지 아오에도 충분히 이해했다.

"……자살을 하기 위해 이곳에 왔다, 라는 말씀인가요?"

"그거 말고 무슨 또 다른 이유가 있겠어요?"

구와바라가 오히려 질문을 던지는 바람에 아오에는 대답할 말이 궁했다. "그래서 저한테 어떻게 하라는 말씀이신지……"라고 머뭇머뭇 물어볼 수밖에 없었다.

"교수님은 내일도 조사를 할 거잖아요. 이를테면 위험한 장소가 어딘지 확정한다든가."

"그건 그렇습니다만."

"일하는 중간에 그 여자를 발견하면 단단히 주의를 주는 게 좋겠어요. 혹시 위험한 장소를 미리 알아보고 다닐지도 모르니까요."

구와바라의 제안은 타당한 것이었다. 아닌 게 아니라 그럴 가능성도 있다.

"알겠습니다. 저도 주의해서 살펴보도록 하지요."

"예, 부탁합니다. 미안하네, 내가 너무 오래 있었지요?" 구와바라가 문을 열고 나가려고 했다.

"상당히 신경을 써주시네요, 그 여자한테." 아오에는 저도 모르게 말했다.

구와바라가 돌아보았다. 조금 전까지 진지했던 얼굴이 헤실헤실 풀어지면서 웃음을 보였다.

"뭐, 짐작하신 대로 딴마음도 조금은 있었죠. 근데 그 여자가 여기 온 이유가 그런 것이라면 지금 그런 얘기를 할 때가 아니에요. 어쨌거나 사람 목숨이 걸린 일이잖아요." 그렇게 말한 뒤, 아니, 라고 고개를 갸우뚱했다. "이것도 솔직한 말은 아니군. 실은 아직도 딴마음이 있다, 라고 털어놓도록 하지요. 어떤 이유로 자살을 생각했는지는 모르지만, 그 고민을 들어주자는 딴마음이 있다는 뜻이에요. 다만 우리 마누라에게는 비밀로 해주시고요."

아오에는 숨을 길게 토해낸 뒤에 고개를 끄덕였다. "잘 알겠습니다."

"응, 잘 자요." 구와바라가 방을 떠났다.

아오에는 문을 닫아걸었다. 세상에는 별별 사람이 다 있다, 라고 새삼 생각했다.

5

다음 날 아침 식사 후, 아오에는 외출 준비를 마치고 1층 휴게실에서 세쓰쓰의 차를 기다리기로 했다. 마침 휴게실에 다른 손님들이 없어서 아오에는 간밤에 구와바라가 했던 이야기를 오쿠니시 데쓰코에게 들려주었다.

"어떻게 생각해?"

아오에의 물음에 "아, 그렇구나!"라고 오쿠니시 데쓰코는 이제 알겠다는 표정을 보였다.

"정말 그런 이유가 아니면 갑자기 이런 곳에 올 생각은 안 하겠네요. 하지만……." 냉정한 조교가 고개를 갸우뚱했다. "설마 정말로 죽을 생각일까요?"

"무슨 말이야?"

"어떤 사연인지는 모르지만 그 여자가 정말로 죽음을 선택할까라는 의문이 드는데요."

"왜?"

왜냐면, 이라고 오쿠니시 데쓰코는 안경 렌즈를 반짝이며 말했다. "미인이잖아요."

"또 그 얘기야?" 아오에는 어깨를 툭 떨구었다. "미인이라고 죽고 싶을 때가 왜 없겠나."

"죽고 싶은 것과 실제로 죽음을 선택하는 것은 크게 달라요. 죽고 싶더라도 미인의 경우, 대부분 죽지 않고 넘어갈 방법을 금세 찾아내거든요."

"유난히 단정적으로 말하는데?"

"통계를 바탕으로 한 추론이에요." 오쿠니시 데쓰코의 자신에 찬 말투는 흔들림이 없었다.

"하지만 과학자라면 항상 예외를 고려하지 않으면 안 돼."

"알고 있습니다. 만일 그녀의 경우가 예외라면 자살 동기가 궁금해지네요."

"동기라면, 남자에게 배신을 당했다든가?"

오쿠니시 데쓰코는 흥 하고 코웃음을 쳤다. "그런 걸로 여자는 죽지 않아요."

"하지만 흔히 얘기하잖아. 나를 배신하면 죽어버릴 거야, 라든가."

"그건 연기예요. 여자의 그런 말을 진지하게 받아들이는 남자가 있다면 그건 바보겠죠." 오쿠니시 데쓰코는 차가운 눈빛으로 아오에를 보았다.

"아니, 이를테면 그렇다는 얘기지." 아오에는 말했다. "내가 직접 그런 말을 들은 건 아니야. 아무튼 미인이라 자살하지 않는다는 그런 일방적인 단정은 위험해. 혹시 그 여자를 밖에서 발견하면 주의 깊게 살펴보자고."

그리고 잠시 뒤에 방한복 차림의 세쓰쓰가 휴게실로 들어왔다. 아오에와 오쿠니시를 보자 "오늘도 잘 부탁드립니다"라고 머리를 숙였다.

휴게실을 나서는데 여관 주인 야마다가 한 남자와 이야기를 나누고 있었다. 남자는 '소방대'라고 적힌 완장을 차고 있었다. 두 사람은 뭔가 티격태격 다투는 기색이었다.

"무슨 일이시죠?" 아오에는 야마다에게 말을 건네보았다.

"아, 교수님, 어떻게 좀 해주세요. 당장 피난을 하라니, 지금 그렇게 엄청난 상황입니까?" 야마다는 도움을 청하는 눈빛으로 하소연하듯이 말했다.

"강제로 하라는 건 아니라니까요." 소방대 사람이 말했다. "어디까지나 피난 권고예요. 피난하는 게 좋다고 권하는 것뿐이라고요. 주민이든 숙박객이든 이곳에 남기를 원하는 사람은 피난하지 않아도 괜찮아요."

"여기 남아도 괜찮다면 애초에 피난 권고를 내리지 말아야지요. 이건 우리 온천 마을이 위험하다고 광고하는 꼴이잖아요. 내년부터 아예 손님이 뚝 끊기면 대체 어쩔 거예요. 여관 문을 닫으라는 건가요?"

"실제로 위험한 건 사실이니 어쩔 수 없지요. 여기 계신 아오에 교수님이 조사하신 정보 등을 바탕으로 판단을 내린 겁니다."

"위험한 장소가 어딘지는 다 알아요. 벌써 몇십 년째 이 지역에서 살아왔다고요. 이번 그 가족에게도 분명하게 알려줬어요. 알려준 방법이 좋지 않았다고 한다면 내가 거듭 사과는 드리겠지만, 그렇다고 여관 문을 닫으라는 얘기까지 들을 이유는 없다고요!"

"아니, 그런 말을 한 게 아니잖아요. 일시적으로 피난을 하는 게 어떠냐고 권고한 것뿐이에요."

"글쎄 그게 쓸데없는 참견이라니까요!"

아무래도 서로 흥분해서 얘기가 계속 어긋나는 것 같았다. 옆에 있다가는 괜히 불똥이 튀겠다 싶어서 이쪽은 슬금슬금 여관을 나서

기로 했다.

"역시 전원 피난은 현실적인 조치가 아닌 것 같군요." 차에 오른 뒤에 아오에는 말했다.

세쓰쓰가 씁쓸한 표정으로 고개를 끄덕였다.

"네, 여관뿐만 아니라 평범한 민가에서도 방금 보신 것과 똑같은 반응이 나와요. 주민들 입장에서는 화산가스 따위 어제오늘 일이 아니거든요. 들새며 너구리가 중독사하는 것을 노상 봐왔던 사람들이라서 위험성을 충분히 인식하고 지금까지 요령껏 대처하면서 잘 살아왔어요. 사정을 모르는 외부인이 여기 와서 사망했다고 왜 우리가 피난을 가야 하느냐, 라는 심정이겠지요. 뭐, 그런 심정도 이해가 안 되는 건 아닙니다."

사정을 모르는 외부인이라……. 피해자들에게는 너무도 신랄한 표현이겠지만 평온무사하게 살아온 지역 주민으로서는 그게 솔직한 심정일 거라고 아오에는 생각했다.

세쓰쓰의 차로 먼저 찾아간 곳은 이번 사고 현장이었다. 어제와 마찬가지로 출입금지 구역 직전에 차에서 내려 마스크와 고글을 썼다.

도보로 현장에 도착했더니 경찰 관계자들과 중년 남녀가 먼저 와 있었다. 그 두 사람은 눈 위에 꽃다발을 올리고 합장하는 참이었다.

세쓰쓰가 경찰 한 명에게 다가가 잠시 이야기한 뒤 아오에 쪽으로 돌아왔다.

"사망한 요시오카 씨의 누님 부부라고 하네요." 목소리를 낮춰 말했다.

아, 하고 아오에는 사정을 파악했다. 요시오카 가족의 유체를 인수하러 온 것이다. 유체는 사고 후 부검 절차에 들어갔지만 오늘은 돌아왔을 터였다.

유족들이 떠난 뒤, 아오에 일행은 현장의 가스 농도 확인 등을 실시했다. 10ppm 이하여서 딱히 문제는 없었다. 실제로 시험 삼아 고글을 벗어봤지만 눈에 자극은 느껴지지 않았다.

주변 일대와 몇 군데의 위험 포인트까지 돌아본 뒤, 읍사무소로 향했다. 회의실에 들어서자 소방대와 경찰 담당자들이 심각한 얼굴로 뭔가 얘기하고 있었다. 오늘은 경찰서장의 모습은 보이지 않았다.

"무슨 일 있어요?" 세쓰쓰가 물었다.

담당자들은 머뭇거리는 표정으로 서로를 마주 보았다. 이윽고 경찰 지역과에서 나온 다무라라는 인물이 입을 열었다.

"오늘 유족이 왔었어요, 요시오카 씨의 누님 부부."

"아, 우리도 봤어요, 아까 현장에서 얼핏." 세쓰쓰가 대답했다. "근데 그게 왜요?"

"아니 실은," 다무라는 망설이는 기색으로 뒤를 이었다. "마음에 걸리는 얘기를 들어서."

"어떤 얘기인데요?"

"누님이 하는 말에 의하면, 이번 일이 사고가 아닐지도 모른다는 거예요."

"그게 무슨 말이에요?"

"이건 우리끼리만 아는 얘기로 하고, 외부에 발설하면 안 돼요. 아셨지요?" 다무라가 목소리를 낮췄다. "요시오카 씨가 지난달에 회사를 사직했대요. 게다가 그 이유가 좀 복잡한데 한마디로 회삿돈을 유용했다는 의심을 받았기 때문이래요. 요시오카 씨는 인정하지 않았고 결국 오해라는 게 밝혀지긴 했지만 그 이후 정신적으로 몹시 힘들어하다가 한동안 휴직 끝에 결국 퇴직했다는 거예요. 하지만 아파트 대출금은 남았지, 가정도 있지, 어떻게 해야 좋을지 모르겠다고 그 누님에게 상의하러 온 적이 있었대요. 그때 너무 침울한 모습이어서 자칫 성급한 짓이라도 하면 어쩌나, 걱정을 했었다는 거예요."

"잠깐만요." 아오에가 옆에서 말을 끼웠다. "그럼 혹시 자살일지도 모른다는 건가요?"

"이건 혹시 그럴지도 모른다는 얘기일 뿐이에요." 다무라는 신중한 말투였다. "그럴 가능성도 전혀 없지는 않다는 것이지요."

설마, 라고 아오에는 중얼거렸지만 명확히 부정할 만한 근거는 없었다. 요시오카는 여관 주인 야마다에게서 그 근처가 위험하다는 주의를 들었다. 그런데도 일부러 그런 곳에 갔다면 이건 앞뒤가 맞아떨어지는 얘기이기는 하다.

동시에 구와바라가 해준 이야기가 머릿속에 떠올랐다. 미인이라는 그 여자도 역시 자살을 목적으로 찾아온 것인가. 몇 년 전 황화수소를 이용한 자살이 잇따라 일어난 적이 있었다. 편히 죽을 수 있는 방법이라고 아직도 믿고 있는 사람이 적지 않은 것인가.

그 뒤에 있었던 대책회의에서도 요시오카 가족의 죽음이 자살인지도 모른다는 설이 화제의 중심이 되었다.

"위험한 곳이라는 말을 듣고서도 일부러 온 가족이 그곳에 갔다는 건 아무래도 이해가 안 되잖아요. 근데 직장을 잃고 충격을 받아서 자살한 것이라면 고개가 끄덕여지죠."

"그럼 부인도 동의했던 일인가?"

"그건 모르죠. 무리한 동반 자살이었을 수도 있고."

"정신적으로 힘들어했다면 이른바 우울증이라는 거 아니었을까? 자살 원인으로 그게 가장 많다던데."

"자살이라면 분명 무리한 동반 자살일 거예요. 최소한 그 어린애는 저간 사정을 알았을 리가 없잖아요."

저마다 한 마디씩 하는 대화 속에 자살설을 부정하는 의견은 없었다. 아무도 확실하게는 말하지 않았지만 암암리에, 자살이라면 일이 간단한데, 라고 생각한다는 것은 분명했다. 이 온천 마을의 책임이 가벼워지기 때문이다.

그들의 대화를 들으면서 아오에는 여관 주인 야마다와의 대화를 내내 되짚고 있었다. 그 근처가 위험한 곳이라는 얘기는 요시오카만 들었고 그 자리에 아내와 아들은 없었다고 했다. 요시오카가 아내와 아들에게 알리지 않고 무리한 동반 자살을 하려고 그곳에 데려갔을 가능성이 전혀 없지는 않다.

아니, 아니야.

퍼뜩 생각나는 게 있었다. 아오에는 옆에 있던 자료를 다시 읽어 보았다.

"목격된 장소가 서로 다르다고 했었지요?"

아오에가 불쑥 말하자 사람들의 시선이 그에게로 쏟아졌다.

"무슨 말씀이십니까?" 세쓰쓰가 물었다.

"유체가 발견되기 전의 얘기예요. 체크아웃 후에도 요시오카 씨의 렌터카가 주차장에 서 있는 것을 보고 의아해서 여기저기 물어보았다. 그랬더니 요시오카 씨의 모습은 마을 남쪽에서 목격되었고 아내와 아들은 북쪽을 향해 걸어가는 걸 목격했다는 얘기가 있었다. 그래서 두 팀으로 갈라져 수색했더니 일가족이 북쪽 공터에 쓰러져 있었다. 분명 그런 얘기였지요?"

세쓰쓰는 다른 몇 사람과 마주 보며 고개를 끄덕인 뒤에 아오에 쪽을 향했다. "네, 그렇습니다."

"왜 처음에는 요시오카 씨만 다른 곳에 있었을까요?"

"왜냐면……." 세쓰쓰가 다시 다른 사람들과 서로를 마주 보았다.

"뭔가 다른 볼일이 있었던 게 아닐까요?" 다무라가 말했다. "어쩌면 온 가족이 함께 자살하기에 적합한 자리를 찾아다녔을 수도 있어요. 근데 결국 야마다 여관에서 주의를 줬던 곳이 가장 적합하다고 판단하고 그 현장으로 이동했다. 그런 다음에 전화로 부인과 아들을 불러들였다……. 실제로 부인의 스마트폰에는 요시오카 씨가 전화한 착신 이력이 남아 있었어요."

"동반 자살에 적합한 자리인지 아닌지를 어떻게 판별하지요? 황화수소가 발생할 만한 장소를 찾아본 건가요? 그러다가 자칫 자기 혼자 중독사할 수 있다는 건 생각하지 못했을까요?"

"그런 건 제가 알 수가 없지요."

다무라는 도움을 청하듯이 주위를 둘러봤지만 발언하는 사람은 없었다.

6

회의가 끝난 뒤, 아오에는 오쿠니시 데쓰코와 함께 요주의 지점을 돌아보기로 했다. 아오에가 가스 농도계로 측정한 수치를 오쿠니시 데쓰코가 기록해나가는 작업이다. 등에 멘 배낭에는 언제라도 쓸 수 있는 가스마스크와 고글이 들어 있었다.

주민이 거주하는 지역에서는 농도계가 거의 반응을 보이지 않았다. 그렇다면 주민들이 피난하려고 하지 않는 것도 당연한 일인가.

교수님, 이라고 오쿠니시 데쓰코가 급히 아오에의 옆구리를 툭 쳤다. "저기"라고 앞쪽으로 시선을 던졌다.

알려준 쪽을 쳐다보다가 움찔했다. 구와바라가 얘기했던 그 여자가 눈에 들어왔기 때문이다. 출입금지 표지판 앞에서 감시를 위해 서 있는 경찰관에게 뭔가 말을 건네는 중이었다.

아오에 일행이 다가가자 여자는 두 사람을 흘끔 쳐다본 뒤 황급히 자리를 떠나 근처에 세워둔 차에 올랐다. 번호판을 보고 렌터카라는 것을 알았다.

"저 여자, 렌터카로 왔네요." 도망치듯이 달려가는 차를 계속 지켜보면서 오쿠니시 데쓰코가 말했다.

"그러게 말이야."

만일 자살할 생각이라면 빌린 차는 그대로 방치할 건가, 라고 아오에는 생각했다.

감시를 위해 서 있는 젊은 경찰관에게, 수고하십니다, 라고 인사를 건넸다. 방한복을 두툼하게 입었다지만 추운 날씨에 한자리에 가만히 서 있는 일은 무척 힘들 것이다. 경찰관은 아주 잠깐 표정을 누그러뜨리며 꾸벅 머리를 숙였다.

아오에는 명함을 꺼내 자기소개를 한 뒤에 물어보았다. "방금 저 여자분, 무슨 얘기를 했어요?"

"역시 가스에 대한 거예요. 지금도 위험한 가스가 발생하는지, 어느 곳이 가장 위험한지, 그런 걸 묻더라고요."

"그래서 대답은 어떻게?"

"그런 사항을 지금 여러 사람들이 조사 중이니까 정확한 것이 나올 때까지 우선 위험한 곳은 모두 출입금지라고……." 경찰관은 어눌한 어조로 이야기한 뒤에 "말을 잘못했나요?"라고 눈치를 살피는 시선을 던졌다.

"아뇨, 아주 잘하셨어요."

아오에의 대답에 젊은 경찰관은 안도하는 표정을 보였다. 그들도 지금껏 겪어보지 못한 사고에 당황하고 있어서 자칫 어설픈 언동으로 일이 커질까 봐 걱정하는 것이다.

그 뒤에도 아오에는 오쿠니시 데쓰코와 함께 마을 안을 돌아다녔다. 그리 넓은 지역은 아니지만 군데군데 얼어붙은 곳에 미끄러지지 않게 조심할 필요가 있어서 이동에 시간이 걸렸다.

마을 남쪽 끝 경계까지 갔을 때, 오래된 신사가 눈에 들어왔다.

"앗, 이 신사인 모양이네!" 오쿠니시 데쓰코가 이제야 깨달았다는 기색으로 말했다.

"이 신사가 왜?"

"오늘 아침 회의 때도 얘기가 나왔잖아요, 유체가 발견되기 전 요시오카 씨 가족의 동선에 대해서요. 부인과 아들은 마을 북쪽으로 걸어갔는데 요시오카 씨는 남쪽에 가 있는 것을 목격했다는 얘기요."

"그건 그렇지만, 그게 이 신사와 무슨 관계가 있어?"

오쿠니시 데쓰코는 답답하다는 듯 미간을 살짝 찌푸렸다.

"어제 세쓰쓰 씨가 한 얘기, 못 들으셨어요? 요시오카 씨가 신사 옆에서 담배 피우는 모습이 목격됐다고 했잖아요."

아, 하고 아오에는 입을 헤벌린 채 고개를 끄덕였다. "그러고 보니 그런 얘기를 했었네."

"야마다 씨에 의하면, 요시오카 씨가 산책하기 좋은 코스를 물어보길래 남쪽으로 가면 신사가 있다고 알려줬다고 했어요. 그래서 그곳을 실제로 보러 왔던 게 아닐까요?"

"근데 왜 혼자 왔지?"

"그거야 저도 모르죠."

가스 농도계의 수치를 보니 거의 제로에 가까웠다. 당연하다고 아오에는 생각했다. 지난번 조사에서도 이 근처는 가스 발생이 확인되지 않았다.

요시오카는 왜 이런 데서 혼자 담배를 피우고 있었을까. 자살할 장소를 찾고 있었다고 쳐도 이곳은 가스와는 무관한 곳이라 유황 냄새조차 나지 않는다.

읍사무소로 다시 돌아가는 길에 세쓰쓰가 길가에서 한 중년 여자와 선 채로 이야기하는 모습이 눈에 들어왔다. 그쪽도 아오에를 알아봤는지 교수님, 하고 손을 흔들었다.

"소개할게요. 이분은 사고 당일 요시오카 씨의 부인과 아들을 목격한 사토 씨예요."

"아, 그렇습니까." 아오에는 중년 여자에게 인사를 건넸다. 사토 씨는 오동통한 체형에 얼굴도 동글동글했다.

"방금 여기서 우연히 만나서 그때 얘기를 다시 물어보던 참이에요. 두 사람이 어떤 모습이었는지." 세쓰쓰가 말했다.

"저도 궁금하군요. 그 두 사람은 어떤 모습이었습니까?" 아오에는 사토에게 직접 물어보았다.

"글쎄요." 사토는 고개를 갸웃거렸다. "잠깐 길에서 스친 것뿐이라 별다른 건 없었어요. 신사 기둥 문이 이러니저러니 하는 말이 얼핏 들리긴 했는데 신사 쪽과는 반대 방향으로 가고 있었거든요."

"신사 기둥 문……. 그 밖에는 또 어떤 얘기를?"

사토는 얼굴을 찌푸리며 손을 가로저었다.

"그냥 잠깐 스친 것뿐이에요. 다른 얘기는 못 들었어요."

하긴 그렇겠다고 아오에도 고개를 끄덕였다. 지나치는 길에 들었던 대화 몇 마디를 기억하는 것만 해도 대단한 일이다.

"이제 됐나요? 지금 장 보러 가던 중이라서." 사토가 말했다.

"예, 이제 됐습니다. 고맙습니다." 아오에는 감사 인사를 했다.

사토는 등을 보이며 걸음을 옮겼다. 하지만 곧바로 멈춰 서서 돌아보았다. 오쿠니시 데쓰코의 손끝을 지그시 쳐다보고 있었다. 그녀는 바인더를 손에 들고 있었다. 곳곳의 가스 농도를 기록한 서류를 넣어둔 것이다.

"왜 그러십니까?"

아오에가 물어보자 사토는 생각에 잠긴 얼굴로 돌아섰다.

"종이를 들고 있었던 것 같아요."

"종이?"

"네, 아들아이가 들고 있었어요. 이렇게 종이를 펼쳐 들고 걸어갔어요." 사토는 두 손으로 종이를 잡는 몸짓을 보여주었다.

"어떤 종이였지요?"

"어떤 종이? 그냥 하얀 종이였던 것 같은데……. 미안해요, 그것까지는 기억이 안 나요."

"하얀 종이……."

"미안합니다, 별 도움이 안 되는 얘기네요." 그렇게 말하고 사토는 총총히 자리를 떴다.

세쓰쓰가 머리를 긁적이며 말했다. "굳이 교수님을 불러 세울 일이 아니었던 것 같아요."

"아뇨, 그렇지 않아요."

셋이 읍사무소로 향하다가 문득 눈에 뛰어든 것이 있어서 아오에는 다시 걸음을 멈췄다. 길가에 서 있는 마을 지도 안내판이었다. 신사를 알려주는 기둥 문 마크를 지그시 들여다보는 사이에 번쩍 생각나는 게 있었다.

"혹시……." 아오에는 발길을 돌려 급한 걸음으로 방금 온 길을 돌아가기 시작했다.

"어디 가시는데요?" 오쿠니시 데쓰코가 급히 쫓아왔다. 세쓰쓰도 그 뒤를 따랐다.

"아까 그 신사에 가보려고. 엄청난 것을 찾아낼지도 모르겠어."

"뭔데요, 엄청난 것이?"

그건, 이라고 말하고 아오에는 걸음을 멈췄다. "찾아내지 않고서는 알 수 없어."

"네?"

"아무튼 서두르자고." 아오에는 총총걸음이 되었다.

신사로 돌아가 아오에는 주위를 살펴보았다. 사고가 났던 장소와 마찬가지로 쓸어낸 눈 더미가 길 가장자리에 도도록하게 쌓여 있었다. 그 표면을 주의 깊게 관찰하며 이동했다.

"대체 뭘 찾으시는 거예요?" 오쿠니시 데쓰코가 물었다.

"표시."

"표시?"

"내 추리가 옳다면 어딘가에 분명 표시가 있을 거야."

대답을 하면서도 아오에는 눈 더미에서 시선을 떼지 않았다. 어떤 표시인지도 대략 짐작이 갔다.

이윽고 아오에는 발을 멈췄다. 눈 더미 위에 나뭇가지가 놓인 것을 발견했기 때문이다. 나뭇가지 두 개가 엇갈려 X자를 그리고 있었다.

그 나뭇가지를 옆으로 치우고 장갑 낀 손을 눈 더미 속에 넣었다. 곧바로 손에 닿는 느낌이 있었다. 뭔가 파묻혀 있는 것이다.

눈 더미 속에서 꺼낸 것은 비닐봉투에 담겨 있었다. 오쿠니시 데쓰코가 옆에서 앗 하고 놀란 소리를 냈다.

"교수님, 그건……." 세쓰쓰는 그렇게 중얼거리고는 말문이 턱 막힌 기색이었다.

"세쓰쓰 씨, 최대한 신속하게 찾아봐야 할 게 있어요." 아오에가 말했다.

7

찾는 물건을 발견했다는 연락이 세쓰쓰에게서 들어온 것은 그날 해 저물녘이었다. 아오에와 오쿠니시가 읍사무소에서 기다리고 있었더니 잠시 뒤에 세쓰쓰가 돌아왔다.

"위험한 곳이라서 경찰관들이 방호복을 착용하고 수색했어요. 역시 그 눈 밑 동굴 속에 떨어져 있었습니다." 그렇게 말하며 세쓰쓰는 종이 한 장을 꺼냈다. "일단 경찰에서 조사해야 한다고 해서 실물은 그쪽으로 가져갔어요. 이건 복사해 온 겁니다. 교수님, 정말 대단하십니다. 교수님의 추리가 딱 맞았어요."

복사본을 받아 들여다보고 아오에는 숨을 헉 삼켰다. 세쓰쓰의 말대로 자신이 예상했던 것이 거기에 그려져 있었다.

그것은 간단한 지도였다. 도로를 가리키는 선 몇 줄기, 숲이며 건물을 나타내는 그림 등이 그려져 있었다. 거기에 기둥 문 마크, 그리고 거기서 조금 떨어진 곳에 X 표시.

요시오카 가족이 체크아웃을 할 때, 아들은 여관 주인 야마다에게 게임을 할 거라고 말했었다. 그건 어떤 게임이었을까. 아오에는 그게 계속 마음에 걸렸었다.

사토 씨가 아들아이는 종이를 들고 걸어갔다고 말했고, 이어서 마을 지도 안내판을 보면서 퍼뜩 생각이 났던 것이다. 아이가 말했던 게임이란 어쩌면 보물찾기였던 게 아닐까. 소년이 걸어가면서 들고 있었던 종이는 보물이 숨겨진 장소를 나타낸 지도였던 게 아닐까.

그 지도를 그린 사람은 누구인가. 아들과 함께 움직인 엄마는 아닐 것이다. 즉 아빠 쪽이라는 얘기가 된다. 그렇게 생각하면 아빠 쪽만 남쪽 신사 옆에 있었다는 게 마음에 걸린다. 그는 무엇을 하고 있었는가.

아들과 아내가 나타나기를 기다렸던 게 아닐까. 왜냐면 보물을 감춰둔 장소가 그 옆이었기 때문이다. 지도대로 찾아온다면 당연히 그곳에 도착할 터였다. 지도에 그려진 기둥 문 마크는 그 신사를 가리킨 것이다.

그런데 아무리 기다려도 아내와 아들이 나타나지 않았다. 걱정이 된 요시오카는 두 사람을 찾아 나섰다. 이윽고 마을 북쪽으로 갔다가 그 사당을 발견한다. 혹시나 하고 좀 더 안쪽으로 가보았다. 아들이 지도의 신사 기둥 문 마크를 이쪽 사당으로 착각했을 우려가 있었기 때문이다.

그렇게 문제의 공터까지 가본 요시오카는 쓰러져 있는 아내를 발견했다. 나아가 눈 밑의 동굴에 떨어진 아들도 보았다. 황급히 구해내려다가 황화수소 가스를 마시고 그 역시 정신을 잃었다…….

엄마와 아들 쪽이 가스를 흡입하게 된 경위는 쉽게 상상할 수 있다. 지도를 잘못 봤던 것이다. 불행하게도 문제의 공터에는 제설차의 방향 전환 때 한계 지점을 알리기 위해 눈 더미 위에 꽂아둔 X 표시의 나뭇가지가 있었다. 그곳을 파내다가 소년은 눈 밑의 동굴에 빠져버린 것이다.

“불행한 우연이 겹쳐지는 바람에…….” 지도 복사본에 시선을 떨구고 오쿠니시 데쓰코가 침울한 목소리로 중얼거렸다.

아오에는 회의 테이블 위를 보았다. 그곳에는 비닐봉투가 놓여 있었다.

그 안에 든 것은 새 야구 글러브였다. 거기에 ‘생일 축하해’라고 적힌 카드도 함께 있었다.

8

여관에 돌아왔을 때, 주위는 이미 캄캄한 어둠에 잠겨 있었다. 카운터에 야마다가 서 있다가 어서 오십시오, 라고 머리를 숙였다.

“중요한 것을 알아냈습니다.”

그렇게 전제를 한 뒤에 아오에는 요시오카 가족의 비극의 원인을 설명했다. 이야기를 듣고 야마다는 눈과 입이 동시에 크게 벌어졌다.

“그렇게 된 거였어요? 아아, 참말로 가슴 아픈 일이네요.” 야마다는 얼굴을 찌푸리며 안타까운 듯 발을 굴렀다.

“결국 출입금지 안내판이 쓰러졌던 게 화를 부른 셈입니다. 그래서 위험한 지점에 대한 안내가 정확히 잘되고 있는지 다시 한번 확인하기로 얘기가 됐어요.”

“그렇습니까. 저도 앞으로 손님들에게 절대 그런 곳에 접근하지 말라고 좀 더 확실하게 다짐을 받도록 하겠습니다." 야마다가 진지한 표정으로 말했다.

어제와 마찬가지로 저녁 식사 전에 온천탕에서 몸부터 녹이기로 했다. 탕 안에 들어앉아 팔다리를 쭉 뻗고 있는데 입구 문이 열리고 구와바라가 들어왔다. 아하, 또 만났네, 라고 말을 걸어와서 안녕하세요, 라고 인사했다.

"어떻습니까, 조사는 잘되고 있어요?" 구와바라가 아오에 곁으로 다가왔다.

"네, 뭐, 그럭저럭."

이 사람한테까지 사고 원인을 이야기해줄 필요는 없다고 생각했다. 그 여자를 봤던 것도 입 다물기로 했다. 또다시 질문 세례를 퍼부으면 피곤해진다.

아오에가 몸을 씻고 있는데 먼저 실례한다면서 구와바라가 온천탕을 나갔다. 의외로 목욕 시간이 짧다. 아니면 단시간의 목욕을 여러 번 하는 것을 좋아하는가.

그런데 아오에가 옷을 입고 온천탕을 나서자 복도에 구와바라의 모습이 있었다. 창가에 서서 스마트폰으로 통화를 하는 중이었다. 아오에를 흘끔 쳐다보더니 전화를 끊었다.

"허 참, 이런 곳까지 업무 전화를 걸어오다니 힘들어 죽겠어요."

"네에, 그러시군요."

하지만 마음속으로는, 내가 알 게 뭐야, 라고 중얼거렸다.

구와바라가 창밖을 보더니 "어라?"라고 말했다.

"왜요?"

"그 여자예요. 어디 가는 거지?"

아오에는 구와바라 옆으로 다가가 창밖을 내려다보았다. 인적 없는 길을 한 여자가 걸어가고 있었다. 그 뒷모습은 아닌 게 아니라 혼자서 이 온천가에 찾아온 그 여자인 것 같았다.

"이 시간에 외출을 하다니, 대체 무슨 볼일이 있는 거지? 아무래도 마음에 걸리네." 구와바라가 혼잣말처럼 중얼거렸다.

차에 뭔가 잊어버리고 온 거 아닌가, 라고 생각했지만 아오에는 입 밖에 내지 않았다. 그 여자가 렌터카로 온 것을 어떻게 알았느냐고 물으면 일일이 설명하기가 귀찮을 것 같았기 때문이다.

글쎄요, 라고만 말하고 아오에는 창가를 떠났다.

일단 방에 들렀다가 식당으로 향했다. 오쿠니시 데쓰코는 아직 내려오지 않은 모양이다. 맥주를 주문할까 말까 망설이고 있는데 그녀가 들어왔다.

"자네가 지각을 다 하고, 웬일이야?"

"죄송해요. 마을 지도를 확보해두려고 1층에 가봤는데 눈에 띄지 않더라고요."

"마을 지도? 그건 왜?"

"교수님이 이번 일을 리포트로 정리하실 때 참고가 되는 자료잖아요."

"리포트라니, 나는 그런 거 쓸 생각이 없는데."

오쿠니시 데쓰코가 검은 테 안경을 쓰윽 올렸다. "쓰시는 게 좋을걸요?"

"왜?"

“홍보가 되거든요, 지구화학의. 지금 지명도가 너무 낮잖아요.”

어이구, 라고 어이없어하기는 했지만, 맞는 말이라서 아오에는 대꾸할 말이 없었다.

“그런데 1층에서 그 사람을 봤어요. 그 이상한 아저씨……, 구와바라 씨라고 했던가.”

“자네도 봤어? 나도 아까 온천탕에서 만났어. 근데 그 사람이 1층에서 뭘 하고 있었지?”

“뭘 한다기보다, 나가더라고요, 바깥에.”

엇, 하고 아오에는 오쿠니시 데쓰코의 얼굴을 마주 보았다. “바깥에 나갔다고?”

“네. 무슨 일인지 모르겠네요, 이런 시간에 혼자 외출이라니.”

“혹시 찾으러 갔나.”

“찾으러 가다니, 누구를요?”

아오에는 온천탕에서 나오는 길에 구와바라와 나눴던 이야기를 오쿠니시 데쓰코에게 들려주었다.

“그렇군요, 그 여자가 이 밤중에 외출을……. 하지만 그 아저씨가 일부러 찾아가기까지 했다면 너무 집착하는 거 아닌가요? 부인과 함께 온 사람이.”

“그러게 말이야. 하지만 은근히 걱정되네. 위험한 곳에는 가지 말았으면 좋겠는데.”

생각할수록 점점 걱정스러웠다. 그 여자에게 한눈에 반해서 그러는 것인지도 모르지만, 자살이 의심된다면 뒤를 밟을 게 아니라 일단 경찰에 알려야 하는 거 아닌가.

“오쿠니시, 미안하지만 나랑 잠깐 같이 가줘야겠어.” 의자에서 몸을 일으키며 아오에는 말했다.

“저야 괜찮지만, 어디에 가신다는 거예요?”

“일단 그 부인에게 물어봐야겠어. 뭔가 다른 이유로 외출했을지도 모르니까.”

식당을 나와 여관 주인 야마다에게 구와바라의 방 번호를 문의했다. 부부는 아오에 일행보다 한 층 위에 묵고 있었다. 방 앞에서 문을 두드렸다. 네에, 라고 여자 목소리가 대답하더니 잠시 뒤에 문이 열렸다.

“……무슨 일이세요?” 구와바라의 아내가 불안해 보이는 얼굴을 내밀었다.

“남편께서 방금 외출하셨지요? 무슨 볼일이 있으셨습니까?”

아오에의 물음에 구와바라의 아내는 의아한 듯이 미간을 좁혔다.

“왜 그런 걸 물어보시는지…….”

“아시다시피 이 온천가에 위험한 장소가 있어서요. 되도록 외출은 삼가는 게 좋아요. 더구나 이런 시간에는 더 위험합니다. 크게 실례가 되지 않는다면 외출 이유를 좀 알려주시겠습니까?”

구와바라의 아내가 마른침을 삼키는 게 보였다.

“이유는…… 나는 모릅니다.”

“모른다고요? 얘기도 없이 외출하셨어요?”

“그 사람은 항상 자기 마음대로 움직이지 나한테 일일이 얘기는 안 하니까……. 그래서 저는 잘 몰라요. 미안합니다, 이제 됐지요? 제가 좀 피곤해서요.”

"아뇨, 하지만……."

아오에의 말을 가로막듯이 문이 탁 닫혀버렸다.

"어떻게 된 거야, 남편이 혼자 숙소를 빠져나갔다는데 그 이유도 모른 채 가만히 있어도 되는 건가."

고개를 갸웃거리며 아오에는 별수 없이 걸음을 옮겼지만 오쿠니시 데쓰코가 뒤따라오지 않았다. 왜 그러는가 하고 돌아보니 심각한 얼굴로 아오에를 골똘히 보고 있었다.

"왜?"

오쿠니시 데쓰코가 천천히 입을 열었다.

"저 아주머니, 방금 전까지 혼자 울고 있었던 것 같아요."

"응?"

"왼손의 손수건이 젖어 있었어요. 눈가가 부은 거, 못 보셨어요?"

아오에는 눈을 깜작거렸다. 손수건은 못 봤지만 눈가는 분명 불그레했던 것 같다.

게다가, 라고 오쿠니시 데쓰코가 말을 이어갔다.

"손수건을 움켜쥔 손이 파르르 떨렸어요. 뭔가 겁에 질린 것처럼. 이제부터 일어날 일을 다 알고 있고, 그걸 두려워하고 있는 거 아닐까요?"

아오에는 흠칫했다. 오쿠니시가 무슨 말을 하려는 것인지 순간적으로 이해가 되었다.

다시 문을 두드렸다. 구와바라 씨, 구와바라 씨, 하고 몇 번을 불렀다.

이윽고 문이 열리고 구와바라의 아내가 얼굴을 내보였다. 아닌 게 아니라 눈이 충혈되어 있었다. 조금 전보다 더 붉었다.

"미안하지만 얘기해주세요. 남편이 무슨 일 때문에 밖에 나갔는지 부인은 아시지요? 지금 뭘 하려는 것인지 부인은 알고 있지요?"

아오에가 재우쳐 묻자 부인의 얼굴이 일그러졌다. 마치 버팀목을 잃은 것처럼 무릎이 툭 꺾이면서 와아아 울음을 터뜨렸다.

경찰이 구와바라를 찾아서 데려온 것은 아오에가 그의 아내를 추궁해 신고하고 30분쯤이 지난 뒤였다. 장소는 이번 사고 현장 근처로, 발견했을 때 구와바라는 일심불란하게 눈을 파내고 있었다고 한다. 눈을 파다 보면 황화수소 가스가 나온다고 생각했던 모양이다.

읍사무소 회의실에서 아오에는 초췌해져버린 구와바라를 마주했다. 주위에는 경찰과 소방대 관계자도 있었다. 아오에의 신고를 받고 구와바라를 수색하러 달려갔던 이들이다.

"설명을 좀 해주시지요. 대략 짐작은 가지만 그래도 구와바라 씨가 직접 진실을 얘기해주셨으면 합니다."

아오에의 말에 구와바라는 조용히 고개를 끄덕였다. 그가 머뭇머뭇 털어놓은 내용은 다음과 같은 것이었다.

경영하는 회사의 실적이 악화되면서 이대로 가다가는 파산은 불을 보듯 뻔한 일이었다. 엄청난 빚으로 집까지 내놓아야 할 상황이었지만 그건 상관없었다. 구와바라에게 더 큰 고통은 여태까지 신세를 진 사람들에게까지 큰 폐를 끼치게 된 것이었다. 금전적인 것뿐만 아니라 다양한 형태로 도와준 사람들에게 차마 얼굴을 들 수 없었다.

그래서 생각해낸 것이 생명보험이었다. 거액의 보험에 가입하고 사고를 가장해 죽기로 결심했다. 아내는 반대했지만 이것밖에 다른 길이 없다고 설득했다.

아이디어는 있었다. 예전에 다녀온 적이 있는 하이보리 온천이다. 화산가스가 발생하는 위험한 지역이라는 얘기는 그때 들었다. 그런 곳에서 중독사한다면 아무도 자살이라고 생각하지 않을 것이라고 예상했다.

그래서 여관을 예약했는데 뜻하지 않은 일이 일어났다. 어느 가족이 한발 앞서 사고로 사망해버린 것이다. 구와바라는 초조했다. 사고가 일어났으니 감시는 강화될 것이다. 설령 감시의 눈초리를 어떻게든 빠져나가더라도 그다음에는 왜 굳이 위험한 곳에 갔느냐, 자살이 아니냐, 라는 의심을 받을 게 뻔했다.

고민 끝에 생각해낸 것이 수수께끼의 자살 예정자를 내세우는 것이었다. 그 인물의 자살을 막으려고 찾아 나섰다가 깜빡 위험한 구역에 들어갔고 그 바람에 중독사했다, 라는 시나리오를 짠 것이다.

급하게 잘 아는 호스티스에게 아르바이트를 부탁했다. 온천지에서 지시한 대로 움직여주면 10만 엔을 주겠다―. 이 제안에 호스티스가 응했다. 물론 이번 계획에 대한 자세한 내용은 말하지 않았다.

이 시나리오가 성립되기 위해서는 증인이 필요했다. 아오에를 선택한 것은 호스티스가 여관에 나타났을 때 우연히 그 자리에 함께 있었기 때문이지만, 사고를 조사하는 학자라는 점도 마침 잘됐다고 생각했다. 일반 관광객보다 훨씬 더 가스의 위험성을 인식하고 있을 터라서 수수께끼의 여자 관광객이 자살할 예정인 것 같다는 구와바라의 말에 진지하게 귀를 기울여줄 게 틀림없다고 내다본 것이다.

호스티스가 여관에서 혼자 나가는 장면을 아오에에게 직접 목격하게 한 것도 물론 정해진 계획에 따른 일이었다. 아오에가 온천탕에서 나왔을 때 구와바라는 통화 중이었지만 그 상대는 호스티스였다. 아오에가 그녀를 목격하도록 하기 위해 여관 문 앞을 나설 타이밍을 알려준 것이다.

그 호스티스는 지금쯤 렌터카로 역으로 가서 도쿄로 향하는 기차를 탔을 터였다. 이르면 내일 뉴스를 통해 그녀도 구와바라의 죽음을 알게 되겠지만 자신이 어떤 부탁을 받았는지 경찰에 털어놓는 일은 없을 거라고 계산했다…….

구와바라가 모든 것을 고백하자 잠시 아무도 입을 열지 않았다. 전원이 아오에의 발언을 기다리는 분위기였다.

아오에는 깊은 한숨을 내쉬고 입을 열었다. "구와바라 씨, 당신은 어리석었어요."

구와바라의 어깨가 움찔 흔들렸다. 그런 그를 내려다보며 아오에는 말을 이어갔다.

"당신이 어디서 죽건, 어떤 방법으로 죽건, 상관없습니다. 죽고 싶다면 마음대로 하세요. 하지만 이것만은 알아두십시오. 자살을 사고로 위장하다니, 그건 전혀 통하지 않는 짓이에요. 자살할 거라면 분명하게 유서를 남겨야지요. 이 온천 마을에 끼치는 민폐가 너무도 크잖습니까. 이 마을 사람들이 대대로 살아온 이 터전을 대체 뭘로 보는 겁니까."

구와바라가 고개를 툭 떨구었다. 아오에의 말을 받아들인 것인지,

아니면 그저 고개를 숙인 것인지는 알 수 없었다.

9

아오에가 아카쿠마 온천역에 도착한 것은 D현경의 무로타에게서 전화를 받은 그다음 날이다. 아침 첫차로 달려온 것이다. 플랫폼까지 마중을 가겠다고 무로타가 말했었기 때문에 기차에서 내리자마자 주위를 둘러봤지만 그럼직한 사람의 모습은 보이지 않았다.

어쩔 수 없이 플랫폼의 벤치에 앉아 기다리기로 했다. 나무 벤치가 차갑게 얼어붙어 엉덩이를 대자마자 등에 한기가 내달렸다.

플랫폼에는 거의 사람이 없었다. 젊은 엄마와 어린 딸아이, 그리고 등산용 재킷 차림의 젊은이 한 명이 있을 뿐이다. 젊은이는 후드를 머리에 덮어쓰고 있었다. 그들은 아오에가 타고 온 것과는 반대 방향의 기차를 기다리는 모양이었다.

여자애가 어디선가 알록달록한 것을 꺼내 들고 놀기 시작했다. 귀여운 옛날 종이풍선이다. 손바닥에 얹고 재주도 좋게 통통 튕기고 있었다.

그러자 갑작스레 강한 바람이 들이쳤다. 냉기가 몸속까지 스며드는 차가운 바람이어서 아오에는 저절로 몸이 움츠러들었다.

앗 하는 소리가 들렸다. 여자애가 위를 올려다보고 있었다. 아오에도 시선을 옮겼다. 종이풍선이 하늘로 날아올랐다. 방금 들이친 바람에 날려 간 모양이다.

저런, 딱하게도, 라고 아오에는 생각했다. 이대로 날아가면 종이풍선은 선로 위에 떨어질 것이다.

그 순간, 후드를 둘러쓴 젊은이가 스윽 움직였다. 몇 미터쯤 이동해 플랫폼 가장자리에 섰다. 그러더니 오른손을 앞으로 내밀었다.

하늘을 떠돌던 종이풍선이 하르르 그의 오른손에 내려앉았다.

아오에는 눈을 깜작거렸다. 뭐지, 방금 그거? 저 젊은이, 무엇을 어떻게 한 것인가. 바람에 날려 간 종이풍선을 받아냈다. 단지 그것뿐인가. 그는 마치 종이풍선이 떨어질 위치를 미리 알고서 거기에 손을 내밀기만 한 것처럼 보였다.

젊은이는 아무 일도 없었다는 듯이 여자애에게 종이풍선을 건네주고 있었다. 고맙습니다, 라고 여자애가 감사의 말을 했다. 젊은이의 얼굴은 후드 때문에 잘 보이지 않았다.

"아오에 교수님이십니까?" 갑작스럽게 누군가 말을 걸어왔다. 두 남자가 헐레벌떡 뛰어오는 참이었다.

"그렇습니다." 아오에는 자리에서 일어났다.

"아휴, 늦어서 정말 죄송합니다. 이것저것 처리하느라 시간이 꽤 걸려버렸네요. 제가 어제 전화드렸던 무로타입니다." 그렇게 말하며 명함을 내민 사람은 각진 얼굴에 굵은 눈썹을 가진, 어딘가 네모난 게다를 연상시키는 인물이었다.

처음 뵙겠습니다, 라고 말하며 아오에도 명함을 꺼냈다.

그때 기차가 들어왔다. 4량짜리의 짧은 기차다.

"교수님, 먼 길에 이렇게 와주셔서 감사합니다."

무로타는 또 한 남자를 소개했다. 현청 환경보전과에서 출장 나온 이소베라는 직원이었다. 그는 안경을 썼고 앞니가 조금 튀어나와서, 예전에 외국 만화에 야유의 의미로 자주 그려지던 일본인의 모습을 그대로 빼다 박은 외모였다.

"잘 부탁드립니다." 이소베도 깊숙이 허리를 숙이며 인사를 차렸다.

"자아, 가시죠. 차를 대기시켜뒀어요."

무로타의 안내로 아오에는 걸음을 옮겼다. 어쩐지 마음에 걸려 뒤를 돌아보니 그 젊은이도 모녀도 기차에 탄 뒤였다.

역 앞에 세워둔 경찰차를 타고 사고 현장으로 향했다. 운전하는 사람은 젊은 경찰관이었다. 조수석에는 무로타가 앉았다.

"황화수소에 의한 중독사라고 하셨는데 혹시 형사사건일 가능성도 있습니까?" 아오에는 옆에 앉은 이소베와 조수석의 무로타를 번갈아 보며 물었다.

"아뇨, 전화로도 잠깐 말씀드렸지만 형사사건으로 취급하는 건 아니고요." 무로타가 대답했다. "경찰에서는 단순 사고로 보고 있어요. 실제로 그것 외에 다른 가능성은 아무래도 생각하기 어려운 상황이니까요. 다만 사고가 일어날 위험성을 지역 주민들이 얼마나 파악했고 얼마나 적절한 대책을 취했는지 혹은 취하지 못했는지, 그런 점이 문제인 것이죠. 한마디로 과실이 있었느냐 없었느냐는 것이에요."

"지역 주민들 얘기로는 이런 일은 정말 처음이라고 합니다." 이소베가 변호하듯이 말했다.

"아카쿠마 온천가에서는 처음인지도 모르지만 다른 온천 마을에서는 사고가 일어나고 있잖아요. 그렇다면 우리 지역에서도 일어날 가능성이 있다는 전제하에 이중 삼중의 방지책을 강구할 필요가 있는 게 아니냐는 얘기예요."

정론이라고 할 수밖에 없는 무로타의 그 말에 아오에는 간단히 동의할 수 없었다. 오랜 세월 이곳에서 살아온 사람들에게는 유황 냄새가 풍기는 게 오히려 당연한 일이다. 대책을 세우지 않은 것은 중대 실수다, 라고 쉽게 딱 잘라 결론지을 수는 없는 문제다.

새삼 하이보리 온천가에서의 일이 머릿속을 스쳤다. 이번에도 또 불행한 우연이 겹친 것인가.

경찰차가 멈춰 선 것은 등산로 입구라고 적힌 표지판 앞이었다. 하지만 현재는 로프를 둘러쳐 그 너머로는 통행할 수 없게 막혀 있었다.

경찰 차량이 몇 대 서 있고 방독 마스크를 쓴 경찰관의 모습도 보였다.

"죄송하지만 여기서부터는 도보로 가셔야 합니다."

무로타의 말에 물론 괜찮다고 아오에는 답했다.

준비해준 마스크와 고글을 쓰고 아오에는 무로타, 이소베 일행과 함께 등산로로 들어갔다. 싫든 좋든 하이보리 온천가에 갔을 때의 일이 자꾸 떠올랐다. 하지만 그때와는 결정적으로 다른 점이 있었다. 지금 이곳에는 아직 눈이 내리지 않았다. 하이보리 온천가에 있었던 눈 밑의 빈 동굴 같은 것은 어디에도 없을 터였다.

중간에 등산로에서 옆길로 들어갔다. 정상적인 길은 아니었다. 이른바 짐승 통로인 것이다.

"피해자가 왜 이런 곳에 들어왔지요?" 아오에가 물었다.

"아마 길을 잘못 든 것 같아요." 무로타가 답했다. "아카쿠마 폭포라고, 솔직히 말해 그리 대단한 명소도 아닌 곳이 있는데 피해자가 아내와 함께 거기에 가려고 했답니다."

"그렇군요."

불행한 우연의 첫 번째가 그것인가, 라고 아오에는 생각했다.

조금 더 들어가자 이윽고 주위보다 지대가 낮은 길고 좁은 골짜기가 나왔다. 좌우로 산이 바짝 다가들었다. 바로 아래쪽에는 습지가 있었다.

방한복을 입은 남자들이 뭔가 작업을 하고 있었다. 무로타 일행을 보고 인사하는 것을 보면 관계자인 모양이다.

무로타가 발을 멈췄다. "피해자가 쓰러져 있었던 게 이곳입니다."

아오에는 주위를 살펴보았다. 습한 저지대라서 공기보다 무거운 황화수소가 고이기 쉬운 것은 사실이었다.

어떤 상황에서 사고가 일어났을지 생각하다가 문득 의문이 생겨났다.

"피해자는 부인과 동행했다고 하셨지요? 부인 쪽은 무사했어요?"

"아뇨, 사고가 났을 때 부인은 여기에 없었습니다." 무로타가 대답했다.

"없었어요? 어째서?"

"부인의 말에 따르면, 이 근처까지 왔을 때 여관에 카메라 배터리를 깜빡 잊고 왔다는 것을 알았답니다. 그래서 남편만 두고 혼자 여관으로 배터리를 가지러 갔고, 다시 여기에 돌아와봤더니 남편이 쓰러져 있었다는 거예요. 황급히 여관에 연락해 구급차를 불렀다고 했습니다."

"카메라 배터리를……."

"어떻게 보면 그나마 불행 중 다행이었지요." 이소베가 입을 열었다. "부인은 아직 삼십 대 초반의 젊은 분이거든요. 그때 여기에 함께 있었다면 남편과 똑같이 가스 중독으로 사망했을 거예요."

"예에……."

아오에가 애매한 대답을 했을 때, 한 줄기 바람이 골짜기를 휘이익 빠져나갔다. 황화수소 가스가 고여 있었다고 해도 한꺼번에 휩쓸려나갈 만큼 강한 바람이었다.

아오에는 좁고 긴 골짜기 저 너머로 시선을 던지며 생각에 잠겼다. 어떤 조건들이 다 갖춰져야 이곳에서 사람이 중독사할 정도로 황화수소 가스의 농도가 높아질까.

불행한 우연이 겹치면서, 라는 간단한 말로 처리해도 괜찮은 것인가.

하지만 그것 외에 다른 이유는 생각하기 어렵다. 인위적인 것이 관여되었을 여지는 전혀 없다. 이 세상에 마력魔力이라고나 해야 할 것이 존재하지 않는 한…….

왜 그런지 아까 봤던 종이풍선이 머릿속에 떠올랐다.

옮긴이의 말

운명의 수치화는 가능한가

히가시노 게이고의 작가 생활 30주년을 기념하는 특별 기획으로 새롭게 시작한 〈라플라스 시리즈〉, 그 두 번째 책이다. 전작 『라플라스의 마녀』는 '30년 미스터리를 모조리 담았다' '지금까지의 내 소설을 깨부수고 싶었다'라는 캐치프레이즈 아래 선을 보인 장편소설로, 이 작가의 다른 어떤 작품보다 드라마틱하고 박진감 넘치는 대작이라는 독자들의 호평이 쏟아졌다. 그 여세를 몰아 2015년에 발표한 이 책은 곧바로 영화 제작에 들어가, 같은 제목의 영화 〈라플라스의 마녀〉가 2018년에 개봉되었다. 그런 흐름 속에서 발간된 두 번째 이야기 『마력의 태동』은 '라플라스 돌풍'의 첫 시작을 좀 더 촘촘하게 채워주는, 빠뜨릴 수 없는 한 권이 될 것 같다.

주위 사람들에게 설명하기 어려운 특별한 능력을 갖는 바람에 어딘지 시건방지고 쿨한 성격으로 보이는 소녀 마도카, 그녀를 지근거리에서 감시하는 무표정한 얼굴의 여비서 기리미야, 한 치의 오차도 없이 경호를 담당하는 과묵한 다케오, 수강 신청자가 점점 줄어드는 '환경분석화학' 담당 교수 아오에와 조교 오쿠니시 데쓰코는 〈라플라스 시리즈〉의 주요 캐릭터로, 이번 소설에서도 각자의 자리에서 조용히 활약하고 있다.

피에르 시몽 라플라스(1749~1827)는 프랑스의 수학자이자 물리학자로, '만일 우주의 모든 원자의 정확한 위치와 운동량을 알고 있는 존재가 있다면, 현재의 모든 물리현상을 해명하고 미래까지 예측할 수 있다' '어느 순간 모든 물질에 있어서의 역학적인 데이터를 알고 그것을 순식간에 해석해내는 지성이 존재한다면 이 세상에 불확실한 것은 없어진다'라는 주장을 펼쳤다. 주로 근대의 물리학 분야에서 미래의 결정성을 논할 때에 가상하는 초월적 존재의 개념이다. 이 존재에게는 후에 '라플라스의 악마'라는 별명이 붙었다.

마도카의 부친 우하라 박사는 인간의 뇌 안의 일정한 부분, 즉 '라플라스 코어'에 '더 이상 악성이 되지 않게 유전자 조작을 거친 암세포를 심고, 그 세포를 자극하는 극소 전극과 전류 발생기, 배터리를 삽입하는' 독자적인 수술법을 우연히 개발한다. 아직 공식적으로 인정받지 못한 위험한 수술법이다. 마도카는 그 이유를 '괴물'을 만들어내기 때문이라고 한다.

지진, 쓰나미, 토네이도 등, 자연의 횡포는 때로 인간이 쌓아온 가치를 무너뜨리고 닥치는 대로 인간을 덮친다. 소중한 가족을, 착하고 성실한 사람을 천재지변으로 잃어야 하는 운명의 부조리함을 인간은 아직 명쾌하게 해명하지 못하고 있다. 하지만 만일 이 세상 모든 물리현상의 데이터를 순식간에 수집하고 해석하고 예측해내는 '라플라스의 악마'가 존재한다면 그런 안타까운 피해를 미연에 방지할 수 있을까. 신의 영역으로 치부해온 인간의 운명을 수치화하는 것이 과연 가능할까. 혹은 그것은 인류 전체를 위협하는 또 다른 '괴물'의 출현일 뿐인가.

노장 스키 점프 선수를 구원해줄 가장 유리한 출발 신호의 결정권을 마도카는 그의 아내에게 건네준다. 모든 조건이 똑같을 때, 우리를 구원하는 것은 마녀가 아니라 인간 스스로의 간절한 마음이기 때문이리라. 너클볼을 받아낼 포수를 마침내 구원해준 것도 마녀가 아니라 포수 자신의 각성이었다. 식물인간이 된 아들을 위해 고교 교사는 수많은 번민 끝에 마도카의 도움으로 강물의 행방을 알아내면서 스스로를 용서한다. 그의 제자인 와키타니는 장애아로 태어날 내 아이를 받아들인다는, 불합리하지만 인간적인 결정을 하게 된다. 사랑하는 이를 위해 '대지의 숨결'을 녹음하려던 '사무'는 어이없는 사고로 추락사하지만, 아사히나는 그의 사랑을 영원히 작품에 담을 수 있다. 젊은 부부와 그의 어린 아들이 황화수소 가스에 뜻하지 않게 목숨을 잃었지만, 어려운 상황 속에서도 아들에게 야구 글러브라는 보물을 선물하려던 아빠의 마음은 우리를 울린다. 그럼에도 불구하고 재난은 왜 착한 사람을 덮치는가, 왜 여린 사람을 괴롭히는가, 라는 안타까움은 어떻게도 해결할 도리가 없다. 운명을 수치화하는 것이 가능하더라도, 그것을 뒤바꾸는 결정은 신의 영역일 뿐이다. 인간이 할 수 있는 일은 저마다 하나의 원자로서 그 부조리한 운명을 감수하고 묵묵히 한 발 한 발 앞으로 나아가는 인류의 큰 흐름을 형성하는 것인지도 모른다.

이번 소설의 화자는 특이한 직업을 갖고 있다. 유명 작가와 프로스포츠 선수에게 침을 놓아주는 침구사 구도 나유타. 〈라플라스 시리즈〉는 뇌 과학을 비롯한 물리현상의 난제를 해명하는 과학적인 내용인데 거기에 지극히 동양적인 침구술이라는 소재를 도입해 묘한 대비를 이루게 한 것이 재미있다. 특히 이 침구사의 생김새에 대한 묘사가 제3장에서 '지나가듯이' 딱 한 번 나오지만, 머리는 깨끗하게 밀고 수염은 덥수룩한 얼굴이라고 한다. 그는 우연한 기회에 마도카와 함께 주위 사람들의 어려움을 차례차례 해결해나간다. 다만 이 두 사람의 만남이 우연인지 필연인지는, 소설이 중반을 넘어서면서부터 깜짝 놀랄 반전으로 서서히 밝혀진다. 각각 따로 떨어진 에피소드처럼 보였던 이야기들이 어느 순간 일직선의 끈으로 깔끔하게 연결되는 마법과도 같은 구성이다. 그 끈은 마도카의 비밀스러운 계산 능력이 만들어낸 기적이다. 또한 아오에 교수의 뇌리에 깊숙이 박힌 한 젊은이, 갑작스러운 돌풍에 날아오른 종이풍선을 태연히 받아낸 또 한 명의 '괴물'은 이 시리즈를 하나로 엮어낼 듯한 예감을 짙게 풍기고 있다.

〈라플라스 시리즈〉는 히가시노 게이고의 작품 목록에 지금까지와는 다른 새로운 시도로 기록될 테지만, 이번 두 번째 작품을 통해 앞으로 좀 더 흥미진진하게 펼쳐나갈 발판을 마련한 것 같아 번역자로서 특히 흐뭇한 느낌이 들었다. 많은 독자들과 함께 이 시리즈의 행방을 지켜볼 수 있었으면 하는 마음이다.

마력의 태동

지은이 히가시노 게이고
옮긴이 양윤옥
펴낸이 김영정

초판 1쇄 펴낸날 2019년 1월 30일
초판 10쇄 펴낸날 2024년 11월 25일

펴낸곳 (주)현대문학
등록번호 제1-452호
주소 06532 서울시 서초구 신반포로 321 (잠원동, 미래엔)
전화 02-2017-0280
팩스 02-516-5433
홈페이지 www.hdmh.co.kr

ISBN 978-89-7275-954-6 03830

* 책값은 뒤표지에 있습니다.
* 파본은 구입처에서 교환해드립니다.